À Denise et à Cherie,
mes Marion et Florence à moi.

1

Great Jones Street, New York, 1893

Un frisson de peur courut sur la nuque de Justine.

Ce quartier était l'un des plus malfamés de la ville. Elle s'y était rendue seule, cet après-midi, pour une course. Ce n'était pas inhabituel, dans le cadre de ses activités de bienfaisance, et jusque-là, elle n'avait jamais eu de problème.

Et puis soudain, elle avait senti la pointe du couteau contre son torse corseté, un souffle chaud sur son oreille, et son sang s'était figé.

L'instinct prit aussitôt le dessus. S'écartant de la lame, elle lança le bras en arrière, repoussant celui de son agresseur. Pivotant vivement, elle le frappa à la gorge du poing. Le couteau tomba à terre dans un tintement métallique.

En un clin d'œil, tout fut terminé.

Un jeune garçon, quinze ou seize ans à peine, recula en titubant et en se tenant la gorge. Elle se précipita pour le secourir.

— Respire doucement, dit-elle en l'entraînant sous l'auvent d'une boutique.

Il était écarlate, peinait à respirer, et se laissa tomber sur une barrique en chêne posée là. Justine attendit qu'il retrouve son souffle, priant pour ne pas l'avoir vraiment blessé.

Il était mince, beaucoup trop pour son âge. Ses vêtements pendaient sur son corps, son visage était crasseux et émacié, ce qui n'était malheureusement pas inhabituel dans cette partie de la ville. Et la faim poussait les gens à commettre des actes désespérés. Elle avait passé suffisamment de temps dans les rues miséreuses du sud de Houston Street pour le savoir. Or les êtres désespérés méritaient qu'on les aide, pas qu'on les condamne, ce que bien des gens dans cette ville avaient oublié, trop pressés de gagner de l'argent par tous les moyens.

Après quelques secondes, le jeune garçon recommença à respirer normalement. Il voulut parler, mais Justine ne lui en laissa pas le temps.

— Pourquoi m'as-tu menacée avec ton couteau ?

Il étrécit les yeux, un sourire narquois aux lèvres.

— Pour vous détrousser, tiens. Regardez comme vous êtes habillée.

Sa robe, bien qu'un peu défraîchie, était de bonne qualité, et cela se voyait. Personne n'aurait été dupe quant à ses origines – du reste, elle n'essayait pas de duper qui que ce soit. Elle venait ici pour aider, et sa présence était, hélas, de plus en plus souvent requise ces derniers temps. Le bureau d'aide juridique était débordé, et Justine s'efforçait de se rendre utile de toutes les façons possibles.

Portant la main à l'aumônière qui pendait à sa ceinture, elle en tira une pièce d'un dollar en or.

— Tiens.

Le gamin regarda fixement la pièce, avant de s'en saisir d'un geste vif.

— Pourquoi vous m'aidez ?

— Parce que tout le monde mérite de l'être, quelles que soient ses erreurs passées. On l'oublie parfois.

— Vous êtes quoi, exactement ? Un genre de grenouille de bénitier ?

— Non, je travaille pour le bureau d'aide juridique du Lower East Side.

Sa sœur Marion et son mari Frank Tripp dirigeaient cette association d'aide aux indigents. Tous deux se concentraient sur l'aspect juridique tandis que Justine s'occupait des autres maux qui accablaient les habitants de ce quartier. D'où sa présence sur Great Jones Street aujourd'hui.

— En revanche, si vous voulez un repas gratuit, l'église de…

Le jeune homme détala, le simple fait de mentionner une église lui ayant apparemment coupé l'appétit. Justine soupira. La plupart des églises étaient pétries de bonnes intentions, mais tout le monde n'appréciait pas le sermon qui était servi avec le repas.

Justine pivota sur ses talons. Un groupe d'hommes se tenait devant le New Belfast Athletic Club – sa destination – et la regardaient bouche bée. Avaient-ils été témoins de son accrochage avec le gamin ? Elle n'aimait pas attirer l'attention, et encore moins celle du genre d'individus qui fréquentaient cet établissement.

Carrant les épaules, elle traversa la rue d'un pas décidé, et s'arrêta au pied du perron. Deux hommes gardaient l'entrée du club, et leur expression passa rapidement de la stupéfaction à la méfiance.

Justine se racla la gorge.

— Bonjour messieurs, je voudrais voir M. Mulligan.

Derrière elle, quelqu'un pouffa. Elle l'ignora.

— M'dame…, commença l'un des portiers avec un sourire en coin.

— Mademoiselle, rectifia-t-elle. Mlle Justine Greene.

Ils retrouvèrent instantanément leur sérieux. L'un d'eux retira même son chapeau.

— Mademoiselle Greene.

Parfait. Ils avaient donc entendu parler d'elle. Elle n'était pas célèbre, n'était ni comédienne ni chanteuse, mais quand la fille d'un Knickerbocker[1] passait comme elle autant de temps dans les bas-fonds, cela finissait par se savoir.

En l'occurrence, cela signifiait qu'elle serait en sécurité dans cet établissement. Probablement. Seul un imbécile risquerait de se mettre Duncan Greene, son père, à dos.

— Mademoiselle Greene, dit l'autre homme. Entrez, je vous prie. Je vais voir si M. Mulligan est disponible.

Ravalant son appréhension, elle le suivit à l'intérieur. Dans le hall, l'homme s'excusa et s'engagea dans un escalier menant à l'étage, la laissant seule. Elle prit une profonde inspiration pour calmer les battements de son cœur.

Un match de boxe avait lieu dans la salle principale. Le bruit était assourdissant, les spectateurs hurlant encouragements et reproches. Dieu merci, personne ne lui prêta attention. Elle en profita pour regarder autour d'elle.

La plupart du temps, ce genre d'endroits empestaient la sueur, la fumée et le sang. Ici, c'était différent. De toute évidence, l'établissement était récent, et bien tenu. D'une propreté irréprochable. Les hommes présents l'étonnèrent aussi. Rien à voir avec les voyous des rues crasseux. Les clients de Mulligan étaient rasés de frais et bien habillés. Ils avaient le cheveu gominé et coiffé avec style. Elle serait même allée jusqu'à dire que certains étaient fringants.

Ces gens étaient des truands ? Vraiment ?

— Mademoiselle ?

Le portier était de retour.

— Si vous voulez bien me suivre.

Justine lui emboîta le pas dans l'escalier, l'estomac noué. Ce qui était ridicule, puisqu'elle n'avait aucune

1. Référence, ici, aux New-Yorkais se targuant d'avoir eu des ancêtres parmi les premiers colons hollandais, et dont les familles formaient l'élite de la bonne société de l'époque. *(N.d.T.)*

raison de craindre M. Mulligan. Certes, c'était un homme dangereux – il était à la tête du plus puissant empire criminel de l'État, après tout –, mais il avait la réputation d'être juste et de ne tolérer aucun comportement violent envers les femmes.

Alors pourquoi avait-elle les mains moites ? Pourquoi était-elle aussi agitée ?

Ce n'est qu'un homme. Tu traites avec des hommes tous les jours. Reprends-toi un peu.

Cette visite était importante. Elle ne devait pas perdre de vue son objectif. Une famille comptait sur elle.

Elle était sur cette piste depuis six semaines. Anciens employeurs, bars de prédilection, amis, connaissances, depuis plus de quarante jours, elle suivait les miettes de pain métaphoriques laissées çà et là par un homme qui avait abandonné sa femme et leurs cinq enfants. Elle était bien décidée à le retrouver, où qu'il soit.

Y compris au quartier général d'un roi de la pègre.

Ils s'arrêtèrent devant une porte de bois sculpté. Son escorte toqua puis ouvrit. En découvrant la pièce de l'autre côté du battant, Justine écarquilla les yeux. On se serait cru dans un salon de la bonne société. Lustre en cristal, appliques dorées à l'or fin, papier peint chargé et tapis persans. Les fauteuils étaient français – second Empire si elle ne se trompait pas –, et un Gainsborough était accroché au mur. Une Diane en marbre qu'elle n'aurait pas été étonnée de voir au British Museum trônait dans un coin de la pièce.

Visiblement, le crime payait, et bien.

Au fond, une porte était entrouverte. Un homme apparut dans l'embrasure avant qu'elle ait eu le temps d'y jeter un coup d'œil.

La lumière de l'après-midi tombait sur son visage, éclairant des traits d'une impossible perfection, et Justine cilla, surprise par tant de beauté. Dans ce quartier, la plupart des hommes avaient des traits grossiers, le nez cassé et des cicatrices, stigmates de la vie rude que la plupart menaient.

Lui, c'était différent. Mâchoire volontaire, pommettes hautes, yeux bleus perçants et lèvres pleines qui éveillaient des pensées pour le moins… coquines. Une peau lisse et un chaume de barbe ne faisaient qu'ajouter à sa séduction. Il portait un costume bleu marine dont il avait retiré la veste, ses manches de chemise étaient remontées, révélant des avant-bras musclés.

Sapristi, elle ne s'était pas attendue à cela.

C'était Mulligan, forcément. La rumeur voulait qu'il n'y ait pas truand plus beau dans tout New York, et elle comprenait pourquoi à présent.

Puis elle remarqua ses mains. Il tenait un morceau de tissu à l'aide duquel il essuyait… le sang dont elles étaient couvertes. Seigneur.

— Vous *saignez* ?

Il esquissa un sourire.

— Ce n'est pas mon sang. Asseyez-vous, je vous en prie.

Il disparut dans la pièce contiguë, et Justine entendit de l'eau couler.

Le cœur battant, elle alla prendre place dans l'un des fauteuils devant le bureau. *Il a le sang de quelqu'un d'autre sur les mains.* Son instinct lui soufflait que cette visite était une erreur, qu'il devait y avoir un autre moyen d'aider Mme Gorcey. Mais cela prendrait du temps, or du temps, cette mère de cinq enfants n'en avait pas.

En l'état actuel des choses, Mulligan était la solution la plus efficace à sa disposition. S'il acceptait de l'aider, bien sûr.

Le bruit d'eau cessa, et Mulligan reparut.

Tout en déroulant ses manches de chemise, il gagna son siège derrière le bureau, récupéra sa veste et l'enfila.

Et sans plus d'effort, il sembla prêt pour une promenade sur la Cinquième Avenue.

Il se laissa tomber dans son fauteuil tout en examinant Justine.

— Ça alors, la bonne samaritaine des bas-fonds qui frappe à ma porte. Je suis honoré.

Justine eut beau ne détecter aucun sarcasme dans sa voix, elle n'aurait pas parié dessus non plus. Elle fit donc comme s'il n'avait rien dit et se lança dans le petit laïus qu'elle avait préparé.

— Merci de me recevoir, monsieur Mulligan. Je suis ici parce que…

— Comment va votre sœur ?

Une autre femme aurait été choquée par cette question, pas Justine. Ses deux sœurs aînées étaient éblouissantes, bien plus belles et plus intéressantes qu'elle.

— Laquelle ?

— Pardonnez-moi, je faisais référence à Florence. Elle a passé un peu de temps ici avant que les choses s'arrangent avec Madden. J'ai beaucoup apprécié sa compagnie.

Oh. Florence ne lui en avait pas parlé. Cela dit, elle avait le goût du secret, tout le monde le savait.

Et surtout, que voulait dire Mulligan ? Il parlait de Florence avec affection, et Justine se demanda s'il n'avait pas eu un faible pour elle. Il n'aurait pas été le premier. Florence avait fait battre bien des cœurs ces dernières années, et refusé un certain nombre de demandes en mariage.

— Elle va bien. Les travaux sont presque terminés, et le casino devrait ouvrir à la fin de l'été.

— Excellente nouvelle. Saluez-la de ma part, s'il vous plaît. À présent, dites-moi ce que je peux faire pour vous, mademoiselle Greene.

Justine s'éclaircit la voix et alla droit au but.

— Je suis ici pour une cliente, Mme Gorcey. Son mari, un certain Robert Gorcey, a quitté le domicile conjugal il y a plusieurs mois et n'a plus donné signe de vie. Elle exige qu'il remplisse ses obligations familiales et subvienne aux besoins des siens.

— Et en quoi cela me concerne-t-il ?

— Il semblerait que M. Gorcey soit un de vos employés. Je vous serais reconnaissante de me laisser lui parler. Je dois le convaincre de s'occuper de sa famille. Dans le cas contraire, je me verrais contrainte de le dénoncer à la police.

Mulligan la dévisagea un long moment, son regard bleu sérieux et calme. Elle y repéra des nuances de gris, comme si la couleur de ses iris variait en fonction de la lumière. Il était impossible de deviner ce qu'il pensait, et elle commençait à être mal à l'aise. Elle allait ouvrit la bouche pour lui donner plus d'explications lorsqu'il répondit :

— Non.

Au fond, elle ne s'était pas attendue qu'il accepte facilement. La plupart des gens avaient besoin d'être convaincus.

— Pourquoi ?

— Pour plusieurs raisons. Elle ferait mieux de divorcer et de trouver un autre homme pour l'aider. Si M. Gorcey est parti, il devait avoir ses raisons. De plus, je ne vois pas pourquoi je m'immiscerais dans ce qui est, après tout, une affaire de famille.

— M. Gorcey a laissé derrière lui cinq enfants, dont l'entretien incombe désormais uniquement à sa femme. Elle fait quelques travaux de couture pour gagner un peu d'argent, et les deux aînés sont allés travailler à l'usine. Avez-vous déjà vu ce que trimer en usine à plein temps fait à un enfant de dix ou douze ans ?

— Non, mais je sais ce que c'est que la misère, mademoiselle Greene. J'ai vécu presque toute ma vie dans ces rues.

— En tant qu'homme, oui. Je vous demande de vous mettre à la place d'une femme, ici. Une femme seule et sans aucun soutien. Vous ne pouvez pas divorcer parce qu'il vous faudrait payer un voyage à Reno, les lois en la matière étant d'une complication extrême dans l'État de New York. Vous n'avez ni le temps ni l'argent pour un tel voyage. Donc vous êtes coincée parce qu'en ce bas monde, élever les enfants incombe aux femmes. Et si vous n'avez aucune aide financière pour les élever, ce sont eux qui en souffrent le plus. Vos enfants se réveillent chaque jour en se demandant s'ils mangeront à leur faim. Notre société est-elle cruelle au point de ne jamais forcer les hommes – qui ont engendré ces enfants – à assumer leurs responsabilités ?

Elle prit une inspiration et desserra les poings. Dieu sait combien elle pouvait s'enflammer lorsqu'elle évoquait ce genre de sujet. Mais c'était le bon sens même. Elle n'aurait pas dû avoir à défendre des épouses contre les hommes cruels et égoïstes qui les abandonnaient. Et pourtant, c'était ce qu'elle faisait.

L'expression de Mulligan changea. Une lueur s'était allumée dans son regard.

— Impressionnant, crut-elle l'entendre murmurer.

— Je vous demande pardon ?

Il secoua la tête, comme pour reprendre ses esprits.

— J'admire la passion avec laquelle vous prenez fait et cause pour Mme Gorcey et ses enfants. Pour autant, je dois refuser. Autre chose, mademoiselle Greene ?

— Vous préférez protéger M. Gorcey ?

— Pas exactement. Mais ce sont ses affaires. Ainsi va le monde.

Ainsi va le monde ? Non. Justine refusait de croire que la société était à ce point cynique.

— Si c'est votre réponse, très bien. Mais je vous avertis. Je le retrouverai et je le remettrai aux autorités.

— Mme Gorcey a les moyens de payer un avocat ?

— M. Tripp, mon beau-frère, s'occupe de son dossier.

Mulligan fit la grimace ; il connaissait visiblement la réputation de Frank Tripp.

— Tripp ou pas, je ne vois pas un tribunal s'intéresser sérieusement à ce genre d'affaire alors qu'il y a tant de vrais crimes à juger... Meurtres, incendies volontaires, et j'en passe.

— Ce sont de vrais crimes aussi, monsieur, je vous assure. J'ai déjà résolu huit affaires similaires, où les maris ont été retrouvés et forcés à assumer leurs responsabilités.

— Huit ? Et pourquoi n'en ai-je jamais entendu parler ?

Elle retint un sourire, et pourtant il était difficile de ne pas se sentir fière d'un tel accomplissement. Ces huit individus s'étaient crus plus intelligents que leurs épouses. Justine avait pris grand plaisir à leur prouver le contraire.

— Vous êtes au courant de tout ce qui se passe dans le quartier ?

— Oui.

Il avait répondu sans prétention. C'était un fait, point.

— Alors c'est que je dois bien me débrouiller. Si mon nom était connu, cela desservirait mon objectif. Les maris feraient encore plus d'efforts pour se cacher.

— Et la police vous aide à les retrouver ?

— Oui.

Dans une certaine mesure. Pour être exact, la police lui laissait toute latitude pour retrouver ces maris et les lui amener. Un seul officier l'aidait un peu, et seulement quand il en avait le temps.

— Je n'aime pas que des flics mettent le nez dans les affaires de mes hommes, mademoiselle Greene.

— Alors dites-moi où est Gorcey, monsieur Mulligan.

— Je n'aime pas cela non plus.

— C'est l'un ou l'autre, j'en ai peur.

— Non. Il y a toujours d'autres solutions.

— Par exemple ?

Il étrécit les yeux d'un air songeur qui ne lui plut pas beaucoup.

— Par exemple, je pourrais refuser de vous laisser repartir.

Ce fut plus fort qu'elle – elle éclata de rire.

— Vous voulez dire que vous pourriez m'enlever ? C'est ridicule.

— Personne n'a parlé d'enlèvement.

— Comment appelez-vous cela, alors ?

— J'appelle cela vous garder ici.

Elle pouffa de nouveau. Pour une raison qu'elle ignorait, peut-être parce qu'il semblait cultivé et possédait des œuvres d'art de grande valeur, elle n'avait pas peur de lui. Mulligan lui rappelait son père, Duncan Greene, un homme qui fanfaronnait plus qu'il ne mordait.

Elle savait aussi que les hommes comme son père et Mulligan étaient terriblement têtus. Tenter de les faire changer d'avis était peine perdue.

Cet entretien était donc terminé. Elle se leva et se dirigea vers la porte. Si Mulligan le prenait ainsi, très bien. Ce n'était pas la première fois que Justine rencontrait une résistance.

— Vous pensez que je ne le ferai pas ? lança-t-il dans son dos, à propos de l'enlèvement, de toute évidence.

Elle s'immobilisa, la main sur la poignée de la porte, et se retourna. Il s'était levé et se tenait droit derrière son bureau, sourcils froncés, mâchoire contractée. Elle essaya de ne pas s'attarder sur le fait que la perplexité et l'agacement ne faisaient qu'accroître sa séduction.

Reste concentrée, Justine. Cet homme venait de se déclarer ennemi de la cause qu'elle défendait. Donc elle en avait terminé avec lui.

— Je sais que vous ne le ferez pas. Vous n'êtes pas de ces méchants qui fomentent les pires complots en tortillant leur moustache, comme dans les romans de gare.

Sa réponse le prit visiblement de court, mais elle n'avait pas le temps de continuer à badiner. Elle devait trouver Gorcey avant que Mulligan ait le temps de le prévenir. Quittant le bureau d'un pas vif, elle longea le couloir. Elle était dans l'escalier quand Mulligan l'appela.

— Mademoiselle Greene.

Elle tourna les yeux vers lui.

— Oui ?

— Je n'ai peut-être pas de moustache, mais je suis un méchant. Vous feriez bien de ne pas l'oublier.

2

Cela faisait longtemps que Jack Mulligan n'avait pas été à ce point stupéfait.

En trente-deux années passées sur cette terre, il avait vu beaucoup de choses, avait vécu la vie dont beaucoup ne faisaient que rêver, connu le meilleur du meilleur, et le pire du pire. Une fortune démesurée, des centaines d'hommes attendant ses ordres. Il avait le pouvoir de retourner une élection, de faire changer le paysage de cette ville. Personne ne pissait au sud de la 14e rue sans son approbation.

Et une petite grenouille de bénitier venait de lui rire au nez.

C'était impensable. Insupportable. Incroyable, bordel de merde.

Cette fille ne manquait pas d'air. Il avait massacré des types pour moins que ça. Rien qu'aujourd'hui, d'ailleurs…

Mais bon sang, ce visage…

Au premier abord, il l'avait trouvée quelconque. Sa sœur, Florence, était d'une beauté renversante. Le genre de femme qui faisait baver tous les hommes, seins énormes et taille de guêpe. Une peau de velours, des cheveux blonds, sans parler de son sourire… À côté, Justine était… *moins*. Pas vraiment de poitrine, des cheveux bruns tirés en un chignon sévère, des yeux qui ne dansaient pas, et pétillaient encore moins. Dans la même pièce que Florence, elle n'aurait pas attiré un seul regard.

Et puis elle s'était mise à parler. Et s'était animée, mue par une détermination sans faille qui brûlait en elle à la manière d'un feu de joie. Là, dans son bureau, elle était devenue lumineuse.

Et voilà qu'elle lui tournait le dos et s'en allait, avec un port de reine et un évident mépris. Seigneur, cette robe beigeasse était hideuse. Avec son teint, il lui aurait fallu des couleurs plus chaudes, plus profondes. Elle devrait renvoyer sa couturière sur-le-champ.

— Mademoiselle Greene, s'entendit-il appeler, sans même savoir ce qu'il allait lui dire.

Elle s'arrêta sur la dernière marche de l'escalier, le regarda par-dessus son épaule.

— Oui ?

Il attendit qu'elle remonte, or elle n'en fit rien, campant sur ses positions. « Le culot », se dit-il avant de s'engager dans l'escalier.

— Qu'est-ce que j'y gagne si je vous aide ? s'enquit-il en s'immobilisant.

— La certitude d'avoir bien agi, je suppose.

— Ne me dites pas que tous ceux à qui vous vous êtes adressée ont coopéré.

— Non, et je n'ai jamais dit que j'avais besoin de votre coopération. Cela me faciliterait les choses, certes. Mais je n'en ai pas *besoin*. Je suis parfaitement capable de trouver Gorcey toute seule.

— Et pourtant, s'il travaille pour moi – ce que je ne confirme pas, ni ne nie pas non plus –, il est intouchable.

— C'est ridicule. Personne n'est intouchable.

— Si, moi.

Ce n'était pas de la vantardise. Jack avait passé l'essentiel de sa vie d'adulte à faire en sorte d'être hors d'atteinte. La police ne pouvait rien contre lui. La mairie non plus, avec Tammany Hall[1] et son système de corruption généralisée. Il était au-dessus de tous les criminels de cette ville, qui craignaient tous de se faire pincer un jour ou l'autre.

Pour Jack, cette époque-là était révolue.

Il avait amassé suffisamment d'argent, avait suffisamment de pouvoir pour ne plus avoir besoin d'être sans arrêt sur ses gardes. Que cela plaise ou non à la police, bon nombre de ses officiers émargeaient chez lui, au point qu'elle ne pouvait plus rien faire sans son approbation. Dans cette partie de la ville, personne n'avait autant de marge de manœuvre que lui – ni le maire, ni les huiles de la police, ni le chef de Tammany Hall.

Cela ne s'était pas fait du jour au lendemain. Il avait travaillé dur, s'était battu, avait intrigué, manigancé pour grimper les échelons de la pègre. Il avait été poignardé, on lui avait tiré dessus. Il ne comptait plus les bagarres, encore moins les membres cassés et les articulations déboîtées. Son visage ne racontait peut-être rien de cette histoire, mais le reste de son corps, en revanche… Il était couvert de cicatrices et de marques, témoins de ce passé violent.

De ce combat acharné, il était sorti victorieux – et ne s'en excuserait jamais, bon Dieu.

Pour autant, cela ne semblait pas impressionner Mlle Justine Greene, et il en était surpris. Les femmes n'avaient jamais été un problème pour lui. Même quand il était pauvre, sa belle gueule lui avait garanti le succès auprès de ces dames. Aujourd'hui, il était riche, et elles se laissaient séduire encore plus facilement. Seules, à deux, à plus encore… Baiser était aussi simple pour lui que de se laver les dents.

Pourtant cette donzelle lui avait ri au nez.

---

1. À l'origine, organisation d'aide aux immigrants nouvellement arrivés, progressivement devenue machine électorale au service du parti démocrate, pour finir symbole de corruption. *(N.d.T.)*

Et le plus surprenant, c'était qu'il ne lui en voulait pas. Non, il l'*admirait* d'avoir osé.

— Vous n'avez jamais affronté quelqu'un comme moi, dit-elle. Je trouverai Gorcey, que vous m'aidiez ou pas.

Il faillit la croire. Sauf qu'il avait à sa disposition pour cacher quelqu'un des moyens que l'honorable Mlle Greene n'imaginait même pas.

En vérité, Jack n'appréciait pas Gorcey. Et si ces accusations étaient vraies, il l'apprécierait encore moins. Mais il ne supportait pas qu'on fourre le nez dans son organisation et dans la vie des hommes qui la faisaient tourner. Il préférait garder le contrôle.

— Alors ?

La voix impatiente de Justine le tira de ses pensées.

— Je veux la voir.

Elle le regarda, visiblement interloquée.

— Voir qui ?

— Mme Gorcey.

— C'est hors de question.

— Alors nous sommes dans une impasse.

— Je ne crois pas, non.

— Je peux vous compliquer la vie, vous savez, mademoiselle la bienfaitrice.

— En m'enlevant ?

Sa petite moue ironique – comme si cette idée était ridicule – déplut à Jack. Il n'avait encore jamais enlevé de femme… mais celle-ci lui donnait franchement envie d'essayer, rien que pour lui prouver qu'il en était capable.

Combien Duncan Greene serait-il prêt à payer pour récupérer sa fille cadette ? Il y avait peut-être là une possibilité de faire affaire qui méritait qu'on s'y attarde.

Il n'était pas un méchant, effectivement. Jack faillit ricaner. Cette fille n'avait pas idée…

Se retenant de tripoter une moustache imaginaire, il déclara :

— Si je rencontre Mme Gorcey et qu'elle m'explique son point de vue, alors il se pourrait que je décide de forcer Robert à assumer ses responsabilités.

Loin d'être apaisée, Justine se rembrunit.

— Qu'elle explique son point de vue ? Mais il n'y a rien à expliquer. Il faudrait qu'elle vous décrive combien sa vie est dure pour que vous décidiez ou pas d'agir ? C'est insultant !

Bon sang, cette fille l'énervait, là. Était-elle toujours aussi insupportable ?

— C'est à prendre ou à laisser, mademoiselle Greene. Vous pouvez mettre la main sur notre homme avant le coucher du soleil, ou vous pouvez passer des semaines à vous demander où il a bien pu passer.

— Très bien. Je vous emmène chez elle.

— Je ne pense pas, non.

Dans les iris d'un brun profond s'allumèrent des étincelles dorées, minuscules éclairs de colère.

— Je n'ai pas de temps à perdre avec vos petits jeux…

— Je ne joue pas, la coupa-t-il. Nous la verrons. Ici.

Justine croisa les bras.

— Monsieur Mulligan, elle a cinq enfants. Vous croyez vraiment qu'elle peut les laisser le temps de vous rendre une petite visite, juste parce que vous ne souhaitez pas vous déplacer ?

Il n'avait pas pensé à ce détail ; pour autant, changer d'avis sur ce point était hors de question. Puisqu'il aidait, il dictait ses conditions. Toujours.

— Ce n'est pas mon problème. Si vous voulez Gorcey, notre entrevue doit avoir lieu ici.

— Je lui poserai la question. C'est tout ce que je peux faire. Peut-être qu'une voisine pourra garder les enfants.

Il secoua la tête.

— Vous m'avez mal compris. Vous ne bougez pas d'ici. Un de mes hommes va aller la chercher.

— Elle sera terrifiée ! Vous ne pouvez pas faire cela. Laissez-moi au moins accompagner votre homme.

Elle s'était redressée, et se tenait presque nez à nez avec lui. Son ton sévère lui fit penser à une institutrice en colère. À l'idée qu'il s'en faisait en tout cas, puisqu'il n'était jamais allé à l'école. Et cependant quelque chose le toucha dans ce ton. Cette femme ne renonçait pas facilement, et bien malgré lui, il sentit que son propre corps n'était pas indifférent à sa proximité.

Elle était pourtant loin d'être son genre. Il les aimait hardies et plantureuses. Expérimentées. Une princesse des beaux quartiers qui ferait une syncope s'il la fessait pour rire tout en la prenant en levrette, très peu pour lui.

— Je ferais mieux d'y aller, dit-elle en se retournant. Venir ici était une erreur.

Il dévala les marches pour se mettre en travers de sa route. De nouveau, ils furent face à face.

— Vous renoncez déjà ?

— Je revois ma stratégie. Je pensais, étant donné votre réputation de joli cœur, que vous proposeriez votre aide. De toute évidence, je me suis fourvoyée.

— Non, mais vous vous êtes trompée sur la façon dont les choses fonctionnent ici. Je suis à la fois le juge et le jury, mademoiselle Greene. S'il y a un problème avec l'un de mes gars, j'écoute les faits, et je prends une décision. Moi, et moi seul. Vous comprenez ?

Elle parut réfléchir, et son irritation reflua légèrement.

— Cela implique que vous soyez capable d'être impartial.

— J'essaie d'être juste en toutes circonstances.

— Savez-vous où se trouve Gorcey en ce moment ?

— Disons que je m'en doute.

Elle soupira, regarda le mur, pensive. Elle n'avait pas beaucoup de marge de manœuvre, puisqu'il avait l'avantage, mais il apprécia sa rigueur. Cette femme évitait les comportements irréfléchis, elle était prudente. Il était ainsi lui aussi.

— Puisque vous refusez que j'aille la chercher, j'aimerais lui faire parvenir un mot pour la rassurer.

Un sourire incurva les lèvres de Jack.

— Bien sûr. Suivez-moi.

Jack Mulligan était un homme surprenant.

Pendant l'heure durant laquelle ils attendirent l'arrivée de Mme Gorcey, il discuta poliment avec Justine après lui avoir servi un sherry. Arts, culture, politique, il pouvait parler de tout. C'était un homme cultivé, intelligent, et charmant. Elle en aurait presque oublié qu'ils se trouvaient dans un établissement hébergeant un club de boxe, un cabaret et le quartier général de la pègre, à deux pas du Bowery.

Ce qu'elle avait devant les yeux était en contradiction flagrante avec la réputation d'homme dangereux dont Mulligan jouissait, une réputation acquise des années plus tôt, lorsqu'il avait réussi à unir tous les gangs sévissant dans les bas-fonds pour former un empire criminel tentaculaire. La façon dont il y était parvenu était désormais une légende que l'on se racontait tard le soir dans les bars et les cabarets, un peu partout en ville. Si Justine en ignorait les détails, elle ne doutait pas que les termes « ruse », « courage » et « bain de sang » y étaient évoqués.

Elle le laissa parler, pour l'essentiel. Elle avait l'habitude. Ses deux sœurs étaient très sociables, et bavardes. Justine, elle, préférait écouter et observer. Elle n'était pas effacée pour autant, mais elle préférait consacrer son énergie à aider les autres. Les commérages et la mode l'ennuyaient à mourir. Les soirées et les dîners mondains étaient pour elle une perte de temps. Comment s'intéresser à tout cela alors que la plupart des habitants de cette ville vivaient dans la misère ?

— Je vous ennuie ?

La question de Mulligan lui fit lever les yeux.

— Bien sûr que non.

De quoi parlait-il ? Ah oui, d'une exposition qu'il avait vue lors d'un récent voyage à Paris !

— Je n'étais qu'une enfant la dernière fois que je suis allée à Paris.

Il haussa un sourcil, curieux.

— Je croyais que toute héritière qui se respecte allait à Paris une fois par an pour remplacer sa garde-robe.

— Je ne suis pas ce genre d'héritière.

— Et quel genre êtes-vous, si je puis me permettre ?

— Le genre rebelle, je suppose.

— Visiblement. Je suis là, à essayer de vous impressionner, et de toute évidence, je rate ma cible.

— Pourquoi voudriez-vous m'impressionner ?

— Parce que je suis vaniteux. Non seulement je suis en présence d'une belle femme, mais il se trouve qu'en plus, elle appartient à l'une des plus grandes familles de la ville.

Belle ? Elle faillit s'esclaffer. Il la prenait pour une de ses sœurs.

— Inutile de chercher à m'impressionner. Dès que M. Gorcey aura accepté de subvenir aux besoins de sa famille, vous serez débarrassé de moi.

Il but une gorgée de bière. Une lager, avait-il expliqué, produite par le beau-frère de Marion.

— Dites-moi, que pense votre père de vos activités de bienfaisance ?

Elle s'agita sur son siège, un peu mal à l'aise soudain.

— Vous connaissez mon père ?

— Je n'ai pas ce plaisir, mais sa réputation le précède.

— Alors vous comprendrez pourquoi je ne le tiens pas toujours informé de mes faits et gestes.

— Mais il est au courant de vos « excursions » dans nos quartiers, j'imagine.

— Bien sûr.

Elle ne précisa pas que son père pensait qu'elle passait tout son temps au bureau d'aide juridique en compagnie de sa sœur.

Mulligan sembla deviner cette omission.

— Ah, je vois !

Il eut un petit rire, et les rides discrètes au coin de ses yeux se creusèrent. Il devait rire souvent, songea-t-elle. Amusé, il semblait plus jeune, plus séduisant, même. Une onde de chaleur la parcourut tandis qu'elle ressentait une drôle de sensation au creux du ventre.

Peu importait que des hommes se battent sur un ring au rez-de-chaussée. La beauté et le charme de Mulligan constituaient une combinaison dangereuse pour la tranquillité d'esprit d'une femme.

Elle détestait ne pas y être indifférente. Personne, pas même ses sœurs, ne savait que l'année passée, il y avait eu un homme dans sa vie. Plus vieux de quelques années qu'elle, Billy Ferris était apprenti plombier. Ils s'étaient rencontrés quand elle avait fait venir son employeur pour réparer des canalisations dans un immeuble délabré de Mott Street. Billy était doux et gentil, il ne se mettait jamais en colère, était toujours d'accord. Pourtant, ils s'étaient éloignés l'un de l'autre après quelques mois, ayant à peine connu une vraie intimité, et elle n'avait pas eu le cœur brisé lorsque Billy avait rompu.

Pas un instant elle n'avait envisagé de l'épouser. Elle le savait, les femmes mariées avaient encore moins de droits que les célibataires, abandonnant tout à leur époux. Dans ces conditions, faire le mauvais choix pouvait avoir des conséquences désastreuses, quel que soit le nom de son père.

Ces conséquences, Justine les avait observées à loisir en travaillant pour le bureau d'aide juridique, et elle s'était promis de ne pas faire les mêmes erreurs.

Malgré tout, elle s'était attachée à Billy. Si elle devait se marier un jour, ce serait avec quelqu'un d'ennuyeux et de prévisible. Les feux d'artifice et la passion, très peu pour elle. Elle préférait le confort et la stabilité.

Alors pourquoi remarquait-elle le physique de Mulligan, et pourquoi éprouvait-elle ces drôles de *sensations* ?

— Parlez-moi de ce bureau d'aide juridique, dit Mulligan, la tirant de ses pensées. Vous devez avoir beaucoup de travail, non ?

— Bien plus que vous ne pourriez l'imaginer. C'est épuisant, et cependant gratifiant.

— Cela ne m'étonne pas. J'ai eu l'occasion de rencontrer votre beau-frère, c'est une force de la nature.

— Vous connaissez Frank ? s'étonna-t-elle.

— Bien sûr. Il était inévitable que nos chemins se croisent de temps à autre. C'est le meilleur avocat de l'État.

— Et vous êtes à la tête du plus grand empire criminel de l'État en question.

Si elle s'attendait à ce qu'il proteste ou nie, il la surprit en ne faisant ni l'un ni l'autre.

— En effet, répondit-il. Cela vous dérange ?

— Cela devrait ?

— Je n'en sais rien, mademoiselle la bienfaitrice. Mais j'ai comme l'impression que je vous mets mal à l'aise.

— Pas du tout. C'est juste que vous n'êtes pas tel que je m'y attendais.

C'était le moins qu'on puisse dire.

Il allait répondre lorsqu'on frappa à la porte. Mulligan répondit et un jeune homme apparut, suivi de Mme Gorcey. Les yeux écarquillés, pâle, celle-ci se précipita vers Justine.

— Mademoiselle Greene, vous avez vraiment retrouvé Robert ?

— Je pense, oui. M. Mulligan a accepté de nous aider.

— Madame Gorcey, dit Mulligan en s'approchant et en la saluant d'un hochement de tête, soyez la bienvenue. J'espère en effet que nous réussirons à trouver une issue satisfaisante à votre problème.

— Merci, monsieur Mulligan. Je suis désolée de vous ennuyer avec mes histoires.

Elle osait à peine le regarder et sa voix chevrotait.

— Inutile de vous excuser. Si je peux aider les habitants du quartier, c'est toujours avec plaisir.

Justine se retint de ricaner. Ne venait-il pas de lui demander ce que l'aider lui rapporterait ? Il était évident que Jack Mulligan n'agissait pas par pure bonté d'âme, mais il n'avait pas encore fait part de ses exigences. Peut-être qu'en lui demandant d'agir pour le bien de tous, elle avait touché une corde sensible.

La porte s'ouvrit de nouveau et deux hommes entrèrent. Mme Gorcey se raidit et étouffa un cri. Justine en déduisit que l'un des deux hommes était son mari.

Et cela ne manqua pas, l'un d'eux se figea en la voyant. Puis son regard parcourut la pièce, cherchant peut-être une issue. Comme s'il l'avait senti, l'autre homme posa la main sur son épaule et le fit avancer. Gorcey évitait avec soin le regard de sa femme.

— Robert, dit Mulligan en lui indiquant une chaise, assieds-toi. Madame Gorcey ?

Il lui offrit le bras, comme s'il l'escortait à une soirée mondaine. Justine leva les yeux au ciel.

Lorsque tout le monde eut pris place, Mulligan croisa les jambes et lissa le pli impeccable de son pantalon.

— Robert, il semblerait que nous ayons un petit problème avec ta famille.

— J'ai pas de famille, rétorqua Robert.

— Ah ça, t'aimerais bien que ce soit vrai ! lâcha sa femme.

Justine posa la main sur son bras, à la fois pour la réconforter et la calmer. Il fallait absolument que tout le monde reste calme.

— Ma foi, cette femme, ici présente, prétend être ton épouse, déclara Mulligan. Et elle dit que tu l'as abandonnée, avec vos cinq enfants.

— Elle ment.

— Comment oses-tu...

Justine serra le bras de Mme Gorcey. Ce n'était pas la première fois qu'elle voyait un homme mentir devant la preuve de ses méfaits. Elle se tourna vers M. Gorcey.

— Vous voulez dire que vous ne connaissez pas cette femme ?

Il lança à Justine un regard si venimeux qu'elle faillit baisser les yeux.

— C'est ce que je dis.

— Donc si on lui demandait de nous révéler quelque chose sur vous, comme une tache de naissance ou une cicatrice, elle en serait incapable ?

Il ne répondit pas, serra les dents et fixa le mur.

— Madame Gorcey, votre mari a-t-il une marque de ce genre sur le corps, qui nous permettrait de l'identifier ? s'enquit Mulligan.

Elle hocha la tête et montra son poignet droit.

— Il a une cicatrice, là, qui lui vient d'une bagarre dans un bar. Et il a un grain de beauté sur le côté gauche du torse.

Mulligan haussa un sourcil et se tourna vers Robert.

— Gorcey, je te déshabillerai moi-même s'il le faut pour connaître la vérité. Alors ? Elle dit vrai ? Avant de répondre, n'oublie pas que je déteste les menteurs, de même que tous ceux qui me font perdre mon temps. Tu connais cette femme, ou tu ne la connais pas ?

— Ouais, lâcha Robert comme s'il crachait un bonbon amer.

— C'est ta femme ?

— Plus maintenant. Je lui ai dit que je voulais partir et elle m'a répondu de ficher le camp.

— C'est faux ! s'écria Mme Gorcey.

— Non, c'est vrai, rétorqua Robert avec un rictus sinistre. T'as aucun droit sur moi.

— L'avez-vous épousée, monsieur Gorcey ? intervint Justine.

— Oui, mais...

— Êtes-vous le père de ses enfants ?

— Chais pas, marmonna-t-il. N'importe qui aurait pu la...

— Espèce de fils de p...

Justine fit taire Mme Gorcey en lui étreignant le bras.

— Mademoiselle Greene, madame Gorcey, déclara Mulligan en se levant, j'aimerais m'entretenir en tête à tête avec Robert. Vous voulez bien nous excuser ?

Sans attendre, Mulligan se dirigea vers une porte, l'ouvrit et sortit. Il n'avait pas émis la moindre menace, et cependant Gorcey était livide, et sa pomme d'Adam faisait le yo-yo. Sans qu'on le lui ordonne, il se leva et suivit Mulligan.

— Non mais vous avez vu ce toupet ? siffla Mme Gorcey lorsqu'elles furent seules. Dire que nos enfants sont d'un autre homme !

— J'aimerais pouvoir dire que cela m'étonne, hélas, j'ai entendu tellement d'excuses dans la bouche de ces hommes qui abandonnent leur femme.

Elle se souvenait de l'un d'eux, qui avait continué à mentir devant son fils aîné qui était son portrait craché. Un exemple qui illustrait la facilité avec laquelle les hommes se défilaient quand il s'agissait de leurs responsabilités familiales.

— Vous croyez que M. Mulligan lui raconte quoi, là ? chuchota Mme Gorcey, comme si elle craignait que Mulligan ne l'entende.

Justine repensa aux mains couvertes de sang, et grimaça. « Ce n'est pas mon sang. » Allait-il frapper Gorcey jusqu'à ce qu'il coopère ?

— Je ne sais pas, répondit Justine. J'espère qu'il saura quoi lui dire pour que votre mari reconnaisse la vérité.

— Tout ce que je veux, c'est qu'il me verse de quoi vivre. Je veux pas qu'il revienne, moi.

— Personne n'a dit qu'il devait revenir. Et si cette tentative échoue, je trouverai un moyen de le faire arrêter. Nous n'avons pas encore épuisé tous les recours.

La porte se rouvrit et Gorcey apparut en premier. Il arborait une expression dépourvue d'animosité. Mulligan le suivait d'un pas tranquille, tout sourire. Il lui donna une claque dans le dos, comme s'ils étaient de vieux amis.

— Allez, Robert, on t'écoute.

— Je lui donnerai dix dollars par mois, lâcha Robert. Jusqu'à ce que les enfants soient grands.

— Vingt-cinq, contra Justine. Nous parlons de six bouches à nourrir.

Gorcey se rembrunit.

— Mais c'est du vol !

Mulligan se racla la gorge, et Gorcey hocha aussitôt la tête.

— Bon, d'accord. Vingt-cinq.

— Alléluia ! s'exclama Mme Gorcey.

Justine se retint de sourire. Ils n'en avaient pas tout à fait terminé.

— Il va de soi que vous garderez vos distances avec Mme Gorcey. Si j'apprends que vous la harcelez ou que vous l'importunez de quelque manière que ce soit, j'en référerai directement à la police.

Dans le regard de Gorcey s'alluma une lueur mauvaise, mélange de haine contenue et de frustration. Selon Justine, ces hommes-là étaient les plus dangereux. Elle ne serait pas étonnée qu'il tente de s'en prendre à sa femme et à ses enfants, qu'il leur fasse du mal pour ne plus avoir à payer.

— Si je subviens à ses besoins comme un mari, j'ai bien l'intention d'exercer mon droit à...

— Il gardera ses distances, intervint Mulligan. Je m'en porte garant. L'argent me sera versé, et je le ferai suivre à Mme Gorcey.

— Non.

Le refus de Justine fut suivi d'un silence pesant. Même Mme Gorcey parut déroutée.

— Mais pourquoi ? souffla-t-elle.

Justine fixa Mulligan.

— L'argent sera versé au bureau d'aide juridique. Qui le fera suivre à Mme Gorcey.

Mulligan la fixa en retour, tout en se frottant la mâchoire. Il était évident que cela ne lui plaisait pas, mais il était hors de question qu'elle cède sur ce point. Si Gorcey payait Mulligan, il était possible que Mme Gorcey ne voie jamais la couleur de son argent. Ou qu'elle n'en voie qu'une partie, Mulligan retenant un pourcentage au passage pour service rendu.

Mulligan fit un signe à l'homme qui gardait la porte.

— Robert, nous verrons tout cela plus tard. Tu peux y aller.

Gorcey ne se le fit pas dire deux fois. Il s'en alla sans demander son reste.

— Rye, tu raccompagnes Mme Gorcey chez elle. J'aimerais dire un mot à Mlle Greene. En privé.

3

Jack n'aimait pas céder la main. Pas en affaires, pas lorsqu'il y avait négociation. Pas au lit, non plus. Perdre le contrôle, c'était risquer la chute de son empire. Partout, dans toute la ville, des hommes attendaient qu'il trébuche, qu'il s'affaiblisse, qu'il lâche les rênes une seconde de trop. Il ne voulait pas leur offrir cette satisfaction.

Il entendait mourir au sommet. Pour un homme comme lui, c'était le seul choix possible.

Aussi avait-il assez mal pris que Justine le contredise alors qu'il venait de résoudre son petit problème. Il s'était attendu à de la gratitude – dans ses rêves, peut-être même à une partie de jambes en l'air pour fêter ça –, mais pas qu'elle refuse l'arrangement qu'il proposait.

— Asseyez-vous, je vous en prie, dit-il en indiquant un fauteuil.

S'ils devaient se disputer, autant que ce soit de manière courtoise.

— Je préfère rester debout, dit-elle. Nous n'en avons pas pour longtemps, de toute façon.

Il secoua la tête, et demeura debout lui aussi.

— Mademoiselle Greene, j'ai l'impression que vous ne comprenez pas bien comment fonctionnent les choses dans le monde qui est le mien. Mes décisions sont toujours définitives. J'ai résolu votre problème avec les Gorcey. Ne crachez pas sur ma bonne volonté.

— J'apprécie votre aide, soyez-en assuré, mais je n'aime pas l'idée que Mme Gorcey vous soit redevable pour son versement mensuel.

— Elle ne m'est pas redevable. *Vous* l'êtes.

La surprise qu'il lut sur le visage de Justine lui fit presque plaisir.

— *Moi ?* Pourquoi ?

— Parce que je *vous* ai rendu service. Et comme je vous l'ai dit, tout service a un prix par ici. C'est donnant-donnant, mademoiselle Greene.

— Vous n'avez jamais dit cela, répliqua-t-elle sèchement. Vous avez demandé ce que vous aviez à y gagner si vous m'aidiez.

— Sous-entendu : si je prête assistance, on devient mon obligé.

Elle écarta les bras, les laissa retomber. Serra les dents. Elle était magnifique en colère. Toute en émotion retenue, les joues empourprées. Il se demanda si dans un lit, ce feu et cette impétuosité s'exprimeraient. Sans doute pas. Elle devait être encore vierge. Ce qui était surprenant vu la façon dont les filles Greene se comportaient en ville. Elles se souciaient des convenances comme d'une guigne. Une chose était sûre en revanche, il avait devant lui une créature complexe, qu'il ne comprenait pas encore tout à fait.

Justine étrécit les yeux, le regard méprisant. S'il n'avait pas trouvé cela amusant, sa virilité aurait peut-être été intimidée par une telle manifestation de désapprobation.

— Il n'a jamais été question de vous devoir quoi que ce soit. Il m'a semblé que vous avez cru Mme Gorcey, et agi par compassion et bonté d'âme.

Il laissa échapper un petit rire.

— Et vous vous êtes trompée. J'ai cru Mme Gorcey, mais il n'y a ni compassion ni bonté d'âme dans cette affaire. Je suis un homme vénal, un point, c'est tout.

— Eh bien, je ne peux pas vous payer.

— Ce n'est pas l'argent qui m'intéresse, en l'occurrence.

Sa réponse resta en suspens dans le bureau, et il vit clairement qu'elle ne comprenait pas – après tout, il se comprenait à peine lui-même. Mais en parfait salaud qu'il était, il savait que l'occasion de faire d'une riche héritière son obligée ne se refusait pas. Il aurait été sacrément idiot de ne pas la saisir au vol.

— Je ne comprends pas.

— C'est très simple. Vous me devez un service, mademoiselle Greene. Et c'est à moi de décider quand et comment vous me le rendrez.

— Certainement pas ! C'est inacceptable. Vous pourriez me demander n'importe quoi.

— C'est un risque que vous allez devoir prendre. Sinon, vous courez celui que j'oublie Robert Gorcey et la pension qu'il a promis de verser.

— C'est du chantage.

Elle avait dit cela comme s'il ignorait tout de ce mot.

— Très bien.

— Que pourriez-vous vouloir de moi ? insista-t-elle. Je ne connais personne...

Elle s'interrompit comme si une idée lui était soudain venue et l'avait laissée sans voix.

— Vous ne parlez tout de même pas de... de quelque chose de physique ?

— Vous n'êtes pas vraiment mon genre, dit-il en guise de réponse. Je pense que je vous ferais peur si vous me voyiez nu.

— Alors je ne vois vraiment pas ce que vous pourriez me demander.

— L'avenir le dira. Et peut-être ne vous demanderai-je jamais ce service.

Il mentait. Bien sûr qu'il le lui demanderait. Mais elle n'avait pas besoin de le savoir.

— J'en doute. Vous m'avez tout l'air d'être du style à garder les gens sous votre coupe, et à enfoncer le clou.

Il s'autorisa un sourire en coin.

— J'aime beaucoup enfoncer mon clou.

Elle soupira, inclina la tête de côté.

— C'était un sous-entendu ?

— Si vous posez la question, c'est que j'ai perdu la main.

— Je croyais que je n'étais pas votre genre.

Il haussa une épaule, et glissa les mains dans ses poches.

— Plus vous cherchez à me contredire, plus vous le devenez.

Elle pinça les lèvres comme si elle retenait ses arguments de toutes ses forces, et il faillit éclater de rire. Sans mot dire, elle croisa les bras et fixa le mur. Il voyait presque son cerveau disséquer cette dernière remarque, cherchant une solution qui ne l'oblige pas à le revoir.

Et sans savoir pourquoi, il décida qu'une chose pareille ne pouvait pas arriver.

L'instant s'étira. Il faisait chaud dans son bureau et il eut soudain envie de boire quelque chose de frais au bar. Il ne bousculerait toutefois pas Justine Greene. Il avait appris à négocier dans les rues de Five Points, où gagner signifiait survivre. Ses compétences en la matière, il les avait perfectionnées face à des politiciens, des officiers de police, des criminels… Alors ce n'était pas une petite héritière des beaux quartiers qui allait le décontenancer. Il attendrait toute la semaine s'il le fallait.

— Que se passera-t-il si je refuse de rendre le service que vous me demandez ?

— Cela n'arrivera pas.

— Bien sûr que si. Je ne ferai rien d'illégal, et rien qui pourrait me mettre mal à l'aise de quelque façon que ce soit.

— Vous croyez peut-être qu'il s'agit d'une négociation, permettez-moi de vous détromper. Vous n'avez aucune marge de manœuvre, en l'occurrence. Si vous vous dérobez, M. Gorcey disparaîtra pour de bon. Le sort de Mme Gorcey vous importe donc si peu ?

Dans le regard de Justine, la colère étincela de nouveau. Jusqu'ici, il n'avait cessé de la mettre en colère et mal à l'aise. Pourtant elle était toujours là, et lui tenait tête. Cette fille avait du cran.

— Cela ressemble à un défi, lâcha-t-elle. Je paierai moi-même Mme Gorcey, tout simplement. Cela vous va, comme marge de manœuvre ?

Il cligna des yeux. Juste une fois, ce qui n'aurait pas mérité d'être noté chez qui que ce soit d'autre. Mais pour Jack Mulligan, qui ne cédait jamais, ne reculait jamais, ne réagissait jamais autrement que de façon calculée, ce clignement d'yeux était pire qu'un évanouissement.

Nom de Dieu. Irait-elle vraiment jusque-là ?

— Oui, j'irais jusque-là, dit-elle comme si elle avait lu dans ses pensées.

— Avec quel argent ? Je serais surpris que votre père approuve.

— Je n'ai pas besoin de son argent. J'ai de l'argent à moi.

Bien sûr. Quel imbécile il était de l'avoir crue dépendante de son père. Les filles comme elle nageaient dans le fric, les robes de princesse et les bijoux dès le berceau.

Il s'avoua vaincu. Il ne pouvait rien contre ça…

Sauf que… Si, il pouvait quelque chose.

— Et que penserait votre père de vos activités dans les quartiers populaires ?

Elle se raidit, fronça les sourcils.

— Seigneur Dieu, vous êtes un rat d'égout, Mulligan. Non, vous êtes encore moins que cela. Vous êtes la crasse qui flotte à la surface d'une flaque dans Mulberry Street.

Il rit.

— Votre imagination m'impressionne, mademoiselle Greene. Je crois que c'est la première fois que l'on me traite de crasse de flaque.

— J'aurais aimé savourer ce compliment, mais je suis trop occupée à vous maudire intérieurement.

— Et vous jurez, aussi ? J'aimerais savoir quel genre de juron une princesse des beaux quartiers comme vous balance à la tête d'un homme comme moi.

Elle s'approcha, poings serrés.

— Je ne vous ferai pas l'honneur de répondre à cette provocation. Sachez juste qu'ils sont très imagés, franchement licencieux et terriblement insultants.

Était-ce son audace ou le mot « licencieux », toujours est-il qu'il sentit un frisson de désir le parcourir, le réchauffer. Bon sang, le courage de cette fille. Pas un seul homme dans cette ville n'aurait osé lui tenir tête et l'insulter de la sorte. Et pas une seule femme n'avait essayé non plus. Mais il aimait assez cela, venant de Justine en tout cas. Telle Jeanne d'Arc ou Boadicée, elle se préparait au combat, toute en passion et en détermination retenue. Celui qui saurait faire face et canaliser cette impétuosité, au lit ou ailleurs, serait un homme comblé.

Tandis qu'il s'imaginait les différentes façons de faire face, elle se dirigea vers la porte.

— Très bien, Mulligan. Vous l'avez, votre promesse.

Il ne put s'empêcher de sourire.

— Je m'y attendais.

— Profitez-en bien, parce que c'est la dernière fois que je vous en fais une. Je ne pactiserai pas deux fois avec le diable.

Elle sortit, et claqua la porte derrière elle.

— Qu'est-ce qui ne va pas, ma chérie ? Tu as l'air ailleurs, lui demanda sa grand-mère au dîner, alors que tout le monde discutait autour d'eux.

Cela se voyait donc tant ?

— J'ai eu une longue journée, c'est tout.

Leurs parents étant en voyage en Europe, les trois sœurs dînaient avec leur grand-mère presque tous les jours. Ce soir cependant, après son entrevue avec Mulligan, Justine n'avait pas envie de faire la conversation. L'idée de lui devoir un service lui soulevait l'estomac.

— Ne me raconte pas d'histoires, dit la vieille dame en lui donnant un petit coup de coude. Je vois bien que quelque chose te tourmente.

— Pourquoi les hommes sont-ils aussi horribles ?

La question était sortie malgré elle, et sa grand-mère ouvrit des yeux comme des soucoupes. Comment lui en vouloir ? Elles n'étaient pas particulièrement proches – c'était Florence sa préférée, après tout. Justine ne se souvenait pas de lui avoir jamais demandé conseil pour quoi que ce soit, d'ailleurs. Peut-être devait-elle y songer. Après tout, elle était d'une grande sagesse, et moins attachée aux conventions que leur mère.

La vieille dame retint un sourire, mais ses yeux brillaient.

— Autant me demander pourquoi le ciel est bleu, ma chérie. Les hommes sont comme ils sont parce que depuis des siècles nous les laissons nous traiter cavalièrement. Votre génération, à toi et tes sœurs, est en train de changer cela, je crois. Cela prend toutefois du temps de modifier les comportements. Et tu verras, ils sont tout de même bons à quelque chose, ajouta-t-elle dans un murmure en se penchant vers Justine.

« J'aime beaucoup enfoncer mon clou. »

Justine sentit un flot de chaleur la submerger. Mulligan était envoûtant. Partout où il allait, sa présence était entêtante. Mais c'était aussi un voyou, et elle ne devait l'oublier sous aucun prétexte, quel que soit son charme ou son esprit.

— Il y a un homme dans ta vie ? demanda bonne-maman à mi-voix. Tu peux me le dire, je ne le répéterai à personne.

— Non. Et c'est très bien comme ça. Je n'ai pas besoin d'un homme.

— Tu changeras peut-être d'avis quand tu rencontreras celui qu'il te faut. Tu es plus sentimentale que tes sœurs. Tu voudras avoir une famille, un jour.

Peut-être l'aurait-elle voulu autrefois. Ces dernières années cependant, elle avait été témoin des souffrances qu'enduraient les enfants. De leur impuissance.

— Se marier ne veut pas forcément dire avoir des enfants.

— Certes. Mais pour qui nos filles changeront-elles le monde s'il n'y a plus de filles ?

La question laisse Justine songeuse. Le visage de M. Gorcey mentant à propos de ses enfants lui revint à l'esprit. Cela l'avait mise hors d'elle. Malheureusement, il n'était pas unique en son genre. On ne comptait plus les hommes qui ne se pliaient pas à leurs devoirs de père et fuyaient leurs responsabilités sans hésiter, laissant derrière eux des femmes et des enfants qui vivaient dans la misère. Cela la rendait malade.

— Pourquoi n'apprend-on pas aux fils à changer les choses ? Pourquoi le poids des difficultés ici-bas repose-t-il toujours sur les épaules des femmes ?

Les rides se creusèrent sur le front de sa grand-mère, qui pinça les lèvres.

— Je n'avais jamais considéré les choses sous cet angle. Mais tu as raison.

— Bien sûr que j'ai raison.

— Je suppose que c'est mieux ainsi pour tout le monde. Dieu sait que ton père n'est pas pressé de te voir mariée, surtout après ce qui s'est passé pour tes sœurs. Je pense qu'il espère que tu vivras sous son toit pour toujours, célibataire et pure.

Pure, hem.

Vierge ou pas, Justine ne s'imaginait pas quitter sa famille et sa maison. Elle n'en avait jamais connu d'autres, et aimait cet endroit. Mais le monde changeait malgré tout. Marion vivait avec Frank, toujours sur la Cinquième Avenue quoique un peu plus au sud. Florence irait bientôt s'installer au-dessus de son casino, en ville. Ses sœurs avaient trouvé leur voie. Et elle, qu'allait-elle faire ? Elle voulait aider les gens, mais qu'est-ce que cela signifiait exactement ? S'investir davantage dans les bonnes œuvres ?

— Eh bien, je ne suis pas pressée non plus, dit-elle.

Le dîner terminé, tout le monde gagna le salon. Justine envisageait de battre en retraite dans sa chambre quand sa sœur aînée l'entraîna dans un petit salon désert.

— Je voudrais te parler, dit Marion de ce ton déterminé que Justine connaissait bien.

— De quoi ?

— D'aujourd'hui.

— Et ?

— Tu es arrivée très en retard, avec une tête de six pieds de long, comme si quelqu'un avait frappé ton chien.

— Quelle horrible comparaison !

— Justine, concentre-toi. Que s'est-il passé ?

Marion était la seule de la famille à savoir tout ce qu'elle faisait pour retrouver les maris ayant abandonné leur famille.

— J'ai retrouvé M. Gorcey, je le cherchais depuis six semaines.

— C'est une bonne nouvelle. À moins que les choses n'aient mal tourné ?

— Non, tout s'est bien passé. Il a accepté de verser une pension à sa femme et à ses enfants. Tous les mois.

Marion fronça les sourcils.

— Alors pourquoi cette tête ? Tu as de quoi te réjouir, non ?

— Oui, bien sûr. C'est juste que...

Elle décida de se confier à Marion.

— Tu connais un homme, en ville, du nom de Jack Mulligan ?

— J'ai entendu parler de lui. Pourquoi ?

— Gorcey travaille pour lui. Je suis allée au New Belfast Athletic Club et j'ai demandé à Mulligan...

— Tu as *quoi* ? Dis-moi que tu n'y es pas allée seule. Tu ne dois pas traîner chez ce Mulligan. Pas seule, en tout cas.

— C'était au beau milieu de la journée. J'étais en sécurité. Pour l'essentiel.

Marion pâlit.

— On t'a fait du mal ?

— Non. Du calme, Marion, il ne s'est rien passé.

Sa sœur était visiblement sceptique, et en colère.

— Et Mulligan, alors ?

— J'avais besoin de son aide à propos de Gorcey. En échange, il m'a fait promettre de lui rendre service un jour.

— Quel genre de service ?

— Il n'a pas voulu me le dire. Juste un service. C'est lui qui choisira.

— Et tu as accepté une chose pareille ? s'écria Marion. On ne t'a donc rien appris, Florence et moi ? Pourquoi as-tu dit oui, bon sang ?

Justine se hérissa.

— Je ne suis plus une enfant, Marion. J'avais besoin de son aide, et j'ai cru à tort que Mulligan forcerait Gorcey à payer la pension parce qu'il a la réputation de protéger les femmes. Je faisais appel à son sens du bien et du mal.

— Bien, Frank ira lui parler, et s'occupera de le faire renoncer à cette promesse.

— Ce ne sera pas nécessaire. J'honorerai ma dette. Et je te rappelle qu'on était d'accord pour que Frank ne soit pas mis au courant de mes activités.

Son beau-frère pouvait lui compliquer la tâche s'il le voulait. Ou en parler à leur père, ce qui aurait été bien pire.

— Je n'aime pas avoir de secret pour lui, répliqua Marion. Tu n'es pas juste avec nous. Il sera furieux s'il l'apprend.

— Mais il ne l'apprendra pas, parce que tu ne diras rien. Si tu as tant de mal à tout garder pour toi, je ne te dirai plus rien.

— Et je me ferai encore plus de souci. Au moins, si je sais ce que tu fais, je peux t'aider.

— Alors c'est réglé. Je m'occupe de Mulligan, et tu restes en dehors de cette histoire.

— Je te protégerai si j'estime que c'est nécessaire, Justine. Arrête de faire ta tête de mule. Allez, viens avant que les autres se demandent où nous sommes passées.

Justine ne bougea pas. Son cerveau était assailli de pensées mêlant voyous manipulateurs et sœurs aînées trop curieuses. Elle voulait être seule. Réfléchir au meilleur moyen de se protéger. À la façon dont elle allait pouvoir ériger un rempart autour d'elle. Marion croyait bien faire, mais elle était capable de se débrouiller seule.

— Je ne me sens pas bien. Je vais monter m'allonger.

— Tu essaies de m'éviter parce que tu sais que j'ai raison, riposta Marion avant de se diriger vers le couloir. Très bien. Va te reposer. Et prépare-toi à m'entendre te lancer un jour : « Je te l'avais bien dit. »

Justine ne prit pas la peine de répondre. Elle trouverait un moyen de reprendre l'avantage sur Mulligan. D'une manière ou d'une autre.

4

Assis seul au bar du club, Jack fixait son verre de bière, songeur. Il baignait dans le bruit. Aux cris du match de boxe, à l'arrière du bâtiment, s'ajoutait la musique du cabaret, côté rue, pourtant il n'entendait rien. Pas ce soir. Il pensait à autre chose.

À *quelqu'un* d'autre, plus précisément.

Il venait de recevoir le rapport du jour sur Mlle Greene. Depuis déjà presque une semaine, un de ses gars la filait, puis décrivait à Jack l'emploi du temps détaillé de l'intrépide donneuse de leçons. Apparemment, elle n'arrêtait pas une seconde, prenant tout juste le temps de manger. Debout à l'aube, rentrée à la tombée du jour. Elle servait la soupe populaire dans une église, distribuait des couvertures dans les quartiers pauvres, accompagnait des femmes chez le médecin ou la sage-femme. Et n'assistait à aucun événement mondain.

Si ce n'était son adresse et son nom de famille, personne ne se douterait qu'elle venait d'une famille aussi richissime qu'influente.

Elle n'était pas revenue au club et avait évité le quartier de Great Jones Street. À croire qu'elle l'évitait *lui*.

Alors qu'il pensait sans arrêt à elle.

— Mazette, tu m'as l'air complètement ailleurs ce soir.

Jack leva les yeux et découvrit Maeve, une de ses danseuses. Sans avoir été désignée meneuse de revue, elle l'était dans les faits. C'était sa plus ancienne danseuse en tout cas. Intelligente, vive, elle veillait sur ses condisciples.

Il lui fit signe de s'asseoir près de lui.

— Je ne suis jamais ailleurs, assura-t-il. Tu es venue boire un verre ?

Elle secoua la tête, les boucles bleues de sa perruque s'agitant comme autant de petits ressorts.

— Non, je te cherchais.

— Il y a un problème ?

D'ordinaire, Jack ne s'occupait pas personnellement des problèmes. Au cabaret, plusieurs gars costauds étaient chargés d'assurer la sécurité des danseuses et de les protéger des ivrognes qui cherchaient la bagarre.

— C'est possible.

Elle se pencha et continua à voix basse :

— Katie n'en est pas certaine, mais elle pense qu'on la suit depuis quelques jours. Chaque fois c'est le même homme.

Jack se raidit. Dans le quartier, tout le monde connaissait ses danseuses et savait qu'elles étaient chasse gardée. Et que les conséquences seraient lourdes si quelqu'un s'en prenait à elles.

Alors qui avait osé ?

Ces dernières années, il n'avait eu que deux rivaux : Clayton Madden et Trevor O'Shaughnessy. Madden avait renoncé à son empire par amour – l'imbécile ! – et O'Shaughnessy était un petit nouveau, débarqué de Dublin à peine cinq ans plus tôt. Était-il stupide au point d'avoir tenté sa chance ?

Jeune et fougueux, Trevor O'Shaughnessy n'avait pas connu la violence qui régnait entre les gangs de Bowery et de Five Points avant que Jack les réunisse en une seule organisation, qu'il dirigeait aujourd'hui.

Pour Trevor, il y avait de l'argent et des bras pour tout le monde, alors pourquoi Jack en aurait-il l'exclusivité ? Peu à peu, l'Irlandais avait monté une équipe du côté de Broome Street Hall, une boîte dans laquelle il avait débuté comme videur. Sans vraiment constituer une menace pour l'empire de Jack, c'était quelqu'un qu'il fallait garder à l'œil. Aussi Jack surveillait-il de près tous ceux qui avaient rallié l'équipe de O'Shaughnessy, et suivait-il les différentes « affaires » auxquelles ce dernier prenait part.

Ce qui jouait en faveur de O'Shaughnessy, c'était le refus de Jack de gérer des bordels. Il avait été élevé dans un établissement de ce genre, avait vu ce que cette vie faisait aux femmes comme sa mère, et aurait préféré mourir dans la misère plutôt que de gagner de l'argent avec ce commerce-là. Trevor n'avait pas ces scrupules. Il faisait trimer jeunes femmes et jeunes hommes dans ses maisons de passe en dehors du territoire de Jack.

Bref, jamais Jack ne s'allierait à O'Shaughnessy. Tout compromis était exclu, et le moment venu, le combat serait impitoyable.

Qui n'avance pas recule. C'était la devise de Jack.

— Elle l'a reconnu ? demanda-t-il en retenant un soupir.

— Elle n'a pas bien vu, il faisait nuit et il avait son chapeau bas sur les yeux.

— Il ne l'a pas abordée ?

— Non, mais ça lui a fichu les jetons.

Pas étonnant. Jack était bien placé pour savoir de quelle violence les hommes étaient capables avec les femmes, et toute femme saine d'esprit ferait tout pour y échapper.

— Je vais demander à mes gars de raccompagner toutes les filles.

Maeve fronça les sourcils, visiblement agacée.

— Ce n'est pas nécessaire...

— Ne discute pas. Il faut qu'on soit vigilants, sinon la ville finira par croire que je suis devenu un tendre.

— Personne doté d'un cerveau ne penserait une chose pareille. Sur Broadway, on raconte encore comment tu as posté un par un les doigts d'un voleur à sa femme.

Jack bougonna. Ce n'était pas tout à fait vrai, mais les voyous étaient pires que les vieilles dames dans un club de point de croix quand il s'agissait de colporter des ragots.

— Il n'empêche. Je ne veux pas prendre de risque. Vous êtes sous ma responsabilité, toutes les cinq. J'ai promis d'assurer votre sécurité et je le ferai, quoi qu'il arrive. L'autre solution, ce serait que vous vous installiez toutes ici.

— Les filles ne veulent pas, et moi non plus. On a des familles, et une vie en dehors du cabaret. Sans parler du fait que si on habitait ici, les gens feraient des suppositions sur la nature de notre travail.

On prendrait le club pour un bordel.

— Dans ce cas acceptez qu'on vous raccompagne.

Elle scruta Jack d'un air songeur.

— Je vois bien que tu es dans un mauvais jour.

Il but une longue gorgée de bière et détourna les yeux.

— On peut savoir ce que tu veux dire par là ?

— Je veux dire que tu as quelque chose sur le cœur, et que ta patience est à bout. Tu veux en parler ?

Jack hésita. Maeve avait beau être jeune, sa position d'aînée de huit enfants l'avait fait mûrir très vite. L'argent qu'elle gagnait au cabaret l'aidait à nourrir ses frères et sœurs plus jeunes. S'il avait eu besoin de conseils sur les femmes – ce qui n'était pas le cas –, il se serait tourné d'instinct vers Maeve. Seulement il ne parlait de sa vie privée avec personne. Il baisait beaucoup, et restait discret. C'était plus sûr, et plus pratique, aussi.

De toute façon, Justine Greene ne l'intéressait pas. Il la trouvait fascinante, certes, mais elle venait d'un autre monde, et il n'avait pas besoin d'une femme de ce genre dans son lit.

— Non, merci, répondit-il.

— Comme tu voudras, dit Maeve en se laissant glisser de son tabouret. D'accord pour raccompagner les filles durant quelques jours. Ça ne va pas leur plaire, mais elles le toléreront le temps de s'assurer qu'il n'y a pas de danger.

Les filles le toléreraient le temps que Jack l'estimerait nécessaire, ce qu'il se garda toutefois de préciser. Ce soir, il ferait le point, verrait s'il était possible d'identifier l'homme. Puis il réglerait personnellement cette histoire.

— Comment vont les affaires, ce soir ? s'enquit-il.

— Tu n'es pas venu ?

— Pas encore.

— C'est bondé. Encore plus que ces dernières semaines.

— Excellent. Si tu as besoin d'autre chose, n'hésite pas.

— C'est noté. Bonne fin de soirée, Mulligan.

Jack la regarda s'éloigner, contrarié. Il n'avait pas voulu l'alarmer, mais que quelqu'un ose s'en prendre à l'une de ses employées était inquiétant. Si O'Shaughnessy était derrière ça, il pouvait s'agir d'une première salve annonçant une tentative de prise de pouvoir.

Bien sûr, cela ne venait pas forcément de Trevor. Ces deux dernières années, les affaires avaient été florissantes. Quand Madden avait tiré sa révérence, l'influence de Jack s'était étendue progressivement à travers la ville. Plus de cabarets, plus de bars, plus de salles de jeu... Et pour finir, plus d'argent, plus de pouvoir, plus d'influence. Mais cela avait aussi fait de lui un homme plus exposé. Une cible.

Il soupira, se massa la nuque. Certains jours, il se demandait si tout cela valait le coup.

Puis il faisait ses comptes, et décidait que putain, oui, ça valait sacrément le coup.

Justine s'arrêta au pied des marches du 300 Mulberry Street, plus connu sous le nom de Quartier général de la police de New York. Des agents allaient et venaient, visiblement très occupés, et très élégants dans leur uniforme bleu marine. La police avait beau avoir la réputation d'être corrompue jusqu'à la moelle, Justine enviait ses membres. Ils détenaient le pouvoir, le vrai pouvoir de changer les choses. Produire un insigne de police, c'était susciter la peur.

Malheureusement, un grand nombre d'officiers cédaient à l'appât du gain, ou étaient victimes de chantage. Les représentants des grandes familles new-yorkaises étaient peu nombreux dans leurs rangs, du moins d'après les juristes du bureau aide juridique.

À l'intérieur, elle se présenta à la réception. Les premières fois, les agents s'étaient bousculés pour lui venir en aide, la supposant perdue. Aujourd'hui, ils savaient à qui ils avaient affaire et préféraient l'ignorer.

Après s'être adressée à l'agent de permanence, elle s'enfonça dans le dédale de couloirs. Des petits groupes d'hommes riaient et discutaient, à l'aise dans leur pré carré. La cellule de dégrisement affichait complet, des corps avachis en occupaient tout l'espace. Elle baissa la tête et se concentra sur sa destination.

L'inspecteur Ellison était son contact dans la police depuis dix-huit mois. Au départ, il n'avait pas été très chaud pour l'aider, mais elle avait insisté, s'efforçant de le convaincre que les maris avaient l'obligation de subvenir aux besoins de leur famille, et il avait fini par céder. Elle avait retrouvé un premier mari fugueur, puis un deuxième, et Ellison avait dû décider de la tolérer, puisque depuis il l'aidait chaque fois qu'elle en avait besoin. La police ne pouvant pas officiellement allouer des ressources à la recherche de ces individus, il avait déclaré à Justine qu'elle pouvait s'en occuper si cela lui chantait.

Aujourd'hui toutefois, elle n'était pas là pour un mari fugueur. Ellison l'avait déjà aidée sur le sujet qui l'amenait : le travail des enfants.

La porte du bureau était entrouverte. Elle frappa sur le chambranle histoire de ne pas surprendre qui que ce soit. Une fois, elle avait vu un officier uriner dans un crachoir posé dans un coin de la pièce.

— Il y a quelqu'un ? lança-t-elle.

Plusieurs grognements lui répondirent.

— Entrez ! aboya une voix.

Quatre inspecteurs étaient assis derrière leur bureau, et toutes les têtes se tournèrent dans sa direction. Trois paires d'yeux la fixèrent avec une hostilité non déguisée, la quatrième afficha un regard bienveillant et curieux. C'était celle d'Ellison.

— Regardez qui voilà ! railla l'un des inspecteurs. Je sonne pour qu'on fasse monter le thé, Ellison ?

Justine les ignora.

— Bonjour, inspecteur Ellison. Vous auriez un moment à me consacrer ?

— Quelqu'un a encore perdu un mari ? fit mine de s'offusquer un autre inspecteur. Il va falloir mobiliser tous nos hommes.

Ellison adressa un regard méprisant à ses collègues qui s'esclaffaient.

— Laissez-nous, les gars.

Sans cesser de rire, les trois autres se levèrent et quittèrent la pièce. Ellison se leva, et indiqua à Justine la chaise qui faisait face à son bureau.

— Ne vous laissez pas impressionner. Ils sont mal dégrossis, mais ce sont de bons flics.

— Je ne suis pas impressionnée. Ils peuvent se moquer de moi autant qu'ils veulent. Ce que je fais a aussi son importance.

— En effet, confirma Ellison en se rasseyant. Que puis-je faire pour vous, mademoiselle Greene ?

Elle s'assit et posa son dossier sur ses genoux.

— J'ai appris l'existence d'un atelier de confection dans Rivington Street, et hier, je suis allée voir de quoi il retournait. Au cinquième étage, j'y ai trouvé des femmes et des enfants, des gamins de sept ou huit ans, pas plus, qui travaillaient après la tombée de la nuit. Les propriétaires avaient fermé à clé pour empêcher les ouvriers de partir.

Ellison secoua la tête avec une moue de désapprobation qu'elle lui avait souvent vue lorsqu'ils évoquaient les sujets que Justine traitait. Il était marié, avait de jeunes enfants, et ne supportait pas la violence et les mauvais traitements dont étaient victimes beaucoup de gamins à New York.

— C'est abject. Ces gens sont prêts à tout pour un peu d'argent facile. Malheureusement, je ne peux rien pour vous dans l'immédiat. Je suis sur une grosse affaire, un assassinat. Il s'agit du fils d'un homme politique, du coup j'ai Tammany Hall sur le dos en permanence.

— Vous n'auriez pas une petite heure pour venir leur parler ?

Ellison l'avait déjà fait. Il avait pris à part des chefs d'entreprise véreux, les avait intimidés en montrant son insigne. Il avait même menacé d'en référer aux syndicats et d'aider les ouvriers à se mobiliser s'ils ne traitaient pas leur main-d'œuvre plus décemment. Et la méthode s'était avérée plus efficace que lorsque Justine agissait seule.

— Je suis désolé, je ne peux vraiment pas. Je risque d'être viré. Vous savez que je suis toujours prêt à vous aider, mais tant que cette affaire n'est pas réglée, je suis coincé.

— Mais...

Elle ne savait quoi dire. C'était la première fois qu'il se dérobait.

— ... vous ne connaissez personne qui pourrait m'aider ? Un autre inspecteur, peut-être, qui ne travaille pas sur cette affaire ?

Il eut un rire amer.

— Toute la police du district est sur la brèche. Et même si ce n'était pas le cas, les propriétaires de l'atelier ne font rien d'illégal. Jamais je n'arriverais à convaincre un autre inspecteur de vous aider.

En d'autres termes, elle n'avait que lui, et il était trop occupé pour l'instant. Si elle le comprenait, elle avait du mal à l'admettre. Il fallait bien faire quelque chose !

— Je dois absolument trouver un moyen de les aider. Vous auriez une idée ?

— Vous pourriez essayer le nouveau Service des bâtiments. Demandez Thomas Brady, c'est lui qui le dirige. Il est possible que cette histoire de portes verrouillées le fasse réagir, parce qu'en cas d'incendie...

— Et l'âge des enfants et les heures auxquelles on les force à travailler ?

— Aussi répréhensibles ces pratiques soient-elles, mademoiselle Greene, j'ai bien peur que tout le monde ne soit pas de votre avis. Pour beaucoup, le profit passe avant la qualité de vie. Revenez dans quelques semaines, et je verrai ce que je peux faire, d'accord ?

Furieuse, Justine hocha la tête et se leva.

— Très bien. Bonne chance pour votre affaire d'assassinat.

Ellison la raccompagna à la porte.

— Je suis vraiment désolé, croyez-moi. Certains jours, j'aimerais que la police accepte les femmes dans ses rangs, et qu'on vous donne un insigne à vous aussi. Vous n'auriez plus besoin de moi pour remonter les bretelles de ces exploiteurs. Vous le feriez toute seule.

Elle ricana.

— Policière ou pas, ils n'écouteraient jamais une femme.

— Vous avez sans doute raison, hélas. Prenez soin de vous, mademoiselle Greene. Cette ville est impitoyable.

Il lui disait cela chaque fois qu'ils se voyaient, c'était sa façon à lui de dire au revoir.

— Vous aussi, inspecteur. Merci.

Dans le couloir, elle ignora le groupe d'hommes qui chuchota en la regardant passer. Ellison avait évoqué une fois avec elle les remarques ironiques dont il faisait l'objet à cause de leur collaboration. Elle avait trouvé cela tellement puéril. Les choses n'étaient guère différentes entre ici et la Cinquième Avenue, où il s'agissait de satisfaire les « bonnes » personnes et où les étrangers au groupe étaient méprisés, quelle que soit leur valeur. Ici, elle était considérée comme sotte et frivole, parce que femme.

Pfff...

Dehors, l'air était humide, poisseux et lourd. La responsabilité qu'elle estimait avoir envers ces familles et ces enfants qui travaillaient dans des conditions indignes et dangereuses était un poids sur ses épaules. En cas d'accident ou d'incendie, les victimes pourraient se compter par centaines.

Une voix familière, à l'accent cultivé tout à fait incongru dans ce quartier, brisa le fil de ses pensées. Elle leva la tête.

Et n'en crut pas ses yeux. Adossé à une élégante voiture noire, jambes croisées, Mulligan discutait avec des policiers en uniforme, souriants et très attentifs à ses paroles. Il parlait avec animation, agitant les mains, captivant son auditoire. Un costume brun clair à la coupe parfaite soulignait ses larges épaules. On aurait pu le prendre pour un industriel ou un banquier.

Le petit groupe éclata soudain de rire, certains essuyèrent même une larme au coin de l'œil. Justine avait dû faire du bruit, lâcher un petit cri de surprise, car le regard de Mulligan croisa le sien. Un demi-sourire lui incurva les lèvres tandis qu'il s'adressait à son public.

— Messieurs, ce fut un plaisir, mais je vois qu'une jolie demoiselle a besoin de mon attention.

Il serra des mains, donna des tapes dans le dos, et Justine en profita pour tourner les talons et s'éloigner d'un pas rapide.

Il n'était quand même pas venu pour elle, si ? L'effroi lui noua l'estomac. S'il était là pour exiger son dû, elle avait intérêt à réfléchir, et vite. Mulligan avait la réputation de ne jamais négocier ni renoncer. Il y avait toutefois une limite à ce qu'elle était prête à payer pour le service qu'il lui avait rendu.

S'il avait l'intention de faire pression sur elle ou de l'intimider, il en serait pour ses frais.

— Holà, attendez un peu ! dit-il en arrivant à sa hauteur. Vous êtes pressée, mademoiselle Greene ?

— J'ai à faire, monsieur Mulligan, répondit-elle en évitant la charrette d'une marchande des quatre-saisons et le groupe d'enfants qui l'entourait. Vous aviez besoin de quelque chose ?

— Où allez-vous ?

— Pourquoi toutes ces questions ?

— Parce que je suis curieux. Comment une petite jeune fille arrive-t-elle à faire autant de choses en une seule journée ? Servir la soupe populaire dans le Bowery, apporter des vêtements dans le Lower Est Side. Vous n'arrêtez jamais, on dirait.

Comment... ? Elle s'arrêta net et le fixa en cillant.

— Vous me faites *suivre* ?

— À vous entendre, mes intentions sont répréhensibles. Je vous assure, ce n'est que pure curiosité.

— Curiosité pour quoi ? Pour mes bonnes œuvres ?

Elle ne voyait vraiment pas comment, lors de leur court entretien, elle avait pu susciter un tel intérêt.

— Entre autres, oui. Venez. Permettez-moi de vous déposer où vous voudrez.

Il n'y avait dans la rue qu'une voiture de police.

— Avec quoi ? Un fourgon cellulaire ?

Les yeux de Mulligan pétillèrent, il sourit. Dieu qu'il était bel homme. Ignorant les papillons qui voletaient dans son ventre, elle le regarda porter deux doigts à ses lèvres. Il émit un sifflement si puissant qu'elle plaqua spontanément les mains sur ses oreilles. Quelques secondes plus tard, l'élégante voiture noire qu'elle avait vue garée devant le siège de la police s'arrêta près d'eux.

Mulligan s'inclina.

— Votre fourgon est avancé, mademoiselle.

Le silence s'étira, et Jack finit par se sentir idiot, penché en avant comme un gars de la haute, tout ça pour essayer d'impressionner une fille, chose qui ne lui était pas arrivée depuis des lustres – ailleurs que dans un lit en tout cas. Alors il se redressa, et attendit, sentant le soleil darder ses rayons dans son dos.

Justine n'avait pas l'air impressionnée du tout. Elle fixa la voiture d'un œil méfiant, comme si un serpent attendait à l'intérieur, prêt à mordre.

— J'aurais dû m'en douter.

— Vous douter de quoi ?

— Vous avez la réputation de ne jamais être pris au dépourvu.

Ce n'était pas faux. Avoir un coup d'avance sur tout le monde avait été le seul moyen de rester en vie aussi longtemps.

Une fois de plus, il tenta le charme et lui offrit son bras.

— Une aussi belle jeune fille ne devrait jamais marcher par cette chaleur.

Levant les yeux au ciel, elle tourna une fois de plus les talons et rebroussa chemin. Jack la regarda, stupéfait, le bras toujours en l'air. Elle le *snobait* ? Sa déception fut immense.

Un petit bruit ressemblant étrangement à un rire étouffé attira son attention. Il fusilla du regard celui qui était à la fois son bras droit et son chauffeur.

— Va te faire foutre, Rye.

Ce dernier retrouva instantanément son sérieux.

— Désolé, Mulligan.

Tous deux se connaissaient depuis longtemps, et Jack appréciait Rye plus que quiconque. Pas assez cependant pour tolérer un manque de respect, quel qu'il soit.

Il regarda Justine s'éloigner. Et décida qu'il n'avait pas le choix. Il devait la poursuivre.

Elle venait de traverser Houston Street lorsqu'il la rattrapa. Il adopta son allure, et salua poliment les gens qu'ils croisèrent. Avoir une conversation privée se révéla impossible. Il était très connu dans le quartier. Ces rues, il les avait dans le sang. Ces pâtés de maisons, il y avait passé presque toute sa vie.

Il avait rétabli l'ordre, ici. Grâce à lui, le quartier était plus sûr. Ses habitants pouvaient respirer, conscients que Jack Mulligan veillait sur eux. Plus d'émeutes, plus de bagarres entre gangs. Il avait embauché beaucoup de monde et pouvait compter sur près de mille cinq cents gars désormais. Ces types n'étaient pas des enfants de chœur, mais ils ramenaient un salaire à leur famille, fréquentaient les commerces du quartier et tiraient celui-ci vers le haut.

Voilà pourquoi il avait insisté pour que ses gars présentent bien. Tous devaient être propres et correctement vêtus. Ils valaient mieux que les anciens gangs, hordes de voyous en haillons qui se battaient au couteau dans les rues. Avec Mulligan, le standing était différent, et ses gars devaient le montrer pour que le reste de la ville y croie.

— Vous ne trouvez pas cela agaçant à la fin ?

Il porta un doigt à son chapeau pour saluer une femme qui l'appelait de sa fenêtre.

— D'être adulé, vous voulez dire ?

— Je n'appellerais pas cela de l'adulation. Du lèche-bottes, plutôt.

— Je n'y peux rien si les gens me vénèrent.

— Ils ne vous vénèrent pas, ils vous *craignent*.

Il fronça les sourcils.

— Jamais je ne ferais de mal à ceux qui habitent ici.

C'était son territoire. De Broadway au Bowery en passant par la 4e rue Est et Five Points, ses gars veillaient au grain. Il avait même un pied dans le New Jersey, à Long Island et à Staten Island. Et bientôt, il aurait beaucoup plus que cela.

— Du moment qu'ils font ce que vous voulez, lâcha-t-elle à mi-voix.

Elle ne comprenait pas comment fonctionnaient les choses dans le sud de Manhattan. Et comment l'aurait-elle pu, venant de la Cinquième Avenue ? Il préféra changer de sujet.

— Vous comptez vous rendre à pied au bureau de l'association d'aide juridique ?

Par une chaleur pareille, ce serait insupportable. Sans parler du fait que le trajet lui ferait traverser le quartier de Five Points. Qu'essayait-elle de prouver ?

— Oui. J'ai besoin de réfléchir.

— À propos de quoi ?

— Écoutez, Mulligan, je n'ai pas le temps. Dites-moi ce que vous voulez et finissons-en.

Il encaissa, piqué au vif. Il ne savait trop pourquoi mais la réaction de Justine l'avait blessé.

— À quand remonte votre dernier repas ?

Elle s'immobilisa et le fusilla du regard.

— Pourquoi cette question ?

— Parce que l'heure du déjeuner est passée et que j'ai l'impression que vous prenez rarement le temps de vous occuper de vous. Je me trompe ?

— Je ne vois pas en quoi cela vous regarde.

— Vous avez une dette envers moi, mademoiselle Greene. Et tant que vous ne vous en serez pas acquittée, votre bien-être me regarde.

Cet argument était inepte, bien sûr. Mais il ne renoncerait pas. Surtout si cela lui permettait de déjeuner avec elle.

— Venez.

Sans attendre sa réponse, il lui prit le coude et l'entraîna vers une taverne allemande qu'il appréciait. Elle ne lui résista pas, se contenta de grommeler en descendant les cinq marches qui menaient à l'établissement.

À l'intérieur, la lumière était faible même en plein jour. Un long bar s'étirait sur une moitié de la salle, des tables occupaient l'autre. Il salua l'homme derrière le zinc d'un signe de la main. C'était le propriétaire, M. Hoffman.

Une femme plus âgée s'approcha, un tablier noué autour de la taille.

— *Willkommen, Herr Mulligan !*

Il lui serra la main.

— *Hallo, Frau Hoffman. Wie geht es Ihnen ?*

— *Es geht mir gut.* Vous voulez vous asseoir ?

— *Bitte.*

Mme Hoffman les conduisit à une table, au fond, d'où Jack pouvait surveiller la salle. Exactement ce qu'il aimait.

— *Danke*, dit-il avant de tirer une chaise pour Justine. *Ich hätte gerne zwei Pils, bitte.*

— Et vous déjeunez ?

— Oui. Le plat du jour, ce sera très bien.

Mme Hoffman faisait tout elle-même et c'était excellent. La meilleure *Wiener Schnitzel* de la ville.

Un délicat toussotement attira l'attention de Jack.

— Madame Hoffman ? dit Justine. Je préférerais de l'eau. Et si vous pouviez me dire quel est le plat du jour avant que je décide de le commander, je vous en serais reconnaissante.

Elle avait posé la question d'un ton aimable, pourtant Jack eut l'impression qu'elle était agacée. Qu'avait-il fait de mal ?

Mme Hoffman expliqua que le *Sauerbraten* était à base de viande braisée servie avec du chou et des pommes dauphines. Justine déclara que cela serait parfait, et Mme Hoffman disparut en cuisine.

— Vous ne me faites pas confiance ? demanda Jack en pianotant sur la table.

— Je n'aime pas que l'on décide pour moi.

Ces gens de la haute... Le moins qu'on puisse dire, c'est qu'elle n'avait rien d'une petite fleur flétrie des beaux quartiers. Et cela lui plaisait.

— J'essayais juste d'aider. Détendez-vous. Tout est excellent, ici.

— Je ne suis ici que parce que vous ne m'avez pas laissé le choix.

— La vie est courte, mademoiselle Greene. Nous devons en goûter les plaisirs avant qu'il soit trop tard.

Justine jeta un coup d'œil aux lèvres de Jack lorsqu'il prononça le mot « plaisirs ». Il avait beau faire sombre, le rose qui colora ses joues ne lui échappa pas. Intéressant. Jack n'avait pas cherché à faire un sous-entendu, mais apparemment, la petite bienfaitrice n'était pas si innocente que cela.

Très intéressant.

Rye entra, adressa un signe de tête à Jack avant d'aller s'accouder au bar d'où il surveillerait la salle tout en bavardant avec M. Hoffman. Mme Hoffman revint avec de l'eau pour Justine et une pils pour Jack. Les Hoffman, comme nombre de propriétaires de bars et de tavernes en ville, achetaient leur bière au brasseur de Jack, Patrick Murphy. Jack but une gorgée : elle était fraîche.

— Que faisiez-vous au QG de la police ? demanda-t-il lorsqu'ils furent de nouveau seuls.

Justine haussa une épaule.

— Je connais un inspecteur qui accepte souvent de m'aider. Malheureusement, il est pris par une affaire d'assassinat.

— Il doit s'agir du fils du Gros Tom.

Le fils de Tom Wagner avait été assassiné dans un bordel de Mott Street. Wagner était membre de Tammany Hall, grâce à quoi il avait fait une belle carrière à la mairie, où il occupait un poste en vue. Son défunt fils avait laissé des dettes un peu partout, y compris chez Jack, qui ne tarderait pas à réclamer son dû à Wagner.

— Oui, sans doute. J'ai demandé un service à cet ami inspecteur, mais il a refusé. Donc je dois trouver une autre solution.

C'était l'occasion qu'il attendait, et Jack était connu pour ne jamais en laisser passer une. Il avala une longue gorgée de sa bière pour masquer son sourire.

— Moi aussi, je rends souvent des services. Pourquoi ne pas vous adresser à moi, plutôt ?

5

Il avait dit cela d'une voix sourde et un peu rauque qui fit naître un délicieux frisson au creux du ventre de Justine. D'une certaine façon, dans la bouche de Mulligan, « rendre service » avait quelque chose de lascif. Seigneur, pourquoi lui faisait-il un tel effet ? Charme et beauté auraient dû la laisser de marbre. Mulligan, c'était le diable en gilet de soie. Le savoir n'empêchait toutefois pas son corps de vibrer, ni son pouls de s'accélérer.

Cette réaction la mit en colère contre elle-même. Contre lui. Il avait été clair : elle n'était pas son genre – ce dont elle se contrefichait. Moins elle aurait affaire à lui, mieux elle se porterait.

— Je vous dois déjà un service, répondit-elle d'un ton acerbe. Aggraver mon cas ne serait pas raisonnable.

— Un service de plus ou de moins, franchement, qu'est-ce que cela change ?

— Je l'ignore, puisque vous refusez de me dire ce qu'implique le remboursement de cette dette.

— Et cela vous ennuie, n'est-ce pas ? Et si je vous dis que dans cette ville il y a des centaines d'hommes qui me doivent un service, que je peux le leur demander à tout moment, est-ce que cela vous rassure ?

— Non, pas du tout.

D'abord, elle n'était pas un homme. Ensuite, elle n'aimait pas l'idée que Mulligan puisse exiger quelque chose d'elle sans prévenir.

— Je ne suis pas à votre botte.

Le charme retomba et le regard de Mulligan se fit perçant, scrutateur. Une intelligence vive brillait dans ces yeux, et laissait entrevoir l'homme qui avait bâti son empire par la violence et la ruse.

— J'ai bien compris, oui, dit-il. Bavardons un peu, alors. Plus de service ni de dette. Parlez-moi de ce problème.

Les plats arrivèrent, la *Sauerbraten* exactement telle que décrite par Mme Hoffman, et Justine mangea avec appétit. C'était délicieux, roboratif et copieux, et elle réalisa que cela faisait plusieurs jours qu'elle ne s'était pas assise pour prendre un vrai repas. Elle évitait désormais de dîner avec ses sœurs, ne tenant pas à ce que Marion lui refasse la leçon à propos de Mulligan et lui reproche son inconscience. Marion et Florence la traitaient souvent comme une enfant, comme si elle avait besoin d'être protégée.

C'était grotesque. En vingt ans sur cette terre, Justine avait vu bien plus de violences et d'horreurs que ses deux sœurs réunies.

Manger chaud la détendit, et la rendit bavarde. Elle raconta à Mulligan l'atelier de confection de Rivington Street, les femmes et les enfants enfermés. Lui expliqua que les employés n'avaient pas le droit de faire des pauses, même pour soulager des besoins naturels, décrivit le désespoir et la misère, et la façon dont le propriétaire l'avait jetée dehors lorsqu'elle avait tenté de lui adresser des critiques.

— C'est pour cela que vous vouliez l'aide d'Ellison ? Vous comptiez sur la peur de la police pour éveiller la compassion du propriétaire ?

— Oui. Cela a fonctionné par le passé.

— C'est surprenant vu que la plupart des propriétaires d'ateliers sont des ordures cupides. Ils vendraient leur propre mère s'ils avaient quelque chose à y gagner.

— C'est vrai, mais l'insigne d'Ellison et la menace d'une syndicalisation massive ont été efficaces jusqu'ici.

— Si vous voulez mon avis, il n'y avait pas que cela, déclara Mulligan avec un petit sourire énigmatique qui lui fit battre le cœur.

Calme-toi, Justine. Ne tombe pas sous le charme.

Ils mangèrent un moment en silence. Jack commanda une autre bière et lorsque celle-ci arriva, il s'adossa à sa chaise et en but une longue gorgée.

— L'association d'aide juridique ne chôme pas, et c'est en partie grâce à vous, dit-il. Votre réputation de bienfaitrice n'est plus à faire dans le sud de Manhattan.

— N'exagérez pas. Je suis loin d'avoir fait assez pour endiguer la souffrance et la pauvreté.

— Une seule personne ne peut pas résoudre tous les problèmes d'une ville.

— Vous l'avez fait.

— Pas exactement. J'ai eu de l'aide. Et l'essentiel de mon action a consisté à convaincre mes « concurrents » que nous nous en sortirions mieux ensemble. L'union fait la force, *et cetera*.

Il minimisait son rôle, elle en était certaine. Il s'était bâti un empire avec des hommes pour qui le compromis n'allait pas de soi.

— Pourquoi vous êtes-vous lancé là-dedans ?

— Je ne supportais pas l'idée de travailler pour quelqu'un – et cela incluait la police et Tammany Hall. Je savais que je finirais sous la botte de quelqu'un d'autre tant que mon organisation ne serait pas assez grande, assez puissante pour éclipser toutes les autres.

Difficile de le contredire sur ce point. Elle eut soudain envie d'en savoir plus sur lui. Comment devenait-on quelqu'un comme Mulligan ?

— Vous avez grandi ici ?

— Oui. Dans le Bowery.

— Et les langues étrangères ? On dit que vous en parlez trois autres en plus de l'anglais.

— Quatre, en fait. J'ai appris l'italien et l'allemand avec les gens de mon quartier quand j'étais enfant. Le français et l'espagnol ensuite, dans les livres. J'ai de bonnes bases en yiddish et en russe, mais je ne les parle pas couramment.

— C'est impressionnant. Je n'ai appris que le français.

Il haussa les épaules.

— J'avoue que cela m'a parfois rendu service, surtout quand j'ai besoin de parler sans que d'autres comprennent ce que je dis. Vous avez étudié le français au pensionnat, comme toutes les jeunes filles de la bonne société ?

— Non. Florence a été renvoyée du pensionnat, du coup ma mère a confié notre éducation à des préceptrices.

Ce qui avait permis à Justine de faire du bénévolat auprès des organismes de bienfaisance de la ville plutôt que de ronger son frein dans une salle de classe en compagnie de filles qui ne s'intéressaient qu'à la mode et à la façon dont on tenait sa fourchette.

— Pourquoi ne suis-je pas étonné ? marmonna Jack. Vous êtes très différente de votre sœur, vous savez. Plus réservée. Plus sûre de vous, aussi.

Le compliment la prit de court, aussi le balaya-t-elle.

— Vous vous trompez. Florence est la plus courageuse de nous trois. Et elle se moque complètement de ce que pensent les autres.

— Il y a une différence entre savoir qui vous êtes et donner une image de soi au reste du monde.

— Vous pensez que Florence donne une image d'elle qui ne correspond pas à la réalité ?

— J'en suis certain. Mais je n'ai jamais compris pourquoi. Vous, en revanche, vous êtes exactement telle qu'on vous voit. Vous êtes sans artifice, ni faux-semblant.

Il avait raison. Elle ne voyait pas l'intérêt de prétendre être quelqu'un d'autre que soi.

— Je veux juste aider les gens. Le reste est une perte de temps.

— Et Billy Ferris ? C'était une perte de temps ?

Elle prit une brève inspiration. Comment diable Mulligan avait-il découvert l'existence de Billy ? Leur dernière entrevue remontait à huit mois. Mulligan avait-il enquêté sur son passé ? Elle posa abruptement ses couverts sur son assiette.

— Cela ne vous regarde pas. Cessez de fouiller dans ma vie.

— Ne vous inquiétez pas, je ne vous veux aucun mal.

— Là n'est pas la question. Vous vous immiscez dans mon intimité. Que je vous doive quelque chose ne vous autorise pas à m'espionner.

— J'aime bien être informé, mademoiselle Greene. J'aime connaître ceux avec qui je fais affaire.

— Nous ne faisons pas affaire. Notre association prendra fin à l'instant où je me serai acquittée de ma dette.

— Certes, mais nul ne sait dans combien de temps cela arrivera.

Furieuse, elle serra les dents. Cet homme en revenait toujours au même point. Pour lui, la fin justifiait les moyens.

— Cela vous amuse beaucoup, n'est-ce pas ?

— Exact. J'irais même jusqu'à dire que je ne m'étais pas autant amusé depuis longtemps.

— Je suis ravie pour vous. Effacez ma dette, Mulligan. Je ne tolérerai pas d'être suivie et sermonnée.

— Vous inviter à déjeuner n'est pas à proprement parler vous sermonner. Et les rues ne sont pas sûres pour une jeune fille. Peut-être suis-je simplement en train d'assurer votre sécurité.

Son arrogance était incroyable. Elle travaillait dans les quartiers les plus pauvres de la ville depuis presque cinq ans, s'était débrouillée seule et n'avait jamais été l'objet d'agressions physiques sérieuses.

— Je n'ai pas besoin d'un chaperon. Je suis tout à fait capable de prendre soin de moi-même.

— Je n'en doute pas. Au club, mes gars n'arrêtent pas de raconter comment vous vous êtes sortie de cette tentative de vol la première fois que vous m'avez rendu visite. Cette histoire n'a fait qu'ajouter à votre légende.

Elle se souvint du gamin jaillissant de l'ombre dans Great Jones Street.

— Vous le connaissez ?

— Nous l'avons retrouvé un peu plus tard dans la journée. Il ne s'attaquera plus à une femme, pas dans mon quartier en tout cas.

Elle se rembrunit, songeant à ce que ces mots signifiaient.

— Que lui avez-vous fait ? Je vous jure que si vous lui avez fait du mal...

— Du calme, ma chère. C'est qu'un chien fou qui avait besoin qu'on lui apprenne quelques règles en vigueur sur mon territoire. Mais il s'en est tiré et a pu prévenir ses congénères.

Et leur dire : on ne s'en prend pas aux femmes. Mulligan ne le tolérerait pas. Elle aurait voulu lui demander pourquoi. Brûlait de l'interroger sur son passé et sur sa vie. Elle voulait le *connaître*.

Et cela la terrifiait.

Elle n'était pas censée avoir envie de passer du temps en sa compagnie, d'apprendre des détails intimes sur son existence. Plus elle en découvrait, plus elle aimait cela... et c'était dangereux.

De toute évidence, elle avait perdu l'esprit. Un peu de repos et de *Sauerbraten* lui étaient montés à la tête. Il fallait qu'elle se ressaisisse.

Elle sortit quelques billets de la petite aumônière accrochée à sa ceinture et les plaqua sur la table.

— Je préfère payer mon repas, merci, dit-elle devant le regard étonné de Jack. Et vous en savez suffisamment sur moi. Arrêtez de me faire suivre. Sinon, je vous le ferai regretter.

Sans attendre sa réponse, Justine se leva et quitta la taverne. Le déjeuner était terminé.

Ignorant l'expression stupéfaite de Rye, Jack jeta de l'argent sur la table et se précipita derrière Justine.

— Attendez !

Elle ne s'arrêta pas.

Bon sang. Son objectif n'avait pas été de la faire fuir, pas avant qu'ils en aient terminé.

« Je vous le ferai regretter. »

Elle le menaçait ? *Lui ?* Rien qu'à cette idée, il frémissait d'excitation.

Pour la ville entière, cette femme n'était que pure bonté, un esprit généreux. Pourtant, elle décontenançait Jack, le contrariait sans cesse. La jeune fille aux robes sinistres avait la langue acerbe et n'hésitait pas à lui adresser des reproches cinglants.

La gentille bienfaitrice avait une face cachée. Et il adorait ça.

Peut-être était-ce là la vraie Justine, finalement. Et peut-être était-il le seul homme vivant à avoir entrevu l'acier sous le velours. Ce qu'il voulait connaître, c'était l'épaisseur de cet acier. Le mordrait-elle s'il l'embrassait ? Au lit, planterait-elle ses ongles dans son dos, laissant sur sa peau la trace de son plaisir ?

Il la dépassa et se mit en travers de son chemin.

— Je vous en prie, arrêtez-vous. Il faut que je vous parle.

Lèvres pincées, elle s'immobilisa, croisa les mains, et attendit. Ses yeux sombres le fixaient comme s'il était un importun. Un fâcheux qu'elle tolérait tout juste.

Il alla droit au but.

— Je voudrais que vous me rendiez le service que vous me devez.

Ses traits se détendirent légèrement, elle entrouvrit la bouche.

— C'est maintenant que vous me le dites ? Pourquoi ne pas avoir abordé le sujet devant le siège de la police, ou pendant cet interminable déjeuner ?

Parce qu'elle aurait disparu après l'avoir écouté. Alors que lui souhaitait prolonger leur entrevue. Mais peu importait.

— Pour des raisons qui n'en sont pas. Voulez-vous entendre ce que j'ai à vous demander ?

— Oui. Sachant que vous vous exposez peut-être à un refus de ma part

Pas question. Personne ne revenait sur sa parole avec Jack Mulligan.

— Alors montez, dit-il en indiquant sa voiture qui attendait.

— Non. Dites-le-moi ici.

Quelle tête de mule. Il aurait presque trouvé cela admirable s'il n'en avait pas fait les frais.

— Non. Il y a trop de monde. Je ne souhaite pas prendre le risque d'être entendu.

Elle examina longuement la voiture. Jack se demanda ce qu'elle espérait voir.

— Vous n'avez rien à craindre, dit-il. Je veux juste avoir une conversation privée avec vous pendant que je vous emmène où vous le souhaitez. Je serai sage.

Elle tourna vivement la tête, l'air sévère.

— Ce n'est pas du tout cela qui m'inquiète, figurez-vous. Vous avez été suffisamment clair, je ne suis pas votre genre.

— Et pour autant que je me souvienne, je ne suis à vos yeux que la crasse flottant à la surface d'une flaque. Je pense donc que nous sommes l'un et l'autre à l'abri de tout débordement.

— Très bien. Et vous me déposerez quand même où je le souhaite, même si je refuse de faire ce que vous me demandez.

Il n'avait pas l'intention de *demander,* mais ne prit pas la peine de le souligner. Qu'elle pense avoir la main ne le gênait pas. Pour le moment.

Ils montèrent dans la voiture, et Rye fit claquer les rênes. Une brise bienvenue s'engouffra dans l'habitacle. Justine tira un éventail de l'une de ses poches et le déplia.

— Alors ? demanda-t-elle en s'éventant.

Retirant son chapeau, Jack essuya la sueur qui lui perlait au front avec un mouchoir en soie.

— Je crois savoir que le bureau d'aide juridique organise un grand gala de bienfaisance au Metropolitan Opera, dit Jack.

L'éventail s'arrêta, et Justine se tourna pour lui faire face.

— Et ?

— J'aimerais vous y accompagner.

— Je... *Pardon ?*

— Moi, votre cavalier. À cette soirée.

— Vous voulez assister au gala de bienfaisance ?

— Oui.

Elle battit des paupières tandis qu'une multitude d'émotions défilait sur son charmant visage.

— Je ne comprends pas. C'est une soirée mondaine, tout le gratin sera là. Vous n'êtes pas invité à ce genre d'événement, habituellement.

— Je sais. Mais là, il faut que j'y sois. Je suis même prêt à faire un don important.

Il savait que le bureau d'aide juridique pour lequel travaillait Justine ne vivait que de dons. L'argent, c'était le nerf de la guerre, la seule chose qui maintenait à flot ce genre d'organisations, et il en fallait beaucoup. Or il avait entendu dire que celle de Justine peinait à joindre les deux bouts.

— Important comment ?

Il réprima un sourire. Il aurait dû s'attendre à cette question.

— Je pensais à cinq mille.

— Cinquante.

Il émit un sifflement.

— C'est de l'extorsion. C'est vous qui me devez un service, je vous rappelle.

— Et je vous le rends en vous autorisant à m'accompagner à ce gala. Cela seul va provoquer un énorme scandale. Il n'est pas impossible que ma famille me renie après une chose pareille. Donc, si vous voulez que j'accepte votre requête, il faudra verser cinquante mille dollars à l'association d'aide juridique.

Il devina, à son expression suffisante, qu'elle s'imaginait clore la discussion. Que la somme exigée étant trop élevée, il renoncerait à assister au gala.

C'était le sous-estimer. Et sous-estimer les raisons pour lesquelles il souhaitait se rendre à ce gala. Il y avait un marché à conclure lors de cette soirée, un marché qu'il ne pouvait conclure nulle part ailleurs. Et qui ferait de lui l'un des hommes les plus riches du pays.

Plus d'argent, plus de pouvoir… Ainsi marchaient les choses, en Amérique, non ?

L'idée lui en était venue quelques jours plus tôt, lorsqu'il avait appris qu'un gala avait lieu. C'était là une occasion unique de faire converger ses intérêts et la position sociale de Justine, et il avait décidé d'en tirer tout le parti possible.

Raison pour laquelle il décida de la mettre au pied du mur.

— Très bien. Cinquante mille pour votre bureau d'aide juridique.

Elle en lâcha son éventail. Ni lui ni elle ne prirent la peine de le ramasser.

— Vous êtes sérieux ?

— Autant qu'un pasteur à l'office du dimanche.

— Et si je refuse ?

Il s'était attendu qu'elle se rebiffe. Elle n'était pas idiote. Sa présence à ce gala ferait scandale. Elle risquait de ne plus jamais être invitée nulle part. La famille Greene était influente, mais pas au point de pouvoir introduire un voyou au sein de la bonne société. Après tout, ces gens de la haute étaient capables de snober une femme parce qu'elle avait porté deux fois la même robe. Et Jack avait un peu plus que cela à se reprocher.

Bref, pour Justine, accepter signifiait ruiner sa réputation.

Ce n'était pas son problème. Elle était son obligée et il entendait qu'elle s'acquitte de sa dette.

Le moment était venu de serrer un peu la vis.

— Si vous refusez, le bureau d'aide juridique n'aura rien. Seriez-vous vraiment prête à le priver de l'argent dont il a tant besoin, juste pour vous éviter un moment gênant ?

Il l'entendit presque grincer des dents.

— Ce n'est pas de gêne qu'il s'agit. Ce que vous me demandez de faire, c'est d'ébranler les fondations de notre société.

— Et cela vous ennuie ?

Elle soupira, tapotant du bout des doigts sur ses genoux.

— Pas nécessairement. La bonne société n'est pas un milieu pour moi. Je la connais trop. En revanche, mes parents sont très attachés aux conventions.

Jack ne prit pas la peine de lui faire remarquer que sa sœur aînée avait épousé un avocat qui avait vécu sous un faux nom, et que son autre sœur, aujourd'hui propriétaire d'un casino, vivait en concubinage avec un ancien propriétaire de casino. Les conventions en avaient pris un sacré coup ces derniers temps dans la famille Greene.

— Il est possible que personne ne me reconnaisse.

C'était peu probable, mais il crut bon de mentionner cette éventualité.

— Vous serez un nouveau venu. Cela seul suffirait à faire jaser.

Il demeura silencieux. Les immeubles et les commerces défilaient devant la fenêtre. Ces rues étaient les siennes. Il savait où se trouvaient les fumeries d'opium clandestines, où avaient lieu les combats de coqs et les matchs de boxe. Savait où trouver les bordels qui offraient discrétion et intimité. Les salles de jeu, les cercles de billard, il les connaissait tous.

Cependant, s'il aimait son domaine, il savait que rien ne durait éternellement. Un roi ne restait roi que s'il s'adaptait.

Et pour ce faire, il avait besoin de Justine.

— Dites-moi pourquoi.

— Pourquoi ?

— Ne jouez pas les idiots, cela ne vous va pas. Dites-moi pourquoi vous devez absolument assister à ce gala en particulier.

Elle commençait à envisager la chose, et Jack sentit le goût de la victoire. Il décida de la mettre sur la piste.

— Je suis un homme qui échange des services...

— J'en ai bien conscience, monsieur Mulligan. Venez-en au fait. Pourquoi ce gala ?

Une vague d'excitation inattendue s'empara de lui en réponse à cette injonction. Il aurait voulu la trouver désagréable, et pourtant, elle lui plaisait. Beaucoup. La plupart des gens à qui il avait affaire étaient respectueux, courtois. Ils savaient que c'était lui qui menait le jeu et imposait ses règles. Savaient aussi ce qu'il en coûtait de ne pas respecter lesdites règles.

La plupart du temps, ils faisaient tout pour éviter des conséquences fâcheuses.

Mais pas Justine Greene.

Et bon sang, ça le faisait bander.

Elle fit claquer ses doigts gantés sous son nez.

— Jack, votre attention s'il vous plaît. Où étiez-vous parti ?

— Comme je vous l'ai dit, je rends des services. Presque tout le monde, à un moment ou un autre, a affaire à moi ou à l'un de mes gars. Je sais comment atteindre les gens et obtenir ce que je veux. Toutefois, pour une raison ou pour une autre, il arrive que certaines personnes restent en dehors de mon cercle d'influence. Malheureusement, j'ai besoin de l'une de ces personnes à propos d'une affaire que j'aimerais mettre sur pied.

— Pour résumer, dit-elle en inclinant la tête de côté, vous devez parler à quelqu'un, et ce gala est le seul endroit où vous pourrez le faire.

— Exactement.

— Vous ne pouvez pas aller chez cette personne, tout simplement ?

Jack fit tourner son chapeau entre ses mains.

— Il refuse de me recevoir.

— Ah. Et vous espérez le piéger au gala. Comment savez-vous qu'il y sera ?

— « Piéger » est un bien grand mot. Et je le sais, c'est tout.

— Alors il doit s'agir de quelqu'un d'important. Quelqu'un qui est impliqué dans le fonctionnement du bureau d'aide. Hmm…

Il l'entendait presque réfléchir, essayer de déduire de qui il s'agissait.

— Je ne vous dirai pas son nom, alors n'essayez pas de deviner.

— À moins qu'il ne soit proche de mon père ? De Frank Tripp ?

Bon Dieu. Elle approchait de la réponse et il ne pouvait pas le lui permettre.

— Vous acceptez ou pas ?

— Je ne pourrais pas organiser une entrevue avec cet homme en dehors du gala ?

Jack savait qu'il n'accepterait jamais.

— Vous pourriez, mais dans ce cas, je ne ferais pas de don au bureau d'aide juridique.

Elle poussa un soupir agacé. Jack s'en fichait. Que cela lui plaise ou non importait peu. Il avait juste besoin de sa coopération.

— Laissez-moi descendre, dit-elle en tapant au plafond.

La voiture ralentit et se gara le long du trottoir. Ils étaient encore assez loin du bureau d'aide juridique.

— Nous ne sommes pas arrivés.

— Je préfère marcher.

Tête de mule. Jack se pencha, ramassa son éventail et le lui tendit.

— Alors vous allez avoir besoin de ça.

— Le gala a lieu samedi soir, l'informa-t-elle en s'en saisissant.

Comme s'il n'était pas déjà au courant.

— Oui, je sais.

— Tenue de soirée. Je vous retrouverai devant l'opéra à 20 heures.

Il ne put s'empêcher de sourire.

— J'y serai.

Elle se pencha devant lui pour ouvrir la portière. Sans attendre qu'on l'aide, elle sauta sur le trottoir.

— Bien. Après cela, je ne vous devrai plus rien, monsieur Mulligan. Vous ne me reverrez plus.

La portière claqua et Justine Greene s'enfonça dans la foule. Jack tenta de la suivre des yeux, sans succès.

— Tu veux que je la file ? cria Rye.

— Non.

— Jamais vu une donzelle aussi pressée de te fausser compagnie. D'habitude, les filles, c'est toi qui t'en débarrasses, pas le contraire.

La main dehors, Jack pianota sur le flanc de la voiture. Justine, c'était le genre de femme qui mettait à mal l'assurance d'un homme. S'il avait été plus faible, il se serait peut-être vexé.

Un sourire lui incurva lentement les lèvres. C'était une bonne chose qu'il ne soit pas faible. Pas le moins du monde.

6

Arrivée au siège de l'association d'aide juridique, Justine alla directement dans le bureau de Frank.

— Je peux entrer ? demanda-t-elle à son beau-frère.

— Je t'en prie.

En découvrant Marion, elle retint un soupir. Elle avait espéré annoncer la nouvelle du don à Frank et éviter les questions de sa sœur. De toute évidence, c'était raté. *Autant en finir tout de suite.*

— Tu as un moment ?

— Pas vraiment, répondit Frank en lui faisant signe d'approcher. Viens t'asseoir, nous avons besoin d'un arbitre. Après quoi j'aurai quelque chose pour toi.

— Vous vous êtes disputés ?

Marion agita la main en direction de son mari.

— Il fait le difficile. Nous parlions du gala.

— Ah, parfait ! Je voulais vous en parler moi aussi.

— Très bien. Mais mon problème d'abord. Je veux servir du Moët et Frank insiste pour que l'on choisisse quelque chose de moins cher. Qu'en penses-tu ?

— Du Moët. Presque tous les invités sauront reconnaître du champagne de mauvaise qualité.

Sans doute pas Jack Mulligan, bien sûr. Elle ne l'avait jamais vu boire autre chose que de la bière. Aimait-il seulement le champagne ? *Tu le sauras bientôt.*

— Et voilà ! s'exclama Marion en regardant Frank. Je te l'avais dit. Si tu veux des dons dignes de ce nom, il te faut un gala digne de ce nom.

— Certes, mais chaque dollar dépensé est un dollar que nous ne pourrons pas utiliser pour défendre notre cause.

Marion lui tapota la main.

— Ne t'inquiète pas, je récolterai de quoi payer le Moët, *et* le travail acharné de mon bel avocat.

Puis elle se tourna vers Justine.

— À toi. Que voulais-tu nous dire à propos du gala ? J'espère que cela ne concerne pas les hors-d'œuvre parce que je te préviens, le menu est déjà arrêté.

— Non, non, ne t'en fais pas. Je voulais simplement vous dire que je serai accompagnée.

— Ah.

Marion scruta Justine. C'était compréhensible, celle-ci n'avait jamais été vue au bras d'un homme, lors d'un événement mondain ou ailleurs.

— Je le connais ?

Elle fit mine de ne pas entendre la question.

— Et il a accepté de faire un don important à l'association.

— Voilà ce que j'aime entendre, déclara Frank en se frottant les mains. Important comment ?

Justine se racla la gorge.

— Cinquante mille dollars.

Les papiers que Marion avait à la main voletèrent jusqu'au sol, et Frank resta bouche bée.

— Cinquante *mille* ? répéta-t-il. Tu plaisantes ?

— Pas du tout. Nous nous sommes mis d'accord sur cette somme, et je pense qu'il tiendra sa promesse.

— Qui est-ce ? couina Marion en ramassant ses papiers. De qui parles-tu ?

— C'est un ami. Vous le rencontrerez au gala.

— Je préférerais connaître son nom maintenant, insista sa sœur.

— Je ne te le donnerai pas.

La cadette pouvait être aussi têtue que l'aînée.

— J'en déduis que tu ne veux pas que je le sache. Donc tu penses que je n'approuverais pas.

Justine se sentit rougir. Elle soutint pourtant le regard de sa sœur.

— Je n'ai pas besoin de ton approbation. C'est juste une connaissance, Marion.

Une connaissance qui lui faisait battre le cœur.

Marion ne répondit pas, et les deux sœurs se fixèrent un long moment. Justine crut que Marion allait deviner l'identité de son cavalier, et le lâcherait devant Frank. À tort. Elle finit par détourner le regard.

— Je dois aller chez Louis Sherry pour régler les derniers détails, dit-elle à son mari. À plus tard.

Il se leva et l'embrassa sur la joue.

— J'y compte bien.

En sortant, Marion contourna Justine.

— Cette discussion n'est pas terminée, lâcha-t-elle à mi-voix avant de disparaître dans le couloir.

Pressée de changer de sujet, Justine se tourna vers son beau-frère.

— Tu disais que tu avais quelque chose pour moi ?

— Je voudrais que tu viennes avec moi dans le bureau de M. Solomon. Il pense avoir un autre mari déserteur pour toi, si tu te sens prête.

Justine soupira intérieurement. Elle aurait préféré que ce genre de dossier soit rare, or ce n'était pas le cas, loin de là. Elle venait à peine de résoudre le problème de Mme Gorcey que déjà elle se retrouvait avec un autre mari porté disparu sur les bras.

— Bien sûr. Que sais-tu de la situation ?

Ils remontèrent le couloir en direction des autres bureaux.

— La dame n'a plus aucune nouvelle de son mari. Il a peut-être pris la tangente, il est aussi possible qu'il ait été enlevé et soit retenu comme marin sur un bateau en partance. On ne sait pas vraiment, mais légalement, on ne peut rien faire. Tu auras peut-être plus de chance que nous.

Il toqua à une porte.

— Entrez, répondit une voix grave.

Une femme était assise en face de M. Solomon. Jeune, une vingtaine d'années, elle portait une robe de cotonnade grise un peu passée et avait un bébé sur les genoux. Assis à côté d'elle, un jeune enfant trépignait sur sa chaise. Lorsqu'elle fit mine de se lever, M. Solomon dit quelques mots en allemand et elle parut se détendre.

— Mademoiselle Greene, monsieur Tripp, je vous présente Mme von Briesen.

Il fit ensuite les présentations en allemand pour sa cliente. Tandis que Frank s'en allait vaquer à ses occupations, Justine s'approcha.

— *Guten Tag, Frau von Briesen.*

La femme sourit faiblement et la salua en retour. M. Solomon lui parla en allemand, et lorsqu'il eut terminé, elle hocha la tête. Il se tourna alors vers Justine.

— Je lui ai expliqué que j'allais vous répéter notre conversation en anglais.

— Très bien.

L'échange commença, M. Solomon s'arrêtant toutes les deux ou trois phrases pour parler en anglais.

— Nous savons que son mari s'est rendu au World Poolroom, dans Bowery, le 19 juin. Il semblerait qu'il y ait rencontré une bande de truands qui l'ont drogué et dévalisé avant de l'abandonner dans la rue.

Justine fit la grimace. Dans les bars, ces gens-là versaient de l'hydrate de chloral dans le verre de clients peu méfiants. Sous l'effet de ce sédatif puissant, les victimes se retrouvaient incapables de se défendre.

M. Solomon poursuivit en allemand avec sa cliente. Justine comprenait quelques mots ici ou là, mais surtout, elle observait Mme von Briesen, à la recherche d'indices. Elle n'en découvrit aucun, malheureusement. Stoïque, la pauvre femme écoutait M. Solomon sans réagir. L'enfant assis à côté d'elle écoutait et observait lui aussi, pendant que le bébé dormait paisiblement.

— Nous savons, reprit M. Solomon, que certaines de ses affaires ont été retrouvées chez un des prêteurs sur gage du quartier. Ensuite, nous perdons la trace de M. von Briesen. Il a peut-être été jeté dans un bateau qui quittait le port ou alors il vit dans un autre quartier, sous un autre nom.

Mme von Briesen eut alors un long échange en allemand avec M. Solomon. Justine attendit patiemment, cherchant où elle avait des chances de localiser M. von Briesen. Elle commencerait par le club de billard, au cas où quelqu'un se souviendrait de ce qui s'était passé après le départ de von Briesen. Otto Rosen, le détective qui travaillait pour le bureau d'aide juridique, était très rigoureux, mais Justine parlait plus facilement avec les filles du coin, prostituées ou serveuses. Et elle avait le don de trouver les maris qui ne voulaient pas l'être.

Solomon se tourna vers Justine.

— Elle me demandait pourquoi on ne pouvait pas avertir les autorités. La pauvre. J'aimerais avoir la réponse à cette question.

Justine le savait, elle. C'était parce que les hommes menaient le monde. Pour la police, consacrer du temps et de l'argent à la recherche de maris ayant décidé de quitter leur femme était une perte de temps. Beaucoup d'officiers déclaraient d'ailleurs souvent : « Il avait sans doute une bonne raison de la quitter. » Remarque qu'ils ponctuaient d'un haussement d'épaules pour faire bonne mesure.

Dans quel genre de monde interdisait-on aux femmes de divorcer de maris qui les maltraitaient, mais haussait-on les épaules chaque fois que monsieur décidait de partir faire sa vie ailleurs ?

— Que va-t-il se passer maintenant ?

— Je crains que nous ne puissions pas faire grand-chose de plus.

Quand M. Solomon répéta cela à Mme von Briesen, celle-ci se mit à trembler, et ses yeux s'emplirent de larmes. Justine lui tendit la main pour la réconforter. Mme von Briesen la serra avec force. Ce que vivait cette femme avait tout du cauchemar.

— S'il vous plaît, dites-lui que j'aimerais les aider, ses enfants et elle. Je vais essayer de retrouver son mari.

Solomon traduisit. Mme von Briesen parut soulagée, et Solomon aussi.

— Je sais que vous avez déjà réussi, mademoiselle Greene, et j'espère vraiment que vous le retrouverez. Renvoyer quelqu'un sans pouvoir l'aider me brise le cœur.

Mme von Briesen s'était tournée vers Justine, l'air à la fois solennel et reconnaissant.

— Merci, murmura-t-elle.

— Je vous en prie, répondit Justine, avant de s'adresser à Solomon : Donnez-moi son dossier, s'il vous plaît. Je m'occupe du reste.

Jack pénétra dans la brasserie de Little Water Street. Rye et Cooper, qui l'accompagnaient toujours lors de ses déplacements dans le quartier, le suivirent. Cette étape serait certainement plus agréable que certaines de celles qui avaient précédé. La brasserie était une passion pour Jack, un partenariat qu'il avait mis en place avec Patrick Murphy, le brasseur.

Ils s'étaient rencontrés sept ans plus tôt, quand Jack avait goûté la lager maison de Patrick. Ce dernier la brassait artisanalement et la vendait à l'arrière d'un drugstore de Pearl Street. Jack s'y connaissait en bière et avait tout de suite reconnu là un breuvage de qualité. Patrick avait un don pour les arômes. Quelques mois plus tard, les deux hommes s'étaient associés, puis avaient ouvert cette brasserie. Leur bière se vendait désormais dans toute la partie sud de Manhattan et à Brooklyn grâce au génie de la distribution qu'était Jack.

Ce dernier nourrissait de grands projets pour cette brasserie. Et pour lui, par voie de conséquence.

L'odeur puissante du houblon et des céréales lui chatouilla les narines. Il faisait très chaud autour des énormes cuves en cuivre dans lesquelles la levure avait été ajoutée au moût et fermenterait jusqu'à ce que le degré d'alcool soit satisfaisant. Des employés prenaient la température et vérifiaient les niveaux, notant le tout dans des registres.

— Mulligan !

Jack se retourna et vit Patrick qui s'approchait d'un pas rapide.

— Bonjour, Patrick. Toujours dur à la tâche, à ce que je vois.

Les deux hommes se serrèrent la main.

— J'ai dû faire installer deux nouvelles cuves cette semaine pour faire face à la demande. Je ne sais pas comment tu as réussi à obtenir que notre bière soit vendue au bar du Madison Square Garden, mais chapeau. Et merci.

— Il se trouve que j'ai croisé l'un des investisseurs du Garden. J'en ai profité, je lui ai vanté la marchandise.

En réalité, l'investisseur en question se trouvait avoir un léger problème de boisson, et Jack avait promis de ne pas en toucher mot à son épouse en échange de l'accord en question. Mais à quoi bon ennuyer Patrick avec ce genre de détails ?

— Tu aurais un moment à me consacrer, là ?

— Bien sûr. Ça te dit de goûter un échantillon du nouveau mélange sur lequel je travaille en ce moment ?

— Tu me demanderais de m'arrêter devant un Rembrandt, ça ne me ferait pas plus plaisir.

Patrick s'empourpra.

— Je trouve la comparaison ridicule, mais j'accepte le compliment. Viens, on va se mettre au bar.

Jack suivit Patrick dans un coin de l'immense salle, où se trouvaient un petit bar et quelques chaises. Ils s'y installaient souvent pour parler affaires ou goûter les différentes bières. Jack préférait de loin cet endroit au bureau confiné de Patrick, à l'arrière du bâtiment.

— Jimmy, apporte-nous une bouteille de la Saaz lager, tu veux ? cria Patrick à l'un des employés.

— Sinon, tout va bien ? s'enquit Jack tandis qu'ils prenaient place. Tu as besoin de recruter ?

— Non, pas pour l'instant. Les derniers embauchés forment un bon groupe, répondit Patrick en retroussant ses manches de chemise. Pourquoi ? Tu avais quelqu'un en tête ?

Jack pensa à Justine et à l'atelier de confection.

— Je voulais juste m'assurer que les salaires et les horaires qu'on propose sont corrects. Que nos ouvriers sont satisfaits et que les risques d'accident sont réduits au minimum.

— Je les fais bosser par tranches de six heures, et la paie est meilleure ici que dans n'importe quelle autre usine du quartier. En plus, la bière est à l'œil. Bon sang, j'en connais qui seraient prêts à bosser rien que pour ça si je les laissais faire.

— Parfait. Content de l'apprendre. Et ton frère, comment va-t-il ?

L'arrivée de Jimmy les interrompit. Il posa sur la table une grande bouteille de verre marron et deux verres. Patrick l'ouvrit et la tendit à Jack.

— Sens-moi ça.

Jack approcha le goulot de son nez.

— Doux. Un léger parfum d'herbe.

— Bravo.

Patrick les servit en prenant soin de verser au centre du verre, et pas contre les bords. Une couronne de mousse impressionnante se forma au sommet de chaque verre.

— À présent fais tourner.

Comme il l'avait souvent fait, Jack prit son verre et en fit doucement tourner le contenu. C'était Patrick qui lui avait montré comment faire, cela libérait le parfum et renforçait l'arôme. Il porta de nouveau la bière à son nez.

— Pas mal. Propre, pas trop puissant.

— Attends de l'avoir goûtée.

Les yeux de Patrick brillaient d'excitation, comme chaque fois qu'ils parlaient bière.

— Elle devrait être prête, là, tu peux y aller.

Jack but une gorgée et la garda en bouche. C'était délicieux. Léger, et plein de saveurs. Caramel, peut-être ? À la déglutition, une sensation de frais, d'équilibre. Il n'avait jamais rien bu de pareil.

Il contempla son verre. Il n'y avait rien de tel sur le marché. Pas ici en tout cas.

— Nom de Dieu, qu'est-ce que c'est ?

— Ça te plaît ?

— Si ça me plaît ? C'est la perfection ! Doux et sec, et cependant très parfumé. Tout le monde va aimer, buveurs de bière ou pas. Comment tu as fait ?

— J'ai mélangé deux trois trucs. De l'eau des Catskills et de l'orge à deux rangs. Et on a importé le houblon de Bohême.

Jack but une longue gorgée. Bon sang, encore meilleure. Tant d'innovation et d'originalité dans un seul verre.

— Je suis impressionné, Patrick. Si on n'avait pas laissé passer la date de remise des dossiers à l'Exposition universelle, je t'aurais inscrit.

— Faut quand même pas exagérer…

— En tout cas, elle est meilleure que la Blue Ribbon de Pabst, qui a gagné à la dernière exposition, aucun doute. Tu dois nous mettre ça en bouteille, et vite.

— C'est prévu, dit Patrick en souriant. Je suis content qu'elle te plaise. Mais tu me demandais des nouvelles de mon frère. C'est pour ça que tu es là ?

Le frère de Patrick n'était autre que Frank Tripp, le beau-frère de Justine Greene. Frank était l'un des rares individus qui connaissait aussi bien la Cinquième Avenue que Five Points, ayant été avocat de la bonne société new-yorkaise comme de la pègre.

— En partie, oui. Je me demandais s'il t'avait invité à son gala.

— Pour le bureau d'aide juridique ? Oui. Mais je n'ai pas l'intention d'y aller. Ce genre de pince-fesses, c'est plutôt du goût de mon frère que du mien.

— J'aimerais que tu y ailles. J'ai prévu d'y aller moi aussi.

Les yeux de Patrick s'arrondirent.

— Tu sais qu'il a lieu au Metropolitan Opera, quand même ? Connaissant ma belle-sœur, tous les snobs de la haute y seront.

— J'y compte bien, à vrai dire. Un de ces snobs refuse de me recevoir chez lui. J'espère pouvoir le coincer à cette soirée, et si tu étais là, cela me faciliterait la tâche.

Patrick se détendit, comprenant enfin ce qui se cachait derrière cette proposition.

— Tu veux parler de Julius Hatcher, c'est ça ?

Jack dissimula son sourire derrière son verre, et but une nouvelle gorgée de cette bière décidément remarquable. Génie de la finance qui ne sortait pratiquement jamais de chez lui, Julius Hatcher avait des intérêts presque partout – y compris dans la brasserie où Jack se trouvait en ce moment même. Il y avait investi quelques années plus tôt, avec l'aval de Jack, conseillant vivement à Patrick d'étendre son réseau de distribution à tout le pays. À l'époque, ils n'étaient pas prêts. Jack avait fait ses calculs, et aujourd'hui, ils avaient les reins suffisamment solides pour brasser, pasteuriser et expédier partout aux États-Unis. Ne leur manquait que l'accord de Hatcher.

Ils l'obtiendraient, bien sûr, mais Hatcher voudrait superviser le processus, et pour Jack il n'en était pas question. Si cela devait se faire, ce serait sous sa direction.

— C'est l'ami le plus proche de ton frère, dit Jack en guise de réponse.

— Tu penses vraiment qu'on peut y arriver ? Tu as des idées pour la réfrigération pendant le transport ?

— On va commencer par faire fabriquer des wagons réfrigérés. Et puis on achètera une ligne de chemin de fer.

Patrick émit un long sifflement.

— C'est énorme, comme investissement, ça.

— C'est pour ça qu'on a besoin de Hatcher, dit Jack, qui vida son verre avant de se lever. Toi, tu continues de bosser. Moi, je vais trouver un moyen de faire connaître ton génie au reste du monde. Ensemble, on va se faire un sacré paquet de fric.

— J'aime assez cette idée. Juste pour savoir, c'est mon beau-frère qui t'a invité au gala ?

— Non, j'y accompagne sa belle-sœur.

— *Florence* ? s'écria Patrick d'une voix presque perçante. Madden va t'écorcher vivant.

— Non, pas Florence. Justine, la plus jeune des filles Greene.

L'expression de Patrick aurait fait rire Jack s'il ne s'y était pas attendu. Personne n'imaginait qu'un homme comme lui puisse fréquenter la bonne âme aux airs angéliques. Si tant est qu'elle soit angélique, ce dont Jack commençait à douter.

Et avait hâte de découvrir.

— Tu plaisantes, réussit à articuler Patrick.

— Pas du tout. Nous nous entendons plutôt bien, en fait.

— Toi… et Justine Greene ? demanda-t-il en se grattant le menton. J'ai raté quelque chose ?

— Non, rien. Elle a besoin de mon aide de temps en temps pour ses petits projets sur mon territoire.

— Ah, je vois ! déclara Patrick en esquissant un sourire. Encore une histoire de services rendus. La spécialité de Mulligan.

— Il faut reconnaître que c'est bien pratique. Donc arrange-toi pour être à ce gala.

— Toi et Justine Greene au Metropolitan Opera, devant tout le gratin de New York ? Je ne raterais ça pour rien au monde.

Jack lui donna une claque dans le dos.

— Alors dépoussière ton smoking. On va leur montrer un ou deux trucs, à ces coincés de la haute.

Justine n'avait jamais été aussi nerveuse.

Elle attendait devant l'entrée du Metropolitan Opera, vêtue d'une robe de soirée prêtée par Marion. Il y avait foule, tous ceux qui comptaient à New York étaient présents. Et les verraient, Mulligan et elle. Ensemble.

Dieu merci, ses parents étaient en Europe. Ils ne sauraient pas avant plusieurs semaines que Mulligan était venu. À ce moment-là, elle se serait débarrassée de lui, ils n'auraient plus de raison de se voir et l'étrange fascination qu'elle éprouvait pour cet homme ne serait plus qu'un vague souvenir.

Fascination ? Fantasmes, plutôt.

Bon, d'accord, ces derniers temps, elle avait souvent fantasmé sur Mulligan. Des fantasmes sensuels et excitants, dans lesquels il l'embrassait et la caressait, le regard brûlant de désir, les mains curieuses, le corps tendu. Elle s'était donné du plaisir dans son bain ce soir rien que d'y penser.

Mais fantasmes et réalité appartenaient à deux mondes bien différents.

Mulligan, c'était la violence, le crime, tout ce contre quoi elle se battait. Elle aidait les gens, toujours dans le respect de la loi. Il n'obéissait qu'à ses propres règles, et toutes visaient à promouvoir ses intérêts.

Elle devait absolument réprimer la réaction étrange de son corps en sa présence, ignorer ce désir qui la faisait vibrer lorsqu'il posait les yeux sur elle.

La file des voitures avança, et une élégante berline s'arrêta le long du trottoir. Rien ne la distinguait des autres voitures, pourtant quelque chose, un sentiment bizarre, fit se hérisser les poils sur la nuque de Justine.

La portière s'ouvrit brusquement, et une jambe jaillit, dans un pantalon noir au pli parfaitement marqué. La chaussure de cuir verni était si brillante qu'elle crut y voir son reflet. Puis une silhouette émergea lentement, presque théâtralement. La lumière jaune du réverbère éclaira les traits ciselés et la mâchoire carrée. Il afficha un sourire arrogant et un port altier en coiffant son haut-de-forme.

Élégant. Incroyablement beau.

Mulligan était arrivé.

Il ne fit même pas mine de se diriger vers l'entrée. Il se contenta de rajuster ses poignets de chemise, puis il brossa ses manches d'un revers de main et lissa son gilet, comme s'il se faisait beau pour l'assistance. Dans l'ombre, Justine l'observa, la bouche sèche. Cet homme était un Adonis, beauté mâle racée et puissante. Un homme pour qui les dieux se seraient battus. Sa tenue de soirée noir et blanc, que tous les hommes portaient comme un uniforme, le faisait au contraire sortir du lot. Comme si l'étoffe avait été tissée exclusivement pour lui, et cousue pour mettre en valeur son corps athlétique.

Tout le monde s'arrêta pour le regarder. La femme qui se trouvait à côté de Justine étouffa même un petit cri.

Justine resta immobile, le dos collé au mur de brique. En général, elle n'aimait guère attirer l'attention. *C'est trop tard, maintenant. Tu as accepté de le laisser t'accompagner.* Ce soir, tous les regards seraient rivés sur eux.

Une soirée. Un gala. Et tu en auras terminé avec Mulligan.

À moins qu'elle ne décide de lui demander de l'aide pour retrouver le mari de Mme von Briesen.

Non, tu peux y arriver seule. Elle ne voulait plus rien devoir à Mulligan. Plus de services à rendre, plus de contacts. Après ce soir, ils seraient quittes.

— Mademoiselle Greene !

Seigneur, il l'avait repérée. Les têtes se tournèrent dans sa direction, et elle n'eut d'autre choix que de sortir de l'ombre.

— Bonsoir.

Il vint à sa rencontre, ses longues jambes avalant la distance qui les séparait. Puis il lui prit la main, et la porta à ses lèvres.

— Mademoiselle Greene, dit-il d'une voix sourde, vous êtes charmante ce soir.

Elle avait chaud soudain, comme si elle était restée au soleil trop longtemps. Tout le monde les regardait ; elle se força à les ignorer. *Une soirée. Tu vas y arriver, allez.* Elle lui prit le bras et l'entraîna vers le hall.

— Quelle entrée, murmura-t-elle.

— Ils m'auraient regardé quoi que je fasse. Et puis, attendre tapi dans l'ombre et entrer discrètement, ce n'est pas mon style.

— Je n'étais pas tapie dans l'ombre.

Enfin, pas vraiment. Elle goûtait juste à ses derniers instants de solitude.

— Si vous le dites.

Elle n'insista pas. L'intérieur de l'opéra était en effervescence. Les spectateurs se dépêchaient de gagner leur place, aidés par une armée d'ouvreuses. Les yeux baissés, Justine se dirigea vers l'escalier qui menait aux loges.

— On est obligés de se dépêcher autant ? s'enquit Mulligan. Je n'avais pas compris qu'il s'agissait d'une course.

— Ils cesseront de nous regarder quand nous serons dans notre loge.

Peut-être.

— Je n'imaginais pas que vous étiez si impatiente de me présenter à votre famille.

Justine s'arrêta si abruptement que le couple qui les suivait faillit les percuter. Seigneur, sa famille ! Dans quelques instants, elle allait entrer au bras de Mulligan. Sa grand-mère aurait-elle le cœur assez solide ?

Après avoir présenté ses excuses au couple, Mulligan entraîna Justine vers une petite alcôve. Il se pencha vers elle et ramena une mèche de cheveux derrière son oreille. Elle se figea, sentit son odeur de menthe et de tabac, et frémit de tout son être. Ce geste avait été d'une telle délicatesse, si différent de ses fantasmes. Et il lui avait plu. Beaucoup.

— Respirez, Justine. Je plaisantais, à propos de votre impatience.

— Vous êtes sûr de devoir assister à ce gala ?

Il sourit.

— Certain, ma chère. Mais vous en sortirez indemne, je vous le promets. Je vous le jure sur ma vie.

Très drôle. Il ignorait à quel point la bonne société pouvait être cruelle, et à quel point cette soirée nuirait à sa famille. Elle-même n'en sortirait pas indemne, bien au contraire.

— Finissons-en.

Il la fixa de son regard bleu toujours aussi perçant malgré la pénombre.

— Vous me faites confiance ?

— Absolument pas.

Il éclata de rire.

— Vous êtes vraiment une fille intelligente. Vu les idées qui me passent par la tête en ce moment, vous avez tout à fait raison.

— Que voulez-vous dire ?

Il s'écarta, la parcourut lentement de la tête aux pieds. Sous son regard, elle frissonna et eut trop chaud.

— Des pensées impures, murmura-t-il. À votre sujet.

Doux Jésus. *Il a des pensées impures à mon sujet*. Cette idée lui faisait tourner la tête.

Mais ce n'était ni le moment ni l'endroit pour laisser libre cours à ses fantasmes.

Elle soupira, faisant de son mieux pour ne pas laisser paraître son trouble.

— Après ce soir, vous ne me reverrez plus.

— Vous le croyez vraiment ?

— Évidemment.

— L'avenir le dira, je suppose. En attendant, venez. Allons affronter les dragons ensemble.

Il lui offrit son bras. Elle prit une profonde inspiration, en quête de courage, et glissa la main au creux de son coude. Ils remontèrent le couloir en direction de la loge des Greene.

— Préparez-vous, murmura-t-elle comme ils approchaient. Il est possible qu'on nous demande de quitter les lieux.

— Alors là, ça m'étonnerait. C'est un gala de charité. Personne ne voudra se passer de ma généreuse contribution.

Elle faillit pousser un grognement. Comment avait-elle pu oublier ?

— C'est vrai. Cela garantit donc que *vous* ne serez pas invité à quitter les lieux.

— Mon ange, si qui que ce soit vous blesse ou vous manque de respect, je risque de me mettre très en colère.

Et c'est à moi qu'ils auront affaire. Je vous protégerai, souffla-t-il en se penchant vers elle.

— Ne m'appelez pas ainsi.

Elle n'était pas un ange, et elle ne lui appartenait pas.

Levant les yeux, elle réalisa qu'ils étaient arrivés. *Miséricorde*. Il l'avait distraite avec son badinage, et maintenant ils se trouvaient devant la porte de leur loge. Devant la boîte de Pandore, plutôt, vu l'avalanche d'ennuis qu'ils s'apprêtaient à déclencher.

— Allez, souffla le diable. S'il est une chose dont je suis sûr, c'est que vous n'êtes pas du genre à abandonner la partie, mademoiselle Greene.

Elle se sentit plus sûre d'elle soudain. Il avait raison. Elle n'abandonnait jamais. La tête bien droite, elle écarta les rideaux de velours qui fermaient la loge.

Marion et leur grand-mère étaient dans le salon qui précédait la loge, et sirotaient un cocktail.

— Ah, te voilà ! dit sa grand-mère. Nous nous demandions justement si tu...

Elle s'interrompit tandis que Mulligan entrait.

Juste se racla la gorge.

— Puis-je vous présenter M. Mulligan ? Monsieur Mulligan, je vous présente ma sœur, Mme Tripp, et ma grand-mère, Mme Greene.

Jack s'avança dans la petite pièce et gratifia les deux femmes d'une révérence digne d'un prince.

— Bonsoir, mesdames. Madame Tripp, c'est un honneur pour moi de servir ce soir une aussi noble cause.

— J'ignorais que Justine viendrait accompagnée, dit bonne-maman. Mulligan, dites-vous ? Vous appartenez à la famille des Mulligan de Boston ?

— Pas du tout, répondit Jack. New-Yorkais pur jus. Je suis né et j'ai grandi dans le Six...

— La Sixième Avenue, le coupa Justine. Près de Washington Square.

— Oh, c'est un bien beau quartier ! dit bonne-maman. Notre famille a longtemps possédé une maison en bordure du parc. Peut-être avons-nous des connaissances en commun ?

— Bonne-maman, vous pourriez attendre que nous soyons assis pour parler ancêtres et lignée, dit Justine avant de se tourner vers sa sœur. Alors, il y a du monde ? Vous allez récolter beaucoup d'argent ?

Le regard de Marion lançait des éclairs. Visiblement, elle savait qui était Mulligan. Dès qu'elles seraient seules, Justine aurait droit à une mise au point dans les règles.

— En tout cas, la foule est disparate, c'est le moins que l'on puisse dire.

Justine ne sut que répondre à cela, aussi désigna-t-elle le petit buffet qui présentait bouteilles et verres.

— Nous pourrions boire quelque chose, peut-être ?

— Mais non, inutile de rester ici avec nous, allez donc vous asseoir, répondit sa grand-mère. Tripp vous apportera à boire bien assez tôt.

Elle avait une idée derrière la tête, c'était évident. Justine était considérée comme immariable depuis si longtemps, sa famille ne pouvait qu'être ravie de la voir ainsi escortée par un homme séduisant. Si la vieille dame savait… elle aurait insisté pour que sa petite-fille soit séquestrée ce soir.

— Oh, rien ne presse ! intervint Marion. Asseyez-vous donc pour prendre un verre.

— Non, Mme Greene a raison, déclara Jack d'une voix suave. Après tout, le but de ce genre de soirée est d'être vu, non ? Et vous êtes si belle, ce soir, mademoiselle Greene. Ce serait une honte de cacher tant de beauté à toute la ville.

Justine aurait juré avoir entendu sa grand-mère pousser un soupir d'aise. Sans lui laisser le temps de refuser, Jack lui prit la main, la posa sur son bras et l'entraîna dans la loge.

La lumière vive de l'éclairage électrique les accueillit. Ils se trouvaient au Balcon de Diamant, l'endroit le plus prisé de l'opéra. Là, tout le monde les verrait. Justine n'eut toutefois pas l'occasion de balayer la foule du regard. Car elle s'était pétrifiée.

Il y avait là Frank Tripp et son frère, Patrick. Quand le regard de Frank se posa sur Mulligan, il en resta bouche bée.

— Nom d'un petit bonhomme, qu'est-ce que… ?

7

Jack n'avait pas fait deux pas que Frank lui agrippait le bras.

— Si vous voulez bien nous excuser, marmonna-t-il en le poussant vers la sortie.

— Tu froisses ma veste, murmura Jack. Et pas qu'elle, à vrai dire.

Frank le lâcha mais ne s'arrêta pas. D'un geste brusque il écarta le rideau.

— Continue, je te suis. Il faut que je te parle. Seul à seul.

Très bien. Jack s'était plus ou moins attendu à ce genre de réaction. Il adressa un clin d'œil aux deux femmes en traversant le petit salon.

— Mesdames.

Une fois dans le couloir, Frank indiqua une pièce de l'autre côté. Deux hommes y fumaient le cigare.

— Messieurs, s'il vous plaît. J'ai besoin de cette salle, annonça Tripp.

Les fumeurs hochèrent la tête sans protester, et sortirent. De vrais moutons.

— C'est quoi la suite ? s'enquit Jack en se perchant sur l'accoudoir d'un sofa. Tu leur demandes de faire le canard ?

— Bordel, on peut savoir ce que tu fais ici ? Avec *Justine Greene*, qui plus est ?

— Comment ça, qui plus est ? Tu insinues quoi, Murphy ?

Utiliser le vrai nom de Frank était un coup bas, mais cela permettait à Jack de lui rappeler que, quoi qu'en dise Tripp, ils étaient sur un pied d'égalité. Jack n'aimait pas qu'on le prenne de haut, encore moins quand on venait du même quartier que lui.

— J'insinue que c'est ma belle-sœur et que c'est une fille bien. Comment se fait-il que vous vous connaissiez, d'ailleurs ?

— Je connais à peu près tous les gens qui vivent et travaillent dans le Sixième District. Cela ne devrait pas t'étonner.

— Et pourtant, si. Comment diable as-tu fait pour qu'elle accepte de t'amener ici ce soir ? Et surtout, pourquoi ?

Jack avait besoin de l'aide de Frank ce soir, aussi décida-t-il de jouer franc jeu.

— Je lui ai rendu un service. C'est sa façon de me remercier. J'ai besoin de voir Julius Hatcher.

Frank haussa les sourcils.

— Tu voulais voir Julius ? Pourquoi ne pas m'avoir demandé d'organiser un rendez-vous, tout simplement ?

— Parce que Hatcher n'aurait jamais accepté. Il a systématiquement refusé toutes mes tentatives.

— Donc tu t'es dit que tu allais lui tendre une embuscade à l'opéra ?

Comme Jack hochait la tête, Frank poussa un long soupir.

— Seigneur, si j'avais su que tu envisageais de saboter la soirée, j'aurais enlevé Hatcher pour te l'amener moi-même. Ma femme ne s'en remettra pas. Tout son gala fichu en l'air...

— Allons donc. Si tu arrives à me faire rencontrer Hatcher, je t'obtiendrai plus de dons que ton association ne pourra en gérer.

— Comment ?

— Peu importe. Fais juste en sorte que Hatcher accepte de me voir lors du premier entracte.

— Inutile d'attendre aussi longtemps. Nous irons le voir dès que la représentation aura commencé.

— Parfait. Tu vois comme c'était facile ?

— Tellement facile que mêler ma belle-sœur à cette histoire était inutile.

Frank scruta Jack avant de reprendre :

— Tu n'as pas...

Le sous-entendu était clair. Jack n'avait pas défloré la princesse de la Cinquième Avenue, tout de même ?

— Non. Elle a été très claire sur ses sentiments à mon sujet, hélas. « Vous êtes la crasse à la surface d'une flaque », a-t-elle dit à mon propos. Imagé, hein ?

Ce qui n'avait pas empêché Jack de s'imaginer la déflorant, et de plus en plus souvent ces derniers temps. Il ne plaisantait pas lorsqu'il lui avait dit qu'elle lui inspirait des pensées impures. En ce moment, son fantasme favori était de la prendre par-derrière, penchée sur son bureau. Quand elle jouissait, il imaginait sa petite bienfaitrice crier son nom assez fort pour faire vibrer les poutres du club.

N'imaginant pas un instant les pensées de Jack, Frank parut soulagé.

— Bien. Fais en sorte que les choses en restent là. Ça m'embêterait de devoir te mettre une balle dans la tête.

Comme s'il en avait été capable.

— Il faut que j'y aille, déclara Jack. Je lui ai promis qu'elle en sortirait indemne.

— Aucune chance. Sa réputation sera en lambeaux. Sans parler de ce qui arrivera quand son père apprendra la nouvelle à son retour d'Europe.

— Duncan Greene ne me fait pas peur.

Jack ne pouvait rien faire pour protéger la réputation de Justine, dont il doutait de toute façon qu'elle soit à ce point mise à mal. S'il était une chose qu'il savait à propos de cette ville, c'était qu'elle adorait le spectacle.

Or il était sur le point de lui en offrir un, et pas des moindres.

— Bon sang, Mulligan, soupira Frank en se pinçant l'arête du nez. La prochaine fois, laisse Justine tranquille et viens me voir.

À qui croyait-il parler ? Ce ton condescendant commençait à agacer Jack.

— Je ne suis pas un de tes clients. Quand j'aurai besoin d'être défendu, je te le ferai savoir.

— J'en suis bien conscient, mais… les Greene sont des gens bien. Ils ne méritent pas d'être la risée de tous.

— Arrête de te tordre les mains, Tripp, dit Jack en se levant et en se dirigeant vers la porte, signifiant que la discussion était close. Tout se passera bien.

Les deux hommes regagnèrent la loge des Greene.

— J'espère que tu sais ce que tu fais, murmura Frank avant d'écarter le rideau.

— Je sais toujours ce que je fais.

Pour Jack, c'était vital.

Le petit salon était désert, la famille ayant gagné la loge proprement dite car la représentation était sur le point de commencer. Jack entendit l'orchestre qui s'accordait. Le son était sacrément meilleur que dans les cabarets et les dancings qu'il fréquentait au sud de la 14e rue. Il se demanda si on servait de la bière à l'opéra.

Frank entra le premier, suivi de Jack. Les têtes se tournèrent, mais Jack n'avait d'yeux que pour Justine, qui semblait anormalement pâle. En un instant, il fut à côté d'elle, inquiet. Quelqu'un lui avait-il fait une remarque désobligeante ? Maudit soit Tripp qui l'avait éloigné d'elle, la laissant vulnérable.

Il se pencha à son oreille, subitement noué par l'angoisse.

— Mademoiselle Greene ? lui chuchota-t-il à l'oreille. Que se passe-t-il ?

Derrière lui, quelqu'un toussota.

Il se retourna. Mme Tripp le dévisagea, affichant une expression furieuse.

— Elle vient de subir un affront, voilà ce qui se passe. Nos voisins et des amis de la famille l'ont tout bonnement ignorée parce qu'elle vous a amené ici ce soir.

D'un geste, elle indiqua la loge sur la droite, où la grand-mère de Justine discutait avec un couple d'un certain âge.

— Marion..., commença Justine.

Apparemment, sa sœur n'en avait pas terminé.

— Non, Justine. Il doit savoir. Quelle que soit la raison de sa présence ici ce soir, il doit être conscient des conséquences qu'elle a sur d'autres que lui.

Jack glissa ses mains dans ses poches, indifférent.

— Désolé, mais l'étroitesse d'esprit et la malveillance de certains ne m'empêcheront pas de dormir.

— Exactement, dit Justine. On s'en moque, Marion. Ce que pense la bonne société n'a pas d'importance dans la vraie vie.

— Pour toi, peut-être, répliqua sèchement Marion. Mais pour bonne-maman et nos parents, si. Et pour moi aussi, ne serait-ce que pour le gala de ce soir.

— Vous les aurez, vos dons, dit Jack. Je vous le promets.

— J'espère que tu ne te trompes pas, intervint Frank. Parce que nous en avons cruellement besoin.

Jack hocha la tête.

— Je ne me trompe jamais lorsqu'il est question d'argent.

— Vous êtes vraiment l'homme qui dirige la pègre dans cette ville ?

Jack se retourna en entendant la grand-mère de Justine. Elle en avait terminé avec leurs voisins de loge, qui lui avaient de toute évidence brossé un tableau peu reluisant de sa personne.

Il ne vit aucune raison de mentir.

— Oui, en effet.

Plutôt que de le considérer avec dégoût, la vieille dame le dévisagea, fascinée.

— Vous devez avoir plein d'histoires à raconter, j'imagine...

— Bonne-maman, siffla Marion. Ne l'encouragez pas, s'il vous plaît.

— Le problème est réglé avec les Stewart. Ils croient qu'il s'agit d'un client de Frank, qui cherche la rédemption.

Jack ricana. Étant donné le nombre d'ennemis qu'il avait, la rédemption ne risquait pas de le garder en vie. À l'instant où il relâcherait sa mainmise sur son territoire, ce serait le début de la fin. Pour autant, si le mensonge permettait de sauver la réputation de Justine, il était prêt à l'accepter.

À quel moment avait-il commencé à s'inquiéter pour sa réputation ? Sans doute quelques instants plus tôt, en voyant sa pâleur et la gêne dans son regard. Il ne s'était pas attendu à ressentir quoi que ce soit, ce soir, et certainement pas des remords. Il regardait toujours devant lui, jamais derrière.

— C'était gentil à vous, bonne-maman, dit Justine, mais il ne fallait pas. Je suis prête à affronter les conséquences de cette soirée.

— Cela vaut mieux, dit Marion. Bonne-maman ne va pas pouvoir raconter les mêmes salades à toute la salle.

— Ce n'est pas le moment, souffla Frank. Les murs ont des oreilles, ici. Asseyons-nous et profitons de la représentation.

L'aînée des Greene lui lança un regard noir avant de quitter la loge, tandis que tout le monde s'installait. Frank ne cessait de regarder par-dessus son épaule, comme si Jack risquait à tout instant de sauter sur Justine et de lui dérober son innocence.

Une innocence peut-être toute relative. Justine avait-elle couché avec Billy Ferris l'an passé ? Jack ne put s'empêcher de se poser la question. Si c'était le cas, quelque chose lui disait que ce Ferris n'avait pas fait du très bon boulot. Leur histoire avait duré moins de trois mois, et n'avait rien, *a priori*, d'une idylle passionnelle.

En revanche, si lui avait couché avec Justine… Il l'aurait gardée nue dans son lit pendant des jours, l'aurait vénérée. Elle méritait d'être étudiée, dessinée, peinte. Cette jeune femme était une accumulation de contradictions. Virginale et fougueuse. Pure et intense. Altruiste et dévouée. L'imaginer consacrant cette fougue et ce dévouement à la satisfaction d'un homme… Bon sang, rien que d'y penser, il bandait.

Et pourquoi pensait-il sans arrêt à elle ?

Elle te méprise, tu n'es que la crasse à la surface d'une flaque.

Quand même.

— Vous êtes très élégant, ce soir, murmura-t-elle.

Un compliment ? S'il avait été une oie blanche, il aurait sans doute rougi.

— Merci.

Peut-être était-elle en train de changer d'avis à son sujet. Quant à savoir si cette idée lui plaisait ou le terrifiait, c'était autre chose. Si elle le trouvait séduisant, il pourrait être tenté d'aller plus loin, histoire de voir jusqu'où ce bras de fer les conduirait.

Quand bien même une petite voix lui soufflait qu'il avait peu de chances de sortir vainqueur de l'affrontement.

Quelques minutes plus tard, les feux de la rampe s'allumèrent, et Mme Tripp s'avança au centre de la scène avec la grâce d'une reine. L'assemblée se tut. Jack, lui, s'intéressait moins à ce qui se passait devant lui qu'à côté de lui.

Il observa Justine du coin de l'œil, nota le sourire fier qu'elle affichait en regardant sa sœur, et une petite pointe de jalousie le transperça. Il n'avait pas de famille proche. Après l'acquittement de son frère – qui avait marqué le début de ses relations avec Frank Tripp –, Jack avait expédié celui-ci à Cleveland. Ils ne s'étaient pas vus depuis quatre ans.

Côté parents, Jack avait perdu sa mère à l'âge de onze ans, et l'identité de son père ne lui avait jamais été révélée, sa mère ayant emporté son secret dans la tombe. L'essentiel des souvenirs qu'il avait d'elle remontait à l'époque où elle travaillait au Dragon Vert, un célèbre cabaret-bordel du Bowery qui avait été le théâtre des pires affrontements entre les Dead Rabbits et les Bowery B'hoy, à la fin des années 1850.

Entre ces murs miteux, il avait grandi en entendant raconter des histoires de gangs et de bagarres, de matraques et de coups. Il ne lui avait pas échappé que les filles du bordel se protégeaient mutuellement, se liguant contre les fortes têtes ou protestant si le propriétaire leur imposait des règles qui ne leur plaisaient pas.

De cette enfance, il avait retenu une leçon : seul, on était vulnérable. Ensemble, on était infiniment plus forts. Son empire, il le devait à deux idéaux : la camaraderie et la fraternité.

— Mesdames et messieurs, commença Marion, je vous remercie d'être ici ce soir. Je suis Mme Frank Tripp, mon mari dirige l'association d'aide juridique du Lower East Side. Comme vous le savez sans doute, nous venons en aide gratuitement aux personnes démunies ayant besoin d'être représentées devant un tribunal, de retrouver un membre de leur famille, de faire des démarches administratives, et bien d'autres choses encore. Rien que l'année dernière, nous avons...

Elle poursuivit, et Jack cessa de l'écouter. Il admirait le travail réalisé par les Tripp dans les quartiers populaires, mais le public de ce soir ne vivait pas dans ces quartiers. Chaque soir, ils regagnaient leur confortable demeure bourrée de domestiques et de meubles importés de France. Ils ne savaient pas ce que c'était que de se battre pour tout, et de se demander en permanence d'où le prochain repas allait venir.

Si faire un don soulageait leur conscience... cela ne les absolvait pas. Car quoi qu'il arrive, les Knickerbockers ne fréquentaient pas les Irlandais, ni les Italiens, méprisaient les hommes d'affaires juifs, expulsaient les Afro-Américains et tous les anciens esclaves pour récupérer leurs terrains et y bâtir leurs élégants manoirs ou y aménager des parcs. Ils votaient pour des politiciens qui avaient signé le Chinese Exclusion Act[1].

Cette hypocrisie le rendait malade.

Certes, il était riche désormais, pour autant, il s'efforçait de prendre soin de ceux au milieu desquels il vivait, quelle que soit leur couleur de peau ou leur origine. La violence entre gangs avait pratiquement disparu, les syndicats se développaient. Il infligeait des punitions et gardait les choses en ordre – en sa faveur, bien sûr. Ce n'était pas exactement la démocratie, mais ce n'était certainement pas la dictature. Une monarchie éclairée, peut-être.

Et les monarques étaient bénis des dieux, non ?

Il reporta son attention sur sa petite bienfaitrice. Elle souriait, son visage n'était que satisfaction et bonheur, et

1. Loi fédérale votée en 1882. Suspendant l'immigration des ressortissants chinois, elle fut élargie aux Japonais dix ans plus tard. C'est la première restriction significative sur l'immigration aux États-Unis. *(N.d.T.)*

il sentit quelque chose se dénouer dans sa poitrine. Elle n'était pas comme tous ces gens. Elle ne se contentait pas de faire un don et de poursuivre son chemin comme si de rien n'était. Justine travaillait très dur, jour après jour, pour les gens qui avaient besoin d'elle. Elle donnait son temps et son énergie, jusqu'à l'épuisement. Les hommes de Jack avaient protesté vigoureusement lorsqu'ils la suivaient, se plaignant d'avoir du mal à garder le rythme.

Elle était incroyable.

L'assistance applaudit Mme Tripp, qui avait terminé son discours, et Frank se leva.

— Suis-moi, ordonna-t-il à Jack.

Avait-il déjà arrangé un entretien avec Hatcher ? Si vite ? Cela relevait du miracle dans la mesure où Jack ne l'avait pas vu quitter la loge ni faire passer un mot par une ouvreuse.

— Pardonnez-moi, murmura-t-il à Justine avant de suivre Patrick, qui s'était levé lui aussi.

Les deux hommes emboîtèrent le pas à Tripp.

La représentation commença au moment où ils s'engageaient dans le couloir qui reliait les deux ailes de la salle en longeant les loges du balcon. Des employés allaient et venaient, pressés, s'assurant que leur clientèle fortunée ne manquait de rien. À mi-chemin, Frank s'arrêta, et entra dans un salon.

Julius Hatcher était allongé sur une méridienne, des papiers sur les genoux. Il travaillait.

— Ah, Frank ! dit-il. Vous voilà…

Il s'interrompit en découvrant Patrick et Jack.

— Vous n'êtes pas venu les mains vides, apparemment.

Frank se laissa tomber dans l'un des fauteuils.

— Désolé de débouler sans prévenir, mais je crois que vous vous connaissez tous.

— En effet. Patrick, ravi de vous revoir. Mulligan, ajouta Julius après un silence.

La froideur de l'accueil n'échappa pas à Jack.

— Vous voulez boire quelque chose ?

Il indiqua le cabinet à alcools particulièrement bien garni.

— Cognac ? Bourbon ? Servez-vous, dit-il. Patrick ? Frank ?

— Bourbon pour moi, répondit Frank. Je crains d'en avoir bien besoin quand nous en aurons terminé.

— Comment diable avez-vous réussi à faire entrer Mulligan ? s'enquit Hatcher tandis que Jack s'occupait de remplir les verres.

— Il accompagne Justine.

— *Justine* ? Votre belle-sœur ?

Hatcher émit un sifflement.

— C'est Duncan qui va être surpris à son retour, reprit-il. Et en quoi suis-je concerné ?

Jack comprit que son tour était venu. Il tendit les verres de bourbon, puis s'installa dans un fauteuil.

— Je suis ici ce soir pour vous voir. Je n'avais pas d'autre choix, j'en ai peur.

— Si je n'ai pas accepté de vous voir jusqu'ici, c'est parce que nous n'avons rien à nous dire, Mulligan.

— Sauf votre respect, je ne suis pas d'accord. J'ai une idée, et je pense qu'elle vous plaira.

— J'en doute. D'autre part, ma femme est dans notre loge, elle assiste au spectacle, et je préférerais qu'elle ne nous voie pas ensemble.

— Je serai donc bref.

— Non, vous serez parti, dit Hatcher en commençant à se lever.

Frank leva la main.

— Je vous en prie. Écoutez ce qu'il a à vous dire. Je ne peux pas le laisser continuer à s'exhiber au bras de Justine.

— Ce n'est pas mon problème, rétorqua Hatcher. Et vous n'auriez pas dû l'amener ici sans m'en informer au préalable.

— Je sais, et vous pourrez me reprocher tout ce que vous voulez plus tard. Mais là, j'ai besoin que Mulligan ait quitté l'opéra avant que le gala de ma femme soit complètement ruiné.

Hatcher fusilla Frank du regard.

— Vous avez de la chance que je préfère votre femme à son avocat de mari.

— C'est le cas de tout le monde, je vous rassure. Allez, Mulligan, finissons-en, qu'on puisse sortir d'ici.

Jack s'éclaircit la voix, puis :

— Je voudrais distribuer ma bière dans tout le pays, ct j'ai besoin de votre aide pour y parvenir.

Le regard de Hatcher s'assombrit davantage, si tant est que ce fût possible.

— Si je me souviens bien, j'ai eu cette idée il y a plusieurs années et vous avez refusé.

— J'avais mes raisons. Ce n'était pas le bon moment. Et à la place, vous avez pris des parts dans notre brasserie, un investissement qui vous a pas mal rapporté, il me semble.

— Comme tous mes investissements. En revanche, les sessions de rattrapage, très peu pour moi. Vous avez raté votre chance, et pendant ce temps d'autres brasseries new-yorkaises se sont lancées. Pabst, Anheuser, sont aujourd'hui des plus prospères et se vendent partout dans le pays.

— Vous avez déjà goûté aux créations de Patrick. Vous savez que tout ce qu'il fabrique dépasse de loin ce qu'on brasse partout ailleurs.

— Il est doué, c'est indéniable. Les autres aussi le sont. Ne le prenez pas mal, Patrick.

— Je ne le prends pas mal, répondit celui-ci avant de boire une gorgée de bourbon. Je sais bien que je ne suis pas le seul maître brasseur du pays.

Jack savait que Hatcher n'aurait pas été si désinvolte s'agissant du génie de Patrick s'il avait goûté à la Saaz, la bière blonde qu'il venait de créer. Il préférait cependant n'en parler qu'une fois certain d'avoir son appui.

— Peut-être, dit-il, mais là, c'est le moment idéal pour se lancer.

Hatcher haussa un sourcil blasé.

— Vraiment ?

— Pour faire voyager de la bière, il faut deux éléments clés : la marge et la fraîcheur. J'ai résolu ces deux problèmes. Pour la marge, il nous faut racheter une compagnie de chemin de fer. Un certain nombre d'entre elles sont en difficulté en ce moment.

— C'est le moins qu'on puisse dire. Le chemin de fer et les banques sont en déroute partout dans le pays. Le président Cleveland est en train de nous mener droit vers la dépression. Il est incapable de résoudre la crise financière - et ce n'est pas faute de lui avoir donné des conseils.

Hatcher était un génie de Wall Street. Un mot de sa part dans la bonne oreille, et une entreprise coulait ou prospérait.

— Justement, rétorqua Jack. Nous devrions profiter de cette baisse de rentabilité. En achetant une compagnie de chemin de fer suffisamment centrale, nous pourrions expédier la bière dans tout le pays en quelques jours.

— Et la fraîcheur ? Vous la gardez fraîche comment, votre bière ?

On en arrivait à la partie préférée de Jack. Il se carra dans son fauteuil et écarta les mains, paumes ouvertes.

— Des wagons réfrigérés. J'ai vu des plans, et j'ai parlé à des producteurs de fruits de Géorgie qui les utilisent pour les pêches. Ça marcherait pour la bière.

— Hum, fit Hatcher en se grattant la mâchoire. Je vais être honnête, l'idée d'être en affaire avec vous ne m'emplit pas de joie. Le rôle de l'investisseur en retrait, je le supporte mal. Et pour votre aventure, il vous faut un sacré capital.

Jack sentit qu'il avait mordu à l'hameçon.

— J'en suis bien conscient. Et je ne m'attends pas que vous restiez en retrait.

— Vous seriez prêt à partager le contrôle de l'entreprise ?

— Dans une certaine mesure, oui. Patrick et vous auriez votre mot à dire.

Il y eut un silence, puis Hatcher lâcha :

— La Northern Transportation pourrait faire l'affairc.

Jack retint un sourire. Si Hatcher faisait cette suggestion, c'est qu'il était partant.

— La Great Lakes Northern me plaisait plus.

— Ah oui, je l'avais oubliée, celle-là ! Quoi qu'il en soit, il faut que je réfléchisse.

Jack hocha la tête. Il s'y connaissait suffisamment en affaires pour savoir qu'il était inutile de se précipiter, que les choses avaient besoin de décanter.

— Vous savez où me trouver.

— Oui. En attendant, faites-moi parvenir les plans de ces wagons réfrigérés. J'aimerais y jeter un coup d'œil.

— Bien sûr.

— Vous m'avez l'air d'avoir réfléchi sérieusement, Mulligan, dit Hatcher en reposant son verre. Alors dites-moi, si Patrick se charge de l'élaboration de la bière et que je me charge du financement, en quoi exactement avons-nous besoin de vous ?

— C'est mon idée. Et vous avez besoin de mes contacts pour le réseau de distribution.

— Vous n'êtes pas déjà suffisamment occupé ?

Il l'était, en effet, mais pour plus d'argent et plus de pouvoir, il était toujours prêt à tout. Qui n'avance pas recule.

— Je vous rachète vos parts de la brasserie avec plaisir, répondit-il en souriant.

Hatcher comprit l'allusion et n'insista pas. Il se leva, et tout le monde l'imita.

— Nous en reparlerons, Mulligan. Quand j'aurai vu ces plans.

— Patrick, que penses-tu de tout ça ? demanda Frank à son frère.

Ce dernier haussa les épaules.

— Ça vaut le coup d'essayer. Si on ne se lance pas, quelqu'un d'autre le fera à notre place. Merci d'envisager la chose, monsieur Hatcher, dit-il en lui tendant la main.

— Vous me plaisez, Patrick, déclara Hatcher en lui serrant la main. Vous êtes un génie question houblon et moût. C'est avec votre partenaire que j'ai un peu plus de mal.

Jack se contenta de sourire. Hatcher finirait par se raviser et verrait les choses sous le même angle que lui.

Ils finissaient toujours par se raviser.

8

Pour la centième fois au moins, Justine jeta un coup d'œil par-dessus son épaule. Où diable était passé Mulligan ? Il était parti avec Frank et son frère depuis plus de vingt minutes.

Que manigançaient-ils, ces trois-là ?

L'attente était insupportable. Côté salle, elle feignait l'indifférence chaque fois qu'un regard se posait sur elle, et se concentrait sur la représentation. Enfin, le rideau s'écarta et elle retint son souffle. Hélas, ce n'était que sa sœur.

Marion s'installa à côté d'elle plutôt que de prendre un siège à l'avant de la loge. Justine soupira, résignée. Elle avait beau adorer Marion, elle n'avait pas envie d'une conversation à cœur ouvert avec elle, là, tout de suite.

— Alors, raconte, souffla Marion. Mulligan. Je n'arrive pas à croire que tu l'aies amené ici.

— Je n'avais pas le choix.

— On a toujours le choix. Ce qui signifie que ce soir, tu n'étais pas mécontente à l'idée de faire un pied de nez à la bonne société. Sans parler de ruiner mon gala.

Était-ce vraiment le cas ? Contrairement à ses sœurs, Justine n'avait jamais été effrontée ni délibérément désobéissante. Non, plutôt que de fréquenter les dancings et les cabarets, elle faisait du bénévolat.

Si elle avait été du genre à faire un pied de nez à la bonne société, elle se serait affichée en ville avec Billy, non ? Après tout, vu le scandale causé par les liaisons amoureuses de ses sœurs, une héritière Greene avec un apprenti plombier aurait sans doute fait pas mal de bruit sur la Cinquième Avenue.

Non, ce n'était pas cela. Elle était venue avec Mulligan parce qu'elle avait promis de lui rendre service. Désormais, ils étaient quittes.

— Tu sais bien que je n'aime pas attirer l'attention, dit-elle. Je lui devais un service, c'est tout. Et cela ne ruinera pas ton gala de bienfaisance.

— Il te plaît ?

— Marion, sois sérieuse.

— Je suis sérieuse. Et ma question n'ayant pas l'air de te surprendre, je m'interroge.

— Tu perds ton temps. Il n'y a rien entre nous.

Sa sœur parut dubitative.

— Tina, dit-elle, utilisant délibérément le surnom que Florence et elle donnaient à leur petite sœur lorsqu'elles étaient enfants. Il y a impossible, comme Clayton Madden. Et il y a hors de question, comme Jack Mulligan. Ne confonds pas les deux. Papa et maman finiront peut-être par accepter l'impossible. Mais ils t'enverront dans un couvent en Europe plutôt que d'accepter le hors de question.

Cette remarque hérissa Justine. Elle détestait être traitée comme une enfant, surtout par ses sœurs aînées, qui n'étaient pas en reste question scandale. La vérité sortit malgré elle.

— Tu n'as pas à t'inquiéter, il m'a dit tout net que je n'étais pas son genre.

Marion ouvrit des yeux ronds.

— Je n'y crois pas un seul instant. J'ai vu comment il te regardait, comment il te traitait. Il est intéressé, je te le garantis.

Ridicule. Justine ne plairait jamais à un homme tel que Mulligan. Sa sœur Florence, pleine de vie et d'audace, était davantage son genre. Justine n'était pas à l'aise en public. Elle était plus heureuse en coulisse, à aider les gens.

Le premier acte prit fin et le public applaudit poliment. Marion se leva.

— Je dois aller saluer des invités. Je reviens pour le deuxième acte.

Elle écarta les rideaux et disparut.

Justine ne prit pas la peine de se lever. Plutôt se flageller que d'aller se mêler aux autres femmes dans le salon qui leur était réservé.

Sa grand-mère s'arrêta près d'elle.

— Veux-tu quelque chose à boire ?

— Non, merci. Je vais rester ici.

Bonne-maman s'assit dans le fauteuil d'à côté et s'éventa.

— J'aimerais bien savoir comment tu as fait la connaissance de ce dangereux individu.

— Par mon travail pour l'association d'aide juridique.

— Il a recours à ses services ?

— Non, mais moi j'aime aller voir les gens chez eux.

— J'espère que tu fais attention. Ton père sait-il que tu te rends dans ces quartiers sans escorte ?

— Non. Je ne veux pas qu'il s'inquiète.

Ou qu'il m'enferme dans ma chambre.

— Eh bien, moi, je m'inquiète, justement. Tes sœurs ont déjà suffisamment rué dans les brancards. Qu'espères-tu accomplir en te conduisant de manière aussi imprudente ?

— J'aide des familles. Des femmes et des enfants. Des gens qui ont faim et se battent pour sortir de leur situation. Le bureau d'aide juridique les assiste, mais ce n'est que temporaire. Et c'est logique, vu le peu de ressources dont il dispose. Frank ne peut pas servir des repas à la soupe populaire et Marion ne peut pas s'occuper des cinq enfants d'une femme qui doit chercher du travail. Alors je le fais. Je les accompagne chez le médecin, je m'occupe des papiers à remplir, de trouver un logement décent. Il y a quelques semaines, M. Mulligan m'a aidée à retrouver un homme qui avait abandonné femme et enfants. En échange, je lui ai promis un service. Assister à ce gala, c'est le service que je lui rends.

— J'admire ton dévouement, il n'empêche que tu risques à tout moment de te faire agresser quand tu te démènes de la sorte. Ne pourrais-tu pas au moins emmener une bonne ou un garçon d'écurie ? Quelqu'un qui te servirait de chaperon.

— Les seuls à se soucier des chaperons habitent au nord de la 34e rue. Je ne risque absolument rien pendant la journée, je vous assure.

L'assistance se tut soudain et Justine jeta un coup d'œil en direction de la scène. Elle retint un cri de surprise. Mulligan s'avançait vers le centre.

Mulligan était *sur scène*. Il marchait d'un pas décidé, comme si l'endroit lui appartenait.

Elle se couvrit la bouche de la main, stupéfaite. Sa grand-mère se pencha en avant.

— C'est Mulligan ? Dieu du ciel, que…

Arrivé au centre de la scène, il adressa au public un sourire éblouissant.

— Bonsoir. Je m'appelle Jack Mulligan.

Quelqu'un, dans la salle, laissa échapper un cri de surprise. Jack eut un petit rire.

— Je vois que certains d'entre vous ont entendu parler de moi. Ce n'est pas le Bowery Theatre ? ajouta-t-il en regardant autour de lui.

Un peu partout, des rires fusèrent. Sauf dans la loge des Greene.

D'un geste, il montra Justine et sa grand-mère.

— J'aimerais remercier la famille Greene de m'avoir permis de venir ce soir afin de vous parler de l'association d'aide juridique et de son importance pour les habitants des quartiers défavorisés de Manhattan. Les journalistes aiment se concentrer sur des histoires à sensation, qui font vendre. Ils vous feront croire qu'au sud de la 14e rue, tout n'est que criminalité, crasse et violence. Ils ne vous parleront pas des petites filles qui sont forcées de travailler à l'usine, ni des mères qui cousent à la chandelle jusque tard dans la nuit pour joindre les deux bouts, et encore moins des gamins qui cirent les chaussures et vendent les journaux du matin au soir. Ils ne vous parleront pas non plus des hommes qui se cassent le dos sur les docks et dans les abattoirs.

Il se tut, balaya l'assistance du regard.

— Moi, je vais vous en parler. Ces gens, je les vois tous les jours. Je connais leur nom. Ce sont des gens bien, honnêtes. Beaucoup sont venus de très loin dans l'espoir d'une vie meilleure. Ils vivent dans des appartements minuscules, où l'on couche souvent à trois ou quatre par lit, quand il y a un lit. Ils travaillent dur, mais ne connaissent peut-être pas notre langue ou nos coutumes aussi bien que nous.

Justine comprit où il voulait en venir. C'était un coup de génie. Il fallait une sacrée audace pour faire une chose pareille. Qui aurait cru cela de lui ?

— Et c'est pourquoi l'association d'aide juridique est si importante. M. Tripp et son équipe d'avocats font pour nos concitoyens des démarches qui, sinon, les dépasseraient. Il ne s'agit pas juste de financer la défense d'un voyou en cas d'arrestation. Il s'agit d'aider ces gens à affronter un propriétaire malhonnête ou un employeur irrespectueux des lois. De les aider à remplir les formulaires de demande d'emploi et les papiers de naturalisation. Et même, ajouta-t-il en fixant Justine, de retrouver les maris qui ont abandonné femme et enfants. Il s'agit de soutenir ceux qui ont été lésés et n'ont pas les moyens de recourir à la justice. Et ce soir, c'est à vous que nous demandons de l'aide. L'association doit rester indépendante et faire son travail sans craindre les politiciens ni les élus de la ville. Ce qui signifie qu'elle ne fonctionne que grâce aux dons privés.

L'assistance était littéralement sous le charme, écoutait Mulligan sans piper mot. Alors que d'ordinaire un joyeux brouhaha régnait à l'entracte, on aurait entendu une mouche voler. En défenseur des classes défavorisées, Mulligan captivait son public. Justine avait beau connaître son magnétisme et sa forte présence, les voir ainsi révélés en public était tout bonnement magnifique. *Et pour une si bonne cause.*

Une douce chaleur se répandit en elle. Son cœur se mit à battre plus vite et son souffle se fit erratique. Elle sentait une palpitation entre ses cuisses, sentait le sang pulser dans ses veines. Et l'éventail qu'elle avait à la main ne pouvait rien contre l'embrasement de son corps tout entier.

Elle n'était peut-être pas son genre, mais là, en cet instant, Mulligan était tout à fait le sien.

— Et c'est pourquoi je vous demande, à vous, les représentants des plus illustres familles new-yorkaises, d'ouvrir votre cœur et votre portefeuille. J'ai personnellement fait un don de cinquante mille dollars, et je me demande si quelqu'un ici serait prêt à faire de même. Monsieur Cavendish ? demanda-t-il en montrant une loge du deuxième étage. Monsieur Bryce ? Monsieur Irvin ? Monsieur Randolph ? J'attends avec impatience une manifestation de votre générosité, et de celle de vous tous ici ce soir. Je vous remercie de votre attention, et place au spectacle !

Avec un sourire désinvolte, Mulligan regagna les coulisses. Des applaudissements polis résonnèrent à travers la salle.

— Cet homme est futé, murmura la grand-mère de Justine.

— Oui. C'était un sacré discours.

— C'était plus que cela. Il a quasiment fait du chantage à ces quatre hommes. Qu'ils donnent autant que lui, sinon...

Justine fronça les sourcils. Du chantage ? Bonne-maman exagérait. Mulligan les avait mis au défi de faire aussi bien que lui, c'était différent.

— Non, ce n'est pas ce qu'il voulait dire.

— Ma chérie, je ne suis pas née de la dernière pluie, je sais lire entre les lignes. Un homme comme Mulligan doit connaître quantité de choses compromettantes sur les hommes influents de cette ville. Et il n'hésitera pas à menacer de les révéler si cela peut servir ses intérêts.

— Je n'en doute pas une seconde. Mais quel intérêt a-t-il en l'occurrence ? Pourquoi menacer qui que ce soit ce soir ? Qu'espère-t-il en retirer ?

— Visiblement, il espère y gagner la seule chose qu'il n'aura jamais : *toi*.

Le cœur de Justine battit à coups redoublés.

— C'est absurde. Nous nous connaissons à peine.

— Après ce soir, il vaudrait mieux que vous ne vous connaissiez plus du tout. Je n'ai pas envie que tu souffres. Et ton père n'acceptera jamais cette relation.

— Je n'avais pas prévu de revoir Mulligan. Tu n'as pas à t'inquiéter. Je ne suis ni Marion ni Florence.

— C'est précisément ce qui m'inquiète. Tes sœurs ont beau être indomptables, elles savent comment se comporter dans n'importe quelle situation. Toi, tu es plus réfléchie, plus réservée. Tu fais confiance aux gens. Je ne voudrais pas que l'on profite de toi.

— Faire confiance et être réservée ne sont pas synonymes de faiblesse, bonne-maman.

— C'est vrai. Admets cependant que Mulligan est bien au-delà de ce que tes parents pourraient tolérer. Il y a des limites, Justine, et Mulligan en est une.

— Je ne m'intéresse pas à lui de cette façon, vous vous inquiétez inutilement.

La vieille dame lui tapota le genou.

— Très bien. Alors fais en sorte que les choses en restent là.

Jack allait et venait dans son bureau. Il ne tenait pas en place malgré l'heure tardive.

Il avait quitté l'opéra juste après son petit discours. Différentes raisons, compliquées, l'avaient poussé à prendre la parole ; toutefois, il n'avait pas envie d'y réfléchir. Pas envie de chercher pourquoi faire ce discours lui était apparu nécessaire alors que personne ne lui avait demandé quoi que ce soit. Non, comme un imbécile, il s'était porté volontaire.

Mais la façon dont ces gens avaient traité Justine l'avait mis hors de lui. Se remémorant son expression face à leur attitude méprisante, il eut envie de flanquer un coup de poing dans le mur. Bon sang, il n'avait pas réagi aussi violemment depuis des années. Et lui qui était persuadé d'avoir enfoui sa rage sous les costumes sur mesure et les bonnes manières.

En cet instant, il ne désirait rien d'autre que la protéger. La consoler. Lui tenir la main tout en démolissant ces ordures de l'autre. C'était la première fois depuis la mort de sa mère qu'il éprouvait pareil sentiment. Il ne s'en croyait plus capable.

Jusqu'à ce que Justine entre dans sa vie.

Comment pouvait-on la critiquer ? Si Jack avait deviné la lionne sous la soie et les perles, pour tous les autres, Justine était bonne, obéissante et pure. Généreuse et attentionnée. Angélique et altruiste. Rien à voir avec son père, qui avait hérité de l'essentiel de sa fortune et gagné le reste de façon pas toujours irréprochable.

Oui, mais quand les voyous habitaient au nord de la 42e rue, on les appelait des notables.

Jack les avait vus dans le public, ce soir, ces hommes croisés à la faveur de tel ou tel contrat. Tous ne se souvenaient sans doute pas de leurs méfaits – lui, si. Il y avait ceux qui lui avaient demandé de l'aide, ou ceux qui avaient imploré son pardon. Menteurs, voleurs, assassins, escrocs. Ils avaient beau dîner à la table de Mme Astor, ils ne valaient pas mieux que les détenus qui croupissaient dans la prison municipale. Ces Knickerbockers avaient juste les moyens de se payer de meilleurs avocats.

Il poussa un long soupir, et tenta de se ressaisir.

La colère était une émotion dangereuse, qu'il s'efforçait de réprimer. La colère empêchait d'y voir clair. Jack se targuait de rester calme en toutes circonstances, une attitude qui lui avait sauvé la vie plus d'une fois.

Il fit rouler ses épaules. Tout cela était ridicule. Il allait boire une bière et se mettre au travail. Et il oublierait cette soirée.

Il sortit dans le couloir, trouva Cooper qui montait la garde en haut de l'escalier.

— Tu m'apportes de la bière, s'il te plaît ?

— Pas de problème.

Cinq minutes plus tard, Cooper entrait dans son bureau avec un seau plein de glace et plusieurs bouteilles de la lager préférée de Jack. Il posa le tout sur un petit buffet.

— Tu veux un verre ? s'enquit-il.

— Je ne suis pas un animal, que je sache. Bien sûr que je veux un verre.

Cooper posa une bouteille et un verre sur le bureau de Jack.

— Brady est en bas, dit-il tandis que Jack se servait. Il voudrait te parler.

Brady était celui que Jack avait chargé de raccompagner Maeve et Katie chez elles tous les soirs. Walters, un autre de ses gars, raccompagnait les autres danseuses. Brady avait pour mission de lui faire un rapport régulier sur tout ce qu'il remarquait d'anormal.

— Fais-le monter.

Quand Brady apparut, Jack avait déjà avalé la moitié de son verre.

— Assieds-toi, dit-il. Je t'écoute.

— Tout s'est bien passé jusqu'à hier soir, commença Brady en s'installant. Je dépose toujours Katie en premier, puis Maeve, et je rentre par la 1re rue Est. Hier soir, j'ai remarqué un type qui nous filait le train. Comme je voulais pas qu'il voie où elle crèche, après la Deuxième Avenue, on a repris Houston Street. Il nous a suivis.

Bon sang.

— Tu as essayé de le choper ?

Brady hocha la tête.

— J'ai fait entrer Maeve chez Big Stevie, et je lui ai couru après. C'était un rapide, il m'a semé du côté du cabaret de McGurk.

Big Stevie gérait une salle de billard qui appartenait à Jack. Le cabaret de McGurk, en revanche...

— S'il est entré dans ce bouge, tu n'avais aucune chance de le retrouver. Merde ! s'écria Jack en frappant son bureau du plat de la main. D'abord il suit Katie, ensuite Maeve. Et apparemment, tu ne lui fais pas plus peur que ça. Ce type est un crétin ou quoi ?

— J'en sais rien, en tout cas, il s'agit pas d'une ancienne conquête de Katie, c'est sûr. Soit il prépare un mauvais coup, soit il essaye de leur faire peur.

— Dans un cas comme dans l'autre, je n'aime pas ça. Ce soir, prends d'autres gars avec toi, et coincez-le s'il se pointe de nouveau. Si Maeve râle, dis-lui que toutes les filles peuvent dormir ici.

— D'accord. Vous croyez que c'est un gars de O'Shaughnessy ?

— Difficile à dire. Mais coincez-le, et je peux te garantir qu'il nous le dira.

La porte s'ouvrit, et Cooper tendit le cou dans l'entrebâillement.

— T'as de la visite.

Bon Dieu, il n'était pas d'humeur, ce soir. Travailler en paix, c'était trop demander ?

— Qui ?

Cooper parut retenir un sourire.

— Mademoiselle la bienfaitrice.

Jack se redressa. Justine ? Ici ? À cette heure ?

— Fais-la monter.

Cooper disparut et Brady se leva.

— Je te tiens au courant pour la suite.

— Tu notes tout, Brady, même le plus petit détail. Même si ça te paraît insignifiant. Pas question de se laisser intimider. Il faut qu'on le coince.

Brady hocha la tête, et sortit. Jack vida son verre et ouvrit une autre bouteille. Il était encore en tenue de soirée, mais avait retiré sa veste, défait son nœud papillon et ouvert son col de chemise. En présence d'une demoiselle de la bonne société, un gentleman se serait rajusté.

Sauf que Jack n'était pas un fichu gentleman.

L'impatience lui nouait l'estomac, le mettait à cran. Que pouvait-elle vouloir, maintenant qu'ils étaient quittes et n'avaient plus rien à faire l'un avec l'autre ?

« Vous êtes très élégant ce soir. »

Ce compliment fait presque à contrecœur, timidement, n'avait pas été flatterie ni faux-semblant. Il n'y avait pas une once de malhonnêteté chez Justine. Quand elle l'avait regardé approcher sur le trottoir, il avait vu quelque chose dans son regard, une lueur approbatrice. De l'intérêt. L'amorce d'une flamme attendant l'étincelle.

Il s'en voulait, parce qu'il se savait mauvais, et cependant, il n'y avait rien qu'il souhaitait davantage que de la voir s'embraser pour lui.

La porte s'ouvrit, et il se raidit. Justine apparut, enveloppée dans une longue cape noire. Elle entra et il vit qu'elle aussi était encore en tenue de soirée. Il n'avait pas menti en disant qu'elle était charmante. La soie gris argent lui donnait un air éthéré. L'incarnation de la délicatesse, même si elle était tout le contraire, il le savait.

Cette fille était plus forte que le rocher sur lequel était bâti Manhattan.

Il la rejoignit sans même s'en rendre compte, ne s'arrêta que lorsque le bout de ses chaussures effleura le bas de sa robe et que son parfum, floral et frais, emplit ses poumons. C'était la plus délicieuse odeur qu'il ait jamais humée.

Il remarqua quelques taches de rousseur sur son nez, ses cils noirs, la courbe douce de sa lèvre supérieure. Avait-il trouvé ses yeux banals autrefois ? Ce soir, ils brillaient d'une lumière intense dans laquelle dansaient des reflets dorés.

Il enfonça les mains dans ses poches pour s'empêcher de la toucher. Il n'avait pas l'intention de lui faciliter la tâche. Il se tint donc devant elle et attendit. Tous deux savaient qu'elle n'avait pas de raison d'être ici à cette heure, et il voulait qu'elle le reconnaisse.

Elle s'humecta les lèvres. Cette caresse électrisa Jack. *A-t-elle la moindre idée de toutes les turpitudes que je rêve de lui infliger ?*

— Pardonnez cette visite à l'improviste, dit-elle, mais vous êtes parti sans me laisser la possibilité de vous remercier.

— Me remercier ? répéta-t-il, s'arrachant à la contemplation de sa bouche.

Nouveau petit coup de langue.

— Oui. Pour votre discours. Marion m'a dit que les dons avaient battu des records. C'est la première fois qu'ils reçoivent autant lors d'un gala de bienfaisance.

Parfait. Donc ses allusions pas si subtiles avaient produit l'effet recherché chez les quelques gentlemen visés. Ces salauds en avaient largement les moyens.

— Et ?

— Et personne ne m'a snobée. En fait, on m'a même félicitée de vous avoir incité à prendre la parole.

— Je voulais dire, qu'avez-vous pensé de mon discours, vous ?

Le compliment fusa :

— C'était magistral. Je ne m'attendais pas que vous preniez la parole, alors j'ai été surprise. Mais vous avez été... impressionnant.

Élégant *et* impressionnant ?

Il commençait à se demander si elle n'avait pas autant envie de lui qu'il avait envie d'elle.

Impossible.

— Quelle est la vraie raison de votre présence ici ce soir ? demanda-t-il d'une voix grave.

Elle ouvrit des yeux ronds. La question l'avait prise de court. *Parfait.*

— Je vous l'ai dit. Je voulais vous remercier.

— C'est à cela que servent les lettres et les télégrammes. Répondez-moi franchement. Pourquoi avez-vous fait le trajet jusqu'ici ?

Elle battit des cils plusieurs fois, mais ne baissa pas les yeux.

— Vous voulez que je réponde que c'était pour vous revoir, c'est cela ?

— Il me semble que ce ne serait pas un mensonge, en effet.

— Dans ce cas, vous vous méprenez terriblement sur la situation.

— Vraiment ?

Il se pencha vers elle et lui murmura à l'oreille :

— Je crois au contraire que j'ai fort bien compris la situation. Vous avez envie d'être ici. Avec moi.

Le souffle de Justine s'accéléra. Il était si près qu'il voyait une veine palpiter au creux de son cou. Cette preuve de son excitation ne fit qu'accroître la sienne, et il eut envie de mordre cette peau si tendre, juste là, à l'endroit où le cou devenait épaule. Cela faisait des semaines qu'il n'avait pas baisé et Justine ferait aussi bien l'affaire que n'importe quelle autre.

Menteur.

Elle serait bien meilleure. Elle était si farouche, si pure. Si *convenable*. Un ange effronté qu'il ne méritait pas. Il voulait la charmer, la séduire. Lui donner du plaisir plus que de raison. *La faire voler en éclats*.

Il ne bougea pas, elle ne s'écarta pas. L'éclairage au gaz émettait un sifflement, et des bruits sourds montaient depuis la salle de boxe, juste en dessous. Les épaules de Justine se soulevaient au rythme de son souffle et le sexe de Jack durcit entre ses jambes. Il ne l'avait même pas encore embrassée, et déjà, il bandait.

— Vous avez dit que je n'étais pas votre genre, souffla-t-elle.

— J'ai menti. Vous voulez que je vous le prouve ?

9

Justine se figea. Mulligan était la virilité incarnée. Une chaleur intense se dégageait de son corps musclé. Il ne portait pas de veste, avait déboutonné son col, révélant un cou puissant. Elle semblait incapable de bouger, paralysée qu'elle était par ce qui était en train de se passer.

Pourquoi était-elle venue ? Elle n'avait pas de bonne réponse à cette question. Après le gala, elle était rentrée à la maison avec Marion, pour en ressortir discrètement avec une seule idée en tête : aller retrouver Jack.

Une vibration l'habitait depuis qu'elle l'avait vu descendre de voiture devant l'opéra. Cette vibration s'était intensifiée lorsqu'il avait quitté la scène après son discours. Une envie irrépressible de le voir, de lui parler s'était alors emparée d'elle. Cela ne signifiait pas pour autant qu'elle voulait plus. Si ?

Une fois de plus, elle se passa la langue sur les lèvres, et les yeux de Jack brillèrent tandis qu'il fixait sa bouche. On aurait dit qu'un courant électrique les traversait l'un et l'autre, un désir ténébreux dont elle sentait presque le goût. Jamais elle n'avait éprouvé cela, ce désir impatient, comme si son corps appartenait à quelqu'un d'autre. Elle se sentait animale, incapable de raisonner. Créature de chair, de sang et de *désir*.

Et cette façon de la narguer. « Vous voulez que je vous le prouve ? »

Oh oui ! Elle le voulait plus que tout en cet instant. Attaquer et être attaquée. Découvrir enfin ce que c'était que cette passion que les poètes et les romanciers ne cessaient d'invoquer. Se sentir *vivante*.

Elle ne vivait que pour les autres depuis si longtemps qu'elle en avait oublié ce que l'on ressentait lorsqu'on vivait pour soi-même. Prendre plutôt que donner, donner et donner encore. Être égoïste et dévergondée était une tentation tapie là, au creux de son ventre, et qui s'éveillait sous le regard de Jack.

Danger. Tu es en danger, Justine.

Il ne lui ferait pas de mal au sens physique du terme. Personne cependant n'imaginerait que Mulligan pouvait être bon pour elle. Il avait de l'expérience et du charme. Était rusé. S'habillait comme un duc mais tutoyait la violence et le crime. C'était un élégant poignard trempé dans le poison.

Alors pourquoi était-elle venue ce soir ?

— Restez, murmura-t-il en s'approchant davantage. Restez, et je réaliserai vos rêves les plus inavouables.

Une flèche de désir la traversa, une lame de feu qui se concentra entre ses cuisses. Et un terrible dilemme s'empara d'elle. D'un côté, le péché et la luxure dans les bras de cet homme. De l'autre, la vie en dehors de ces murs, la réalité avec ses responsabilités et ses conventions. Le choix aurait dû être simple, et pourtant…

Un souffle chaud lui caressa la peau, presque aussitôt suivi d'un petit coup de langue juste derrière l'oreille, là où la peau est si sensible. Elle étouffa un cri et recula, choquée.

Doux Jésus. Il l'avait *léchée*. Elle plongea son regard dans celui de Jack, s'attendant à y trouver de l'arrogance.

Elle n'y vit qu'un désir sauvage et brut.

D'une main, elle chercha la poignée derrière elle. La trouva, ouvrit la porte et se rua dans le couloir. Elle ne salua pas l'homme qui se tenait là. Empoignant ses jupes, elle se précipita dans l'escalier, chercha la sortie, chercha à fuir le danger. Elle ne se retourna pas pour voir si quelqu'un la suivait. Elle ne pensait qu'à s'échapper.

Mais ça t'a plu. Retournes-y pour qu'il continue.

« Non », répondit-elle à la petite voix en elle. C'était impossible. Elle n'avait rien à faire avec Mulligan. C'était comme si le Petit Chaperon rouge choisissait le loup plutôt que sa grand-mère. C'était absurde.

Un match de boxe était bien entamé dans la salle principale lorsqu'elle la traversa en courant. Dieu merci, personne ne fit attention à elle. Une fois dehors, elle tenta de contourner les deux jeunes gens qui faisaient office de portiers.

— Holà ! dit l'un d'eux en l'attrapant par le bras.

— Lâchez-moi.

Il obéit aussitôt. En revanche, l'autre portier se mit en travers de sa route, l'empêchant d'aller plus loin.

— Faites excuse, mademoiselle Greene, mais vous pouvez pas sortir dans les rues de ce quartier à une heure pareille.

— Je vais trouver un fiacre, ça ira.

D'un geste, le premier indiqua la voiture garée un peu plus haut.

— On va demander à Rye de vous raccompagner.

— C'est inutile, je…

— Mademoiselle, si on vous laisse partir toute seule, Mulligan nous accrochera au réverbère par la peau des fesses, sauf votre respect. Alors s'il vous plaît, prenez la voiture.

Ils semblaient sincères, et Justine ne voulait pas qu'ils aient des ennuis à cause d'elle.

— Très bien.

L'un des deux courut à l'intérieur, sans doute pour aller chercher M. Rye. Justine attendit, s'efforçant de garder son calme. Elle regarda le match de boxe par la vitrine qui donnait sur la rue. Les mouvements vifs des poings et des pieds étaient étourdissants. Il y avait quelque chose de beau dans l'archaïsme de ce combat. Les torses nus des boxeurs, l'un blanc, l'autre noir, qui ruisselaient de sueur, leurs regards qui ne se lâchaient pas. Les spectateurs massés autour du ring hurlant des encouragements, ou leur mécontentement, se bousculant parfois. C'était cela le monde de Mulligan : des hommes qui se battaient avec leurs poings pour affirmer leur domination.

Que faisait-elle ici ? Et pourquoi ce monde la fascinait-il autant ?

— Bonsoir, mademoiselle, la salua Rye en sortant. Donnez-moi votre adresse, et je vous y dépose saine et sauve.

Saine et sauve. En d'autres termes, ennuyeuse comme la pluie.

Était-ce l'image que l'on avait d'elle ? Était-ce l'image qu'*il* avait d'elle ?

Elle leva les yeux en direction des fenêtres brillamment éclairées du premier étage. Impassible, Mulligan se tenait devant l'une d'elles, appuyé contre la vitre, un verre de bière à la main. Il ne chercha même pas à détourner le regard.

Depuis combien de temps était-il à cette fenêtre ?

Il n'avait pas semblé surpris qu'elle parte en courant. Ne lui avait pas couru après non plus. Peut-être avait-il cherché à lui faire peur, avec cette caresse de la langue. À lui prouver qu'elle n'était pas assez forte pour affronter ce qui se passait entre eux.

Si c'était le cas, il la sous-estimait.

Elle était bien plus forte qu'elle n'en avait l'air. Il l'avait prise de court, voilà tout.

Peut-être était-il le loup en habit de soirée, mais elle n'avait rien de l'agneau innocent qui cherche à se faire égorger. Elle pouvait prendre soin d'elle-même. En l'occurrence, cela signifiait ne plus remettre les pieds dans le quartier de Great Jones Street, et garder ses distances avec Mulligan.

Elle lui adressa un salut désinvolte, puis se dirigea vers la voiture. *Bonne chance, loup. Trouve un autre agneau avec qui t'amuser.*

Broome Street Hall était un tripot comme on en trouvait des dizaines dans le Bowery. Une devanture assez banale, avec deux grandes vitrines de part et d'autre d'une porte double sur le fronton de laquelle était écrit *Bières Lager,* même si la plupart des clients préféraient consommer un mélange redoutable alliant résidus de cocaïne, solvant, camphre, rhum chaud et whisky. Jack en avait vu les effets : dans le meilleur des cas, ce cocktail les plongeait dans une hébétude absolue pendant un jour ou deux. Quand les choses tournaient mal, ils ne se réveillaient pas.

— Il est là ? demanda-t-il à Cooper.

— Oui. Dans la première salle.

La veille, une des salles de jeu de Jack avait été cambriolée. Personne n'avait été arrêté, cependant, l'établissement se situant en bordure d'un territoire contrôlé par O'Shaughnessy, il ne fallait pas être bien malin pour savoir qui était derrière.

Jack entendait faire passer un message. Un message sans équivoque.

Il était venu avec deux de ses gars. Venir avec trente aurait laissé entendre qu'il avait peur de O'Shaughnessy, ce qui était risible. Venir avec dix aurait été raisonnable, ne serait-ce que pour s'assurer que rien de fâcheux ne se produirait. Venir avec deux était une insulte destinée à irriter O'Shaughnessy.

Jack n'était pas inquiet. O'Shaughnessy n'oserait pas s'en prendre à lui physiquement. Faire une chose pareille, ce serait provoquer l'apocalypse dans tout le Lower East Side et détruire tout ce que Trevor avait mis tant de temps à bâtir. Ce serait revenir à la situation d'autrefois, lorsque la guerre des gangs rythmait le quotidien des habitants de ce quartier et faisait des centaines de victimes innocentes chaque année.

Jack repensa à sa petite bienfaitrice. Peut-être lui avait-il fait peur pour de bon l'autre soir, après le gala. Elle avait quitté le club comme si elle avait eu un chien enragé aux trousses – ou un homme très excité.

Dieu qu'il avait eu envie d'elle.

Il l'avait délibérément provoquée pour la tester. Malheureusement, ses paroles et son geste l'avaient effrayée, preuve qu'il n'était pas un homme pour elle, un homme attentionné qui baisait dans le noir, un samedi soir sur deux. Il n'était rien de tout ça. Il avait beau porter des costumes sur mesure et se huiler les cheveux, il n'en avait pas moins grandi dans un bordel et dans la rue. Justine avait peut-être du caractère, mais lui aussi – il avait du sang sur les mains pour le prouver.

Non, elle était mieux sans lui.

Chassant ces pensées, il se concentra sur la tâche qui l'attendait.

— Allons-y, dit-il.

Il traversa Broome Street. Il faisait nuit depuis plusieurs heures déjà, et les réverbères jetaient une lumière jaunâtre sur la rue maculée de pisse et de crottin. Cooper ouvrit la porte du bar et s'effaça pour laisser Jack entrer. Toutes les conversations cessèrent instantanément. Même le pianiste, dans un coin de la salle, cessa de jouer, ses dernières notes résonnant dans l'air avant de s'éteindre.

Parfait.

L'endroit était bondé. Des hommes de tous âges étaient assis autour de petites tables en bois. Un meuble garni de victuailles flanquait le bar qui s'étirait le long du mur du fond.

Derrière le bar en question se trouvait O'Shaughnessy. Il tournait le dos à la salle, mais les regarda approcher dans le miroir, et malgré la visière de sa casquette noire qui projetait une ombre sur son visage, Jack vit la haine dans ses yeux.

Ôtant son chapeau, Jack s'approcha du bar, ignorant les clients qui le dévisageaient. À la table la plus proche, deux hommes se levèrent d'un bond. Cooper et Rye, qui encadraient Jack comme deux fantassins, leur bloquèrent le passage.

— Une bière, lança Jack au barman.

Celui-ci jeta un coup d'œil à O'Shaughnessy, qui hocha discrètement la tête. Quelques secondes plus tard, une bière apparut devant Jack. Alors qu'il plongeait la main dans sa poche pour y chercher une pièce, le barman l'arrêta d'un geste.

— C'est la maison qui régale.

Jack leva son verre en guise de remerciement, et avala une longue gorgée.

La bière était infecte, de la pisse diluée dans de l'eau. Son verre à la main, il se retourna, s'adossa au bar et balaya la salle du regard. Des malfrats et des petits voyous le fixaient. Il n'y avait là que des types sans ambition ni envie. Ils avaient les mains sales, leurs vêtements étaient usés jusqu'à la corde. Rien ne les différenciait des bouchers et des petites frappes d'autrefois. Quel dommage, vraiment. Ces types-là ne voyaient pas plus loin que le bout de leur nez.

Il ne chercha pas à engager la conversation. Se contenta d'occuper l'espace tout en buvant sa bière. Avec les années, il avait appris que le silence était souvent la plus puissante des menaces.

O'Shaughnessy était petit et trapu. Très brun, il avait le cou épais et les oreilles déformées d'un ancien boxeur. Tout le monde s'accordait à dire qu'il démarrait au quart de tour.

D'ailleurs, Jack n'eut pas à attendre très longtemps.

— On peut savoir ce que tu fous ici, Mulligan ?

Tiens, O'Shaughnessy était doué de parole, finalement.

Jack ne se retourna pas.

— Tu devrais le savoir, Trevor.

— Ben, non, je le sais pas. Alors crache le morceau et tire-toi.

— Quelle hospitalité, ironisa Jack. Fais gaffe, je pourrais finir par croire que je ne suis pas le bienvenu.

Trevor posa brutalement son verre sur le comptoir.

— J'ai dit crache le morceau. J'ai pas de temps à perdre avec tes petits jeux.

Jack fit volte-face, et jeta violemment son verre dans le miroir. Celui-ci explosa. Un mélange de tessons et de bière dégoulina en cascade jusqu'au sol. O'Shaughnessy se raidit. Dans la salle, on entendit des raclements de chaises.

— Et maintenant, tu en as, du temps ? articula Jack à mi-voix en se penchant sur le bar.

Un muscle tressauta sur la mâchoire de O'Shaughnessy, mais il ne bougea pas.

— Tu n'as rien à me dire ? insista Jack. Très bien. Je vais parler pour deux dans ce cas.

Il se redressa, ajusta ses manchettes de chemise, lissa son gilet. Dans une situation comme celle-ci, le style était important.

— Je sais que tu es responsable de ce qui s'est passé dans ma salle de jeu hier soir. Que ce soit toi qui en aies donné l'ordre ou un de tes gars qui ait voulu faire bande à part, je m'en tape. Mais c'est à toi que je demande des comptes. Je veux que chaque dollar, chaque cent qui m'a été volé me soit rendu avant la fin de la semaine.

— Arrête ton char. T'as aucune preuve que c'est moi ou un de mes gars qui a fait le coup.

— Je n'ai pas besoin de preuve. On n'est pas au tribunal. Ici, c'est moi qui rends le verdict.

— Peut-être bien que la rumeur prétend le contraire, Mulligan. Peut-être bien que tu baisses un peu. Tu peux pas m'accuser de tous les maux.

Tu baisses un peu ? Ravalant sa colèrc, Jack sourit.

— T'avais pas encore de poils au menton que je me faisais les dents sur des connards dans ton genre. Je les ai tous mis à genoux, et je serai ravi de faire pareil avec toi.

— Chacun reste sur son territoire, on se tire pas dans les pattes côté business. T'as aucune raison de te pointer ici et de me menacer.

— Tu me traites de menteur ? Des types suivent mes danseuses jusque chez elle et mes salles de jeu se font dévaliser. Personne d'autre que toi n'oserait faire ça.

— T'as beaucoup d'ennemis, Mulligan. Plus que tu ne l'imagines.

O'Shaughnessy pensait-il lui apprendre quelque chose ?

— C'est le lot de tous ceux qui arrivent au sommet. Tu ferais bien de t'en souvenir.

Trevor ne répondit pas, il se contenta de fixer Jack d'un regard lourd de ressentiment. Jack sortit un billet de cent dollars, le plaqua sur le comptoir.

— Pour les dégâts, dit-il au barman.

— On n'a pas besoin de ton argent, aboya O'Shaughnessy.

— Apparemment si, autrement tu ne dévaliserais pas mes salles de jeu. Une semaine, Trevor. Jusqu'au dernier cent. Et arrête de faire suivre mes danseuses.

— Sinon ?

— Sinon je lâche les chiens. Sur toi et sur tous tes amis.

Cela faisait longtemps que Jack n'avait pas été défié ainsi. Et pour tout dire, cela lui avait manqué. Il donna une tape sur l'épaule de O'Shaughnessy, comme s'ils étaient les meilleurs amis du monde.

— Et je reconnais que, quelque part, ça ne me déplairait pas. Ça fait un bail que je n'ai pas démoli un emmerdeur.

— Au moins une ou deux semaines, commenta Rye.

Jack s'esclaffa et se dirigea vers la porte.

— Désolé pour l'interruption, messieurs, lança-t-il à la cantonade. Tournée générale pour me faire pardonner.

Le silence les suivit jusque dans la rue. Jack se mit à siffloter tandis qu'ils regagnaient la voiture.

— Ça s'est plutôt bien passé.

— Il a réagi exactement comme tu l'avais prévu, fit remarquer Cooper.

— C'est ce que j'aurais fait si j'avais été à sa place.

— Et maintenant, il va faire quoi, à ton avis ?

— Il va rendre l'argent, et chercher comment m'éliminer.

Là encore, Jack aurait fait la même chose en pareille situation.

Cooper lui ouvrit la portière.

— Je m'attendais pas à ce que tu leur lâches un billet de cent.

— C'est un faux. Si O'Shaughnessy s'en sert, il aura la Brigade de lutte contre la fausse monnaie aux fesses dans l'heure qui suit.

Quelques années plus tôt, Jack avait rencontré un spécialiste de la fausse monnaie. Et lui avait rendu service, naturellement. Depuis, il avait toujours un paquet de faux billets à disposition.

Cooper et Rye ricanèrent.

— T'es retors, Mulligan.

— Un peu mon neveu. C'est la seule façon de réussir dans cette ville.

Justine remontait Rivington Street d'un pas vif. Elle évita un groupe d'enfants qui jouaient au ballon. Le Lower East Side accueillait plusieurs communautés, venant pour l'essentiel d'Europe de l'Est – Allemands, Polonais, Russes. C'était un quartier en perpétuelle mutation, que venait grossir un incessant flot d'immigrés. Une synagogue était en construction sur le trottoir d'en face, un quotidien allemand venait d'ouvrir des bureaux un peu plus bas dans la rue. Justine aimait observer ce mouvement permanent, tous ces nouveaux venus rendant la ville plus vivante, et plus variée.

Et puis, cette zone-là n'était pas directement sous la coupe de Mulligan. Elle avait donc peu de chances de l'y croiser.

L'évitait-elle ? Absolument.

Trois jours s'étaient écoulés depuis qu'elle s'était bêtement rendue au club pour le voir. Elle avait été très occupée, comme toujours, et avait pris soin de contourner les pâtés de maisons sur lesquels régnait Mulligan. Elle aurait presque réussi à l'oublier si Marion et Frank n'avaient cessé de l'interroger sur la nature de leurs relations.

Et si elle n'avait pas rêvé toutes les nuits de lui et de ses caresses torrides, qui la laissaient en sueur et bouleversée. C'était humiliant. Au point qu'elle redoutait presque de s'endormir chaque soir.

Une silhouette familière attendait devant un immeuble de quatre étages au coin de la rue. Il lançait une balle à un jeune garçon.

— Merci d'avoir accepté de venir, dit Justine en reprenant son souffle. Vous attendez depuis longtemps ?

L'inspecteur Ellison tapota la tête du gamin, lui rendit sa balle, et se tourna vers elle.

— Non, non. Quelques minutes à peine.

— Merci, en tout cas, de bien vouloir me consacrer un peu de votre temps. L'affaire du fils de l'homme politique ? Vous en êtes où ?

— Nous avons arrêté quelqu'un. Donc j'ai un peu de temps aujourd'hui.

— Qui a fait le coup ?

— Un ami de la victime. Rien de sordide, juste deux idiots qui avaient trop bu et se sont battus. Mais parlez-moi plutôt de cet atelier de confection, dit-il en levant les yeux sur la façade de l'immeuble.

— Oui, c'est ici. Au quatrième étage. Je vous montre.

Ils entrèrent. La pénombre fraîche qui les accueillit contrastait agréablement avec la chaleur qui régnait dehors. Justine s'essuya le front avec un mouchoir. S'activer en ville pendant l'été était éprouvant. Sans doute était-ce pour cela que la bonne société partait s'installer à Newport en juin et ne rentrait que début septembre.

Pas Justine toutefois. Elle restait en ville. À la plage, elle s'ennuyait à mourir.

— On fait comme d'habitude ? s'enquit Ellison tandis qu'ils montaient.

— Oui. Je connais déjà la situation. Je vous laisse vous occuper de M. Bay, le propriétaire.

Un des bénéficiaires de l'association d'aide juridique leur avait parlé de cet atelier. Il s'était plaint des conditions inhumaines et des journées de travail beaucoup trop longues, et Justine était allée vérifier ses dires sur place. Elle avait réussi à entrer sans problème, prétextant un entretien pour un emploi quand la secrétaire l'avait interrogée. M. Bay lui avait demandé de partir, bien sûr, mais pas avant qu'elle ait eu le temps de voir de quoi il retournait dans l'atelier.

Elle avait ensuite attendu plusieurs heures dehors et avait abordé quelques ouvrières. Lorsque leur employeur n'était pas dans les parages, elles avaient beaucoup à dire sur les heures et les conditions de travail, les salaires et ce qu'on exigeait d'elles si elles voulaient garder leur emploi. Ayant ces informations en poche, Justine revenait avec l'inspecteur Ellison pour un entretien avec le propriétaire de l'atelier. Ellison s'y entendait pour intimider ces gens. Son insigne de police l'y aidait, bien sûr.

En arrivant au quatrième étage, Justine se courba en deux pour reprendre son souffle. C'était la troisième fois de la journée qu'elle grimpait plus de trois étages, et la fatigue la gagnait.

— C'est la porte, là, dit-elle.

Ellison entra le premier, sans prendre la peine de frapper. Son insigne de police était épinglé au revers de sa veste, bien visible. Justine le suivit et referma la porte. Assise à son bureau, une secrétaire leva les yeux.

— Je peux vous aider ?

— Oui, dit Ellison. Nous aimerions voir le propriétaire.

Elle nota l'insigne, puis regarda Ellison.

— M. Bay n'est pas disponible pour le moment. Si vous voulez bien repasser.

— Quand revient-il ? demanda Justine.

— Je ne saurais le dite, répondit la secrétaire.

— Y a-t-il quelqu'un d'autre à qui nous pourrions parler ? Un gérant ou un contremaître ?

— Je crains que non.

Ellison et Justine échangèrent un regard. Puis, sans un mot, l'inspecteur contourna le bureau de la secrétaire et se dirigea vers l'atelier. La jeune femme se leva d'un bond pour tenter de le retenir, mais il avait déjà franchi le seuil. Justine lui emboîta le pas. L'atelier proprement dit était une grande pièce sombre, à l'arrière de l'immeuble, dont les fenêtres avaient été condamnées. Les propriétaires faisaient cela pour empêcher les ouvriers de voler, prétendaient-ils. Ils les empêchaient surtout de respirer un air qui circulait convenablement.

Ce fut toutefois un décor bien différent qui les accueillit.

Les fenêtres étaient ouvertes, laissant entrer une légère brise, et les ampoules au plafond étaient allumées. Le silence tendu qui régnait lors de la première visite de Justine avait lui disparu. Les ouvrières travaillaient tout en discutant et en riant. Quelques-unes étaient debout et s'étiraient avant d'aller aux toilettes, au fond de la pièce – toilettes auxquelles elles n'avaient pas accès lors du passage de Justine.

Le plus surprenant, c'était l'absence totale d'enfants.

Elle en resta bouche bée. Que s'était-il passé ? C'était pourtant la même adresse, le même atelier de confection. Elle reconnut même certaines ouvrières.

— Euh... ce n'est pas tout à fait ce à quoi je m'attendais, murmura Ellison.

— C'était complètement différent l'autre jour. Pas de lumière, pas d'air. Et il y avait des enfants enfermés ici.

— Ma foi, ce n'est pas le cas aujourd'hui.

Interloquée, Justine s'approcha d'une des machines à coudre.

— Bonjour, madame, dit-elle.

La femme jeta un coup d'œil nerveux à Ellison avant de saluer Justine.

— Je suis venue ici il y a environ une semaine, et c'était très différent. Que s'est-il passé ?

Un large sourire éclaira le visage de la femme.

— Un vrai miracle. L'autre jour, des types sont arrivés et ont emmené M. Bay à l'arrière. On a pas vraiment compris, jusqu'à ce que ça commence à cogner.

— À cogner ?

— Oui, et fort. Comme une bagarre, quoi.

Une bagarre ? Justine regarda Ellison, qui n'y comprenait visiblement pas grand-chose lui non plus.

— Et ensuite, que s'est-il passé ? demanda-t-il.

— Les types sont repartis au bout d'un moment. Puis M. Bay est sorti. Son visage était tout gonflé, et il saignait. Il est parti, et on l'a pas revu depuis.

— Qui étaient ces hommes ?

— Je pourrais pas vous dire. Y en avait un très beau, drôlement élégant, qu'avait l'air d'être le chef. J'ai entendu des filles dire que c'était un gros bonnet du côté de Five Points, mais les commérages, ici, ça va bon train vous savez.

Justine cilla. Un gros bonnet de Five Points... très beau et élégant ? Non. Ce n'était pas possible.

Ce n'était pas *possible*.

Qui d'autre, alors ? Quel autre bel homme de Five Points aurait pu venir ici et malmener le propriétaire ? Personne d'autre.

Au détour de la conversation, durant leur déjeuner, elle avait parlé de cet atelier à Mulligan, lui avait même dit où il se trouvait. Il avait dû décider d'aller intimider M. Bay et de le « convaincre » de traiter ses ouvrières plus humainement.

Mais pourquoi ?

Les paroles de bonne-maman lui revinrent à l'esprit : « Visiblement, il espère y gagner la seule chose qu'il n'aura jamais : toi. »

C'était absurde. Trois jours plus tôt, elle lui avait tourné le dos, et leurs chemins n'étaient pas destinés à se recroiser.

Alors pourquoi avait-il pris cette peine ?

— Vous savez qui c'est, n'est-ce pas ? lui murmura Ellison.

— Peut-être, oui.

Puis elle remercia l'ouvrière.

— Et si vous avez à vous plaindre de quoi que ce soit au retour de M. Bay, je vous en prie, contactez l'inspecteur Ellison.

L'ouvrière hocha la tête.

— Ce monsieur, franchement, c'était comme notre ange gardien.

Justine n'en aurait pas juré, mais elle ne pouvait nier qu'en l'occurrence, Mulligan avait fait une bonne action.

Ils quittèrent l'atelier sous le regard furieux de la secrétaire.

— Très bien, dit Ellison, une fois dans l'escalier. D'où connaissez-vous Jack Mulligan ?

10

Justine se concentra pour ne pas rater une marche – la cage d'escalier était sombre.

— Nous ne sommes pas certains qu'il s'agissait de Mulligan.

— Un gros bonnet, bel homme, qui vient de Five Points ? Je n'en connais pas beaucoup qui correspondent à cette description, et j'en connais un seul qui ait le pouvoir d'effrayer un propriétaire d'atelier au point de lui faire changer sa façon de travailler. C'est Mulligan. Alors j'aimerais que vous me disiez comment vous vous débrouillez pour que lui aussi vous rende service.

Elle attendit d'être dans la rue pour lui répondre.

— Je ne lui ai jamais demandé de venir ici et d'intervenir. Je... Nous avons déjeuné ensemble une fois et je lui ai parlé de cet atelier de confection. C'était le jour où vous n'étiez pas disponible.

Ellison faillit s'étrangler.

— Mulligan et vous avez *déjeuné* ensemble ? Vous vous fichez de moi ?

— Non. Il m'a pratiquement forcée à venir parce que je n'avais pas mangé.

Dit ainsi, cela semblait un peu ridicule.

— Et vous avez accepté ? Vous savez qui est Mulligan ? Ce qu'il fait dans la vie ? Pratiquement toutes les activités illégales au sud de la 14e rue se font sous son contrôle.

Le ton d'Ellison déplut profondément à Justine. Comme s'il la prenait pour une fille un peu bête et trop naïve pour qu'on puisse lui faire confiance.

— J'en suis bien consciente, monsieur Ellison. Je connais la réputation de Mulligan.

— Vraiment ? Vous êtes sûre ? Parce que si c'était le cas, je pense que vous n'approcheriez pas cet homme à moins de trois mètres, et que vous ne déjeuneriez certainement pas avec lui.

— Je sais qu'il possède des cabarets et des salles de jeu. Il a la main sur quasiment tous les jeux d'argent en ville.

— Et sur la vente d'alcool, la contrebande, sans oublier le chantage – là c'est un pro. Rien qu'avec ses matchs de boxe, il pourrait finir derrière les barreaux. Ce type est un voyou de haut vol. Ce n'est pas un homme bien, soupira Ellison en se passant la main dans les cheveux. Je ne crois pas m'avancer trop en disant que jamais un gentleman n'a mis les pieds au New Belfast Athletic Club.

— Personne ne m'a jamais fait de mal, là-bas…

— Vous y êtes allée ? Mais vous êtes folle ?

Elle crut l'entendre jurer entre ses dents. C'était ridicule. Elle avait beau apprécier la sollicitude d'Ellison, il n'était ni son père ni son mari. C'était un inspecteur de police qui lui avait prêté main-forte à l'occasion. Ce qui ne lui donnait pas le droit de la traiter comme une écervelée sans défense.

— Je tâcherai de tenir compte de vos remarques, inspecteur. Pour autant, je suis parfaitement capable de me débrouiller seule dans le Sixième District – et dans le reste de la ville, d'ailleurs.

— Vraiment ? En cas de viol ou de meurtre, vous pensez pouvoir vous débrouiller ? Les femmes qu'on enlève et qu'on force à travailler dans des bordels, ça ne risque pas de vous arriver parce que vous êtes la fille de Duncan Greene, c'est ça ?

Il se pencha vers elle et la fixa d'un regard dur.

— Ouvrez les yeux, mademoiselle Greene, enchaîna-t-il en élevant la voix. Ces choses-là arrivent tous les jours dans cette ville, et à toute sorte de femmes. Votre adresse sur la Cinquième Avenue ne vous protège de rien. À vrai dire, elle fait de vous une cible privilégiée parce que vos ravisseurs sauront que votre père sera prêt à payer une fortune pour vous récupérer.

Elle ne voulait pas se laisser entraîner dans cette spirale, mais Ellison commençait à l'inquiéter. *Détends-toi. Tu fais toujours attention quand tu te rends seule dans ces quartiers*. Sans parler du fait qu'elle était armée les rares fois où elle sortait de nuit. Donc elle n'était pas complètement sans défense.

— Vous êtes en train de me dire que Mulligan pourrait m'enlever et demander une rançon à mon père ? Pourtant, s'il ne manque pas d'une chose, c'est bien d'argent.

— Pour un voyou comme Mulligan, on n'a jamais assez d'argent. Vous devez éviter cet homme autant que faire se peut. Je sais que vous aimez venir en ville pour secourir des gens qui sont dans le besoin, mais pour lui, il n'y a pas de rédemption possible, croyez-moi.

Était-ce pour cette raison que Mulligan l'attirait autant ? Parce qu'elle pensait pouvoir le secourir ? Elle n'y avait pas songé jusqu'ici, pourtant, maintenant qu'Ellison le disait... Non. Cette attirance n'avait aucun fondement altruiste. Mulligan était beau et charmant, il s'habillait avec élégance et parlait comme un aristocrate. Il aurait fallu être morte pour ne pas être attirée par ce genre d'homme.

— C'est noté.

Ellison poussa un long soupir. Jamais elle ne l'avait vu aussi agité, lui qui était d'ordinaire d'un calme olympien.

— Je me suis un peu emporté, pardonnez-moi. C'est juste que… Les choses que j'ai vues dans ces quartiers. Je ne voudrais pas que cela arrive à une femme comme vous.

Qu'entendait-il dire par « une femme comme elle » ? Une héritière des beaux quartiers ? Sous-entendre que sa place dans la société et son héritage faisaient d'elle une femme plus précieuse que les autres lui déplaisait. Cela signifiait-il que celles qui ne possédaient rien pouvaient être enlevées, violées et assassinées ?

— Je vous remercie, inspecteur. J'apprécie votre sollicitude. Pour information, je n'ai pas l'intention de faire plus ample connaissance avec M. Mulligan.

Elle avait répondu d'un ton un peu froid, mais il ne parut pas le remarquer.

— Parfait, dit-il. Je vous raccompagne jusqu'au métro. Ma femme a fait un rôti et, pour une fois, il se pourrait que j'arrive à temps pour manger chaud.

Tandis qu'ils se dirigeaient vers le métro, Justine en profita pour lui faire part d'une idée qu'elle avait eue.

— Vous m'avez dit une fois que les choses seraient plus faciles pour moi si j'avais un insigne de police. Je commence à penser que vous avez raison. À qui devrais-je m'adresser pour en obtenir un ?

Ellison émit un drôle de bruit.

— Ce n'est pas si facile. Les femmes qui travaillent dans la police n'ont ni insigne ni autorisation de procéder à une arrestation.

— Dans ce cas, je serai la première.

— Vous ne comprenez pas. Ce n'est pas la même chose que de demander une invitation à un bal. Les femmes inspectrices, ça n'existe pas.

— Il y en a une à Chicago.

— Chicago, c'est Chicago. C'est la province, pratiquement le Far West.

— Je vous trouve bien injuste. L'Exposition universelle qui s'y tient en ce moment a un succès international. Vous êtes déjà allé à Chicago ?

Il fronça les sourcils.

— Non. Mais je n'ai pas besoin de visiter un endroit pour savoir à quoi il ressemble.

Hum, n'était-ce pas justement pour cela que l'on visitait une ville, pour en avoir une idée précise ? Ellison ne cessait de l'étonner, aujourd'hui, avec sa condescendance et son ignorance. Il avait toujours été tellement désireux de l'aider qu'elle l'avait considéré comme un progressiste, qui défendait les droits des femmes et des ouvriers. S'était-elle trompée ?

— Écoutez, dites-moi juste à qui je dois m'adresser, et j'essaierai de le convaincre. Je ne dirai même pas que c'était votre idée.

— Parce que ça ne l'était pas. C'était juste une remarque en passant, un jour où je devais être fatigué.

— Réfléchissez, insista-t-elle, je pourrais m'occuper de dossiers que les hommes ont du mal à traiter.

— Comme les maris volages et le travail des enfants ?

Il s'arrêta net, mains sur les hanches. Il allait parler quand quelqu'un le bouscula.

— Bouge-toi, poulet.

Ellison répondit d'un regard noir, puis se tourna vers Justine.

— Vous voyez ça ? Vous voyez comment on traite les policiers ? Alors imaginez ce que ce serait pour des policières. Votre idée est grotesque.

— Ce n'était pas ma question. Dites-moi juste à qui je dois parler. Je m'occuperai du reste.

— Très bien. Vous avez du temps à perdre ? Allez voir Richard Croker.

— Le directeur de Tammany Hall ?

Ellison afficha un sourire moqueur.

— Pratiquement toutes les recommandations concernant les promotions et les nominations passent par Tammany Hall. Le simple fait que vous l'ignoriez prouve que vous n'êtes pas prête à travailler pour la police de New York.

Elle l'ignorait, en effet. Elle avait toujours cru que la police fonctionnait au mérite, ce qui lui semblait ridicule à présent. Comment avait-elle pu être aussi naïve ? La corruption était endémique à New York.

— C'est comme cela que vous avez été promu inspecteur ?

— Oui. J'ai été gardien de la paix pendant quatre ans. Et puis j'ai assuré la sécurité d'un chef de district, un soir d'élection où il y a eu du grabuge, en 90. En remerciement, il m'a obtenu une promotion.

Justine eut du mal à masquer sa déception. Ellison dut s'en apercevoir, car il ajouta :

— C'est comme ça que ça fonctionne à New York, mademoiselle Greene. Et si vous essayez de vous convaincre du contraire, vous vous fourrez le doigt dans l'œil.

— Il faut quand même que j'essaie. Peut-être que mon père pourrait m'aider.

— Ou peut-être que vous pourriez demander à Mulligan, suggéra-t-il, sarcastique.

Elle se rembrunit.

— Ce dernier commentaire était inutile, inspecteur.

— Désolé, dit-il, et il semblait sincère. Je reconnais que vous savoir en lien avec cet individu me chiffonne. Je vous aidais parce que je pensais que vous n'aviez pas d'autre solution. Et voilà que je découvre que vous déjeunez avec l'un des plus grands criminels de la ville.

— À vous entendre, on pourrait croire que vous êtes jaloux.

— Peut-être bien que je le suis.

Seigneur Dieu. Elle avait dit cela en plaisantant, mais Ellison avait répondu avec le plus grand sérieux. Sous le choc, elle recula, pour mettre un peu de distance entre eux. De nouveau, il afficha une mine contrite.

— Non, non, pas comme ça, se défendit-il en levant les mains. Pas au sens romantique du terme. Au sens professionnel. Je pensais que vous aviez besoin de moi.

Elle n'y comprenait plus rien. Il voulait donc qu'elle dépende de lui et uniquement de lui ? Il refusait de l'aider à entrer dans la police et lui demandait de ne plus voir Mulligan. Était-ce ainsi que les hommes envisageaient l'« avancement » des femmes dans le monde du travail ? Il lui semblait que ses semblables avaient gagné du terrain ces dernières années, en accédant à de nouveaux emplois, à de nouvelles perspectives. Bientôt, elles auraient le droit de vote. Et pourtant.

Y aurait-il toujours un homme pour se mettre en travers de leur chemin ?

Quelle idée déprimante.

— J'irai voir Croker, dit-elle. Merci pour le conseil. Et je ne vais pas prendre le métro, finalement, j'ai envie de marcher un peu. Prenez soin de vous, inspecteur.

Elle traversa juste devant un omnibus et poursuivit son chemin. Seule.

Sans personne pour lui dire quoi faire.

Le lendemain après-midi, Justine était de nouveau dans le Bowery, et observait un immeuble. Elle musardait sur le trottoir depuis déjà une bonne vingtaine de minutes, gardant l'œil sur ce qui se passait autour d'elle.

On était au beau milieu de la journée, cependant, quelle que soit l'heure, le World Poolroom était l'un des endroits les plus dangereux du quartier. Voleurs, escrocs, trafiquants… tout ce qui se faisait en matière de malfaiteurs venait boire et jouer ici. Elle avait préféré attendre dehors plutôt que de risquer sa vie en entrant. Quelqu'un finirait bien par sortir, et elle pourrait lui demander si M. von Briesen se trouvait à l'intérieur.

Son attente fut récompensée quelques minutes plus tard, quand une femme rousse sortit de l'établissement. La lumière du jour lui fit plisser les yeux. Ses vêtements étaient froissés et tachés, elle marchait d'un pas mal assuré. Était-elle ivre ou pas tout à fait remise de son ivresse ? Justine n'aurait su le dire.

— Excusez-moi, lança-t-elle. Pourrais-je vous parler un instant ?

La femme s'arrêta, se balança sur elle-même, écarta les bras pour reprendre l'équilibre.

— Vous êtes qui ?

— Je m'appelle Justine. J'aimerais vous poser une ou deux questions.

— Pas le temps. Le patron en a après moi rapport à mon ardoise.

Sur ce, elle s'éloigna d'un pas flageolant.

Au même moment, la porte de la salle de jeu s'ouvrit et un homme en sortit. Il avait un tablier blanc noué autour de la taille, des favoris particulièrement fournis, et une expression contrariée. Repérant la femme rousse qui s'éloignait, il se lança à sa poursuite, la rattrapa sans peine et la ramena sans ménagement vers la salle de jeu.

— Va falloir que tu bosses pour éponger tes dettes, Bess. Y a une chambre de libre en haut.

— Va te faire foutre, cracha la fille en se débattant. Je suis pas une pute.

Justine ne put s'empêcher d'intervenir.

— Attendez ! Combien vous doit-elle ?

Le barman la regarda en étrécissant les yeux.

— Trente-cinq dollars.

Trente-cinq dollars ! C'était énorme.

— Pour quelques verres ce matin ?

— Ce matin, et les quatre jours d'avant. J'en ai marre de faire crédit, moi. Faut qu'elle paye, d'une manière ou d'une autre.

— C'est-à-dire ?

— Je vois pas en quoi ça vous regarde, mademoiselle.

L'homme ouvrit la porte et poussa Bess à l'intérieur.

— Attendez ! Je payerai sa dette si vous la laissez partir.

— En quel honneur ?

La question était légitime. Justine n'était pas du quartier, personne ne la connaissait, et elle proposait de régler une jolie somme.

Mais elle ne supportait pas l'idée que l'on force cette femme à commettre un acte illicite et dégradant sous prétexte qu'elle n'avait pas d'argent. De plus, si Bess avait passé du temps au World Poolroom ces derniers jours, elle savait peut-être des choses qui pourraient la mettre sur la piste de M. von Briesen.

— Ben ouais, en quel honneur ? demanda Bess à son tour. Tu peux garder tes brochures de cul-bénit, ma belle. J'en veux pas.

— Je ne suis pas là pour sauver votre âme. J'aimerais vous poser quelques questions, c'est tout.

Le barman haussa les épaules.

— Comme vous voudrez. Si vous avez trente-cinq billets à perdre, je les prends, et vous pourrez me débarrasser de cette grande gueule.

Justine sortit les billets de son aumônière, les compta soigneusement et les tendit au barman.

— Tenez. Lâchez-la à présent.

L'homme repoussa Bess brutalement et disparut à l'intérieur. Justine tendit la main pour que la rousse puisse retrouver son équilibre, et l'aida à marcher jusqu'à un endroit à l'ombre. Elles s'assirent sur le perron d'un meublé.

— Allez-y, posez-les, vos questions, dit Bess avec un ricanement que Justine choisit d'ignorer.

Elles n'étaient pas destinées à devenir amies, et elle ne s'attendait pas à de la reconnaissance. Elle avait payé parce que c'était la seule chose à faire.

De son aumônière, elle tira le portrait de von Briesen. Un dessinateur qui travaillait pour l'association d'aide juridique l'avait réalisé à partir de la description faite par Mme von Briesen.

— Reconnaissez-vous cet homme ?

— Non. Je devrais ?

— Il a disparu. Le 19 juin, pour être exacte. Et c'est ici qu'il a été vu pour la dernière fois. Au World Poolroom.

Bess regarda le dessin de plus près.

— Jamais vu.

— D'après ce que je sais, des types qui droguent leur proie pour les dévaliser traînent souvent ici, et cet homme a peut-être été leur victime. Quelqu'un pourrait-il savoir ce qui lui est arrivé après ?

— N'importe qui, répondit Bess avec un geste de la main englobant le quartier tout entier.

— Est-ce qu'il y a des filles qui travaillent au World Poolroom ? Des serveuses, ou... autres ?

— Des prostituées, vous voulez dire ? Elles sont au premier étage.

— J'aimerais leur parler. Vous pourriez m'aider ?

Bess se releva.

— Si vous voulez les voir, vous payez pour une heure, comme tout le monde. Moi, j'ai plus rien à dire. J'y retourne.

— Vous y retournez ? Alors qu'il vient de vous mettre dehors ?

— Ben oui. Une gentille fille a réglé mon ardoise. Les compteurs sont remis à zéro.

Bess gagna le World Poolroom d'un pas nonchalant et disparut à l'intérieur. Il y avait trop de soleil, Justine ne parvint pas à voir à travers la vitre si le barman lui resservait à boire ou s'il s'apprêtait à la remettre dehors.

Justine soupira, déçue mais pas découragée. Il lui fallait plus qu'une ivrogne mal embouchée pour renoncer. Ces enquêtes exigeaient qu'on parle aux gens, qu'on gagne leur confiance. Elle ne s'attendait pas à résoudre l'énigme de la disparition de M. von Briesen du premier coup.

Le plus dur serait d'atteindre l'étage où se trouvaient les filles. Si M. von Briesen s'était payé une fille pour la nuit, peut-être que l'une d'elles se souviendrait de lui.

La main en visière au-dessus des yeux, elle examina les fenêtres du premier étage. Y avait-il un moyen de monter là-haut autrement qu'en passant par la salle de jeu ?

Un bruit de roue attira son attention. Une voiture noire venait de piler devant le World Poolroom, le cocher tirant fort sur les rênes. Elle le reconnut, et frissonna malgré la chaleur.

Mulligan.

Dans la seconde qui suivit, il descendit de voiture et se dirigea vers elle. Il n'avait pas l'air content du tout. Il semblait même carrément en colère. Sa bouche, cette bouche qui l'avait presque embrassée, était pincée et peu avenante.

Il m'a léchée.

Le souvenir de ce bref coup de langue sur sa peau était encore très vif. Il l'avait goûtée. Et comment ne pas imaginer les sensations que cette langue produirait sur d'autres parties de son corps ? Elle déglutit, la gorge sèche, et chassa ces pensées. Le mieux aurait été qu'elle n'y pense plus jamais.

Et donc, que faisait-il là ?

— Que faites-vous là ?

Elle remit sa main en visière.

— J'allais vous poser la même question. Vous veniez parier sur les prochaines courses ?

Elle ne voyait pas d'autre raison pour expliquer la présence de Mulligan. Puis une affreuse pensée s'empara d'elle.

— C'est un de vos établissements ?

— Non, mes salles de jeu sont juste des salles de jeu. Nous n'avons pas pour habitude de droguer et de détrousser nos clients. Maintenant que nous avons tiré cela au clair, puis-je savoir pourquoi vous envisagez d'entrer dans ce bouge ?

— Je cherche quelqu'un. C'est ici qu'il a été vu pour la dernière fois, le 19 juin.

— De qui s'agit-il ?

— D'un homme d'origine allemande. Von Briesen. Nous pensons qu'il a été drogué et dévalisé, et que ses agresseurs l'ont laissé inconscient dans la rue. Sa famille est très inquiète.

— Votre beau-frère et Otto Rosen savent-ils que vous enquêtez ici, dans cet établissement en particulier ?

— Je l'ignore. Pourquoi ?

— Parce qu'ils auront affaire à moi si la réponse est oui. Vous n'avez rien à faire dans cette partie-là du Bowery. C'est dangereux.

— Et c'est pour cela que vous êtes venu ? À cause de moi ?

— Quand on m'a dit que vous vous y trouviez, je suis venu aussi vite que j'ai pu.

Quoique flattée qu'il s'inquiète pour elle, elle était surtout agacée qu'il la croie en danger.

— C'était inutile. Je ne risque absolument rien.

— Personne ne risque absolument rien ici, et encore moins une femme seule.

— Nous sommes au milieu de la journée et je n'ai pas l'intention d'entrer. J'ai prévu d'interroger les clients qui en sortent, et c'est d'ailleurs ce que j'ai commencé à faire.

Mulligan la regarda, interloqué, alors elle poursuivit :

— Une femme est sortie de la salle de jeu en état d'ébriété. Le barman lui a couru après parce qu'elle lui devait de l'argent, alors je l'ai dépannée. En échange, elle a répondu à mes questions.

— Dépannée ?

— J'ai réglé son ardoise en échange de quelques réponses. Je lui ai montré le dessin de von Briesen. Malheureusement, elle ne l'avait jamais vu. Et elle est retournée dans la salle de jeu.

Jack secoua la tête, et lâcha un chapelet de jurons en français.

— Allez, on va récupérer votre argent.

— Quoi ? Mais où ?

— À l'intérieur. Venez.

Comme il se dirigeait vers la salle de jeu, Justine le retint par le bras.

— Attendez. Je n'ai pas besoin de récupérer mon argent. J'ai proposé mon aide sans contrepartie. Le barman voulait la forcer à faire des choses terribles pour payer sa dette.

L'expression de Jack s'adoucit, son regard se fit plus chaleureux, presque affectueux. Le cœur de Justine se mit à battre. Cette expression devait faire des ravages parmi le beau sexe. Des passants allaient et venaient autour d'eux, mais Mulligan monopolisait son attention. Il leva la main, lui caressa doucement la joue. Elle sentit ses jambes se dérober, et tout son corps se laisser happer par le sortilège que semblait lui jeter cet homme. Elle avait fondu et n'était plus qu'une petite flaque sur le trottoir, non ?

— Vous avez bon cœur, et je vous admire pour cela, dit-il. Il n'empêche que vous avez été arnaquée, ma chère, et j'entends réparer le tort qui vous a été fait.

11

Jack comprit à son expression qu'elle ne le croyait pas. Dieu que les héritières au bon cœur l'énervaient parfois.

Elle cligna des yeux, et il baissa la main. Déjà, la douceur de sa peau lui manquait.

— Non, Mulligan, vous vous trompez. Elle était ivre, l'a injurié et lui a craché au visage. Il a dit qu'elle avait une ardoise de quatre jours au bar.

— Justine, c'est un milieu que je connais mieux que vous. Vous avez été arnaquée. Ils vous ont probablement vue là, dehors, et se sont dit que vous étiez la proie idéale.

Têtue, elle secoua la tête.

— Non.

— Vous voulez parier ?

Ah. Il venait de semer le doute dans son esprit. Elle se mordit la lèvre, l'indécision fronçant ses jolis sourcils. Il attendit, sentant refluer la peur qui s'était emparée de lui à l'idée qu'elle sillonne seule ce quartier. Il s'était pourtant juré de l'oublier après qu'elle avait quitté son club. Pourtant, à la minute où il avait appris qu'elle s'était rendue seule au World Poolroom il avait accouru, terrifié.

Il avait été tellement soulagé en la voyant saine et sauve.

Bon sang, Rosen et Tripp allaient avoir de ses nouvelles.

Plus tard. Pour l'instant, il devait lui prouver qu'il avait raison, et peut-être obtenir un autre service. Rien que d'y penser, il se sentait fébrile.

Ce service n'aura rien d'innocent. On oublie les galas de charité cette fois.

Peut-être lut-elle dans ses pensées, car elle demanda :

— Que voulez-vous dire exactement par « parier » ?

— Si j'ai raison, vous me devrez un service. Et vice versa.

— Donc si j'ai raison, vous me devrez un service.

— Oui.

— Je ne vois pas ce que je pourrais vous demander, avoua-t-elle en plissant le nez.

— Vraiment ? murmura-t-il. Quel dommage.

Il aurait aimé beaucoup, beaucoup de choses de la part de Justine, qu'il était difficile d'évoquer dans une conversation polie. La plupart avaient à voir avec le minou de la demoiselle et sa langue à lui.

Et soudain elle sourit. Un petit sourire en coin qui fit vaciller Jack. Bonté divine, ce regard… Comme si une pensée osée venait de lui traverser l'esprit. Non, plutôt une pensée lubrique, réprouvée par l'Église. Et il n'eut plus qu'une idée en tête : la découvrir.

Même s'il doutait qu'elle fût aussi lubrique que les siennes.

— J'ai trouvé ! dit-elle, les yeux brillants. Un service en lien avec Tammany Hall.

La déception lui fit l'effet d'un direct à l'estomac. À quoi s'était-il attendu, après tout ? Elle n'était ni lubrique ni débauchée comme lui. Ne le serait jamais.

Il se dirigea vers l'entrée du World Poolroom et lui fit signe de le suivre.

— Ne me dites rien, il faut que cela reste une surprise. Venez.

Il tira la lourde porte. Une puanteur familière mêlant sueur, sang et whisky les accueillit. La salle était suffisamment éclairée pour lui permettre d'embrasser la situation d'un seul regard. Qui, combien, où. L'endroit s'avérant raisonnablement sans danger, il se dirigea vers le bar. Plusieurs clients y étaient accoudés.

À son tour, il s'appuya au comptoir, juste à côté d'une rousse qu'il aurait reconnue entre mille.

— Bess ! Comment vas-tu, ma belle ?

Bess se tourna, d'abord surprise, puis visiblement contente de le voir.

— Bon Dieu, Mulligan, ça fait un bail !

— On peut le dire. Tu as l'air en pleine forme. Paul, content de te voir, dit-il au barman. Pas mal, cette nouvelle tête, ajouta-t-il en indiquant ses favoris.

Paul jeta un regard inquiet en direction de Justine, puis s'approcha de Jack.

— Salut, Mulligan. On vous voit pas souvent dans le coin. Vous êtes venu pour boire un coup ou pour parier ?

— Ni l'un ni l'autre, j'ai les établissements qu'il faut pour ça. En fait, je suis venu ici avec une amie.

Du pouce, il indiqua Justine.

— J'ai cru comprendre que vous l'aviez délestée de trente-cinq dollars. J'aimerais les récupérer.

Paul et Bess échangèrent un regard.

— Écoutez, Mulligan, on veut pas d'embrouilles, commença Paul.

— C'est justement pour cela que vous allez rendre l'argent et présenter vos excuses à mon amie.

— Bon, ça va, grommela Bess. Tu vas pas m'en vouloir d'avoir essayé, quand même. T'as vu comme elle est sapée ? Elle a les moyens.

— Là n'est pas la question, et tu le sais, répliqua Jack en pianotant sur le bar. Trente-cinq. Tout de suite.

Bess glissa deux doigts dans son décolleté tandis que Paul plongeait la main dans la poche de son tablier. Quelques instants plus tard, Jack avait les trente-cinq dollars en main.

— Et vous vous excusez.

Tous deux marmonnèrent des excuses à Justine, qui s'était approchée.

— Il n'y a pas de mal, dit-elle sans une once de malice, avant de prendre l'argent. Vous êtes pardonnés.

— Parfait, dit Jack. Voilà qui est réglé. Un type du nom de von Briesen, ça vous dit quelque chose ?

— D'origine allemande, précisa Justine. Il a été vu pour la dernière fois ici, le 19 juin.

Bess et Paul nièrent le connaître.

— Voyez avec Mac, dit Paul. Il est au comptoir, dans la salle des paris. Il se souviendra peut-être de lui.

Jack entraîna Justine dans la salle des paris, qui était bondée. Des hommes de toutes origines et de tous milieux y étaient regroupés autour de petites tables. Dans un coin, derrière un paravent, un récepteur télégraphique crachait régulièrement les résultats en provenance du champ de courses, qu'un employé inscrivait ensuite sur un immense tableau. Partout en ville, les salles de ce genre rapportaient une fortune à ceux qui, de près ou de loin, faisaient tourner le système. Western Union n'était pas en reste.

Le paiement des gains s'effectuait comme dans une banque, derrière un comptoir protégé par des barreaux. Des gardes veillaient au bon déroulement des opérations. Quiconque aurait tenté un hold-up aurait été neutralisé.

Jack se dirigea vers le comptoir et s'y accouda.

— Bonjour. Vous devez être Mac.

— En effet.

— Je m'appelle Mulligan. J'aurais besoin de quelques renseignements.

Le caissier arrondit les yeux.

— Mulligan, comme le...

Il y avait des dizaines de façons de finir cette phrase. Plutôt que de le faire à sa place, Jack sourit à Mac.

— Von Briesen, ça vous dit quelque chose ? Un type d'origine allemande.

Justine glissa le portrait dessiné entre les barreaux.

— Non, dit Mac en le lui rendant. Désolé.

— On va aller poser la question aux filles à l'étage, si ça ne vous dérange pas.

— Pas du tout, dit Mac. C'est par là, ajouta-t-il en désignant une porte. Demandez Polly, c'est elle qui s'occupe des filles.

Jack se dirigea vers la porte en question, et réalisa tout à coup que Justine ne l'avait pas suivi. Elle parcourait la salle du regard, l'air fascinée par ce qui s'y déroulait. Des gamins allaient et venaient entre le récepteur télégraphique et le tableau, des morceaux de papier à la main. Il s'agissait des résultats, qui étaient aussitôt retranscrits sur le tableau. Ici, contrairement aux règles en vigueur dans les établissements de Jack, la somme minimum à parier était faible, et donc à la portée des habitants du quartier.

— Vous possédez beaucoup de salles de paris ? lui demanda-t-elle.

Il en avait dix-huit, un peu partout en ville, jusqu'à la 23e rue. C'était une activité très lucrative.

— Oui, pas mal.

— Elles sont comme celle-ci ?

— Les miennes sont un peu plus haut de gamme.

Dans ses salles à lui, on marchait sur des tapis et on se servait au buffet gratuit avec boissons à volonté. Cela attirait une clientèle plus huppée, plus fortunée, qui restait plus longtemps. Et pariait donc davantage.

— Vous avez déjà joué aux courses ?

— Jamais. C'est Florence qui aime cela.

— Comment savez-vous que vous n'aimez pas si vous n'avez jamais essayé ?

Elle haussa une épaule.

— Je n'en vois pas l'intérêt. Un cheval arrive premier, deuxième ou troisième. La belle affaire.

Jack fit signe à l'un des jeunes garçons.

— La dame souhaiterait parier dans la prochaine course, dit-il en lui glissant un billet de cinq dollars dans la main.

Puis il se tourna vers Justine et montra le tableau. On prenait les paris pour la cinquième course à l'hippodrome de Cheepshead Bay.

— Choisissez un cheval.

— Est-ce bien le moment, franchement ?

— Nous avons largement le temps. Choisissez un cheval.

— Le numéro trois. C'est mon chiffre fétiche.

Le garçon le nota sur un bout de papier puis tendit à Justine le reçu de son pari.

— Le départ sera donné dans quelques minutes.

Justine observait toujours la salle, alors discrètement, Jack jeta un coup d'œil derrière lui, attira l'attention du videur qui se tenait derrière le comptoir. Il glissa un billet de vingt dollars sous le guichet et leva trois doigts dans le dos de Justine en haussant les sourcils d'un air entendu. Le videur prit le billet, quitta le guichet pour aller se glisser derrière le paravent dans le coin.

— C'est vous qui êtes allé rendre visite au propriétaire de l'atelier de confection de Rivington Street ? demanda-t-elle soudain.

Jack fit la moue. « Rendre visite » n'était pas l'expression qu'il aurait employée pour qualifier son entretien avec M. Bay.

— Ainsi, vous y êtes retournée.

— Oui. L'inspecteur Ellison et moi avons été très surpris par l'espace aéré, les portes ouvertes, les ouvrières souriantes. L'endroit avait beaucoup changé.

Parfait. Tant que M. Bay respecterait leur accord, Jack n'aurait pas de raison d'aller le voir.

— Je suis ravi de l'entendre.

— Je ne comprends pas. Il faut en général qu'Ellison y aille deux ou trois fois, montre son insigne et profère des menaces pour obtenir un résultat. Et vous, il a suffi d'une visite.

— Depuis le temps, vous devriez savoir qui a vraiment le pouvoir dans cette ville.

— Que voulez-vous dire ?

— Je veux dire que l'homme qui fait tourner New York, c'est moi.

Il ne se vantait pas. C'était un fait. Et il avait travaillé très dur pour en arriver là.

— Vous l'avez frappé ?

— Non.

C'était la vérité. Jack n'avait pas touché Bay. Quand c'était possible, il évitait de mettre du sang sur ses costumes.

— Quelqu'un d'autre l'a frappé, alors ?

— Mon ange, si la soupe vous plaît, ne demandez pas comment elle est faite. Contentez-vous de la savourer.

Elle poussa un soupir agacé.

— Quelle réponse ridicule. Les livres de recettes n'existeraient pas si c'était le cas.

— Je faisais juste une comparaison. Détendez-vous, et ne vous inquiétez pas pour M. Bay. Pensez plutôt aux ouvrières qui ne mourront pas si un feu devait se déclarer dans l'atelier.

— Quelle pensée déprimante.

— La vie est déprimante, vous devriez le savoir, avec tout ce que vous avez vu.

— Paris terminés sur la cinquième ! hurla l'homme qui tenait le tableau.

Le départ était imminent.

— En ce qui concerne notre visite à l'étage..., commença Jack. Vous préférez que j'y aille seul et que je leur pose la question ?

Elle se tourna vers lui d'un mouvement vif, l'air contrariée.

— Ne soyez pas insultant. Je n'ai pas peur de rencontrer ces femmes. Ce ne sera pas la première fois... ni la dernière.

C'était tout elle. À la fois angélique et combative. Il se racla la gorge, fit de son mieux pour ne pas baver.

— Je vous repose la question : votre beau-frère est-il au courant de vos démarches ?

Elle éluda d'un geste.

— Nous perdons notre temps. Allons parler à cette Polly.

— Vous ne voulez pas attendre de voir si vous avez gagné ?

— Pourquoi pas ? Ce sera long ?

Il réprima un sourire. Elle était adorable.

— Quelques secondes.

— Et c'est le numéro trois qui franchit la ligne d'arrivée en tête, suivi du un et du huit, annonça quelques instants plus tard l'homme qui se tenait au tableau. Veuillez encaisser vos gains au guichet.

Justine agrippa le bras de Jack.

— C'est incroyable. J'ai gagné. C'est la première fois que je gagne quelque chose !

Il sourit. Son allégresse le bouleversait.

— Vous voyez ? Allez récupérer vos gains, dit-il en indiquant Mac derrière son guichet.

Elle présenta son reçu à l'homme.

— Il semblerait que j'aie gagné.

— En effet, mademoiselle. Voici.

Il fit glisser un billet de cinquante dollars dans sa direction.

— Non. Vous devez vous tromper. Cinquante dollars ?

Elle se tourna vers Jack.

— Le numéro trois devait avoir une cote assez favorable.

Il prit le billet, le lui tendit.

— Félicitations. Merci, messieurs, ajouta-t-il à l'adresse des deux hommes derrière le guichet.

Puis il entraîna Justine vers une porte latérale.

Le moment était venu de se rendre à l'étage.

Cinquante dollars ! C'était incroyable.

— Que suis-je censée faire de cet argent ?

La soupe populaire de l'asile de nuit du Bowery en aurait certainement l'utilité. Ou une des écoles du quartier. L'association d'aide juridique. Une famille nouvellement installée...

— Il y a bien une jolie robe ou un chapeau qui vous ferait envie, lança Mulligan par-dessus son épaule tandis qu'ils quittaient la salle bondée.

Elle fit la grimace. Il la connaissait donc si mal ? Sa mère aurait pensé nouvelle robe et fanfreluches, elle, non.

Il s'arrêta près de la porte, se retourna et la dévisagea.

— Et si je vous ordonnais de dépenser cet argent pour vous, d'être égoïste, pour une fois, et de ne pas penser aux autres. Qu'achèteriez-vous ?

Elle chercha. En vain. Elle n'avait envie de rien. Si elle avait eu envie de vêtements ou de bijoux, ses parents auraient eu les moyens de les lui offrir, de toute façon.

— Je ne sais pas.

— Rien ? Pas une seule chose ? Un dîner, un voyage ? Une paire de boucles d'oreilles ? Un nouveau corset, des bas ?

Le regard de Jack descendit sur sa poitrine et sa peau la picota. Pensait-il à ses seins ?

— Jamais je ne pourrais consacrer cet argent à acheter le superflu quand tant de gens n'ont pas le nécessaire.

Sa voix était un peu plus rauque que d'ordinaire. L'avait-il remarqué ?

Cette façon qu'il avait de la fixer – avec une intensité telle que la chaleur de son regard se répandait jusqu'aux tréfonds de son corps – lui soufflait que oui.

Ils restèrent ainsi, sans rien dire, les yeux dans les yeux, et le temps fut suspendu. Il était à quelques centimètres d'elle, beaucoup plus près qu'un homme bien élevé ne se le permettrait en public. L'épaisseur de ses cils, le trait vigoureux de ses sourcils, ses lèvres pleines… Elle aurait pu les toucher. Les embrasser. Le cœur de Justine cognait dans sa poitrine. Elle aurait voulu lire dans les pensées de Jack.

« Restez, et je réaliserai vos rêves les plus inavouables. »

Se souvenait-il de cette promesse, lui aussi ? Elle y pensait sans cesse, ainsi qu'à toutes les possibilités sensuelles qu'elle évoquait.

— Une telle pureté, murmura-t-il. Une telle honnêteté… C'est la pire des tentations pour un homme comme moi.

— Pourquoi ?

Il se pencha, approcha les lèvres de son oreille.

— Parce que j'ai envie d'y plonger, de m'en repaître, et de la salir.

Elle prit une brève inspiration. Crus et érotiques, ces mots la traversèrent à la manière d'un courant électrique. La pointe de ses seins se dressa sous sa robe. Comment pouvait-il dire des choses pareilles à voix haute, et en plein jour ?

Mais elle ne s'enfuirait pas cette fois. Elle était plus forte qu'il ne le pensait.

— Peut-être cela aurait-il l'effet inverse. Peut-être que cela vous ouvrirait la voie de la rédemption.

Il se redressa, avec une expression de regret, lui sembla-t-il.

— J'ai dépassé le stade de la rédemption, ma belle.

Et sans lui laisser le temps de répliquer, il ouvrit la porte qui menait au premier étage.

— Allez-y, je vous suis.

Elle s'engagea dans l'escalier. Jamais un homme ne lui avait fait autant d'effet que Mulligan. Chaque fois, elle avait le sentiment qu'il se coulait en elle, et bouleversait tout ce qu'il y trouvait. De surcroît, il s'avérait vraiment très efficace quand il s'agissait de résoudre un problème. Et elle ne savait trop qu'en penser.

Quoi qu'il en soit, elle ne devait pas se fier à lui. Il ne l'aidait pas par pure bonté d'âme.

Ce qui lui rappela qu'elle lui devait à nouveau un service. Miséricorde.

Une femme apparut en haut des marches. Elle fit la moue en voyant Justine.

— Dites donc, vous ! lança-t-elle. Vous n'avez pas le droit de monter ici.

La moue se transforma en sourire quand Mulligan apparut.

— Bonsoir, monsieur ! Bienvenue chez Polly.

Lorsqu'il atteignit le palier, elle se plaqua contre lui et fit courir sa main sur le revers de sa veste.

— Votre tête me dit quelque chose. On se connaît ?

— J'en doute, répondit Mulligan, bizarrement sur la retenue, lui qui d'ordinaire débordait de charme. Je m'appelle Jack Mulligan.

— Monsieur Mulligan ! Bon sang, c'est notre jour de chance. Moi c'est Polly, je m'occupe de fournir à ces messieurs de quoi se divertir. Qu'est-ce qui vous ferait plaisir ? J'ai des filles de tous types et origines. Jeunes et moins jeunes, expérimentées ou novices. Vous pouvez en avoir deux, ou même trois si ça vous chante. D'après les rumeurs...

Les rumeurs ? Les propos de Polly firent tiquer Justine. Mulligan couchait avec plusieurs femmes... en même temps ? Comment faisait-il ?

— C'est tentant, répondit poliment l'intéressé. Mais nous sommes ici pour vous poser quelques questions, à vous et à vos filles, à propos d'un homme qui a disparu depuis plusieurs semaines.

Polly fixa Justine.

— Vous êtes qui, vous ? Un agent Pinkerton[1] ?

— Non, madame. Je travaille pour l'association d'aide juridique du Lower East Side. Nous recherchons un certain von Briesen. Ce nom vous dit quelque chose ?

— Les clients donnent rarement leur vrai nom, ici. Mes filles sont très occupées, ajouta-t-elle à l'adresse de Mulligan. On n'a pas vraiment de temps pour les salamalecs.

— Si c'est une question d'argent..., lâcha Justine, histoire d'obtenir l'attention de Polly.

Pour une raison qu'elle préférait ne pas analyser, la regarder aguicher Jack lui était insupportable.

— Vous êtes perspicace, répondit Polly. Combien ?

— Cinquante dollars.

Mulligan manqua de s'étrangler.

— Vous n'avez donc pas retenu ma leçon ?

À vrai dire, non. Quelle leçon, d'abord ? Elle sortit le billet de cinquante dollars de son aumônière, le montra et, quand Polly voulut s'en emparer, esquiva.

1. De Pinkerton National Detective Agency, agence privée de détectives et de sécurité fondée en 1850, par la suite souvent chargée par le patronat d'infiltrer le mouvement syndical naissant et, le cas échéant, de briser les grèves. *(N.d.T.)*

— Nous voulons parler à vos filles d'abord.

Soudain, il ne fut plus question de flirt ni de séduction.

— Suivez-moi, ordonna Polly d'un ton sec.

Elle voulait sa mort, assurément.

On le retrouverait enfoui sous les montagnes de sa confiance aveugle et de sa foi en l'humanité. Ce n'était pas exactement de la naïveté, non – elle en avait trop vu pour cela. Mais elle prenait les gens au mot, voyait toujours le meilleur en chacun.

Y compris en lui.

Pas une fois elle n'avait demandé pourquoi il l'aidait. Jamais elle n'interrogeait ses motivations. Parce qu'elle le croyait bon. Comme elle.

Elle les découvrirait bien assez tôt, ses motivations. Et s'apercevrait que la bonté n'en faisait pas partie. Loin de là.

Polly les conduisit à l'arrière de l'immeuble, sans doute vers le salon par lequel passaient les clients pour y choisir une fille. « Va faire un tour, Jack. Maman va passer un peu de temps avec son ami. » Combien de fois avait-il entendu cela, enfant ? Les clients n'avaient jamais un regard pour lui.

Le pire, c'étaient les bruits. Grognements, halètements, corps qui se heurtent, grincements de lit. Après, les clients s'en allaient et les filles se lavaient dans un tub ou se nettoyaient la chatte à l'aide d'une poire à lavement pleine de vinaigre. De temps en temps, si besoin, un médecin les soignait ou leur donnait des médicaments. Elles n'avaient d'autre choix que de tenir bon, d'endurer. Les flics se fichaient pas mal d'elles. Nombre d'entre eux exigeaient des passes gratuites ou des pots-de-vin.

Pour un enfant de dix ans, c'était comme si le monde entier cherchait à gagner de l'argent avec ce qu'il y avait entre les cuisses d'une femme... pour mieux la punir ensuite d'avoir cédé.

Sa mère lui disait qu'il se trompait, qu'elle avait une vie plus enviable que bien d'autres. Beaucoup de femmes travaillaient dans la rue, sans protection ni soins médicaux. D'autres étaient mariées à un homme violent, auquel elles ne pouvaient échapper. Elle, elle mettait de l'argent de côté pour qu'un jour ils puissent partir tous les deux et s'installer à Omaha. Elle avait des cousines là-bas, et parlait pendant des heures d'y repartir de zéro car il y avait du travail, c'était une ville propre, où les fleurs étaient fraîches et les clôtures peintes en blanc.

Et puis elle était morte. Cancer, lui avait-on dit. Il n'avait pas douze ans, on les avait mis à la rue, lui et son petit frère. Jetés dans les bras des gangs qu'il contrôlerait un jour.

Il secoua la tête pour chasser ces sinistres souvenirs. Le petit groupe entra dans le salon.

— Ça va ? murmura Justine.

— Oui, oui.

Elle s'arrêta, le scruta.

— Vous préférez attendre en bas ?

— Et vous laisser seule ici ? C'est hors de question.

Elle entra dans le salon, et se retourna.

— Il n'y a que des femmes, Mulligan, chuchota-t-elle. Je pense que je ne risque rien.

On lui avait raconté beaucoup d'anecdotes qui tendaient à prouver le contraire ; il n'en dit toutefois rien, et préféra s'étonner de la sollicitude de Justine à son endroit. Quand, pour la dernière fois, quelqu'un s'était-il inquiété pour lui ? Sa gorge se serra et il toussota avant de répliquer :

— Arrêtez de me dorloter et posez vos questions.

— Vous savez, si vous n'étiez pas en train de sourire, je pourrais trouver votre attitude autoritaire vexante.

— Mesdames, lança Polly, je vous présente M. Mulligan et son amie. Ils souhaiteraient vous poser quelques questions.

Jack balaya la pièce d'un regard averti. Si les filles étaient jeunes, elles semblaient en bonne santé. Sans bleus apparents. Elles souriaient, avaient les yeux vifs, et bien que défraîchies leurs robes étaient propres. Il se détendit un peu. La chose ne lui plaisait pas plus pour autant, mais il n'aurait pas à intervenir.

Justine sortit le dessin et le tendit aux filles sur sa gauche.

— Mesdames, je cherche un certain M. von Briesen. Voici son portrait, si vous voulez bien le faire passer. Il est d'origine allemande, a une femme et deux jeunes enfants qui s'inquiètent beaucoup pour lui depuis sa disparition.

L'une après l'autre, les filles examinèrent le dessin, secouèrent la tête, le tendirent à leur voisine. Il fallut attendre l'avant-dernière pour qu'enfin...

— Ah oui, je le connais ! dit-elle. Il est cordonnier. Tous les jeudis, réglé comme du papier à musique.

— Quand a-t-il cessé de venir ? demanda Jack.

— Il a pas cessé. Il était là la semaine dernière.

— On nous a raconté qu'il avait été drogué et dévalisé par des voyous, en bas, et jeté dans la rue.

La fille échangea un regard avec Polly.

— Pas que je sache. Je veux dire, y a pas de voyous ici.

Le mensonge était si grossier que Jack faillit s'esclaffer.

— Que pouvez-vous nous dire à son sujet ? Vous savez où il habite, par exemple ?

— Je sais qu'il aime bien qu'on lui chatouille le trou de balle pendant qu'il se fait sucer.

Les autres filles éclatèrent de rire et applaudirent. Justine devint cramoisie. Jack ravala un sourire.

— Quelque chose qui nous aiderait à le localiser ? risqua Justine. Un quartier, ou un membre de la famille dont il aurait parlé ?

La fille haussa les épaules.

— Pas que je me souvienne.

Jack comprit qu'ils n'obtiendraient rien de plus. Et on était déjà mardi.

— À quelle heure vient-il, le jeudi ?

— À 9 heures. Il est parfois en avance, mais jamais en retard.

— Je serai là pour lui parler. Ne dites rien qui puisse l'alerter ou le faire disparaître avant mon arrivée, compris ?

Il fixa sur Polly et la fille un regard sévère, pour qu'il n'y ait pas de malentendu.

— Je viendrai aussi, déclara Justine.

Jack ne répondit pas, mais il n'était pas question qu'il la laisse revenir ici le soir. Il traiterait lui-même avec von Briesen.

— Faudra payer, le prévint Polly.

Jack hocha la tête.

— C'est bon.

— Avec toi, sûrement, beau gosse, dit l'une des filles.

Tout le monde rit, y compris Justine, et Jack eut soudain très envie d'être seul avec elle. D'embrasser son sourire, de boire son rire. Il la voulait tout entière pour lui. Du menton, il indiqua la sortie.

— Allons-y.

— Merci, mesdames, dit Justine en sortant le billet de cinquante dollars de son aumônière. Vous nous avez été d'une grande aide.

Jack attrapa le billet avant qu'elle ait pu le donner à Polly.

— Fais en sorte qu'il y en ait pour tout le monde, et que le partage soit équitable, dit-il à la mère maquerelle.

Polly blêmit, mais hocha brièvement la tête. Jack déposa le billet sur sa paume.

— Mesdames, cet argent est pour vous toutes. Je m'assurerai jeudi que chacune a eu sa part. Et si ce n'est pas le cas, si une seule d'entre vous a été lésée, il y aura des représailles.

Il s'adressait là directement à Polly.

Certain d'avoir été compris, il entraîna Justine en direction de l'escalier. Le moment était venu de récolter les fruits de sa bonne action.

12

Justine sentait que Mulligan était de mauvaise humeur. Quelque chose avait changé en lui à l'instant où ils étaient arrivés à l'étage. Le charme, l'amabilité habituels avaient disparu. Son regard s'était assombri, ses épaules s'étaient voûtées. Un mélange de colère et de ressentiment semblait désormais l'habiter.

De retour dans la rue, il héla sa voiture, qui attendait un peu plus loin.

— Venez, dit-il. Je vous dépose.

Elle ne discuta pas. Marcher jusqu'au métro aurait été beaucoup plus long. Et puis, elle voulait connaître la raison de ce changement d'attitude. Le trajet serait peut-être l'occasion de le découvrir.

— Mademoiselle, la salua Rye. Je vous dépose où ?

— Je crois que j'en ai terminé pour aujourd'hui. Une station de métro fera l'affaire.

— C'est ridicule, intervint Mulligan en l'aidant à monter. On la ramène chez elle, Rye.

— Non, je ne peux pas vous demander cela, dit-elle en le regardant prendre place à son tour. Vous avez sûrement plus urgent à faire que de me ramener chez moi.

— Bien sûr, mais ce qu'il y a de bien quand on est moi, c'est qu'on fait ce qu'on veut, quand on veut.

Elle eut un petit rire. Ça, c'était le Jack qu'elle connaissait. Il retira son chapeau et toqua sur la cloison qui le séparait du cocher. La voiture s'ébranla.

Jack demeura silencieux, ce qui confirma les soupçons de Justine. Quelque chose n'allait pas. Cela dit, elle n'était pas complètement elle-même non plus. La cuisse de Jack était pressée contre la sienne, leurs épaules se touchaient. Partout, ces points de contact provoquaient des frissons, comme si des fourmis couraient sur sa peau. Pourquoi n'y avait-il pas d'air dans cette fichue voiture ?

Elle chercha son éventail, l'ouvrit et tenta de se rafraîchir.

— Dites-moi pourquoi vous étiez si mal à l'aise, là-haut ?

— Comment ça ?

— J'ai d'abord cru que vous vous inquiétiez pour ma sécurité ou ma réputation. Et puis j'ai senti ensuite qu'il s'agissait d'autre chose.

— Qu'allez-vous imaginer...

— Rien du tout. Je vous connais suffisamment désormais pour percevoir vos changements d'humeur.

Il s'installa autrement sur le siège, se rapprocha d'elle de la plus agréable des façons.

— Je ne m'étais pas rendu compte que nous étions si intimes.

— Et là, vous détournez la conversation en flirtant.

Elle avait le cœur battant, trouvait son corset trop serré. Manquant un peu d'air, elle prit une profonde inspiration.

— Ça marche ?

— Non, mentit-elle en le repoussant. Restez de votre côté, Mulligan.

Il laissa échapper un soupir théâtral, mais se laissa repousser.

— C'est moins drôle de mon côté. Vous êtes sûr que je ne peux pas me glisser vers le vôtre ?

Seigneur, quel charmeur ! Il savait toujours quoi dire pour lui tirer un sourire. Pour autant, elle ne se laisserait pas distraire.

— Dites-moi, insista-t-elle. S'il vous plaît.

— Je n'en ai pas assez fait pour vous aujourd'hui ? Il faut en plus que je mette mon âme à nu ? Nous ne nous sommes pas mis d'accord sur la façon dont vous alliez me remercier, je vous rappelle.

Ah, cela ! Elle avait presque oublié leur pari. Ils avaient fait une équipe formidable, cet après-midi, enquêtant côte à côte sur la disparition de von Briesen. L'espace d'un instant, elle avait failli croire qu'il était mû par son sens des responsabilités. Et par une certaine affection pour elle, aussi.

« Je suis un homme qui échange des services... »

Idiote. Comment avait-elle pu imaginer qu'il cherchait autre chose que d'obtenir un moyen de pression sur elle ? C'était la patte Mulligan, sa façon de faire. Il n'agissait jamais par pure bonté d'âme.

D'ailleurs, cela lui fit penser à quelque chose...

— Ces cinquante dollars, je ne les ai pas vraiment remportés, n'est-ce pas ?

La surprise se lut sur le visage de Jack, même s'il s'empressa de la masquer.

— C'est votre cheval qui a gagné, non ?

Sa réaction confirma qu'elle avait vu juste. Elle ignorait comment, mais Mulligan avait truqué la course.

— Et la scène devant le World Poolroom, c'était aussi de votre fait ?

Après tout, il était arrivé sur les lieux très vite.

— Pourquoi aurais-je fait une chose pareille ?

— Pour obtenir une autre faveur de ma part. Vous étiez tellement impatient de me proposer ce pari.

— Parce que je savais que je ne pouvais pas perdre. Et j'aime bien l'idée que vous me soyez redevable.

— Pourquoi ?

Il la fixa d'un regard intense, comme s'il était prêt à la dévorer. Elle frissonna, incapable de détourner les yeux.

— C'est évident, non ? Vous êtes une belle jeune femme, avec beaucoup de charisme. Quel homme ne chercherait pas à vous avoir à sa merci ?

Le souvenir de sa langue sur sa peau la fit frissonner. Elle se sentit perdre pied, comme si elle s'était jetée à l'eau sans savoir nager. Il n'existait pas de manuel ni de brochure sur ce qui était en train de la submerger. Ni carte détaillée ni rapport précis. Juste ces sentiments incontrôlables, démesurés.

Elle n'était pas prête. Quoi qu'il arrive, cela arrivait trop vite.

— Dites-moi ce qui s'est passé au premier étage, et nous parlerons du service que vous avez à me demander, dit-elle, s'efforçant de reprendre le contrôle de la situation.

— Vous êtes tenace. J'ai presque pitié de ces types qui abandonnent leur femme. Avec vous, ils n'ont aucune chance.

— Puisque c'est ainsi...

Elle se tourna vers la vitre, agacée par le tour que prenait cette conversation. S'il ne se sentait pas suffisamment en confiance pour être honnête avec elle, il était inutile d'insister. Qu'il garde ses regards noirs et ses secrets. Elle n'en avait cure.

La voiture traversa Houston Street. Seigneur, ils n'étaient pas rendus. Allaient-ils devoir faire le reste du trajet en silence ?

Mulligan soupira.

— Bon sang, vous êtes impossible.

Et il toqua sur la vitre qui se trouvait juste derrière Rye.

— On va à Bond Street, finalement.

Rye jeta un coup d'œil surpris par-dessus son épaule.

— Tu es sûr ? demanda-t-il. Parce que je pensais...

— Fais ce que je te dis, répondit Jack d'un ton calme. Et regarde devant toi.

Justine fronça les sourcils.

— Pourquoi Bond Street ? Qu'y a-t-il là-bas ? Des boutiques ?

— Vous savez jouer au bowling ?

Elle ouvrit la bouche, la referma promptement. Au bowling ? Il plaisantait ?

— Heu... oui. Enfin, j'y ai joué une fois. Avec mes sœurs. Quand nous étions petites.

Un sourire satisfait incurva les lèvres de Jack.

— Parfait. Alors je sais quelle faveur je vais vous demander.

— Ah. Nous irons donc au bowling un de ces jours ?

— Non. Nous y allons maintenant.

— Maintenant ?

— Ce service, vous me le devez, Justine. Et j'ai décidé que vous joueriez au bowling. Maintenant.

— À Bond Street.

— Oui.

Y avait-il seulement un bowling à Bond Street ? Elle n'en était pas certaine. Ce quartier était au cœur du territoire contrôlé par Jack. Y retourner de nuit n'était guère raisonnable, même en sa compagnie. Jack était tout aussi dangereux, quoique pour des raisons différentes.

« Restez, et je réaliserai vos rêves les plus inavouables. »

Seigneur, elle avait failli défaillir, submergée par le désir.

Se secouant mentalement, elle fit de son mieux pour se détendre. Elle dramatisait. Ce n'était qu'une partie de bowling. Il y aurait du monde autour d'eux. Mulligan ne risquait pas de la séduire dans un tel endroit.

Elle sentit un pincement au cœur et baissa la tête, horrifiée. Doux Jésus, était-elle déçue ?

La voiture ralentit et elle jeta un coup d'œil par la fenêtre.

— Nous nous arrêtons ?

Jack regarda dehors, une main sur le loquet.

— Vous posez toujours autant de questions ?

— Uniquement lorsque les réponses sont délibérément vagues.

La voiture s'arrêta. Mulligan ouvrit la portière et sauta sur le trottoir. Il tendit la main à Justine.

Ils se trouvaient dans un quartier résidentiel, sans commerces ni bureaux, et sans la moindre trace de bowling.

— Je ne comprends pas.

— Venez, ma chère bienfaitrice.

Avec un soupir, elle accepta son aide et descendit de la voiture à son tour. Ils gravirent les marches d'une magnifique demeure, la plus imposante du pâté de maisons. Pierre de taille, grandes fenêtres et corniches élégantes, rien à voir avec un bowling.

— Attendez, dit-elle tandis que Jack sortait une clé de sa poche. Qui habite ici ?

La serrure cliqueta et il posa la main sur la poignée.

— Moi.

C'était la première fois que Jack amenait une femme ici. Amenait *qui que ce soit* ici.

Rye et Cooper mis à part, personne ne connaissait cette maison. Pour le reste du monde, il vivait au dernier étage du New Belfast Athletic Club, où très peu de gens avaient le droit de monter et où un lit avait été installé, qu'il utilisait souvent, quoique pas pour dormir.

En réalité, il habitait quelques dizaines de mètres plus loin, ici, dans Bond Street. Il occupait l'ancienne résidence d'un riche marchand parti s'installer dans les beaux quartiers une dizaine d'années plus tôt. Jack avait acheté cette maison après avoir découvert que la galerie qui passait sous son club y aboutissait. Il l'avait fait consolider, et ce passage souterrain lui permettait désormais d'aller et venir en toute discrétion. Des galeries comme celle-ci, il y en avait des dizaines dans le quartier de Five Points et du Lower East Side, mais il n'avait jamais parlé de la sienne à personne.

Alors pourquoi avait-il amené Justine ici ce soir ? Difficile à dire, sinon qu'il voulait passer plus de temps avec elle, loin des regards. Dans un endroit où ils seraient absolument seuls.

Ici, c'était son domaine, et on y respectait ses règles. Ce qu'il désirait, il l'obtenait.

— Une seconde, dit Justine en entrant, et en regardant autour d'elle. Vous vivez ici. Vous, Mulligan, le croque-mitaine des bas-fonds, vous vivez *ici* ?

— Oui, même si je ne suis pas certain que le terme « croque-mitaine » me convienne vraiment.

— Vous préféreriez quoi ?

— Roi.

Elle éclata de rire, et son visage rayonnant lui parut si beau qu'il en eut le souffle coupé.

— Il n'y a pas de roi en Amérique.

— Pas encore.

Tout le pays connaîtrait son nom lorsque sa brasserie ouvrirait des succursales un peu partout. Les deux choses les plus importantes, pour les Américains, c'étaient l'alcool et l'argent. Et bientôt, il aurait les deux en très grande quantité.

Retrouvant son sérieux, Justine parcourut du regard l'immense hall d'entrée, qui menait à des pièces plongées dans la pénombre.

— Vous avez des domestiques ?

— Non. J'ai des bonnes qui viennent une fois par semaine, c'est tout. Vous avez peur d'être seule avec moi ?

— Je devrais ?

— Ma belle, jamais je ne vous ferais de mal ni vous demanderais de faire quoi que ce soit qui vous effraie. Rye nous rejoindra après s'être occupé des chevaux. Mais si vous souhaitez partir, il vous ramènera chez vous.

— Et je ne visiterai pas votre maison.

— En effet. Vous ne jouerez pas au bowling avec moi, non plus.

— Vous avez une piste de bowling, ici ?

Il hocha la tête.

— Vous jouez *vraiment* au bowling ? insista-t-elle.

— Oui. Mais si vous le répétez à qui que ce soit, je nierai jusqu'à mon dernier souffle.

De nouveau, elle s'esclaffa. Jamais elle ne lui avait paru aussi heureuse. Jack était sous le charme. Ébloui. Incapable de la quitter des yeux. Le jeune garçon qu'il n'avait jamais été aurait voulu lui cueillir un bouquet de pensées ou lui couper une boucle de cheveux.

L'homme qu'il était devenu rêvait de se mettre à genoux et de la lécher jusqu'à la faire jouir.

Bordel, il fallait qu'il arrête. Il devait rester distant, contrôler ses désirs. Ne pas lui faire peur, ni l'intimider. Elle n'était ni veuve ni barmaid. Justine était une princesse de la haute à tendance altruiste. Il ne devait pas l'oublier.

— Alors, que voulez-vous faire ? demanda-t-il.

Elle se mordit la lèvre et, une fois de plus, il la trouva adorable.

— Je ne sais pas. Je devrais rentrer, je crois. Il se fait tard.

— Pas si tard que ça. Et je croyais que vos parents étaient en voyage.

— Oui, ils sont en Europe. Mais ma sœur...

Devant le regard incrédule de Jack, elle se reprit.

— Vous avez raison. Florence est probablement sortie elle aussi, et bonne-maman avait des projets.

— Donc rien ne vous oblige à rentrer.

Elle semblait hésiter encore, alors il chercha la corde sensible.

— Quand, pour la dernière fois, avez-vous fait quelque chose rien que pour vous ? Il n'y a pas de mal à se faire un peu plaisir.

Reste ici.

Avec moi.

Laisse-moi te montrer qu'on peut s'amuser ensemble. Beaucoup.

— Bon, d'accord. Une partie, et je rentre.

Un frisson d'excitation le parcourut. Le délicieux goût de la victoire l'électrisa, aussi puissant qu'une drogue.

— Une partie, et vous rentrez. Suivez-moi.

Il faisait sombre, mais il connaissait sa maison, et alluma la lumière au fur et à mesure de leur déambulation dans les couloirs, puis dans l'escalier qui menait au sous-sol. En bas, deux interrupteurs suffirent à inonder de lumière une vaste salle et deux pistes de bowling, magnifiques.

Parquet en chêne ciré, quilles de bois peint en blanc. Une rigole de chaque côté, sur toute la longueur. Un banc pour le ramasseur de quilles. Jack venait ici de temps en temps, seul, pour se détendre.

— C'est impressionnant, dit-elle.

— Je savais que cela vous plairait. Vous vous rappelez comment on joue ?

— On fait rouler la boule et on renverse les quilles, non ?

— C'est à peu près ça. On y va ?

Il retira sa veste, la jeta sur le dossier d'une chaise. Justine le regarda faire discrètement, comme si elle n'avait pu s'en empêcher.

Intéressant. Il en profita pour retirer aussi ses manchettes, les glissa dans sa poche et retroussa ses manches de chemise. *Rince-toi l'œil, petite bienfaitrice.*

Elle lui tourna soudain le dos, retira les épingles qui retenaient son petit chapeau et s'en débarrassa. Et ce fut au tour de Jack de la fixer bouche bée. La lumière se reflétait dans ses cheveux, mettant en valeur un fascinant mélange de reflets, du blond vénitien au blond miel, du brun noisette à l'auburn. Était-ce un effet de la lumière ou cette chevelure était-elle aussi complexe que sa propriétaire ?

Et surtout, que donnait cette crinière magnifique une fois lâchée sur ses épaules laiteuses ?

Elle se retourna, et lissa ses jupes en évitant son regard.

— Par quoi commence-t-on ?

— Choisissez votre boule. Prenez-en une qui ne soit pas trop lourde.

Il y en avait huit, toutes de poids différents. Justine prit son temps. Jack se laissa tomber sur une chaise, derrière la table où l'on notait les scores, et l'observa. Elle. Ici, chez lui. Dans cet univers qui était le sien, la présence de quelqu'un d'autre l'aurait rendu nerveux. Des centaines de personnes payeraient cher pour savoir où il vivait. Pourtant, que son secret soit désormais entre les mains de Justine ne l'inquiétait pas. Cette femme faisait tout comme il faut. Elle avait la noblesse d'âme d'une bonne sœur. S'il lui demandait de ne donner son adresse à personne, il était absolument certain qu'elle ne parlerait pas.

Sa tournure bougeait à chacun de ses mouvements. Sa taille suppliait qu'un homme y pose les mains. Elle se pencha en avant… et il retint un grognement animal. *Nom de nom.* Cette vision raviva le souvenir de récents fantasmes dans lesquels ses mains… sur ses fesses…

Il fallait qu'il fasse avancer les choses avant qu'une érection l'empêche tout bonnement de jouer.

— Essayez la marron foncé, suggéra-t-il d'une voix rauque.

— Arrêtez de me bousculer.

Quel culot. Elle avait peut-être la noblesse d'âme d'une bonne sœur, mais elle était aussi autoritaire qu'un général trois étoiles. Et cette contradiction l'excitait terriblement.

— Je suis prête.

Elle avait pris la boule marron foncé, mais il ne fit aucun commentaire. D'une pichenette, il actionna l'interrupteur qui mit les pistes en marche. La lumière s'alluma juste au-dessus.

Rye apparut, et Jack le soupçonna d'avoir attendu cet instant précis tapi dans l'obscurité.

— On est prêts, lui lança-t-il.

— C'est parti ! répondit Rye avec un hochement de tête.

Il remonta le long de la piste, contourna les quilles et sauta d'un bond sur le petit banc.

Jack s'inclina.

— Après vous, mademoiselle.

13

Bonté divine. Il n'avait fait que retirer sa veste, et Justine était en nage. La température dans la salle avait-elle brusquement augmenté de quarante degrés ?

Mulligan possédait une piste de bowling. Dans une élégante demeure qui lui appartenait. Jamais elle n'aurait imaginé une chose pareille. Les apparences étaient décidément trompeuses s'agissant de Jack Mulligan. C'était un homme dangereux, certes, mais intelligent et cultivé, aussi. Généreux, comme l'avait prouvé son discours au gala de bienfaisance. Et quelque chose chez lui la mettait dans tous ses états chaque fois qu'il entrait dans une pièce.

Justine inspira profondément. Elle allait se concentrer sur cette partie de bowling, puis elle rentrerait chez elle et… Et quoi ? Se promènerait dans une maison vide ? Mulligan avait peut-être raison. Il n'y avait pas de mal à se faire un peu plaisir.

Mais franchement, le bowling n'était pas ce qui lui venait à l'esprit en premier quand elle songeait à se faire plaisir. Elle s'imaginait plutôt des corps enlacés et moites, des baisers passionnés. Un grand lit, des yeux bleus assombris par le désir. Alors un bowling, c'était plutôt faire un pas en direction de l'Allée des vieilles filles.

Arrête de te plaindre. Tu veux qu'il te séduise, là, sur la piste ?

À vrai dire, elle n'aurait pas été contre.

Oh, elle était tout à fait consciente que les filles dans son genre n'inspiraient pas la passion chez un homme, pour autant, elle aurait trouvé agréable, au moins une fois, de se laisser emporter par le désir ! Billy l'avait embrassée plusieurs fois, mais ses baisers avaient été tièdes, presque polis. Sans conviction. Ennuyeux. Elle n'avait pas eu faim de ses caresses, n'avait pas eu envie de lui. Florence et Marion parlaient tout le temps de cela lorsqu'elles pensaient qu'elle n'entendait pas, alors elle savait que les femmes éprouvaient autant de désir que les hommes.

Et du désir, elle en avait eu l'autre soir, quand Mulligan l'avait léchée derrière l'oreille. Un petit coup de langue rapide, et elle s'était embrasée. Puis elle s'était enfuie.

Il avait dû la prendre pour une idiote.

Elle soupira, décida de penser à autre chose. On ne pouvait pas changer le passé de toute façon.

Le bowling, donc. Son unique expérience remontait à plusieurs années, mais cela ne devait pas être bien compliqué. On fait rouler la boule, on renverse les quilles. Elle avança sur la piste.

— Oh que non !

La voix grave de Mulligan la fit sursauter.

— Qu'est-ce que j'ai fait ?

D'un index replié, il lui fit signe d'approcher.

— On ne marche pas sur mes pistes avec ce genre de chaussures.

Ses bottines noires à petits talons ? C'étaient des chaussures pratiques, pour tous les jours. Pas chic du tout.

— Pourquoi ?

— Cela abîme le bois. Approchez.

Elle obtempéra, interloquée. Allait-elle devoir s'asseoir et le regarder jouer ?

Il tapota le siège à côté de lui.

— Asseyez-vous.

Elle se sentit gagnée par une intense déception, comme autrefois, lorsque ses sœurs l'excluaient de leurs fous rires. Elles s'imaginaient qu'elle ne l'avait pas remarqué ou qu'elle s'en moquait, et elles se trompaient.

Elle se laissa tomber sur le siège et lui tendit sa boule.

— Tenez. Je vais vous regarder jouer.

— Non, non, ce n'est pas ce que je voulais dire.

Il prit la boule, la posa sur le sol, puis referma la main sur sa cheville. Elle poussa un cri et tenta de se libérer.

— Arrêtez, dit Jack. Je veux juste vous retirer vos bottines.

— Vous ne pouvez pas faire cela ! Ce n'est pas... convenable.

Il se redressa, lui souleva le pied et le posa sur sa cuisse. Elle regarda sa bottine... sur la jambe de Mulligan. Son cœur battait à tout rompre. Lorsqu'elle leva les yeux, elle découvrit qu'il la fixait. Son expression était indéchiffrable, pourtant elle frissonna.

— Je ne ferai rien contre votre volonté, dit-il sans lui lâcher le pied. Mais vous ne pouvez pas jouer au bowling avec ces chaussures. Si vous ne vous tordez pas la cheville, vous abîmerez le bois.

Justine ne savait plus quoi faire. Jetant un coup d'œil en direction de Rye, elle fut soulagée de voir qu'il lisait sur son banc sans leur prêter attention. Après tout, quel mal y avait-il à retirer ses chaussures ? Avait-elle vraiment envie de refuser et de mettre ainsi un terme à cette soirée ?

Non.

— Vous avez raison.

Bien qu'ôter elle-même ses bottines alors qu'elle était habillée relevât de l'exploit, elle allait essayer. Elle se pencha en avant pour tenter d'attraper ses lacets, mais son corset gênait considérablement ses mouvements.

— Attendez, dit-il en l'incitant à se redresser. Vous voulez bien me laisser faire ?

Elle renonça. Pourquoi refuser ? Il lui demandait de retirer ses chaussures, pas sa culotte.

— Oui, s'il vous plaît, répondit-elle en tâchant de se détendre.

Il souleva le bas de sa jupe pour dévoiler sa bottine. Puis il dénoua le lacet et entreprit de le desserrer. Pour un homme qui évoluait dans les bas-fonds, il avait de longs doigts élégants, habiles et doux.

D'une main, il tira le lacet hors des œillets, droite, gauche, droite, gauche, tandis que de l'autre il lui maintenait le pied. Il y avait dans ce geste une intimité qui la bouleversa, et fit naître au creux de son ventre une délicieuse chaleur. Qui se transforma très vite en un désir impatient.

Son regard dériva vers la cuisse de Jack moulée dans l'étoffe bleu nuit. Il était robuste, constata-t-elle. Musclé. Puissant.

Seigneur Dieu, pourquoi cela l'excitait-il autant ?

Quand le lacet fut suffisamment desserré, Jack tira sur sa bottine, lentement, comme pour faire durer l'instant. Éprouvait-il du plaisir lui aussi ? La cheville de Justine apparut, puis son pied, et enfin ses orteils. Ils étaient parfaitement immobiles l'un et l'autre quand la bottine tomba sur le sol.

Ils restèrent ainsi, sans rien dire. Le moment n'aurait pas dû sembler si extraordinaire – ce n'était que son pied, bon sang –, et pourtant il l'était. La soie de son bas ne dissimulait rien, et elle sentait littéralement la chaleur de Jack sur son pied. Une irrésistible envie la prit de faire glisser ses orteils le long de sa cuisse, vers l'intérieur. Et plus haut…

Oh, Seigneur !

Cela n'aurait pas dû sembler aussi délicieux.

Elle ferma les yeux, tenta de se ressaisir. Sans prévenir, Jack lui effleura la voûte plantaire du dos de la main. Elle retint un petit cri de surprise, rouvrit les yeux.

Il se figea, la main en l'air.

— Je vous ai fait mal ?

— Non, répondit-elle d'un ton qui se voulait détaché, et qui ne l'était pas du tout.

Il lui souleva le pied, le posa sur le sol.

— Pardonnez-moi, je me suis laissé emporter. Je n'aurais pas dû vous toucher.

— Ce… ce n'est pas grave, ne put-elle s'empêcher de balbutier.

Continuez.

Touchez-moi.

Léchez-moi de nouveau.

Le désir l'embrasait, elle ne savait plus quoi faire.

Il souleva son autre pied, le posa sur son genou.

— Vous ne devriez pas encourager un homme comme moi.

— Que voulez-vous dire, un homme comme vous ?

— Un homme qui peut être impitoyable lorsque quelque chose lui fait envie.

Elle resta sans voix. Sous-entendait-il qu'il la désirait ? Ou qu'il pourrait la désirer ? C'était de la folie.

« Quel homme ne chercherait pas à vous avoir à sa merci ? »

Il lui retira rapidement son autre bottine, reposa son pied et se redressa. Elle remua les orteils sur le parquet, tout en le regardant retirer à son tour ses chaussures. Il portait des chaussettes en soie bleue assorties à son costume. Ses pieds étaient longs et étroits. Elle trouva cela… fascinant.

Enfin, il posa les deux boules dans la rigole de départ, et s'inclina, le bras tendu.

— Les dames d'abord.

Huit quilles dégringolèrent au bout de la piste. Rye se leva pour les ramasser tandis que Justine applaudissait en sautillant sur place.

— Qu'est-ce que vous dites de ça, Mulligan ? s'écria-t-elle en se tournant vers Jack.

Il ne put s'empêcher de sourire. Cela faisait très, très longtemps qu'il ne s'était pas autant amusé.

Ce qu'elle ne maîtrisait pas en matière de lancer de boule, elle le compensait par une application sans faille. Elle lui demandait des conseils, et les appliquait à la lettre, concentrée jusque dans son geste. Puis, en fonction du résultat, elle poussait des hurlements de joie ou se moquait de sa maladresse. Jack était complètement sous le charme.

Mais surtout, il avait oublié tout le reste : le club, la comptabilité, Trevor O'Shaughnessy, les soucis perpétuels. Il était bien, en compagnie de Justine. Détendu. Elle était drôle et charmante, et très à l'aise avec lui.

Pourtant, il s'était proprement ridiculisé en lui retirant ses bottines. *Quel fiasco.*

Dieu sait qu'il en avait déshabillé, des femmes. Il aurait pu faire cela dans le noir, et avec des gants. Pourtant, quelque chose dans la délicatesse de ce pied – si tentant dans son bas de soie – l'avait complètement déstabilisé.

C'était grotesque, vraiment. Un pied était un pied, après tout. Sauf que ce pied-là appartenait à Justine et, sans qu'il sache comment, il l'avait fait bander.

Jack commençait à redouter ses réactions en présence de cette femme. Il avait l'impression de perdre la tête dès qu'elle se trouvait dans les parages. Il avait beau se dire et se répéter que ce n'était pas une femme pour lui, son corps semblait en avoir décidé autrement. Et si elle acceptait un jour de passer la nuit avec lui, Dieu sait ce qui se produirait. Il exploserait avant d'avoir pu retirer son pantalon.

Elle se laissa tomber sur la chaise à côté de lui, le visage empourpré. Comment diable avait-il pu la trouver banale ?

— Joli coup. Vous faites des progrès.

— J'aurais du mal à vous battre, bien sûr, mais au moins je ne lance plus ma boule dans la rigole.

Les cinq premières avaient fini leur course ainsi.

— Vous progressez, ma belle. Vous progressez.

Il se leva, prit sa boule, visa, et tira. Les dix quilles tombèrent. Rye sursauta.

— Doucement, Mulligan ! J'ai pas envie de me casser quelque chose.

Justine applaudit Jack.

— Magnifique, dit-elle comme il revenait s'asseoir. Où avez-vous appris à jouer aussi bien ?

Il haussa une épaule.

— J'ai demandé des conseils.

— À qui ? Au meilleur joueur de la ville ?

— Oui, répondit-il, le plus sérieusement du monde. Il me devait une faveur, et je lui ai demandé de m'apprendre en échange.

— N'en dites pas plus. Je ne veux pas que vous me parliez de vos transactions.

— J'ai trouvé un emploi à la mairie pour sa femme. Toutes mes *transactions*, comme vous dites, ne sont pas forcément de nature criminelle.

— Juste la plupart.

Il rit, même si elle se moquait de lui. Quand avait-on osé le faire pour la dernière fois ? Une chose était sûre, avec Justine, on ne s'embêtait jamais.

Elle se leva, se dirigea vers la piste.

— Vous voulez bien m'apprendre ?

— À lancer la boule ?

— Oui. Vos trucs, vos techniques, je veux tout savoir, Mulligan.

Oh, ma belle, si seulement ! Plusieurs semaines au lit n'y suffiraient pas.

Il se leva lentement.

— Il ne nous reste qu'une manche. Vous êtes sûre de ne pas vouloir terminer cette partie, plutôt ?

Et rentrer ensuite ? Après tout, elle n'avait pas semblé enchantée à l'idée de rester ce soir. Tenter de prolonger les choses et risquer de lui faire peur, à quoi bon ? Il préférait être patient et faire montre d'ingéniosité pour la conquérir.

Car il y parviendrait. Il la mettrait dans son lit, ce n'était qu'une affaire de temps. Il avait pris cette décision deux manches plus tôt.

— Raison de plus pour finir en beauté. Allez.

Il s'approcha, mains dans les poches.

— D'abord, vous essayez systématiquement de faire rouler la boule au centre de la piste. Or le bowling est affaire d'angles, de vitesse et de rotation. Pour faire tomber toutes les quilles, le mieux est de les aborder par le côté.

Elle l'écoutait d'un air sérieux, concentrée.

— C'est pour cela que toutes vos boules partent d'abord sur la droite, puis terminent leur trajectoire vers le centre ?

— Exactement. Pour y arriver, il faut tourner la main au moment de lâcher la boule. Un petit mouvement du poignet vers l'intérieur, par-dessus le pouce.

— Je ne comprends pas, dit-elle en regardant sa boule.

— Je vais vous montrer.

Il prit la boule de Justine, glissa deux doigts dans les trous, et lui montra le mouvement qu'elle devait faire pour obtenir une rotation en bout de course.

— Quand vous la lâchez, hop, vous tournez le poignet.

— Attendez, j'essaie.

Elle reprit sa boule, fit comme il avait dit.

— Comme cela ?

Il se plaça derrière elle comme si c'était la chose la plus naturelle du monde, et tendit les bras de chaque côté de son corps.

— Je peux ?

— Je vous en prie.

Il referma sa main sur celle de Justine.

— Vous y êtes presque. Ensuite, il faut faire ceci. Vous sentez ? demanda-t-il en lui montrant le mouvement de rotation.

Elle se contenta de hocher la tête. Avec son torse contre son dos, ses bras autour d'elle, elle était prisonnière. Lui ne bougeait pas, à croire qu'il avait pris racine. Il ne voulait pas la laisser partir. Elle sentait bon, une odeur fraîche et fleurie, comme quelqu'un de pur que les horreurs de la ville ne seraient pas arrivées à souiller. Il eut envie de presser le nez contre sa nuque, de la respirer et d'emplir ses poumons de son odeur pour ne jamais l'oublier.

Puis il se souvint de sa réaction, au club, lorsqu'il lui avait donné un petit coup de langue.

Ne pas précipiter les choses. Prendre son temps. Lui en donner. Quoi qu'il se passe entre eux, cela devait être consenti. Justine devait agir de son plein gré. Mieux encore, il préférait que ce soit elle qui prenne l'initiative.

Il lui lâcha la main, commença à reculer.

— Maintenant, à vous...

— Attendez, dit-elle en lui retenant le bras. Montrez-moi encore.

Ravi, il s'avança, la prit de nouveau contre lui, et murmura tout contre son oreille :

— Comme ceci.

Il n'eut pas le temps de continuer. L'instant d'après, Justine lui abandonna la boule et pivota face à lui. Elle posa les mains sur ses épaules, sa bouche à quelques centimètres de celle de Jack. Il sentit le désir pulser dans son entrejambe, brûlant, impatient. Jamais il n'avait eu autant envie d'une femme. Cette héritière virginale – un ange, bienfaiteur devant l'Éternel – l'avait complètement envoûté. Espérait-il que sa bonté déteigne sur lui, ou priait-il pour lui transmettre un peu de sa brutalité ? Il l'ignorait.

Les deux, peut-être.

Il la scruta, vit une veine palpiter dans son cou.

— Ce n'est plus tout à fait la leçon...

— J'aimerais que l'on passe à une autre leçon, à présent.

— Quel genre de leçon, ma belle ?

— Le genre où vous arrêtez de parler.

Elle n'attendit pas. Se hissant sur la pointe des pieds, elle plaqua sa bouche sur la sienne. Bien qu'un peu maladroit, ce baiser lui fit l'effet d'un coup de poing au plexus solaire. Il en eut le souffle coupé.

Nom de nom. Elle l'avait embrassé. L'embrassait encore.

Et c'était meilleur que tout ce qu'il avait imaginé. Sensuel, doux, exigeant. Déterminé. Elle l'explorait, le découvrait. Il l'avait imaginée sans expérience. Quel imbécile. Quelques secondes à peine suffirent pour que ce baiser provoque une érection d'anthologie.

Il lâcha la boule, qui tomba avec un bruit sourd, marquant sans doute le parquet. Et alors ? Prenant le visage de Justine entre ses mains, il plongea en elle comme s'il en allait de sa vie. Il l'embrassa, encore et encore, tout entier concentré sur une chose, sur un être. *Elle*. Il aurait voulu l'embrasser jusqu'à la fin des temps.

Leurs langues se trouvèrent, se caressèrent, s'enlacèrent. Il sentit les ongles de Justine s'enfoncer dans ses épaules. L'air lui manqua, mais il n'imaginait pas une seconde s'arrêter. Il attendait ce baiser depuis... depuis des années lui semblait-il, et le prolongerait éternellement s'il le pouvait. Il prendrait tout ce qu'elle avait à lui donner, en salaud égoïste qu'il était.

Peut-être même prendrait-il plus...

Elle s'écarta soudain, recula d'un pas, et il crut perdre la raison. Elle battait donc en retraite, fuyait, le laissant imaginer ce qui aurait pu suivre.

Il ne dit rien, s'efforçant juste de reprendre son souffle. Elle regarda derrière lui.

— Y aurait-il... ? Pourrions-nous nous asseoir ? Je me sens un peu faible.

Elle n'essayait pas de fuir ? Il ferma les yeux, tenta de comprendre. Elle demandait à s'asseoir, donc elle voulait rester ?

— Bien sûr ! répondit-il avec empressement.

— J'avais oublié Rye, dit-elle en le cherchant des yeux. Il est encore là ?

Rye avait eu la sagesse de se retirer dès le début de leur baiser.

— Non, il est parti depuis un moment déjà, dit Jack en la prenant par la main.

Il l'entraîna jusqu'à un fauteuil, au fond de la salle, s'y laissa tomber et, avant qu'elle ait pu protester, l'attira sur ses genoux.

— C'est mieux ?

— Beaucoup mieux. Dois-je comprendre que vous entendez poursuivre ?

14

Justine retint son souffle, attendant sa réponse. L'instant était important, décisif. Il marquait le début de quelque chose de capital. Elle n'avait qu'une certitude : Mulligan devait l'embrasser encore, c'était vital. Toutefois, s'il refusait, elle ne pourrait le lui reprocher. Elle l'avait provoqué, après tout.

Du pouce, il lui caressa délicatement les lèvres, puis remonta sur sa pommette avant de suivre la courbe de sa mâchoire. Comme s'il cartographiait son visage du bout des doigts.

— Vous êtes si jolie, murmura-t-il d'une voix rauque qui n'avait rien de commun avec le ton cultivé qu'il adoptait d'ordinaire.

Il se montrait attentionné, et elle lui en fut reconnaissante.

— Merci. Vous savez, je ne suis pas...

— Chut. Si vous avez l'intention de vous dénigrer, je ne veux pas vous entendre. Ni maintenant ni jamais, mon ange.

Le cœur de Justine battait à tout rompre. Elle n'aurait pas été surprise que Jack en perçoive le mouvement malgré les épaisseurs de vêtements.

— Mulligan, murmura-t-elle, sans parvenir à dire autre chose que son nom.

Comprendrait-il ce qu'il était en train de lui faire ?

— Jack.

— Quoi ?

Il se pencha, lui effleura le cou du bout de son nez, et elle l'entendit inspirer. Il la humait ?

— Appelez-moi par mon prénom quand vous soupirez de la sorte.

Elle se mordit la lèvre, retenant un sourire, et le contempla entre ses cils.

— Jack.

— C'est parfait, souffla-t-il en la gratifiant d'un baiser rapide. Seigneur, vous êtes absolument parfaite.

Il reprit sa bouche, la mordilla, la lécha, et lui fit perdre l'esprit. Elle ne se croyait plus incapable de passion soudain. Jack la faisait haleter. Avec lui, son être entier se tendait, réclamait *plus*. Sa poitrine était lourde, douloureuse, tout son corps cherchait celui de Jack. Le désir se déployait entre ses cuisses, elle sentait son pouls battre un rythme impatient. Son corps demandait de l'attention, exigeait satisfaction.

Il posa la main sur sa hanche, et elle eut d'emblée envie qu'il la touche ailleurs.

Partout.

Depuis qu'il lui avait retiré sa bottine, elle n'avait cessé de penser au moment où il l'embrasserait peut-être. Un court et terrible instant, elle avait redouté qu'il ne soit question que de bowling, ce soir. À tort, Dieu merci. Elle s'était jetée à sa tête, et la gêne que son geste aurait pu provoquer n'était rien à côté du plaisir qu'elle en éprouvait.

Car Jack Mulligan embrassait excessivement bien. La bonne pression, pas trop humide, ni bâclé. Séduisant mais pas écrasant. Pour quelques instants d'égarement avec cet homme, une femme aurait été capable de marcher sur des braises. Quoi qu'il se passe entre eux après ce soir, elle ne le regretterait jamais.

Les lèvres de Jack quittèrent sa bouche, se posèrent sur son cou. Entre deux baisers, il la mordillait tendrement. Sa main remonta sur sa taille. Il avait le souffle court, lui aussi.

— Qu'est-ce que tu veux ce soir ? murmura-t-il.

La liste était assez longue, à vrai dire.

— Je dois le dire à voix haute ?

— Oui. Je ne peux pas lire dans ton esprit, et je n'ai jamais été très fort aux devinettes. Il arrive que j'impose mes désirs en la matière, mais je veux à tout prix l'éviter avec toi.

Elle lui mordit le lobe de l'oreille, sentit qu'il frémissait, et fut satisfaite de constater qu'elle aussi pouvait le faire réagir.

— Et toi, chuchota-t-elle. Que veux-tu ce soir ?

Il lui embrassa l'épaule.

— Je ne voudrais pas te faire peur. C'est mieux si tu me le dis, toi.

— Tu ne peux pas me faire peur. Tu devrais le savoir depuis le temps, non ?

— Ma belle, j'ai effleuré ta peau du bout de la langue, et tu as quitté mon club plus vite que si l'on avait crié « Au feu ».

— J'ai été prise de court, pas effrayée. Tu as fait beaucoup plus que cela avec ta langue ce soir, et je ne suis pas partie en hurlant.

— Pas encore.

— Jack, allons, dit-elle en lui donnant un petit coup d'épaule. Je suis plus courageuse que tu ne crois.

— Vraiment ?

Il y avait une pointe de sarcasme dans le ton de Jack. La taquinait-il ?

— Vraiment, confirma-t-elle.

— Je sais que tu es courageuse – je l'ai su dès que je t'ai rencontrée. Mais courageuse ne veut pas forcément dire audacieuse. Dans l'audace, l'intrépidité se mêle au goût de l'aventure.

— Tu penses que je n'ai pas le goût de l'aventure ?

— Je pense que tu es une femme qui donne beaucoup d'elle-même aux autres sans tenir compte de ce qu'elle voudrait, elle.

Il avait raison, et c'était agaçant. Pour autant, s'attarder sur ses propres désirs lui semblait égoïste. Personne d'autre que Jack ne l'avait jamais encouragée à le faire.

— Ce que je veux, là, c'est que tu me dises ce que tu voudrais faire, sans tenir compte de mon éventuelle réaction.

— Je t'aurai prévenue.

Il posa la langue au même endroit que la première fois, pour la tester peut-être. Elle ne prit pas la fuite, bien au contraire. Elle se pencha pour être plus près. Un grondement monta de la gorge de Jack, il lui étreignit la taille, et lui chuchota à l'oreille :

— J'aimerais commencer par t'emmener dans ma chambre. Je n'y ai jamais fait entrer de femme et j'aimerais te voir offerte sur mon lit. Je te déshabillerai, bien sûr, jusqu'à ce que tu ne portes plus que tes bas. Ensuite, je veux sentir tes pieds recouverts de soie s'enfoncer dans mon dos pendant que je te lécherai la chatte.

Justine prit une courte inspiration, et ferma les yeux, parcourue par une vague de désir si puissante qu'elle faillit gémir. C'était la première fois qu'elle entendait quelqu'un prononcer ces mots. Elle aurait sans doute dû se sentir outrée, ou gênée. Au moins un peu horrifiée. Or, elle avait *adoré* cela.

Il continua, tentateur.

— J'ai envie de jouer avec ta petite perle jusqu'à ce que tu jouisses sur ma langue. Je veux te lécher, te goûter, sentir ta douceur et m'y perdre.

Dieu du ciel, elle imaginait presque la scène. Elle avait vu les cartes érotiques que Florence cachait sous son lit, et savait qu'on pouvait adopter différentes positions pour faire l'amour. Jamais, en revanche, elle n'avait envisagé qu'il puisse mettre sa bouche entre ses cuisses. Était-ce une chose que tous les couples pratiquaient ?

Quoi qu'il en soit, si elle ignorait cette possibilité quelques instants plus tôt, son corps en rêvait déjà. Avec Billy, elle n'avait fait qu'échanger quelques baisers et caresses chastes. Des orgasmes, elle en avait eu, seule dans son lit, la nuit. Que ressentait-on quand quelqu'un d'autre vous donnait du plaisir ? Était-ce mieux ?

Quelque chose lui soufflait que Jack serait très, très doué.

Elle frémit, et soupira :

— J'en ai envie, moi aussi.

Il se redressa si vivement qu'elle faillit tomber de ses genoux.

— Tu... quoi ?

— Oh ! C'est égoïste de le demander ? Je devrais peut-être te proposer de... ?

— Non ! Bon sang, m'autoriser à te donner du plaisir serait le plus beau cadeau qu'on m'ait jamais fait !

Glissant un bras sous ses genoux, il se leva en la soulevant dans ses bras et se dirigea vers l'escalier.

— Exprimer tes désirs n'a rien d'égoïste. Il ne s'agit pas de savoir qui gagne et qui perd, on ne compte pas les points. Et si un homme te dit le contraire un jour, il mérite une bonne raclée.

— Tu m'emmènes vraiment dans ta chambre ? demanda-t-elle en nouant les bras autour du cou de Jack. Je suis vraiment sur le point de découvrir où dort le célèbre Jack Mulligan ?

Il gravit les premières marches.

— En dehors des bonnes et de moi, tu seras la seule personne à voir cet endroit.

— Et dire qu'on prétend que tu n'es pas romantique.

Le rire de Jack résonna sous les élégantes moulures sur plafond.

— Ma belle, je m'apprête à te montrer plus de romantisme que ton petit corps n'en pourra supporter.

— Plus de romantisme que je n'en pourrai supporter ? Bonté divine, nous sommes décidément dans la démesure ce soir.

Jack sourit en montant les dernières marches. Sa petite bienfaitrice avait de l'humour, il aimait cela. Il allait lui montrer. Jamais il ne proférait de menaces à la légère. Elle allait regretter de l'avoir défié, dût-il y rester. *Pas de quartier.*

Arrivé à l'étage, il se hâta en direction de l'immense suite qu'il occupait à l'arrière de la maison. Sa chambre était plongée dans l'obscurité, livrée aux ombres qu'il aimait tant. Ce soir cependant, il avait besoin de voir le plaisir de Justine. Il ne voulait pas en rater un seul instant.

Alors il la déposa doucement sur son lit, et alla écarter les tentures qui obstruaient les fenêtres. Le clair de lune baigna la pièce, éclairant juste assez pour que rien ne lui échappe à lui et qu'elle soit à son aise.

De retour sur le lit, il la prit dans ses bras et l'embrassa. Délicatement, d'abord, jusqu'à ce qu'elle se détende et que ses lèvres deviennent chaudes et avides. Alors il introduisit sa langue dans sa bouche, la goûta. Leur baiser se prolongea, leurs corps s'abandonnant aux délices de l'embrasement, et Jack dut se retenir pour ne pas frotter son érection contre Justine.

Elle était là. Dans sa chambre. À l'endroit où il s'était donné du plaisir tant de fois en pensant à elle. C'était trop beau pour être vrai.

Elle fit doucement courir ses orteils le long de ses mollets. Bientôt, ces bas de soie lui caresseraient le dos et les épaules... Il n'en pouvait plus d'attendre. Il quitta sa bouche, le souffle court.

— Je peux te déshabiller ?

Comme elle hésitait, il reprit :

— Tu peux changer d'avis, tu sais.

— Je n'ai pas changé d'avis. Je pense même à cela depuis un moment.

C'était ce qu'il avait besoin d'entendre. En détail.

— Vraiment ? Et à quoi pensais-tu exactement ?

— Tu m'as dit que tu réaliserais mes rêves les plus inavouables, murmura-t-elle. J'ai passé pas mal de temps à imaginer en quoi cela pouvait consister.

La main de Jack remonta jusqu'à son sein, qu'il accueillit dans sa paume avec délectation. Elle se cambra, il n'en fut que plus satisfait.

— Est-ce que tu te caressais tout en imaginant ce que je pourrais te faire ?

— Bien sûr.

Fermant les yeux, il lutta pour garder le contrôle. Justine se donnant du plaisir était une vision qu'il ne manquerait pas d'invoquer plus tard, lorsqu'il serait seul. La main refermée sur son sexe.

— Donc tu n'as pas changé d'avis, confirma-t-il.

Quand elle secoua la tête, il ajouta :

— Tu préfères rester habillée ?

— Mais je croyais que tu avais besoin de...

— Je n'ai pas réellement besoin que tu sois nue. C'était un fantasme, rien de plus.

— Je veux que tu prennes du plaisir, alors si c'est ton fantasme, oui, déshabille-moi.

— Ma belle, du plaisir, je vais en prendre de toute façon. Toi, il faut que tu te sentes à l'aise pour pouvoir en avoir.

Il l'embrassa, essayant de lui dire autrement combien elle le touchait. Combien il la désirait. Et à quel point ce qu'elle souhaitait lui importait.

Mais peut-être valait-il mieux le lui montrer, tout simplement.

Il se laissa glisser au bas du lit, releva les jupes de Justine et se positionna entre ses jambes. Elle le regarda faire sans mot dire, ouvrant de grands yeux, les pommettes rougies par l'excitation.

— Voilà, dit-il. Tu es prête ?

Elle répondit d'un hochement de tête, et il repoussa ses jupes un peu plus haut, sans jamais la quitter des yeux, prêt à renoncer si elle semblait un tant soit peu mal à l'aise.

Elle ne l'arrêta pas, ne manifesta aucune gêne. Tout au plus, son souffle s'accéléra-t-il à mesure qu'il découvrait ses jambes. Ce n'était pas qu'elle s'affolait, non. Ses yeux mi-clos racontaient une tout autre histoire. Lorsque ses jupes retombèrent autour de sa taille, elle haletait. Il attendit patiemment, figé, à l'affût de tout signe négatif.

— Tu me traites comme une enfant.

— Je fais attention à toi.

Elle cilla, puis secoua la tête, et ses cheveux échappèrent aux épingles.

— C'est inutile. Je ne changerai pas d'avis.

— Alors écarte les cuisses et ouvre ta culotte.

Il la vit déglutir, mais elle était acculée. Il avait besoin qu'elle soit partie prenante de ce qui allait se passer. Lentement, elle écarta les jambes, suffisamment pour qu'il puisse s'y glisser. Il sentit le parfum épicé de son excitation, et faillit donner un coup de reins dans le matelas. Bon Dieu, plonger en elle... Il en mourait d'envie. Puis les mains de Justine descendirent, franchirent les épaisseurs de soie et de coton, atteignirent sa culotte. Du bout des doigts, elle en trouva la fente et l'ouvrit grand.

Il contempla enfin son sexe, rose, humide. Il en eut l'eau à la bouche. Son clitoris déjà gonflé semblait appeler sa langue.

— Arrête-moi dès que tu en ressens le besoin. Mais sincèrement, j'espère que ce ne sera pas le cas.

Bien calé entre ses cuisses, il se pencha, et donna un long coup de langue entre les plis de son sexe, savoura l'explosion de son goût dans sa bouche et lâcha un gémissement. Elle était trempée. C'était aussi bon que tous les cadeaux d'anniversaire et de Noël qu'il n'avait jamais reçus emballés dans un seul paquet.

— Mmm, je pourrais faire ça pendant des heures, souffla-t-il.

Il prit son temps, suça, aspira, s'efforçant d'apprendre à la connaître. Qu'aimait-elle ? Certaines femmes préféraient que la langue les pénètre, d'autres qu'on agace leur clitoris du bout des dents. Aimerait-elle qu'il glisse un doigt en elle, ou pas ? Il devait découvrir précisément ce que Justine préférait, parce qu'il avait l'intention de le lui faire aussi souvent que possible au cours des mois à venir.

Elle glissa les mains dans ses cheveux, le maintint contre elle, lui indiquant sans le vouloir qu'elle était prête pour l'étape suivante. Remontant de quelques centimètres, il trouva la petite crête et l'aspira entre ses lèvres, s'arrêta quelques secondes, puis reprit. La titilla. Il ne fallut guère insister pour que le bassin de Justine bascule, vienne à sa rencontre. Le plus adorable des gémissements monta de sa gorge, elle se mordit la lèvre.

Il voulait que ce moment dure, alors il lécha de nouveau son sexe, et plongea la langue en elle. Elle étouffa un petit cri, il recommença plusieurs fois avant de s'intéresser de nouveau à son clitoris, encore plus gonflé. Parfait. Il posa dessus le plus délicat des baisers.

— S'il te plaît, gémit-elle. Encore. Je n'en peux plus.

Il eut pitié, referma les lèvres sur le petit bouton de chair et le suça. Les cuisses de Justine raidirent, ses gémissements résonnèrent dans la pièce. Il glissa un doigt en elle, elle s'arc-bouta sur le lit.

— Oh, Seigneur !

Elle paraissait stupéfaite, impressionnée par l'intensité de ce qui lui arrivait. Il introduisit un second doigt et elle cria. Ses muscles intimes se contractèrent tandis qu'elle tremblait de tous ses membres. L'orgasme la secoua longtemps, elle se cabrait, les poings refermés sur les cheveux de Jack. Il adora la violence de sa réaction. Elle lui donnait le sentiment d'être l'homme le plus puissant de la terre.

Quand l'intensité du plaisir reflua un peu, il la caressa plus doucement. Il adorait ce moment, quand la femme se détendait. Avec n'importe quelle autre partenaire, il se serait redressé et aurait plongé son sexe en elle. Mais pour Justine, il avait d'autres projets.

Lentement, il fit aller et venir ses doigts en elle, l'élargissant. Elle haleta de plus belle, et il sourit. Il continua, déposant de petits baisers ici ou là, prenant son temps. Elle était très étroite, et cependant brûlante, et soyeuse. Être en elle aurait été divin s'il avait été question de la baiser ce soir.

Bientôt. Quand il la prendrait enfin, il voulait qu'elle le supplie. Qu'elle soit absolument certaine de le vouloir, qu'il n'y ait aucun risque qu'elle le regrette.

Ce soir, il voulait juste lui montrer à quel point ils s'entendaient bien dans ce domaine. Il s'agissait de gagner sa confiance. Qu'elle se sente désirée et adorée. Qu'elle le sache capable de lui donner du plaisir jusqu'à ce qu'elle n'en puisse plus.

— C'était fabuleux, soupira-t-elle.

Elle avait les yeux clos, et un sourire satisfait lui incurvait les lèvres.

— Content que cela t'ait plu, ma belle. Toutefois, si tu es encore capable de t'exprimer clairement, c'est que je n'en ai pas tout à fait terminé.

Et il se remit à la tâche.

15

Aussi vacillante qu'un faon nouveau-né, Justine se faufila jusqu'à la cuisine. Ses parents n'étaient pas encore rentrés de voyage mais elle ne voulait pas réveiller les domestiques. Ce n'était pas facile. En quittant la chambre de Jack une heure plus tôt, elle avait laissé derrière elle son équilibre et sa capacité à coordonner ses mouvements.

Elle avait joui trois fois avant qu'il la dépose enfin dans la voiture et la confie à Rye pour le trajet du retour. Dans un état second, elle s'était à peine aperçue qu'il lui disait au revoir. Elle se souvenait qu'il l'avait embrassée tendrement sur les lèvres, et avait espéré qu'elle avait passé un bon moment.

Espéré qu'elle avait passé un bon moment ? Une minute de plaisir de plus et elle serait passée de vie à trépas.

À la fin, elle l'avait supplié de la laisser le caresser. Il s'était contenté de rire, avait répondu non, pas ce soir, mais bientôt. Bientôt, quand ? Demain soir ? Elle avait besoin de le voir défait lui aussi, succombant au plaisir sous l'effet de sa main. Ou de sa bouche. Ou de son…

À cette idée, ses parties intimes, endolories à force de sollicitations, se contractèrent, et un délicieux frisson la parcourut.

Elle gravit lentement l'escalier, les jambes en plomb. Ses dessous étaient trempés, probablement irrécupérables.

C'était toutefois un prix dérisoire à payer pour une nuit qu'elle n'oublierait jamais.

Bien qu'épuisée, elle mourait d'envie de prendre un bain.

La maison était plongée dans l'obscurité, mais Justine la connaissait bien, et se dirigea sans difficulté. Elle passa devant la chambre de Florence sur la pointe des pieds, tout en sachant que, profitant de l'absence de leurs parents, celle-ci passait sans doute l'essentiel de son temps dans les bras de Clayton Madden.

Arrivée à sa chambre, elle ouvrit doucement la porte, se glissa dans la pièce... et faillit tomber lorsque la lumière s'alluma.

Assises sur son lit, ses deux sœurs l'attendaient, les bras croisés, le visage fermé.

L'inquiétude s'empara aussitôt de Justine.

— Que se passe-t-il ? Quelqu'un est mort ?

— Où étais-tu ? s'enquit Florence.

Où était... ? *Oh !*

— Attendez un peu... Que faites-vous ici toutes les deux ?

— Nous t'attendons depuis 22 heures, dit Marion. Et il est... 3 h 30, ajouta-t-elle après avoir consulté la pendule sur la cheminée.

— Vous m'attendez ? Pourquoi ?

Florence étrécit les yeux.

— Tu n'es pas venue dîner, et nous voulions te montrer le télégramme de papa qui est arrivé ce soir.

Dîner ? Cela lui rappela qu'elle mourait de faim.

— Et que disait-il, ce télégramme ?

— Tu n'as pas répondu à ma question, Justine. Où étais-tu ?

Justine regarda ses sœurs tour à tour.

— Vous êtes en colère parce que j'ai fait le mur ? Franchement, ce serait incroyablement hypocrite de votre part à toutes les deux.

— Nous nous inquiétons surtout de savoir *pour qui* tu as fait le mur, répliqua Marion.

— Je ne vois pas en quoi cela vous regarde.

— Si tu te mets en danger, cela nous regarde.

Justine éclata de rire.

— Je ne me souviens pas de m'être mêlée de vos affaires quand vous faisiez les quatre cents coups, toutes les deux, il y a quelques années. Soirées au casino, au cabaret, au billard... Vous ne vous inquiétiez pas vraiment de savoir si c'était convenable ou sans danger.

— Là, c'est différent, déclara Marion.

— Et pourquoi ?

— Parce que nous savons que tu étais avec Mulligan. Et que vous n'avez pas fait que bavarder, ajouta-t-elle en indiquant la coiffure de Justine.

Celle-ci leva les mains et se mit à ôter les épingles qui retenaient son chignon.

— Et ?

Marion en resta bouche bée.

— Et tu ne vois pas où est le problème ? Mulligan est un criminel, Justine. Un des pires de cette ville. Il est dangereux. Tu ne peux pas avoir une relation avec lui.

— Nous n'avons pas de relation. Nous...

Elle songea au gala de charité, à l'atelier de confection, à Mme Gorcey, à l'aide apportée à Mme von Briesen. Personne ne se moquait d'elle au club de Jack. Elle ne pouvait pas en dire autant du poste de police.

— ... nous sommes amis.

— Non, lâcha Marion d'un ton sec. Certainement pas. Tu ne peux pas être amie avec Jack Mulligan.

Florence leva la main pour la faire taire.

— Écoute, Justine, j'ai rencontré Mulligan et j'ai passé un peu de temps avec lui dans son club. C'est un homme charmant, et intelligent, je sais. C'est le charisme incarné, beau comme un dieu et vêtu comme un duc. Je comprends que l'on puisse être attirée par lui. Mais tu n'as rien à gagner dans une relation avec lui. Il ruinera ta réputation.

— Comme Clay a ruiné la tienne ? Ou comme Frank a ruiné la tienne ? ajouta-t-elle à l'adresse de Marion.

— Ne me dis pas que...

Marion échangea un regard avec Florence avant de reprendre :

— Tu ne songes pas à l'épouser, tout de même ?

— Qui parle de mariage ? s'emporta Justine, qui traversa la pièce pour se laisser tomber sur le petit banc devant sa coiffeuse. Je parlais d'activités physiques. De perdre ma virginité.

— A-t-il... ? manqua de s'étrangler Florence.

— Non ! Non pas que je vous le dirais si c'était le cas.

La fatigue s'était envolée. Justine se releva, et se mit à arpenter sa chambre.

— Vous êtes sacrément culottées, toutes les deux, de me faire la leçon. Que je sache, vous ne vous êtes pas préservées pour le mariage. Vous n'avez pas suivi les règles en vigueur dans la bonne société. Vous avez fait comme bon vous semblait, et vous n'êtes pas venues me demander ce que j'en pensais !

— Justine, tu es la plus jeune de nous trois, riposta Marion avec son ton de grande sœur. Notre devoir est de te protéger, de t'aider.

— Même si je ne demande rien ?

Florence laissa échapper un petit rire sec.

— Si tu penses que tu fais le poids face à Mulligan, tu te fourres le doigt dans l'œil, Justine !

Les mots de sa sœur lui firent mal, son cœur se serra. Elle se sentit rabaissée, méprisée. Tout son travail, les maris qu'elle avait retrouvés, les gens qu'elle avait aidés... Ses sœurs n'en tenaient jamais compte.

Pour elles, elle serait toujours Justine la naïve et la novice.

« Tu es trop jeune pour venir en ville avec nous, Justine. »

« On parle de choses que tu ne comprendrais pas, Justine. »

« Reste ici et dis à maman que je ne me sens pas bien, Justine. »

Florence et Marion n'avaient aucune idée de la jeune femme qu'elle était devenue, ni de ce qu'elle avait accompli, et espérait accomplir à l'avenir. Elles flambaient, buvaient et embrassaient qui elles voulaient partout en ville, mais jamais elles n'oseraient lui laisser faire la même chose.

Et elle en avait plus qu'assez.

Elle carra les épaules, refusant de se laisser intimider.

— Que je me fourre le doigt dans l'œil ou pas, c'est à moi d'en faire le constat. Pas à vous. Savez-vous quand j'ai commencé à me rendre dans les quartiers populaires pour visiter les plus démunis ?

Ses sœurs la dévisagèrent sans mot dire, alors elle poursuivit :

— J'ai commencé quand j'avais treize ans. Vous l'ignoriez, mais tous les samedis, je me rendais à la mission de Madison Square et j'aidais à la distribution de repas. Je payais notre gouvernante pour qu'elle n'en parle pas. Alors s'il vous plaît, vos sermons sur ce que je peux ou ne peux pas faire, gardez-les.

— Justine, commença Marion sur le ton calme de celle qui s'adresse à une folle furieuse, distribuer des repas dans une église n'a rien à voir avec fréquenter Mulligan. Nous ne voulons pas qu'il te fasse du mal.

— Mulligan ne me fera pas de mal.

Florence leva les yeux au ciel.

— Comment peux-tu le savoir ? Ce type n'a rien d'un gentleman. Loin de là.

Au comble de l'exaspération, Justine attrapa une brosse sur sa coiffeuse et entreprit de se démêler les cheveux.

— Tu sembles oublier que Chauncey, qui est censé en être un, a agressé Marion ici même, dans notre jardin, insista Florence. Alors s'il te plaît, arrête de me vanter les mérites de ces messieurs. Elle ne nous écoute pas, ajouta-t-elle en se tournant vers Marion. On perd notre temps.

— En effet, confirma Justine. Alors laissez-moi tranquille.

— Justine, je t'en supplie, il faut nous croire. Tu es têtue et indépendante, mais là, tu vas trop loin. Si tu continues à le voir, je devrai en parler aux parents.

La brosse lui tomba des mains.

— Quoi ?

Marion redressa le menton.

— Tu as très bien entendu. Ne me force pas à le leur dire. Cesse de voir Mulligan.

— Sors d'ici.

— Nous essayons juste de t'aider, intervint Florence.

— Non, c'est faux, répliqua Justine d'un ton sec. Vous vous comportez en parfaites hypocrites. Vous croyez savoir ce qui est le mieux pour moi, or vous ne savez rien du tout. Alors sortez d'ici. J'ai sommeil.

Florence secoua la tête, Marion poussa un long soupir.

— Très bien. On te laisse. Sache toutefois que si je pense que tu es en danger, je parlerai aux parents. Nous tenons énormément à toi, Justine.

L'expression de cette affection venait trop tard. Justine était trop en colère pour l'apprécier, le ressentiment lui nouait la gorge. Elle se contenta de montrer la porte.

Ses sœurs s'en allèrent, visiblement inquiètes, et Justine se dirigea vers la salle de bains. Elle n'avait plus du tout sommeil. Elle réalisa soudain qu'elle n'avait pas demandé de quoi parlait le télégramme de leur père.

Elle aurait pu les rattraper, mais décida que cela attendrait. Pour le moment, moins elle verrait ses sœurs, mieux elle se porterait.

D'un sifflement, Jack alerta Cooper, qui lui répondit d'un hochement de tête et traversa la grande salle du club pour le rejoindre.

— Rye et toi vous m'accompagnez, annonça Jack. Direction le World. On a quelqu'un à voir au bordel.

Cooper eut un haussement de sourcil interrogateur, mais ne posa pas de question. Ils sortirent, Rye attendait avec la voiture. Le trajet fut court – à cette heure tardive, les rues étaient désertes. Jack sauta sur le trottoir, attendit que Rye se soit occupé des chevaux. Cooper descendit à son tour, et leva les yeux sur la façade du World Poolroom. À l'intérieur, le tapage était à son comble.

— Tu me fais un topo ? demanda-t-il.

— Un client du bordel. Un habitué, il vient toujours pour la même fille. Il a laissé tomber femme et enfants. On va essayer de le convaincre que ce n'était pas une bonne idée.

— Pigé.

Rye les rejoignit. Jack fit un pas en direction de l'entrée du World, et se figea.

Justine arrivait sur leur droite, le visage dissimulé sous la capuche d'une ample cape noire.

— Tu n'allais pas entrer sans moi, n'est-ce pas ? dit-elle.

— Que fais-tu là ? gronda-t-il en balayant la rue d'un regard rapide. Tu as perdu la tête ?

— Je t'avais dit que je viendrais, dit-elle sans s'arrêter. Bonsoir, Rye.

Rye sourit et porta un doigt à son chapeau.

— Mademoiselle.

Depuis la soirée au bowling, le vieux compagnon de Jack avait un petit faible pour Justine. Il n'arrêtait pas de chanter ses louanges.

— Moi, c'est Cooper, se présenta ce dernier.

Jack dut se retenir de ne pas les frapper tous les deux.

— Bonsoir, monsieur Cooper. Je suis Justine.

— Vous nous excusez deux minutes, les gars ? dit Jack en entraînant Justine à l'écart. Justine, ma chérie, cet endroit est dangereux la nuit. Je n'aime pas te savoir seule ici.

— Je n'étais pas seule. J'attendais dans une voiture de l'autre côté de la rue.

Il soupira. Elle ne comprenait pas.

— Rentre avec Rye, s'il te plaît. Chez toi ou chez moi, n'importe où, mais ne reste pas ici.

— Jack, dit-elle d'une voix douce qui eut sur lui un effet électrisant, des sermons, j'en ai eu mon compte pour la semaine. Je suis en sécurité avec toi. Alors allons nous occuper de M. von Briesen. Ensuite, peut-être pourrons-nous trouver un endroit tranquille où nous occuper d'autres choses, plus délicates.

Doux Jésus. Il en avait la bouche sèche. Et peu importait qu'elle le manipule. *Trouver un endroit tranquille.* Dieu qu'il aimait ce genre de proposition. Rien que d'y penser, le sang se mettait à bouillonner dans ses veines. Elle aurait pu lui demander n'importe quoi, il l'aurait fait, là, tout de suite.

Il se pencha, approcha les lèvres de l'oreille de Justine.

— Nous allons faire très vite, alors. Après quoi, tu as intérêt à être trempée, ma belle, pour bien t'occuper de ces choses délicates, parce qu'elles ont très, très envie qu'on s'occupe d'elles.

Elle retint un petit cri, et il sourit. Il aimait tellement choquer sa petite bienfaitrice.

Puis il lui fit signe d'avancer.

— Ne t'éloigne pas de moi. Je suis prêt à tuer celui qui posera sur toi ne serait-ce qu'un regard un peu bizarre.

— Sûrement pas. De toute façon, personne n'osera quoi que ce soit avec toi à mes côtés.

Certes, mais les gens qui fréquentaient ce genre d'établissements étaient assez imprévisibles.

— Une fois à l'intérieur, surtout ne bois rien. Et ne t'éloigne pas.

— C'est promis.

Elle se mordit la lèvre, une lueur de triomphe dans le regard.

Résigné, Jack la ramena près de Rye et Cooper, qui ne s'étaient même pas donné la peine de regarder ailleurs, ni même de faire semblant.

— Vous ne la quittez pas des yeux, leur ordonna-t-il. Pas une seconde, c'est compris ?

Le petit groupe se dirigea vers l'entrée.

— Elle te mène par le bout du nez, dit Rye en rattrapant Jack. Cette fille me plaît de plus en plus.

— Va te faire foutre.

Il pressa le pas pour arriver à la porte en premier.

— J'y vais d'abord, dit-il à Justine. Vous restez derrière moi, ensemble.

Les mains jointes, elle opina – l'obéissance incarnée. Jack savait cependant à quoi s'en tenir. Cette fille était aussi obéissante qu'un renard sauvage.

Le bar était bondé de voyous et de débauchés. L'endroit puait le tabac, la pisse et la sueur. À croire qu'aucun de ces types n'avait jamais pris de bain. Justine resta près d'eux, les trois hommes formant un triangle protecteur autour d'elle tandis qu'ils s'avançaient dans la salle.

Il n'y avait plus de courses de chevaux, mais le coin des paris était encore très animé, les gars organisaient des courses de rats sur les tables de billard, l'argent changeait de mains à toute vitesse.

Jack ne s'arrêta pas, fila droit vers la porte qui menait au bordel. Ils gravirent les marches, et il respira enfin, pour la première fois depuis qu'il avait vu Justine sur le trottoir.

Polly apparut, pas vraiment ravie de les voir.

— J'espérais que vous auriez oublié.

Jack lui glissa une liasse de billets, qui disparut dans son décolleté.

— On n'en a pas pour longtemps. Montrez-nous dans quelle chambre il est, c'est tout.

— Troisième à gauche. Il est là depuis environ un quart d'heure.

Ce qui signifiait que les choses seraient déjà bien engagées. Parfait. Il se tourna vers Justine.

— Va nous attendre dans le salon.

Elle se rembrunit.

— Pourquoi ?

S'il donnait la vraie raison – il voulait parler à von Briesen en tête à tête – Justine risquait de se braquer. Alors il opta pour une demi-vérité.

— Parce qu'il sera sans doute nu. Et occupé. On lui laissera le temps de se rajuster, et quand il sera présentable, tu viendras lui parler.

Justine allait objecter, mais Rye intervint.

— Il a raison, mademoiselle. Vous avez pas besoin de voir son service trois pièces. On s'occupe de lui, et après, on vous appelle.

— Bon, dit-elle à contrecœur.

Néanmoins, elle n'insista pas.

— Tu te souviens de ce que je t'ai dit, la prévint Jack.

Il ne faisait pas plus confiance à Polly qu'aux voyous d'en bas.

— Oui. Mais dépêchez-vous !

Suivi de Rye et de Cooper, Jack gagna la chambre où von Briesen était en train de se « détendre ». Il ne prit pas la peine de frapper. Von Briesen était sur le lit, en caleçon, et la tête d'une femme s'agitait entre ses jambes. En voyant les trois hommes, il ouvrit des yeux ronds. La femme se redressa aussitôt, et il se couvrit le sexe de la main.

— Qu'est-ce que vous faites là ? demanda-t-il avec un accent allemand prononcé. C'est une chambre privée !

Rye referma la porte derrière eux, Jack tendit plusieurs billets à la femme.

— Laisse-nous quelques minutes, veux-tu ?

Elle ne se le fit pas dire deux fois, et disparut dans le couloir.

— Vous êtes monsieur von Briesen ? s'enquit Jack, les mains dans les poches.

L'homme regarda ses trois interlocuteurs, paniqué.

— O-o-oui. Pourquoi ?

— Vous avez quitté votre femme récemment.

Von Briesen déglutit.

— Je ne vois pas en quoi cela vous concerne.

Jack s'approcha, s'assit sur le bord du lit, détendu. Il prit un moment pour lisser son pantalon.

— Je m'appelle Mulligan. Je possède un petit club, pas loin d'ici, le New Belfast Athletic Club. Vous avez peut-être entendu parler de moi ?

Von Briesen ne dit rien, mais pâlit, et se mit à trembler.

— Je vois que oui, déclara Jack. Parfait, cela nous fera gagner du temps. Tous les quatre, nous allons avoir une petite discussion à propos de votre famille. Ensuite, je vais appeler une amie à moi, et vous lui direz que vous avez décidé de retourner auprès de votre femme et de vos enfants.

— Mais… je n'ai pas l'intention de rentrer…

— Ça va venir. Faites-moi confiance.

— Non, ma femme est toujours après moi, pour que je lui donne de l'argent ou que je m'occupe des enfants. Je ne veux pas y retourner.

— Dans ce cas, nous allons devoir réfléchir à ce que l'on pourrait faire pour vous en convaincre…

16

— Donc il n'a pas cherché à discuter ? Du tout ?

Ils étaient dans la voiture, et Justine n'en revenait pas que cela se soit passé aussi facilement. Von Briesen avait accepté sans hésiter de rentrer auprès de sa femme ; le remords lui avait fait monter les larmes aux yeux. Jack, Cooper et Rye avaient promis de s'assurer auprès de son épouse que von Briesen tenait bien sa promesse. Puis ils avaient quitté le World Poolroom.

Tout avait été si facile.

Presque trop.

Cooper étant rentré de son côté, Justine et Jack étaient seuls dans la voiture conduite par Rye. Jack se pencha et, du bout du doigt, suivit le contour de son oreille.

— Il est possible qu'il ait cherché à discuter un peu.

— Donc vous l'avez intimidé.

Elle se souvint soudain du propriétaire de l'atelier de confection.

— Vous ne l'avez pas... battu, tout de même ?

— Non. Nous avons été un peu plus créatifs que cela. Mais il a très vite compris ce que nous attendions de lui.

— Jack, soupira Justine, je ne voulais pas que vous lui fassiez du mal.

— Il ne lui a été fait aucun mal, ma chérie.

— C'est la vérité ?

Jack prit la main gantée de Justine entre les siennes et y déposa un baiser.

— Jamais je ne te mentirais. Il se peut que j'omette quelques détails ici ou là, mais jamais je ne mentirais.

— Alors je te remercie. Sa femme sera soulagée qu'il revienne, même si, à mon sens, elle serait bien mieux sans lui. Je ne m'en suis rendu compte qu'après avoir accepté de partir à sa recherche.

— C'est toujours le risque quand on se lance sur la piste de ces maris déserteurs.

— C'est vrai. Je crois cependant qu'elle l'aime. Sa disparition l'a bouleversée.

— Le soutien financier devrait au moins la soulager. Et tu as fait de ton mieux pour résoudre ce problème, conclut-il avant d'embrasser de nouveau la main, lui arrachant un frisson.

— Grâce à toi.

— Tu aurais trouvé une solution sans moi si cela avait été nécessaire.

— Sauf que cela m'aurait pris des semaines, voire des mois, pour faire ce que tu as accompli en trois jours.

Bien sûr, si elle avait eu un insigne de police et le pouvoir de procéder à des arrestations, ç'aurait été plus facile. Être une femme l'empêchait d'agir comme elle le souhaitait. Être une femme lui fermait les portes de la police de New York. En tout cas pour l'instant. L'idée d'être la première à en intégrer les rangs lui plaisait toujours autant.

— Je te l'ai dit, dans cette ville, le pouvoir est entre les mains de ceux qui ont la force et l'argent. Il se trouve que j'ai les deux.

Ce qui faisait de lui un homme extrêmement puissant. Au moins se servait-il de son influence à bon escient. Peut-être Justine avait-elle de l'influence sur lui, finalement.

Et après tout, si le résultat était le même, pourquoi remettre ses méthodes en cause ? Mme von Briesen allait récupérer son mari plus vite que prévu et elle-même pourrait passer à autre chose, aider quelqu'un d'autre. Tout le monde y gagnait.

— Certes, tout le monde semble beaucoup mieux disposé dès qu'on mentionne ton nom.

— En effet. C'est la raison pour laquelle tu devrais me laisser t'aider dans toutes tes démarches.

— Même les plus ennuyeuses ?

— Avec toi, mon ange, rien n'est jamais ennuyeux.

Il retourna la main de Justine et déboutonna son gant. Puis il le retira, en tirant sur les doigts, l'un après l'autre.

— Et si nous parlions maintenant de ces choses délicates dont tu voulais t'occuper ?

Elle s'écarta légèrement pour le dévisager à la lueur des réverbères. Ses yeux s'étaient assombris et il la fixait d'un regard presque hypnotique. Il était si beau qu'elle se sentit défaillir.

— Tu as une idée derrière la tête, ou je me trompe ?

— Bien sûr que j'ai une idée derrière la tête. Je suis un pervers de première classe, après tout.

Il jeta le gant sur la banquette, et entreprit de lui retirer le second.

— Tu as toutefois ton mot à dire. Qu'envisageais-tu exactement ?

Elle avait dit cela en plaisantant, pour le taquiner. Elle ne s'était pas attendue qu'il lui demande de préciser sa pensée. D'autant qu'elle avait beaucoup moins d'expérience que lui.

Mais comment nier qu'elle y avait pensé ? Beaucoup. Ces deux derniers jours, elle avait imaginé tout ce que

Jack et elle pourraient faire ensemble, y compris ce qu'elle n'avait encore jamais fait.

Surtout ce qu'elle n'avait jamais fait.

Elle s'empourpra.

— Quelque chose de semblable à la dernière fois, marmonna-t-elle. Mais avec réciprocité.

— Excuse-moi, je n'ai pas bien entendu. Tu peux répéter ?

Elle faillit lever les yeux au ciel. Cette crapule avait parfaitement entendu.

— Tu fais des manières et tu cherches à me mettre mal à l'aise.

— Tu es la femme la plus intelligente et la plus courageuse que j'aie jamais rencontrée. Quand tu veux quelque chose, tu n'y vas pas par quatre chemins. Alors que veux-tu ?

Le compliment la fit fondre, et elle se promit de s'en souvenir mot pour mot le jour où ses sœurs la traiteraient encore de petite fille naïve et couvée. Cela lui donna aussi le courage d'exprimer ses désirs, ce dont elle n'avait pas été capable quelques jours plus tôt.

— Je veux t'explorer. Te donner du plaisir comme tu m'en as donné l'autre soir.

Il se pressa contre elle et son parfum l'enveloppa. Le visage contre son cou, il remonta le long de sa mâchoire, et elle sentit son souffle sur sa peau.

— Tu veux prendre ma queue dans ta bouche, c'est ça ?

Grâce aux cartes érotiques de Florence, elle avait une idée générale de la chose. Lentement, elle s'humecta les lèvres.

— Oui. Je veux… te sucer.

— Nom de Dieu, tu me fais bander quand tu dis ça, tu n'as pas idée. Mes rêves les plus fous sont en train de se réaliser.

Vraiment ? Elle n'imaginait pas une seule seconde être capable de le mettre dans cet état. Elle, Justine Greene. La sœur qui fait tapisserie. Celle que personne n'invite jamais à danser.

Surprise, et intriguée à l'idée d'avoir ce genre de pouvoir, elle se plaqua contre lui, le repoussant contre l'habitacle. Puis elle posa la main sur sa cuisse et remonta lentement jusqu'à la bosse qui déformait son pantalon. Jack se figea, son regard rivé sur la main de Justine. Timidement, elle le caressa à travers l'étoffe.

— Tu vas me faire exploser, ma belle, lâcha-t-il dans un souffle.

— J'en doute, tu es encore capable de t'exprimer clairement.

— On dirait que mademoiselle m'écoute quand je parle ! Très bien, si tu veux t'amuser, c'est avec grand plaisir que je me prête au jeu. Il nous reste un bout de chemin, ajouta-t-il après avoir jeté un coup d'œil dehors.

Elle voulait lui faire connaître l'extase, comme elle l'avait connue. La voiture était sombre, intime. Elle n'était pas certaine qu'elle aurait eu autant d'audace dans sa chambre à coucher.

— Et si je veux faire un peu plus que jouer ?

— C'est-à-dire ?

Du bout des ongles, elle gratta son érection. Jack gémit et la fixa en cillant.

— Ah, je vois ! C'est donc ça. Ma petite bienfaitrice veut me faire jouir ?

Il avait parlé d'une voix rauque, autoritaire qu'elle ne lui connaissait pas, et qui alluma au creux de son ventre une étincelle de désir pur. C'en était fini du charmeur, elle avait devant elle celui qui se dissimulait sous les costumes élégants et les commentaires raffinés. Sans doute était-ce sur ce ton qu'il donnait ses ordres à l'armée de « gars » qui travaillaient pour lui. En temps ordinaire, ce ton l'aurait irritée... Là, ce fut tout le contraire. Elle n'aspira plus qu'à une chose : être plus près de lui.

— Oui, souffla-t-elle.

— Alors vas-y. Sors-la.

— Je... quoi ?

Il la regarda sans répondre, et elle en déduisit qu'il cherchait à la mettre à l'épreuve. La poussait pour voir jusqu'où elle irait. « Tu es la fille la plus intelligente et la plus courageuse que j'aie jamais rencontrée. » C'était vrai, après tout.

Et elle en avait envie. Très, très envie.

Alors qu'elle tendait la main vers sa braguette, il l'arrêta d'un geste.

— Regarde-moi, Justine.

Elle obtempéra, ne sachant trop où il voulait en venir.

— Je te taquine, j'insiste un peu, mais rien ne t'oblige à faire cela. Tu peux arrêter quand tu veux.

Sa considération la toucha. C'était attentionné, et cependant inutile. Elle décida de le taquiner à son tour.

— Tu veux dire que tu n'en as pas envie ?

Il écarta la main.

— Oh que si, j'en ai envie ! Tu n'imagines pas à quel point.

Jack retint son souffle. Elle allait vraiment le sucer dans la voiture ? Cette idée lui flanquait le vertige. C'était incroyable, et d'un érotisme torride.

Bien que manquant visiblement de pratique, elle déboutonna son pantalon et son caleçon en quelques minutes. Jack se figea, en proie à un désir qui l'électrisait de la tête aux pieds. Puis elle referma une main ferme et sûre sur son sexe, se pencha et déposa sur l'extrémité un baiser plus léger qu'une plume.

— Comment peut-il être si dur et si doux à la fois ? murmura-t-elle.

— C'est un de ses nombreux tours. Continue, ma belle, et tu verras de quoi il est capable.

Elle le considéra d'un regard malicieux.

— Mmm, je suis pressée de le découvrir.

Sur ce, elle lui appliqua un long coup de langue. Jack ravala un hoquet. Voir la bouche de Justine sur son sexe aurait presque suffi à le faire jouir.

— Encore.

La langue s'attarda sur le gland, puis longea le bourrelet sensible et descendit le long de sa virilité. Là, elle s'humecta les lèvres, et le prit dans sa bouche. Une délicieuse chaleur l'enveloppa, il renversa la tête, se cogna contre la cloison.

— Bonté divine, tu n'as pas idée de ce que c'est bon.

Elle manifesta son plaisir d'un murmure qui le transperça. En grognant, il agrippa le bord du siège et se retint de donner un coup de reins pour s'enfoncer dans sa bouche. Elle se mit alors à bouger, sa tête montant et descendant au rythme de ses succions. Il aurait tellement voulu voir son visage, ses lèvres refermées sur son sexe. En l'occurrence, il ne voyait que le dessus de sa tête et sentait sa bouche s'activer. Elle allait et venait à un rythme sage, caressant du bout de la langue le point sensible, à la base du gland. Putain qu'il aimait ça.

Sa petite bienfaitrice suçait à la perfection.

Cela n'aurait pas dû le surprendre. Quoi qu'elle fasse, Justine s'appliquait. Elle donnait sans compter. Et lui, sans vergogne, il prenait.

— J'aime bien ton goût, avoua-t-elle presque timidement.

Cet aveu fit grimper son excitation d'un cran. Il donnerait n'importe quoi pour que ça dure, roulerait durant des heures à travers la ville pendant que la bouche de Justine lui prodiguait du plaisir. Mais c'était trop bon, et il avait des projets plus… aboutis pour ce soir. Du reste, ils étaient presque arrivés à Bond Street.

Il se souvint de sa réaction lorsqu'il lui avait parlé. Visiblement, elle avait aimé qu'il soit un peu autoritaire.

Lui aussi aimait cela.

— Enroule les doigts à la base, ordonna-t-il. Et serre.

Elle s'exécuta.

— Plus fort, ma belle.

Elle obéit, et il renversa la tête.

— Bon sang, c'est parfait. Maintenant, caresse l'extrémité. Avec ta langue, passe sur…

Il ne termina pas, elle avait parfaitement compris ce qu'il voulait. Du bout de la langue, elle taquina le point sensible, et il sentit l'orgasme monter, la vague de plaisir le tétaniser.

— Je vais exploser si tu continues.

— C'est l'objectif, non ? demanda-t-elle en s'écartant brièvement, avant de reprendre avec enthousiasme et ardeur.

Ce fut trop.

Lâchant une bordée de jurons, il crispa les mains sur la banquette en velours, pantelant. Le plaisir atteignit son paroxysme, le sang pulsa dans son sexe. Tous ses muscles se tendirent, la déferlante l'emporta.

— Je jouis, lâcha-t-il dans un grognement.

Plutôt que de s'écarter, elle le serra plus fort encore. Jack se contracta, secoué par les spasmes du plaisir tandis qu'il se répandait dans sa bouche. Il perdit toute notion du temps, se mit à trembler. Peut-être cria-t-il.

Ce fut terminé rapidement, mais il fut incapable de bouger. Justine s'écarta, déposa sur l'extrémité hypersensible un dernier baiser qui l'aurait fait bondir s'il avait été en état de faire quoi que ce soit. Il l'entendit rire.

— Je dois m'inquiéter si tu t'endors ?

— Non, mais j'ai besoin d'une minute avant de pouvoir reprendre mes esprits.

Elle se redressa, s'assit à côté de lui.

— J'ai trouvé cela amusant.

— Hmm. Amusant, en effet, dit Jack, pas sûr de s'en remettre. Je n'avais pas joui aussi vite depuis l'adolescence.

— Vraiment ?

— Oui. Tu es surprenante.

— En bien, j'espère.

Il ouvrit les yeux et se pencha pour embrasser les lèvres douces et légèrement gonflées de Justine.

— Évidemment.

Des lumières, dehors, attirèrent son attention, et il reconnut les clochers de Grace Church.

— Qu'est-ce qu... ?

Il se rajusta en hâte, boutonna son pantalon, et frappa sur la cloison de la voiture.

— Où diable vas-tu ? cria-t-il à Rye. Qu'est-ce qu'on fait sur Broadway ?

— Ne sois pas en colère contre lui, dit Justine. Je lui ai demandé de me ramener chez moi. Il faut que je rentre.

— Chez toi ? Mais pourquoi ?

— Mes sœurs me surveillent plus attentivement que je ne le croyais. Et je préférais ne pas risquer de subir un interrogatoire en rentrant tard.

— Dommage. J'avais des projets pour toi ce soir.

— Il va falloir que tu les remettes à un après-midi, j'en ai peur.

Il s'imagina la baisant à la lumière du soleil filtrant à travers les rideaux, une brise légère soufflant dans la chambre... et sa déception s'amenuisa un peu.

— Qu'est-ce qu'elles t'ont dit ?

— Rien qui vaille la peine qu'on en discute.

Il l'attira contre lui, l'installa sur ses genoux. Leurs corps s'imbriquaient parfaitement. Il aimait la tenir dans ses bras, sans doute plus qu'il n'aurait dû.

— Ça en vaut la peine si cela te contrarie.

Elle posa la tête sur son épaule.

— Elles pensent que je ne suis pas de taille face à toi. Que tu vas me faire du mal.

Mme Tripp pouvait peut-être le croire, en revanche Florence le connaissait suffisamment pour ne pas abonder dans ce sens.

— Jamais je ne te ferais de mal, ma belle. Je préférerais me scier le bras avec une lame rouillée.

— J'ai eu beau leur dire que je ne risquais absolument rien, elles refusent de me croire. Marion m'a prévenue que si je ne cessais pas de te voir, elle en informerait nos parents.

Jack serra les dents, mais se força à parler calmement.

— C'est un peu hypocrite de sa part, non ? Frank Tripp n'était pas en odeur de sainteté quand ils se sont rencontrés.

— C'est exactement ce que je lui ai répondu. Et Clay n'était pas un ange non plus. C'est ridicule.

Bel euphémisme. Clayton Madden était comme Jack, le charisme et la beauté en moins. Et il avait renoncé à son empire pour Florence Greene.

— Je n'ai pas peur de ton père, si c'est ce qui te tracasse.

— Moi non plus. Au pire, ils m'enverront dans un couvent en Europe. Ce ne serait pas si terrible.

— Tu trouves ?

Pour lui, c'était l'enfer sur terre.

— Ils ont beaucoup d'activités de bienfaisance. Sans parler du fait que ce sont des endroits calmes et souvent magnifiques. J'y ai déjà pensé.

— Tu as envisagé d'entrer au couvent ? De prendre le voile et faire vœu de célibat ?

— Pourquoi es-tu si surpris ? Je n'ai découvert que très récemment ce que je raterais.

Il ne reprochait pas aux femmes de répondre à l'appel du Très-Haut, mais Manhattan sans sa petite bienfaitrice ? C'était impensable.

Lentement, il entreprit de lui retrousser ses jupes.

— Qu'est-ce que tu fais ? demanda-t-elle repoussant ses mains.

— J'envisage de te faire jouir au moins une fois pendant ce trajet. Uniquement pour te montrer un peu plus précisément à quoi tu renoncerais, bien sûr.

— Oh ! Dans ce cas, montre-moi, dit-elle en le lâchant.

Jack passa le reste du trajet avec la main entre ses cuisses, s'efforçant de lui prouver que le célibat n'était décidément pas pour elle.

17

Justine frappa à la porte du salon n° 25 du Hoffman House Hotel. Des voix masculines lui parvenaient, et le ton était plutôt à la dispute. Elle attendit quelques instants, frappa de nouveau. La porte s'ouvrit, un homme apparut, l'air contrarié.

— Oui ? Qu'est-ce que c'est ?

— Nous aimerions parler à M. Keller.

— Qui êtes-vous ?

— Je suis Mlle Greene, et voici Mme Frank Tripp.

L'homme détailla Justine et Marion.

— Un instant.

Il referma le battant.

— Je te préviens, tu me devras au moins dix services après cela, murmura Marion.

Justine leva les yeux au ciel.

— Entendu. Tout ce que je te demande, c'est de me laisser parler.

Le Hoffman House Hotel était l'un des plus renommés de la ville. Tous les acteurs célèbres et les ducs anglais y descendaient. C'était aussi le lieu où les huiles de Tammany Hall se réunissaient pour discuter combines et autres manigances qui leur permettaient de garder la mainmise sur les milieux économiques et politiques de la ville de New York.

Un des avocats travaillant au bureau d'aide juridique avait appris à Justine que M. Keller, le numéro deux de Tammany Hall, supervisait le recrutement de tous les membres de la police de New York, et que par ailleurs, il se rendait tous les jours au Hoffman House pour un long déjeuner d'affaires.

Justine n'avait même pas essayé d'obtenir un rendez-vous. Keller ne le lui aurait sans doute pas accordé. Le prendre par surprise, sans lui laisser le temps d'argumenter, lui semblait un meilleur gage de réussite.

— Je n'aime pas quand tu fais des mystères, souffla Marion.

Justine ne lui avait rien dit. D'abord, sa sœur aurait tenté de la dissuader de venir. Ensuite, elle en aurait parlé à Florence, qui aurait tenté de la dissuader à son tour.

Pour autant, elle ne voulait pas venir seule. Keller aurait pu se méprendre. Elle faisait fi des convenances pour les besoins de ses activités dans les quartiers populaires, mais parfois, tenir son rôle d'héritière pouvait avoir des avantages.

Aujourd'hui, Mlle Justine Greene, fille de Duncan Greene, était là pour faire part de son souhait d'entrer dans la police métropolitaine de New York.

Elle avait d'abord envisagé de demander à Jack de l'accompagner, pour y renoncer presque aussitôt. Elle n'avait pas besoin de lui. Pendant des années, elle avait pris ses décisions et agi seule ; ce n'était pas parce qu'il l'embrassait de temps en temps qu'elle pouvait le déranger au moindre problème. Il en avait probablement des dizaines, et bien plus importants, à régler chaque jour, il n'était donc pas question d'ajouter les siens à son fardeau.

Où en étaient-ils de leur relation ? Ils n'en avaient pas encore discuté. Elle l'aimait bien – beaucoup, même –, mais ce n'était qu'un ami. Il n'avait pas demandé à être davantage, du reste, et elle ne se sentait de toute façon pas prête pour une relation sérieuse. Dans quelques années peut-être. Pour le moment, ils s'amusaient beaucoup ensemble, se faisaient du bien... et elle ne cherchait rien d'autre. Les grandes décisions, ce serait pour plus tard.

— Détends-toi, dit-elle à sa sœur en lui coulant un regard oblique. Nous ne courons aucun danger.

— Cela concerne encore un de tes dossiers du bureau d'aide juridique ?

— Pas directement.

— Rappelle-moi de t'étrangler quand on rentrera. C'est la dernière fois que j'accepte de t'accompagner quelque part sans savoir...

La porte s'ouvrit et le même homme reparut.

— Entrez.

Elles pénétrèrent dans le salon privé, où six hommes étaient réunis. Les cigares furent écrasés dans les cendriers, les verres de whisky mis de côté. Tous se levèrent, mais un seul s'avança. Petit, barbu, les yeux sombres.

— Mademoiselle Greene, madame Tripp. Je suis M. Keller.

Justine alla à sa rencontre et lui tendit la main. Keller la serra.

— Merci de nous recevoir.

— Il est rare que des jeunes femmes comme vous demandent à être reçues. Asseyez-vous, je vous en prie.

Les cinq autres hommes ainsi que celui qui avait ouvert la porte se retirèrent. Justine et Marion prirent place, imitées par Keller.

— En quoi puis-je vous être utile, mesdames ?

Justine se lança.

— Je travaille avec ma sœur, Mme Tripp, et mon beau-frère, pour le bureau d'aide juridique du Lower East Side.

— Je suis au courant, dit-il. Vous vous êtes même fait un nom dans ce domaine. Et je connais Frank Tripp depuis longtemps.

Marion ne parut pas étonnée. Tout le monde connaissait Frank Tripp.

— Avant cela, reprit Justine, j'ai passé beaucoup de temps dans les quartiers populaires, en travaillant dans diverses œuvres de bienfaisance et autres organisations charitables. Bien que j'aie rencontré quelques succès, obtenir des résultats durables s'est avéré difficile sans le soutien des autorités.

— Ce n'est pas mon impression. On parle de vous comme d'une faiseuse de miracles.

— C'est généreux, mais loin de la vérité. Je pourrais faire bien davantage si j'avais un statut plus officiel.

— C'est-à-dire ?

— J'aimerais entrer dans la police. Porter un insigne, enquêter et être autorisée à procéder à des arrestations.

Marion se figea, mais ne dit rien, Dieu merci. Keller se caressa la barbe sans quitter Justine des yeux.

— Je ne comprends pas. Je me suis laissé dire que vous travailliez avec Mulligan.

Justine ouvrit la bouche, la referma. D'où Keller tenait-il cette information ?

— Je ne suis pas... Je veux dire, nous ne travaillons pas ensemble. M. Mulligan et moi-même avons récemment collaboré sur quelques dossiers. Qui ont été résolus, et clos.

— Ah. Et Mulligan voit les choses sous le même angle ?

Elle fronça les sourcils, ne sachant trop en quoi cela avait de l'importance.

— Je le crois. Et de toute façon, cela n'a rien à voir avec la requête qui m'amène aujourd'hui.

— Rien à voir... Pas tout à fait. Mais laissons cela de côté pour l'instant. En dehors des gardiennes de prison, il n'y a aucune femme dans les rangs de la police, vous le savez.

— Je le sais, oui. Pourtant, un grand nombre de dossiers pourraient être traités exclusivement par des femmes et...

— Ce que vous suggérez priverait des hommes de travail, des hommes qui ont charge de famille. Qui avez-vous à charge, exactement, mademoiselle Greene ?

— Là n'est pas la question.

Keller secoua la tête, comme si Justine était une enfant incapable de comprendre les adultes présents dans la pièce.

— Bien au contraire. C'est précisément la question. Vous souhaitez prendre la place d'un homme qui ne dispose ni des ressources ni des privilèges de votre famille, et que vous condamneriez au chômage.

— Certaines affaires sont classées sans suite parce que la police n'a ni les moyens ni la capacité de les traiter.

— Par exemple ?

— Les maris qui abandonnent leur femme. Les ateliers qui exploitent les femmes et les enfants.

Keller pinça les lèvres.

— Vous prétendez en savoir plus que moi en matière de droit du travail, mademoiselle Greene ? Nous sommes pourtant chargés de superviser les syndicats dans cette ville. Nous n'en faisons pas suffisamment pour vous ?

L'entretien tournait à l'aigre. De toute évidence, Keller ne comprenait pas sa requête.

— Et les maris qui abandonnent leur femme ?

— Il s'agit là d'affaires strictement privées, dans lesquelles la police n'a pas à mettre son nez.

Justine sentait monter sa colère. D'ordinaire, garder son calme n'était pas un problème, mais face à Keller, elle avait envie de bondir et de hurler.

Marion dut le sentir, car elle choisit ce moment pour intervenir.

— Monsieur Keller, ma sœur ne suggère pas de supplanter un officier de police déjà en place. Elle demande qu'on l'autorise à se joindre aux forces déjà existantes.

— Madame Tripp, sauf le respect que je vous dois, et que je dois à votre mari, les hommes dont on parle ici ne seraient pas d'accord pour travailler avec une femme. Ils font un travail souvent dangereux. Comment voulez-vous qu'ils assurent la sécurité de nos concitoyens s'ils doivent par-dessus le marché se préoccuper d'une hystérique dans leurs rangs ?

— Qui vous dit qu'il faudrait s'en préoccuper ? Peut-être que Justine est capable de se débrouiller seule. Je l'ai vue affronter des situations compliquées dans toute sorte de quartiers défavorisés, et pas une seule fois elle n'a frôlé l'hystérie.

— Servir la soupe populaire et distribuer des tracts, ce n'est pas exactement la même chose que faire le travail d'un officier de police.

Le ton condescendant de Keller eut raison de son calme.

— C'est vrai. Accepter des pots-de-vin et tourner la tête quand un délit est commis exige des compétences particulières.

L'ère glaciaire s'installa dans la pièce. Le visage de Keller se durcit.

— Je ne suis pas sûr que nos officiers apprécieraient cette façon de décrire leur travail.

Pour calmer le jeu, Justine tenta une autre approche.

— Monsieur Keller, les femmes constituent presque la moitié de la population de cette ville. Nous devrions être représentées parmi les forces de police.

— En effet. Les gardiennes de prison s'en chargent. Sans parler du fait que la plupart des officiers ont des épouses.

— Des épouses ? En quoi cela aide-t-il à la représentation des femmes ?

Keller eut un geste vague.

— Vous voyez ce que je veux dire. Un peu comme Mme Tripp, qui aide son mari au bureau d'aide juridique. Elle donne son avis quand il le lui demande, et lui offre une oreille attentive quand il rentre à la maison fatigué par sa journée de travail.

— Pardon ? s'exclama Marion, dont la voix avait grimpé de huit octaves au moins. Je fais bien plus que lui donner mon avis !

— Je ne voulais pas vous offenser, madame Tripp. Mais enfin, mademoiselle Greene, vous voyez bien que les femmes sont trop émotives pour un tel travail. La police, c'est la science, la logique. Des domaines que les hommes maîtrisent plus naturellement.

Il se leva, fourra les mains dans ses poches.

— Avec le temps, vous comprendrez que cela vaut mieux pour tout le monde.

Justine se leva à son tour, l'air abattu. Marion semblait à un cheveu d'arracher la barbe de Keller. Justine lui adressa un regard d'avertissement avant de se tourner une dernière fois vers leur interlocuteur.

— Pourriez-vous au moins en discuter avec l'inspecteur Ellison, au siège de la police ? Nous avons collaboré sur un certain nombre de dossiers, et il pourra vous parler de mon expérience.

L'expression de Keller ne changea pas.

— Ce ne sera pas nécessaire. Je ne peux pas vous faire entrer dans la police. Ni moi ni Tammany Hall n'y gagnerions quoi que ce soit, sinon le mécontentement de toute la police de la ville.

— Tu vois, c'était une perte de temps, déclara Marion à sa sœur. Allons-y.

Justine soupira, les yeux rivés au sol, tandis qu'elle cherchait un autre angle d'approche. Comment lutter contre ces idées antédiluviennes sur les femmes et le travail ? Elle et ses semblables étaient-elles donc condamnées à être secrétaires ou vendeuses dans les grands magasins ?

— Vous vous trompez, monsieur Keller. Des femmes et des enfants souffrent dans cette ville, et personne ne s'occupe d'eux. Un jour – bientôt, j'espère –, nous obtiendrons le droit de vote, et ce jour-là, les hommes devront répondre de leur attitude envers nous.

— Ne le prenez pas mal, mais je pense qu'il gèlera en enfer avant, répondit Keller avec un petit sourire. Madame Tripp, ajouta-t-il en s'inclinant, mes amitiés à votre époux. Et mademoiselle Greene, saluez Mulligan de ma part.

Justine se dirigea vers la porte. Elle ne saluerait pas Jack de sa part. En revanche, elle irait le voir… et ce qui suivrait risquait de ne pas plaire à Keller.

— Je recompte, si ça ne t'ennuie pas, dit Jack au gamin envoyé par O'Shaughnessy.

Whip ne dit rien, et le fixa d'un air plein de ressentiment. Jack faillit soupirer. *Les jeunes d'aujourd'hui, plus aucun respect…*

Il ouvrit la sacoche apportée par Whip. Elle contenait plusieurs liasses de billets. Y avait-il le compte ? Si O'Shaughnessy pensait qu'il allait accepter ne serait-ce qu'un cent de moins que ce qui avait été dérobé, il se fourrait le doigt dans l'œil.

— Assieds-toi, Whip. Cooper va t'apporter à boire. Je ne devrais pas en avoir pour longtemps.

Personne ne comptait l'argent plus vite que Jack.

Cooper ne lui donna pas le choix, et servit un whisky, qu'il posa sur le bureau. Jack se mit à compter, Rye adossé au mur derrière lui. Personne ne disait mot. Personne ne bougeait en dehors de Jack. La tension était palpable, la situation pouvait déraper à tout moment. Jack essaya de ne pas y penser pendant qu'il comptait.

Parce que franchement, il ne souhaitait pas que la guerre éclate entre O'Shaughnessy et lui. Il répondrait à la provocation sans hésiter, quoique à contrecœur. Le Jack d'autrefois, d'il y avait seulement quelques mois même, aurait accueilli cette perspective avec enthousiasme. Cependant, faire la guerre à O'Shaughnessy, c'était risquer de perdre tout ce qu'il avait bâti, et de mettre en danger tous ceux qui l'entouraient. Parmi eux, une petite bienfaitrice aussi ravissante que fascinante.

O'Shaughnessy n'hésiterait pas une seconde à se servir de Justine pour l'atteindre. Et Dieu sait ce dont il était capable. S'il lui arrivait quelque chose, Jack ne se le pardonnerait pas. Rien que d'y penser, il en frémissait.

Il devait la protéger quoi qu'il arrive. Si les choses tournaient mal avec O'Shaughnessy, il lui ferait quitter la ville quelque temps. Cela risquait de ne pas lui plaire, mais il ne lui laisserait pas le choix. Un court séjour dans un couvent, peut-être, un endroit tranquille où la laideur de son existence n'atteindrait pas Justine. Comment pourrait-elle refuser cela ?

Si O'Shaughnessy était du même bois que Jack, son projet de prise de contrôle du territoire devait déjà être lancé. Jack allait devoir mettre toute son équipe sur le coup, et dépêcher ses informateurs un peu partout pour tâcher d'en savoir plus. Attendre de voir tout en laissant Justine vaquer à ses occupations était tout bonnement inenvisageable. Il fallait amputer avant que la gangrène se répande.

Pourquoi les décisions que tu prends tournent-elles toutes autour de Justine ces derniers temps ?

Il ignora cette petite voix. Mettre Justine en sécurité était une évidence. Sa tranquillité d'esprit en dépendait. Pareil pour la maison de Bond Street et les comptes bancaires dont personne ne connaissait l'existence. C'était grâce à ces choses-là qu'il dormait la nuit.

Il reposa la dernière liasse et se leva.

— C'est bon. Tu peux y aller, Whip. J'espère que tu as passé un aussi bon moment que moi.

Sans un mot, le gamin se leva et se dirigea vers la porte. Jack leva la main, et Cooper lui bloqua aussitôt le passage. D'un pas tranquille, Jack rejoignit Whip, et referma la main sur son épaule.

— Dis à O'Shaughnessy qu'il vaudrait mieux pour lui que cela ne se reproduise pas, articula-t-il d'une voix sourde.

Whip se tendit, mais ne répondit pas. Alors que Jack le lâchait, la porte du bureau s'ouvrit et heurta Cooper dans le dos.

— Oh, pardon ! fit une voix féminine. Toutes mes excuses, je ne vous avais pas vu.

Justine.

Que faisait-elle ici ? Et surtout, comment était-elle arrivée jusqu'à son bureau sans être annoncée ?

Cooper s'écarta et Justine entra. Elle balaya la pièce du regard.

— Bonjour, dit-elle poliment à Whip.

Celui-ci ne répondit pas, et détala dans le couloir. D'un coup d'œil, Jack ordonna à Cooper de le suivre. Il n'était pas question qu'un ennemi se promène librement dans le club, surtout avec Justine dans les murs.

— Va voir qui est à l'entrée, dit-il à Rye avec un regard entendu.

— C'est à cause de moi ? s'enquit Justine. Parce que je suis passée par les cuisines, en fait.

Jack se rembrunit. C'était pire.

— Je m'en occupe, déclara Rye en hâte avant de se retirer.

Enfin seul avec Justine, Jack put se concentrer sur elle. La jupe marron et le chemisier blanc étaient pratiques, et d'une banalité à mourir, pourtant il trouva la jeune femme adorable.

— Je suis content de te voir, mais pourquoi les cuisines ? Tu croyais qu'on ne te laisserait pas passer par l'entrée principale ?

— Je ne voulais pas que le monde entier soit au courant de ma visite, répondit-elle en baissant les yeux.

Ses pommettes s'étaient teintées d'un rose absolument délicieux.

Que se passait-il ? S'il ne l'avait pas connue, il aurait dit qu'elle était gênée. Et pourquoi tenait-elle à ce que sa présence au club demeure secrète ?

Et soudain, il comprit. Était-elle venue pour l'après-midi de plaisir qu'ils avaient évoqué ? Un frisson de désir le parcourut, se logea dans son bas-ventre. Il ne s'attendait pas que cela arrive si vite ; cela dit, il était prêt, et plus que bien disposé.

Il la rejoignit, glissa la main autour de sa taille et l'attira à lui. Elle était parfaite, toute en douceur et courbes féminines. La sentir contre lui l'apaisa. Il cessa de penser ennuis, argent et problèmes à régler. Il ne se concentra plus que sur elle, sur le pouls qu'il voyait palpiter à la base de son cou, sur les mèches soyeuses qui encadraient son adorable visage. Il se pencha, approcha sa bouche de la sienne.

— Et si nous allions à Bond Street, ma belle ? Où je pourrais t'écarter les jambes et te lécher jusqu'au coucher du soleil ?

— Oui, souffla-t-elle, avant de sembler se ressaisir. Je veux dire… non.

— Non ?

— Non, ce n'est pas pour cela que je suis ici. Enfin... si, peut-être... après. Il faut qu'on parle, d'abord.

— Et de quoi veux-tu parler ?

— Est-ce que... On s'assoit ?

Elle semblait hésitante, et ce n'était pas dans ses habitudes. De toute évidence, quelque chose lui échappait.

— Bien sûr. Tu veux boire quelque chose ?

— Je veux bien. La même chose que toi.

Elle prit place dans un fauteuil, et arrangea ses jupes avec soin.

Ce qui n'était pas dans ses habitudes non plus. D'ordinaire, elle était sûre d'elle, et exposait ses intentions sans détours. Il leur servit deux verres de bière, qu'il posa sur son bureau.

— Tiens, dit-il en se laissant tomber dans le fauteuil à côté d'elle. Essaie ça. C'est une des bières que j'espère pouvoir vendre dans tout le pays.

Justine s'empara d'un verre, but une gorgée. Une fine moustache de mousse se déposa sur sa lèvre supérieure ; elle l'effaça d'un coup de langue. *Bon Dieu, cette langue. Elle me manque...*

— Elle est bonne, dit-elle. Et pourtant, je n'aime pas beaucoup la bière d'habitude.

Jack sourit, et but à son tour. C'était ce genre de réaction qui lui confirmait ce dont il se doutait déjà : cette bière allait les rendre très riches, lui et ses associés.

— Bien, je t'écoute. À quoi dois-je le plaisir de ta compagnie cet après-midi ?

Elle posa son verre. Croisa les mains sur ses genoux.

— J'ai besoin que tu me rendes un service.

Doux Jésus, ces mots... Le plaisir inouï qu'il éprouvait à les entendre sortir de la bouche de Justine aurait dû lui faire honte. Jusque-là, il l'avait amadouée et avait marchandé avec elle. Or là, elle venait lui demander de l'aide, purement et simplement. Ils avaient franchi une étape, et cette victoire l'emplissait d'aise.

Il dut faire un effort pour afficher une expression impassible.

— De quoi s'agit-il exactement, mon ange ?

— Je veux devenir la première femme inspecteur de la police de New York.

— Tu plaisantes, j'espère, dit-il en se levant. Si tu veux, nous pouvons prendre le passage souterrain pour aller chez moi, ou…

Elle l'arrêta, la main sur son bras.

— Je ne plaisante pas.

Il se rassit, avala une autre gorgée de bière, cherchant comment formuler sa réponse.

— Je me rends compte que, venant de moi, ces mots peuvent sembler ridicules, commença-t-il, mais ces gens sont des criminels, et de la pire espèce, qui plus est. Ils sont tous corrompus jusqu'à la moelle, tu ne peux pas avoir envie de rejoindre leurs rangs.

— Ce ne sont pas tous des criminels. Et quand bien même ce serait le cas, moi, je resterais honnête. Je pourrais faire beaucoup pour les femmes et les enfants de cette ville.

— Tu *fais* déjà beaucoup pour eux. Tu n'arrêtes pas de faire le bien autour de toi.

— Tu ne comprends donc pas ? Si j'avais un insigne et une vraie autorité, je n'aurais plus besoin de…

Elle s'interrompit, et il comprit enfin. La déception lui broya le cœur.

— Tu n'aurais plus besoin de moi, se força-t-il à déclarer.

— Ce n'est pas ce que je voulais dire. Je n'aurais plus besoin de personne. Ni de l'inspecteur Ellison ni de mon père. Pas même de mon beau-frère. Je pourrais vraiment faire changer les choses.

Il en doutait, mais ne releva pas. N'avait-elle pas passé suffisamment de temps avec lui pour savoir comment cela se passait à New York ?

— Je te l'ai déjà dit, ce ne sont pas les flics qui font changer quoi que ce soit dans cette ville.

— Ce ne sera pas toujours le cas. Tu ne penses pas que la police gagnerait à recruter des femmes, qui se chargeraient des dossiers sur lesquels les hommes refusent d'enquêter ?

Il pensa à M. Bay, et à l'atelier de confection, à von Briesen et à Gorcey.

— Le genre de dossiers dont tu t'occupes déjà ? C'est ce que tu veux dire ?

— Oui.

— Si tu crois qu'un insigne de police forcera le respect et te facilitera la tâche, je suis désolé de te décevoir, mais tu te trompes.

— Je ne crois pas. J'ai vu comment les gens réagissaient face à Ellison, et comment la perspective de la prison donnait du poids à ses menaces.

— Sauf que tu n'es pas Ellison.

— Je sais, il n'empêche que ce serait quand même mieux que ce que j'ai aujourd'hui. Autrement dit rien.

« Non, eut-il envie de répliquer. Tu m'as, moi. »

Mais comment le lui dire alors qu'elle venait d'affirmer vouloir se débarrasser de lui ? Et O'Shaughnessy qui cherchait à l'éliminer... Mieux valait pour Justine qu'elle s'en aille et ne revienne jamais.

Il n'allait toutefois pas la laisser partir. Pas tout de suite, du moins. Ils n'en avaient pas fini l'un avec l'autre.

Il se leva et alla jusqu'à son bureau. Tout en lui lui soufflait de refuser. De la garder sous son aile. Mais comment ne pas lui donner tout ce qu'elle voulait, même si cela l'éloignait de lui ?

Elle le fixait d'un regard plein d'espoir, comme s'il était capable de l'impossible et pouvait résoudre tous les problèmes. Et il avait l'impression d'être l'homme le plus puissant du monde, un dieu descendu sur terre. Il donnerait tout pour ne pas la décevoir.

Retenant un soupir, il hocha la tête.

— Je parlerai à un certain M. Keller. C'est lui qui s'occupe de ce genre de choses.

— Je sors d'un entretien avec lui.

Jack masqua difficilement sa surprise.

— Tu as rencontré Keller ?

— Il a refusé. Il m'a dit que je prendrais le travail d'un homme qui doit nourrir sa famille. Il était...

— Il était quoi ?

La colère durcissait les traits de Justine.

— Condescendant et horrible. Et tellement suffisant.

C'était bien Keller.

— Et il m'a dit de te saluer de sa part, ajouta-t-elle.

Intéressant. Les gars de Tammany avaient donc eu vent de son association avec Justine. En quoi cela les intéressait-il, mystère... En revanche, Jack était sûr d'une chose, c'est que Keller allait payer pour avoir contrarié sa belle. Sa petite bienfaitrice.

— C'est vraiment ce que tu veux ?

— Oui.

— Alors c'est comme si c'était fait.

Elle en resta bouche bée.

— Juste... comme cela ? Tu n'as pas besoin de parler à Keller ?

— Tu crois vraiment qu'il me dirait non ?

— Non.

Elle eut une moue ironique.

— Et c'est là que tu me dis que j'aurais mieux fait de commencer par t'en parler ?

Il lui tendit la main pour l'aider à se lever et promena son pouce sur sa gorge.

— J'aime quand tu as besoin de mon aide, je ne le nie pas. Mais je déteste revenir sur ce qui a été fait.

Tu as pris la décision qui te semblait être la bonne sur le moment.

Il posa les lèvres sur sa joue, sur la courbe de son front, au coin de ses lèvres… De tout petits baisers pour se réhabituer à son goût et au velouté de sa peau.

— Et je pense que nous devrions discuter d'autres choses, plus intéressantes. Je dois te dire, par exemple, que j'ai très envie de t'emmener dans ma chambre et de t'y faire jouir de nombreuses fois.

Elle se lova contre lui, plaqua les mains sur son torse.

— Je suis tout à fait en faveur d'une discussion de ce genre.

— Alors suis-moi.

18

La lumière chaude de l'après-midi baignait la chambre. Jack la déshabilla lentement, cherchant de toute évidence à la rendre folle. Chaque parcelle de sa peau dénudée semblait être un territoire inconnu qu'il explorait de ses mains, de sa bouche, de ses lèvres. Elle était en feu, la puissance et l'intensité de son désir étaient telles qu'elle tenait à peine sur ses jambes. Lorsqu'il lui retira son corset, elle haletait, le cœur battant à tout rompre.

Lui ne se déshabillait pas, en revanche, et cela l'agaçait. Elle mourait d'envie de le toucher, de laisser courir ses mains sur le corps musclé que dissimulait l'élégant costume. Elle aussi voulait aussi le rendre fou. Lui faire perdre la tête, comme dans la voiture, quand il avait joui dans sa bouche. Cette simple pensée lui fit serrer les cuisses pour tenter de contenir le désir qui lui nouait le ventre.

Sa chemise tomba sur le sol, rapidement suivie par sa culotte. Elle n'eut pas le temps d'être gênée par sa nudité. Déjà, il l'allongeait sur le lit et s'étendait à côté d'elle. Une jambe puissante se glissa entre ses cuisses, le lainage qui la recouvrait frottant là où elle était le plus sensible. Le regard bleu de Jack la parcourut, gourmand.

— Tu es si belle, murmura-t-il en refermant la main sur son sein. J'ai l'impression d'être au paradis.

Se redressant légèrement, elle plaqua sa bouche sur la sienne. Il se figea un court instant avant de lui rendre son baiser, sa main lui soutenant la tête, sa langue s'insinuant entre ses lèvres. Leurs soupirs et leurs gémissements résonnèrent dans la chambre silencieuse tandis qu'elle s'agrippait à lui comme si sa vie en dépendait. Il n'y avait plus ni raisonnement ni pensée, il n'y avait plus que des « oui » et des « encore ».

Entre ses cuisses, le désir se fit plus exigeant. Elle bascula le bassin, impatiente. La cuisse de Jack, qui l'immobilisait, frotta contre la petite crête cachée dans les replis de son sexe. *Oh oui !* Des étincelles traversèrent l'écran de ses paupières closes, et le plaisir explosa au creux de son ventre. De nouveau, elle se cabra, et poussa un cri, s'écartant pour reprendre son souffle.

— Continue, souffla-t-il d'une voix rauque tout contre sa gorge. Sers-toi de ma jambe pour te faire jouir.

D'une main posée sur sa hanche, il l'encouragea à se frotter encore contre lui, puis lécha la pointe de son sein avant de l'aspirer dans sa bouche. Chaque succion décuplait son excitation, et résonnait jusqu'aux tréfonds de son être. Elle cessa de penser et ondula contre lui, de plus en plus vite, pour satisfaire le désir animal qui la traversait.

Quand elle ralentit, il prit le relais, fit aller et venir sa jambe entre ses cuisses, jusqu'à ce qu'elle se mette à trembler. Un long gémissement monta de sa gorge quand l'orgasme la secoua. Elle eut l'impression de flotter dans les limbes du plaisir. Et lorsque enfin elle redescendit sur terre, elle s'émerveilla de la rapidité avec laquelle elle avait joui. Jack l'avait à peine touchée.

— Je n'ai jamais rien vu de plus excitant, murmura-t-il avant de l'embrasser avec ardeur. Je ne m'en lasserai jamais. J'ai hâte que tu recommences.

Sa réaction dissipa l'embarras qu'elle aurait pu ressentir.

— Une autre fois. Maintenant, c'est à moi de t'explorer.

Elle voulut le faire rouler sur le dos afin de le déshabiller.

— Pas tout de suite, dit-il en lui mordillant le lobe de l'oreille. J'ai envie de te goûter d'abord. De te faire jouir sur ma langue.

Oh oui ! Elle avait très envie de cela, elle aussi. Jack était tellement doué avec sa bouche. Aujourd'hui cependant, il s'agissait d'autre chose, d'un tournant.

Un tournant auquel elle pensait depuis quelque temps déjà.

— Jack, déshabille-toi. S'il te plaît. Je voudrais… Je veux te sentir en moi.

Il la dévisagea sans ciller.

— Tu es sûre ? Il y a plein d'autres façons de se donner du plaisir l'un à l'autre. Nous ne sommes pas obligés de…

— J'en ai envie. Vraiment. À moins que tu n'en aies pas envie, toi.

Elle ne s'était pas posé la question, mais après tout, il était possible qu'il ne veuille pas.

— Il y a quelqu'un d'autre ? risqua-t-elle.

— Non, Justine ! Il n'y a absolument personne. Et j'ai envie de te baiser à un point que tu n'imagines même pas. Je veux juste que tu sois sûre de toi.

Il ne s'embarrassait pas d'élégants euphémismes, c'était le moins qu'on puisse dire. Pour quelqu'un d'aussi charmeur, il parlait très crûment. Et elle aimait cela. Si toute la ville le craignait, elle le voyait comme son preux chevalier. Son armure avait beau avoir subi quelques dommages, elle demeurait impénétrable.

Elle avait confiance en lui. Il la protégerait, la défendrait. Pourfendrait les dragons qui la menaceraient. Quoi que leur réserve l'avenir, elle ne regretterait pas d'avoir partagé son lit.

Elle lui caressa la joue, et ne chercha pas à masquer son émotion.

— M'as-tu déjà vue hésiter à propos de quoi que ce soit ?

Il laissa échapper un petit rire ; il était si beau et si insouciant que son cœur manqua un battement.

— Non, jamais. Tu sais ce que tu veux. Il ne s'agit pas de me récompenser pour avoir accepté d'intercéder auprès de Keller, j'espère ? dit-il, retrouvant soudain son sérieux.

L'idée ne lui était même pas venue à l'esprit.

— Non ! Absolument pas ! Jamais je ne...

Coucherais avec toi en échange de services. Elle ne parvint même pas à formuler à voix haute cette hypothèse infamante.

— C'est bien ce que je pensais, mais certaines ont déjà essayé, alors... Pardonne-moi. L'espace d'un instant, j'ai oublié que j'avais dans mon lit la femme la plus noble et digne de confiance de la ville. Écarte les cuisses pour moi, ma belle.

Elle s'exécuta en s'efforçant de ne pas penser aux femmes qui l'avaient précédée. Il caressa sa fente, et elle oublia tout le reste. Quand il introduisit un doigt en elle, une flèche de pur plaisir la traversa.

— Tu ne te déshabilles pas ? demanda-t-elle après avoir recouvré ses esprits.

— Pas tout de suite. Il faut d'abord que je te prépare.

De la langue, il joua avec l'un de ses tétons, tandis que son doigt allait et venait, étirant l'étroit passage.

Les sensations combinées de sa langue et de son doigt étaient stupéfiantes. Mieux que cela, même.

— Je suis prête, lâcha-t-elle dans un souffle.

Elle le sentit sourire contre son sein.

— Pas tout à fait. Je m'en voudrais de te faire du mal.

« Vite, vite, vite, dépêche-toi ! » faillit-elle lui ordonner.

Elle n'en fit rien, et se concentra sur les boutons de son gilet, qu'elle défit à la hâte. D'un mouvement leste, il se débarrassa du vêtement. La cravate, les boutons de manchettes, le col suivirent… Il était capable de se concentrer sur plusieurs choses à la fois, et se déshabilla sans cesser de la lécher et de la caresser. Si elle n'avait pas été aussi impatiente, elle aurait été impressionnée.

Il s'écarta le temps d'ôter sa chemise, et glissa deux doigts en elle.

— Tu es trempée, et brûlante. Et tellement étroite. Je te désire comme jamais je n'ai désiré personne.

— Viens, maintenant, lâcha-t-elle, le souffle court. S'il te plaît, Jack.

Ignorant sa supplique, il lui mordilla la pointe d'un sein avant de l'apaiser d'un coup de langue. Elle gémit, impuissante.

Un troisième doigt entra en elle, et elle se cambra, s'efforçant d'atteindre ce plaisir qui la fuyait. Il effleura son clitoris et elle s'arc-bouta sur le lit, les yeux clos, au sommet de la déferlante.

— Oooh, mon Dieu !

Elle y était presque.

Il retira ses doigts, et entreprit d'ôter son pantalon. Ses gestes étaient précis, efficaces. Puis il s'installa entre ses cuisses, les écartant un peu plus encore de ses jambes puissantes, et déboutonna son caleçon. Elle le regarda faire, pressée de sentir, de toucher ce corps athlétique.

Les yeux rivés au sexe de Justine, il empoigna son sexe en érection et le positionna à l'orée de l'étroit fourreau. L'extrémité disparut entre les replis humides. Alors seulement, il regarda Justine dans les yeux.

— Tu peux encore changer d'avis, tu sais.

— Je suis prête. Je t'en prie, Jack, j'en ai tellement envie.

Doucement, il entra en elle. Il n'y eut aucune douleur, juste un sentiment de plénitude. Il garda les yeux rivés sur l'endroit où leurs corps s'unissaient, le visage empourpré, les muscles saillants sous la fine étoffe... et elle le trouva magnifique.

Et elle voulait le voir nu.

Elle tendit les mains vers les boutons de son sous-vêtement. Il leva la tête et l'arrêta.

— Pas maintenant.

Il préférait rester habillé ?

— J'ai envie de te toucher.

— Et moi, je préfère te regarder pendant que tu te caresses.

— Quoi ? Où ?

Un éclair malicieux brilla dans ses yeux tandis qu'il lui prenait la main.

— Là, dit-il en la posant sur son sexe. Caresse-toi pour moi.

Elle s'embrasa. Elle était censée se caresser... alors qu'il regardait ?

— Avec moi, il n'y a ni bien ni mal. Il n'y a que ce qui te donne du plaisir. Et puis, cela t'aidera à rester mouillée pour ta première fois, ajouta-t-il.

— Oh.

Si cela pouvait aider, comment refuser ? Du bout du doigt, elle caressa le petit bourgeon niché entre les plis de son sexe, que les caresses de Jack avaient rendu plus sensible encore. Elle se cabra malgré elle, le prenant davantage en elle.

Il lui empoigna les cuisses.

— Seigneur, lâcha-t-il entre ses dents, les yeux fermés. J'essaie d'aller doucement, là...

Elle n'avait pas besoin qu'il aille doucement, ni qu'il fasse attention. Elle n'était pas en sucre.

Elle était courageuse et forte, et savait ce qu'elle voulait.

Et bientôt, elle serait la première femme officier de police.

Elle creusa de nouveau les reins, et Jack s'enfonça en elle. Leurs hanches se rencontrèrent. Il respirait laborieusement, les traits tirés par la concentration.

— Bon sang, tu me tues...

Voilà. Il était en elle... et c'était meilleur que tout ce qu'elle avait imaginé. Elle ferma les yeux, se laissa envahir par ce sentiment d'accomplissement. Jack et elle ne faisaient plus qu'un. Il n'y avait pas de douleur, juste la délicieuse sensation d'être comblée.

— Ça va ? demanda-t-il. Parce que là, il faut soit que je bouge, soit que je me retire.

Elle hocha la tête, incapable d'articuler un mot. Il se hissa sur les bras et se mit à aller et venir en elle, doucement d'abord, puis de plus en plus vite.

— Bouge avec moi, dit-il. Tout en te caressant.

Elle obtempéra. La pression monta lentement, mais sûrement. Jack ne quittait pas son visage des yeux, attentif à ses réactions. Quand elle poussa un cri, il émit un grondement, comme si son plaisir à elle nourrissait le sien. Il lui semblait qu'au-delà de la communion physique, Jack habitait son esprit, enveloppait son cœur. C'était la première fois qu'elle éprouvait un tel sentiment de fusion.

Elle était en train de tomber amoureuse de cet homme.

Tout son corps se raidit soudain. La chaleur et la lumière l'emportèrent là où la pensée et la raison n'existent plus. Le corps secoué de spasmes, elle se cramponna à Jack.

— Là, c'est bien, continue, souffla-t-il en plongeant en elle avec plus de vigueur encore. Oui, comme ça. Tu jouis bien, là. Dieu que tu es belle, je voudrais que ça ne s'arrête jamais.

Il rugit soudain et se retira abruptement. De longs jets laiteux atteignirent le ventre de Justine tandis qu'à genoux, le sexe dans la main, Jack allait jusqu'au bout de son plaisir. Puis ses larges épaules tremblèrent, ses traits se détendirent, enfin apaisés.

Seuls leurs souffles haletants brisaient le silence à présent. Justine s'apprêtait à parler lorsqu'il leva la tête.

— Je crois que je n'ai jamais joui aussi fort.

Elle se mordit la lèvre, ravie du compliment.

— Quand est-ce qu'on recommence ?

Cette femme était incroyable.

Cela faisait à peine quelques minutes qu'il avait joui si violemment qu'il aurait pu s'évanouir… et déjà elle voulait qu'ils recommencent ? Il ne s'attendait pas à cela.

Mais au fond avait-il jamais été capable de prévoir ce que Justine ferait ou dirait ?

Affichant un grand sourire, il se rajusta et quitta le lit. Elle était allongée sur les draps, cheveux épars, son adorable petit ventre luisant de sperme. C'était là une vision à laquelle il aurait pu s'habituer. Un homme meilleur que lui aurait éprouvé des remords ou de la culpabilité d'avoir pris son innocence à cette femme. Pas lui. La virginité n'était pas un prix ni une médaille qu'un homme gagnait. Il était tout simplement reconnaissant à Justine d'être dans son lit, expérimentée ou pas.

— Je devrais peut-être te nettoyer avant, dit-il. Ensuite, nous discuterons de l'éventualité d'un second round. Ne bouge pas, ô magnifique créature.

Il gagna la salle de bains, ferma la porte derrière lui. Puis il prit un linge et fit couler l'eau. Elle était gelée. Il déboutonna son caleçon, mouilla le linge et se nettoya en laissant couler l'eau. Une fois rajusté, il prit un autre linge. L'eau était chaude à présent, il le mouilla et retourna dans la chambre.

Justine n'avait pas bougé et le regarda approcher. Il posa un genou sur le lit et essuya sa semence.

— Merci.
— Pour quoi ? demanda-t-il.
— Pour t'être retiré. Nous n'en avions pas parlé avant, et je suis soulagée que tu y aies pensé.
Il lança le linge en direction de la salle de bains, puis s'allongea près de Justine.
— Jamais je n'imposerais à une femme le fardeau d'un enfant non désiré. J'ai grandi dans un bordel. Je suis bien placé pour savoir quelles conséquences cela peut avoir.
Les mots étaient sortis tous seuls. Elle scruta son visage, mais il ne vit aucune pitié dans son regard, juste de la bienveillance.
— Et c'est pour cela que tu refuses d'ouvrir des maisons closes.
Il lui caressa la joue.
— Exactement. Ma mère était une prostituée.
Justine eut un imperceptible froncement de sourcils.
— Ta mère gagnait sa vie comme elle pouvait. C'était son travail, cela ne la définissait pas.
Il se souvint de sa mère lui lisant une histoire le soir. C'était loin, mais il se rappelait le son de sa voix. Durant la journée, elle l'emmenait au port pour regarder les bateaux ou l'étal des poissonniers. Ils allaient aussi chez leurs voisins afin qu'il apprenne l'italien et l'allemand. Elle cherchait toujours à le « stimuler ». C'était une femme intelligente et bonne, qui n'avait malheureusement pas eu le choix quand il avait fallu gagner sa vie.
— Tu as raison, dit-il. C'était une excellente mère.
— Je n'en doute pas un instant. Regarde ce que tu es devenu. Et puis, une femme ne devrait pas avoir honte de vendre des faveurs sexuelles.
Justine roula sur le côté, et il l'attira contre lui. C'était la première fois qu'il câlinait une femme au lit, et il savait déjà que cela lui manquerait.

— Que lui est-il arrivé ? demanda-t-elle en posant la tête sur son épaule.

— Elle est morte. Et comme il n'y avait personne pour s'occuper de mon petit frère et moi, on est parti. Je n'avais pas douze ans.

— Oh, Jack, ça a dû être terrible de perdre ta mère si jeune ! Où êtes-vous allés ?

— Ici et là. Nulle part. On bougeait tout le temps, et on se battait. Quand on est jeune et qu'on vit dans la rue, on ne dort que d'un œil. Je vivais dans la peur constante d'être tué, emmené de force sur un bateau ou violé.

— Que s'est-il passé ensuite ?

— J'ai intégré le gang de Five Points.

— Et la suite, tout New York la connaît.

Il eut un petit rire.

— Pas tout à fait. Il m'a fallu des années pour me faire une place au soleil. J'ai dû gagner la confiance de beaucoup de gens pour qu'ils acceptent de travailler ensemble.

— À t'entendre, c'était facile.

— Pas du tout. Au début, tout le monde était contre. Il y a eu beaucoup de bagarres et de tentatives pour me faire tomber.

Mais il avait survécu. Plus ou moins.

— Tu ne t'inquiètes pas de ce qui se passera d'ici quelques années ?

En permanence.

— Non. Pourquoi ?

— Parce que ce que tu fais est dangereux.

Cette femme était vraiment maligne.

— Disons que j'ai prévu deux trois choses pour l'avenir.

Qui n'avance pas recule.

— C'est vague.

Il sourit et l'embrassa sur le front.

— C'est vrai. Mais ce n'est ni le lieu ni le moment de discuter de mon avenir. Nous devrions plutôt discuter de notre présent. Par exemple, jusqu'à quelle heure peux-tu rester ?

— Encore une bonne heure.

Elle posa la main sur son torse, joua avec les boutons de son sous-vêtement. Lorsqu'elle entreprit de les défaire, il l'arrêta, et roula sur elle.

— Laisse-moi plutôt m'occuper de toi.

Il voulut l'embrasser, mais elle le repoussa.

— Pourquoi refuses-tu que je te voie nu ?

Il hésita. C'était donc si évident ?

— C'est ridic...

— Je t'interdis de dire que c'est ridicule. Tu as dit que tu ne me mentirais jamais, Jack.

Il essaya de sourire.

— C'est ta première fois, et je ne veux pas t'effrayer.

— Pourquoi serais-je effrayée ?

— Tu as déjà vu un homme entièrement nu ?

— Oui.

Il cligna des yeux, pris de court. Elle se mordit la lèvre.

— Pas en personne, mais j'ai vu des statues, et Florence possède des cartes érotiques qui... Bref, il n'y a aucun risque que tu m'effraies.

Oh que si !

Sa main quitta la taille de Justine, parcourut son ventre et descendit plus bas pour s'attarder sur son mont de Vénus. Les yeux mi-clos, elle s'abandonna. Dieu qu'il aimait cette expression sur son visage, ses lèvres gonflées par ses baisers, sa peau moite, son corps détendu après le plaisir. S'il n'avait tenu qu'à lui, il l'aurait gardée ainsi pour l'éternité.

— Tu essaies de me distraire.

Sa remarque le surprit tellement qu'il se laissa repousser sur le dos. Penchée sur lui, elle le scruta, comme si elle essayait de percer tous ses secrets.

— Raconte-moi.

Il se sentit rougir. Pour la première fois depuis des années, il avait honte.

— Je suis couvert de cicatrices, ma beauté. Je ne suis parfait qu'au-dessus du cou.

Sa tentative d'humour ne plut apparemment pas à Justine, qui lui adressa un regard contrarié.

— Je n'ai pas demandé la perfection. Et je ne l'attends pas. Ce que je veux, c'est *toi*.

Il sentit sa gorge se serrer. La vie qu'il avait vécue – violente et précaire – était inscrite sur sa peau. Une peau qu'il évitait de regarder.

— Tu m'as, souffla-t-il.

Justine plongea son regard dans le sien, prit son visage entre ses mains et appuya son front contre le sien.

— Non, je ne crois pas.

Ils restèrent ainsi un moment.

— Fais-moi confiance, murmura-t-elle enfin. Je suis capable de comprendre, Jack.

Il ferma les yeux, ne sachant que faire. Il n'avait pas accordé sa confiance depuis longtemps. Pas de cette façon en tout cas. Mais Justine n'était pas n'importe qui. Elle était la gentillesse et la générosité incarnées, la lumière et la bonté. Elle n'avait jamais jugé sa façon de vivre. Et il lui avait laissé entrevoir des parties de lui-même qu'il n'avait jamais montrées à personne. Alors pourquoi pas ce secret-là ?

Et s'il lui faisait horreur ?

Ce qu'il y a entre nous prendrait fin plus tôt que prévu.

Il n'empêche, il ne supportait pas l'idée de la décevoir. Alors il décida de lui donner ce qu'elle demandait.

Il se dégagea et s'assit sur le lit.

— Méfie-toi de ce que tu souhaites, dit-il en déboutonnant son sous-vêtement.

Elle ne répondit pas, mais il sentit son regard sur lui. Il continua, essayant de ne pas penser à ce qu'elle allait découvrir. Les estafilades mal cicatrisées. Les blessures par balle. Les coups de rasoir. Ça commençait aux genoux, et il y en avait jusqu'aux épaules.

Il se leva, se dévêtit lentement Une fois nu, il fixa le mur juste au-dessus de Justine.

Il l'entendit bouger. Crispé, il se prépara à ce qui allait suivre. Elle allait essayer de lui dire que ce n'était pas si horrible, puis trouver une excuse pour s'en aller. *C'est mieux ainsi.*

Il sentit comme une caresse, plus légère qu'une plume, sur la pire de ses cicatrices, celle en travers de son torse. Retenant son souffle, il demeura immobile. Il sentit une autre caresse, plus bas, sur son abdomen. Sa hanche. Puis jusqu'à son épaule. Des doigts l'exploraient hardiment, sans se laisser intimider par la laideur de son corps.

Son cœur se serra tandis qu'une émotion comme jamais il n'en avait connu montait en lui. C'était à la fois bouleversant et déconcertant. Comment était-il possible qu'elle ne soit pas dégoûtée ?

Les lèvres de Justine suivirent ses doigts, et Jack sentit ses jambes flageoler. Son cœur se mit à battre la chamade tandis qu'elle déposait de doux baisers sur son corps, comme si elle cherchait à refermer toutes ces vieilles blessures.

— Tu es un guerrier, murmura-t-elle. Un survivant. N'en aie jamais honte, Jack.

Le nœud, dans sa gorge, l'empêchait presque de respirer. Avec Justine, il avait l'impression d'être normal, il oubliait la cruauté et la violence de ce qui avait été sa vie, ne se disait plus qu'il avait mérité ces balafres pour expier ses péchés. La tendresse qu'il éprouvait soudain le dépassait, menaçait de le consumer. Son sexe était déjà dur, les caresses et la proximité de Justine suffisant à ranimer son désir. Mais il ne s'agissait plus simplement de satisfaction physique. Il voulait la dévorer. Se couler en elle et ne plus jamais la quitter.

Il lui empoigna les cheveux, lui renversa la tête et captura sa bouche. Ce fut un baiser avide, frénétique, désespéré. Elle lui répondit avec toute la fougue dont elle était capable. Dieu merci. Il avait besoin d'elle. Là, maintenant.

Il recouvrit un sein de sa main, en pinça doucement la pointe.

— Tu es endolorie ?

Elle se cambra pour mieux s'offrir.

— Non, souffla-t-elle, déjà haletante. Viens, Jack. S'il te plaît.

Il la renversa sur le lit, se tint debout entre ses cuisses. Les yeux mi-clos, elle le regarda la pénétrer, son sexe moite facilitant le passage. Sa chaleur le submergea tandis qu'il plongeait en elle, et son plaisir atteignit des sommets parce que c'était *elle*. Justine. Sa petite bienfaitrice au cœur pur. Une femme qu'il ne méritait pas, mais pour laquelle il était prêt à risquer sa vie si cela lui permettait de la garder.

— Oh, c'est divin…, gémit-elle, les poings serrés sur les draps.

— Je te fais mal ?

— Seigneur, non. Au contraire. C'est tellement bon, encore mieux que tout à l'heure alors que je pensais que c'était impossible.

Il se pencha sur elle pour être peau contre peau.

— Enroule les jambes autour de ma taille.

Elle fit ce qu'il demandait, et il appuya les mains à plat sur le lit.

— Ça va être encore meilleur ainsi, assura-t-il.

Et il entreprit de lui montrer ce qu'il entendait par là.

19

Il était environ 10 heures lorsque Justine entra dans le bureau d'aide juridique. Elle avait prévu d'arriver plus tôt, mais ses rencontres avec Jack commençaient à avoir raison de son énergie. Cette dernière semaine, ils s'étaient vus tous les après-midi, Justine ne rentrant chez elle que pour le dîner. Ses sœurs ne lui avaient pas reparlé de Jack, et elle s'était gardée de leur donner la moindre information à son sujet. Cela ne les regardait pas.

De toute manière, elles n'auraient pas approuvé. Elles la trouvaient naïve, imprudente et incapable de s'imposer face à un homme comme Jack. C'était ridicule. La veille, c'était lui qui s'était plaint d'avoir du mal à suivre le rythme, et non le contraire.

Elle sourit intérieurement en traversant la salle d'attente. Ils allaient bien ensemble, tous les deux. Jamais elle ne s'était sentie aussi proche de quelqu'un. Les heures passées avec lui dans la maison de Bond Street, à l'abri du reste du monde, étaient pour elle un délice. Il se montrait attentif et doux, véritable force de la nature quand il désirait quelque chose – en général, elle.

Comment aurait-elle pu se plaindre ?

— Mademoiselle Greene !

Elle se retourna et balaya la salle d'attente du regard. Une femme s'approchait.

— Bonjour, madame Gorcey.

Son sourire s'effaça devant la mine de cette dernière.

— Que se passe-t-il ?

— C'est mon mari...

Justine lui prit la main.

— Suivez-moi.

Elle salua la secrétaire, Mme Rand, d'un hochement de tête, et allait entrer dans un bureau vide avec Mme Gorcey quand son beau-frère apparut.

Il se rembrunit en voyant les deux femmes.

— Madame Gorcey. Je croyais que tout était réglé.

— Non, dit-elle en se tordant les mains. Mon mari ne paie plus la pension. La dame, à la réception, m'a dit qu'elle n'avait rien pour moi.

D'un geste, Frank leur fit signe d'entrer dans le bureau.

— Asseyez-vous, je vous en prie.

Ils prirent place tous les trois. Justine se tourna vers Mme Gorcey.

— Dites-moi ce qui s'est passé.

— Eh bien, comme convenu avec M. Mulligan et vous, l'argent de mon mari devait arriver ici chaque semaine. Au début, tout allait bien, et puis la semaine dernière, rien. Et cette semaine, pareil. Je ne sais pas quoi faire, mademoiselle Greene, avoua-t-elle, les yeux humides de larmes. J'ai besoin de cet argent pour nourrir les enfants et payer le loyer.

— Pourquoi ne m'en avez-vous pas parlé la semaine dernière ?

— Je voulais pas vous embêter. Vous et M. Mulligan vous avez déjà tellement fait pour moi.

Frank pianota sur la table, l'air contrarié. Préférant l'ignorer, Justine se pencha pour prendre la main de Mme Gorcey.

— Je m'en occupe dès aujourd'hui. Je sais où le trouver, vous aurez bientôt votre argent, je vous le promets.

— Oh, merci, mademoiselle Greene ! Ça m'embêtait de vous déranger, mais je savais pas à qui m'adresser. Et aller voir M. Mulligan toute seule me semblait pas une bonne idée.

— Non, en effet. Vous avez bien fait de venir ici. Je passerai vous voir cet après-midi, avec votre argent.

— Merci pour votre aide, mademoiselle Greene, dit Mme Gorcey, soulagée, en se levant. Dieu vous bénisse.

— Merci d'être passée, madame Gorcey, dit Frank en se levant à son tour. Je suis heureux que le bureau d'aide juridique ait pu vous aider.

Mme Gorcey les salua et prit congé. Justine se dirigea à son tour vers la porte.

— Un instant, s'il te plaît, l'arrêta son beau-frère.

Elle se retourna.

— Il faut que je voie M. Rosen.

Elle voulait lui poser des questions sur l'organisation de la police à New York.

— Cela attendra. Assieds-toi.

— Pourquoi ?

Sans lui répondre, Frank alla jusqu'à la porte.

— Voulez-vous m'envoyer ma femme ? lança-t-il à quelqu'un dans le couloir.

Justine éprouva un indéniable malaise.

— Pourquoi as-tu besoin de Marion ?

Frank se contenta de croiser les bras et de la fixer d'un air mécontent.

Il y eut un bruissement d'étoffe dans le couloir.

— Frank, je suis très occupée, s'écria Marion en entrant, plus royale et déterminée que jamais. Qu'est-ce que tu veux ?

Puis elle vit Justine et s'immobilisa.

— Oh, bonjour, Tina !

Son regard passa de sa sœur à son mari.

— De quoi s'agit-il ? demanda-t-elle en inclinant la tête de côté.

— Je n'en ai aucune idée, avoua Justine en se laissant tomber sur une chaise. Il refuse de me laisser partir.

— Ferme la porte, Marion, dit Frank.

Elle obtempéra, mais ne s'assit pas.

— Quel est le problème ?

— Tu étais au courant ? s'enquit Frank.

— Au courant de quoi ?

— Qu'elle travaillait avec Mulligan sur nos dossiers.

Lèvres pincées, Marion adressa un regard d'excuse à Justine.

— Oui.

Un bruit, entre soupir et grognement, sortit de la gorge de Frank.

— Bon sang, Marion, pourquoi ne m'en as-tu pas parlé ?

— Mais tu l'as vu au gala avec elle. Cela ne doit pas vraiment te surprendre.

— Il a dit lui avoir rendu service. J'ignorais que c'était en lien avec notre travail. Elle est allée le voir avec Mme Gorcey, bonté divine !

— Parce que son mari travaille pour Jack, intervint Justine.

Frank lui lança un regard noir.

— Ah, c'est Jack, maintenant ?

— Arrête, ordonna Marion d'un ton sec. Tu peux être en colère contre moi, mais ne t'en prends pas à Justine. Elle n'a rien fait de mal.

— Tu plaisantes ? Il t'a aidée sur combien de dossiers, Justine ?

Elle se racla la gorge, hésitant sur la réponse à lui donner.

— Tu parles de dossiers dont je m'occupe seule, ou de dossiers du bureau d'aide ?

Frank se pinça l'arête du nez.

— Bon Dieu, je rêve..., grommela-t-il.

Sa femme lui donna une tape sur l'épaule.

— Ton langage, s'il te plaît. Et tout cela, c'est du passé. Elle ne le voit plus. N'est-ce pas, Justine ?

— Jack et moi sommes amis, éluda-t-elle. Et cela ne regarde personne.

— Oh que si, cela me regarde ! déclara Frank en traversant la pièce. Je dirais même que ce sont mes affaires, littéralement. Donc si tu y mêles Jack Mulligan, j'ai mon mot à dire.

— Je ne le mêle pas aux affaires qui sont du ressort du bureau d'aide juridique.

— Alors c'était quoi, ça ? explosa Frank en montrant la porte par laquelle Mme Gorcey venait de sortir. Parce qu'il avait franchement l'air de s'en mêler, de cette affaire. Et tu as prévu d'aller le voir à ce sujet, je me trompe ? Pour savoir pourquoi Gorcey n'a pas payé la pension.

— En effet. Je dois des réponses à sa femme, et Jack peut les obtenir pour moi.

— Mais tu t'entends, Justine ? Jack Mulligan est comme une araignée, et tu es tombée dans sa toile. Plus tu le laisseras faire, plus il tissera des liens autour de toi, jusqu'à t'entraver complètement.

— C'est absurde.

— Je reconnais que Frank a raison, intervint Marion. Mulligan ne rend pas de services gratuitement. Plus tu lui demanderas d'aide, plus il exigera de choses en échange.

Je lui ai déjà tout donné.

Ce n'est pas ce qu'elle répondit à sa sœur, évidemment. Si Marion découvrait la véritable nature des sentiments qu'elle éprouvait pour Jack, elle irait trouver leurs parents sans hésiter. S'ensuivrait une série de conversations désagréables que Justine n'avait pas envie d'avoir pour l'instant. Pas quand tout allait si bien avec Jack.

— Tu te trompes. M'aider n'ennuie pas Jack.

— Évidemment que ça ne l'ennuie pas ! s'exclama Frank. Il essaie de te corrompre. De faire en sorte que ta famille et toi deveniez ses obligés.

— Non, ce n'est pas pour cela qu'il m'aide.

Frank échangea un regard avec Marion, et Justine sut ce qu'ils pensaient tous les deux. Que Jack profitait d'elle, probablement physiquement. Et qu'elle était vraiment idiote de s'être ainsi laissé berner.

Elle n'en pouvait vraiment plus qu'on la sous-estime, qu'on rejette ses façons de faire.

Elle se leva, les regarda tour à tour.

— Si je suis capable d'aider les gens, y compris ceux qui se présentent ici, en quoi ma manière de faire a-t-elle de l'importance ? Jusqu'ici, vous n'aviez jamais remis mes méthodes en question.

Marion secoua la tête.

— Là, c'est différent, Justine. Et tu le sais.

— Non, ça ne l'est pas. Et ce que je sais, c'est que vous me croyez tous les deux incapable de me débrouiller seule. Vous pensez que Mulligan m'entraîne sur la voie de la perdition.

— Et nous avons raison de nous inquiéter, fit remarquer Frank plus posément. Je connais Mulligan depuis longtemps, je sais dans quel genre d'affaires il a trempé. Tu n'es pas taillée dans le même bois.

Elle se dirigea vers la porte. Cette conversation n'allait nulle part et ne servait qu'à la mettre hors d'elle.

— Peut-être, mais je ne vois pas en quoi c'est important. Les gens changent.

Elle sortit dans le couloir, et crut entendre Frank marmonner :

— Ah ça, pour changer, ils changent !

Jack était dans son bureau pour son rendez-vous hebdomadaire de manucure quand la porte s'ouvrit à la volée. Frank Tripp entra, d'humeur visiblement massacrante. Il n'était pas seul. Derrière lui se trouvait Clayton Madden, ancien magnat des casinos et principal concurrent de Jack jusqu'à l'arrivée de Florence Greene.

Nom de Dieu. Qu'est-ce que c'était que ce guet-apens ? Il fut soulagé de voir Cooper arriver sur leurs talons. Assise à côté de lui, Mme Jenkins resta concentrée sur les mains de Jack.

— Bonjour, Mulligan, dit Frank en retirant son chapeau. J'espère qu'on ne te dérange pas ?

À vrai dire, si. Après la manucure, il avait une pile de rapports et de livres de comptes à examiner avant de retrouver Justine à Bond Street dans une heure.

— Pas du tout, mentit-il. Toujours content de vous voir, tous les deux. L'un plus que l'autre, bien sûr.

Mme Jenkins continua de lui limer les ongles.

— Ce n'est pas en m'insultant que tu te débarrasseras de moi, lâcha Clayton.

Dommage.

— Ça a l'air d'aller, Madden. Comment se porte cette charmante Florence ?

Clayton le gratifia d'un regard féroce. Entre Jack et lui, Florence avait toujours été un sujet délicat. Clayton n'avait visiblement pas oublié la façon dont Florence avait couru chez Mulligan quand il avait fait l'erreur de la repousser.

— Elle va on ne peut mieux, merci.

— Je suis soulagé de l'apprendre. Transmets-lui mes amitiés. Et si je peux l'aider pour son casino…

— Elle n'a pas besoin de ton aide, coupa Clayton d'un ton cinglant.

— Peut-être, mais ma porte lui sera toujours ouverte.

— Quand tu auras fini de te faire bichonner, railla Clayton en indiquant Mme Jenkins du menton.

— Du calme, vous deux, intervint Frank. Nous ne sommes pas venus pour ça. Nous sommes là pour parler de mon autre belle-sœur.

Justine ? Jack serra les dents, se retenant de réagir ouvertement. Il détestait être pris par surprise. Pour autant, demeurer vigilant en toutes circonstances était indispensable. Dans son monde, se relâcher, c'était risquer la mort.

— Madame Jenkins, si vous voulez bien nous excuser quelques instants, dit-il à mi-voix.

Celle-ci hocha la tête et posa sa lime. Cooper la raccompagna dans le couloir et ferma la porte derrière elle.

— Mlle Greene, donc ? dit Jack. De quoi s'agit-il ?

Clayton s'approcha du buffet et servit trois bourbons.

— De la relation entre Mlle Justine Greene et toi, répondit-il en distribuant les verres. Je n'aurais pas cru que séduire les débutantes de la bonne société pour ruiner leur réputation était ta raison d'être, mais bon…

Jack posa son verre.

— Gagner de l'argent est ma raison d'être, et c'est notre point commun si je ne m'abuse. Par ailleurs, je ne vois pas en quoi cela te concerne. Garde tes regards noirs pour un pauvre type au détour d'une ruelle malfamée.

— Arrêtez de vous bouffer le nez, tous les deux, s'agaça Frank. Mulligan, ma femme s'inquiète des relations que tu entretiens avec sa sœur.

— Mlle Greene est une grande fille qui fait ce qu'elle veut. Je ne la force à rien du tout.

— Ça, c'est des conneries, commenta Madden en s'adossant au mur, son verre à la main. Tu es en train de la séduire pour qu'elle te fasse confiance.

— À t'entendre, je suis Machiavel en personne.

— Et il n'est pas loin de la vérité, fit remarquer Frank. Je te demande de la laisser tranquille. Cette histoire ne peut que finir mal, et je ne serai pas en mesure de t'aider. Son père ne te lâchera plus.

Jack secoua la tête. Voilà qui devenait insultant.

— Arrête tes salades. Vu tout ce que j'ai pris dans la gueule en trente-deux années d'existence, tu crois vraiment que Duncan Greene me fait peur ?

Frank pinça les lèvres, et Jack en déduisit qu'il luttait contre l'envie de débattre de ce dernier point.

— Je veux que tu cesses de t'immiscer dans les dossiers de mes clients.

— Je ne m'immisce dans rien du tout, ou presque. Ta belle-sœur me demande de l'aide de temps en temps, et je ne vois aucune raison de la lui refuser.

— Eh bien, je te demande de refuser. Je ne veux pas que tu aies un rapport quelconque avec le bureau d'aide juridique.

— Sauf quand je fais des dons.

Frank grimaça.

— Je comprends que cela puisse sembler étrange, mais oui. Je préfère venir en aide à mes clients par le biais des recours légaux plutôt que par celui du chantage et de l'intimidation. Si tu désires faire un don, bien sûr, le bureau d'aide juridique est à ta disposition.

Au moins était-il honnête.

— Je peux savoir d'où tu tiens tes informations ?

— Mme Gorcey s'est présentée ce matin en disant que son mari n'avait pas versé la pension depuis deux semaines. Apparemment, Justine et toi aviez passé une sorte de marché avec les Gorcey.

Cet imbécile de Gorcey. Jack croisa le regard de Cooper.

— Trouve-le-moi.

Cooper répondit d'un hochement de tête et quitta la pièce.

— Je m'en occupe, dit Jack à Frank. Gorcey est un de mes gars.

— Il aurait dû être arrêté et jugé. Si cette affaire avait été traitée par un tribunal, Mme Gorcey aurait obtenu réparation.

— Et moi je préfère gérer cette affaire moi-même, dans la mesure où Gorcey travaille pour moi.

— En conséquence, Mme Gorcey dépend de toi pour assurer sa subsistance et celle de sa famille.

— Certes. Mais elle n'a aucune raison de douter de moi quand je lui donne ma parole que cette histoire sera réglée.

— Tu ignores ce que réserve l'avenir. Et s'il vous arrivait quelque chose ? Si Gorcey décidait de prendre le premier train pour l'Ouest ? Elle n'a aucun recours légal pour le contraindre à verser la pension.

— Alors tu es dans une impasse parce que je ne donne jamais mes gars aux flics. Je préfère régler mes problèmes moi-même.

Frank avait beau être contrarié, Jack ne céderait pas.

— Et pour les autres affaires ? s'enquit Frank. Tes gars sont partie prenante, là aussi ?

— Je ne vois pas en quoi cela aurait de l'importance, rétorqua Jack. Si Mlle Greene me demande de l'aide, je la lui donnerai. Avec plaisir.

— Il y a une chose que je ne comprends pas. Tu as des sentiments pour Justine ou tu donnes juste des coups de pied dans la fourmilière pour le plaisir ?

Frank semblait exaspéré, et cette conversation devenait pénible.

— Mlle Greene est tout à fait capable de prendre soin d'elle-même. Tu t'inquiètes pour rien.

— Faux. Justine est douce, gentille et attentionnée. Ton contraire en tous points. Une relation avec toi nuirait à sa réputation, et tu le sais.

Il le savait, oui. Et s'il avait été un type bien, il aurait tenu compte des paroles de Tripp. Sauf qu'il n'était pas un type bien. Sorti du ruisseau, l'homme qu'il était devenu dirigeait aujourd'hui, avec beaucoup de satisfaction et beaucoup de succès, le plus grand réseau criminel de la ville. Cet homme-là faisait ce qu'il voulait, quand il le voulait.

Alors il n'était pas né, celui qui le traiterait comme un garnement que l'on réprimande pour avoir fait l'école buissonnière.

— Tripp, si je ne te fous pas dehors, là, tout de suite, c'est parce que je te suis reconnaissant de ce que tu as fait pour mon frère il y a quelques années. Mais que les choses soient claires : je ne suis les conseils de personne d'autre que moi. Si cela déplaît à Duncan Greene - ou à qui que ce soit d'autre –, tu peux leur dire que je leur réponds, pas très poliment c'est vrai, d'aller se faire foutre.

— Je t'avais dit qu'il ne nous écouterait pas, déclara Clayton avec une moue méprisante.

En réponse, Jack lui adressa un regard qui avait fait plier bien des types avant lui.

— Tu ferais bien de ne pas oublier qui t'est venu en aide quand tu en avais besoin et que tu m'as supplié de plaider ta cause auprès de Florence.

Clayton n'avait rien à répondre à cela, aussi Jack se tourna-t-il de nouveau vers Frank.

— Nous en avons terminé ?

— Oui. Pour le moment.

— Alors je ne vous retiens pas.

Clayton vida son verre, le posa et s'en alla. Frank ne lui emboîta pas aussitôt le pas. Il fixa Jack, l'air grave.

— Il arrive toujours un moment où l'on a besoin d'aide, Jack. Prie pour qu'il te reste quelques amis quand ce sera ton tour.

Jack méditait encore ces mots quand Cooper reparut.

— Tu peux m'expliquer comment font tous ces gens pour arriver jusqu'ici sans avoir été annoncés ? Tripp et Madden ont débarqué dans mon bureau comme des révolutionnaires à la recherche d'un aristocrate.

Cooper se gratta le menton, déconcerté.

— Tripp m'a dit que tu l'attendais.

L'enfoiré de menteur.

— Oublie ça. Je veux quelqu'un à la porte en permanence. O'Shaughnessy va contre-attaquer à un moment ou un autre, et j'aimerais autant ne pas être pris de court. Pour se défendre, c'est mieux.

— Compris.

— On a trouvé Gorcey ?

— Non, ça fait une semaine qu'il n'est pas venu, apparemment.

Jack soupira. Sa jambe en tressautait d'irritation.

— Trouvez-le, bon sang. Fouillez toute la ville s'il le faut. En attendant, envoie ce qu'il doit à sa femme, avec mes excuses.

— Je m'en occupe. Au fait, Rye voudrait savoir si tu vas au match ce soir ou si tu te rends à Bond Street cet après-midi.

— Bond Street.

Cooper afficha une petite moue amusée.

— Tu as quelque chose à dire avant d'aller chercher Mme Jenkins ? aboya Jack.

— Je trouve ça mignon, c'est tout. On l'aime bien, Rye et moi.

Cooper s'éclipsa avant que Jack ait pu répondre, le laissant seul avec ses pensées. *Oui, je l'aime bien, moi aussi*.

Plus qu'il ne l'avait imaginé possible… et il ne savait trop quoi faire de cela.

20

Justine posa le télégramme et se leva pour aller sonner la bonne. Annuler Jack cet après-midi la contrariait, mais on avait besoin d'elle ailleurs. Il comprendrait. Après tout, ils s'étaient vus presque tous les jours depuis une semaine.

Mme Grant, son amie de la mission Mulberry, venait de lui envoyer un câble lui demandant son aide à la soupe populaire. Justine était toujours heureuse de rendre service, même si les caresses de Jack lui manquaient déjà.

Elle rédigea un télégramme.

IMPOSSIBLE DE VENIR. BESOIN DE MOI À LA MISSION CE SOIR. J'ESPÈRE NE PAS TROP TE MANQUER

Elle chargea la bonne, sur la discrétion de laquelle elle savait pouvoir compter, de l'envoyer. Trente minutes plus tard, alors qu'elle s'apprêtait à partir, un coursier de la Western Union arriva à bicyclette. Il lui tendit un papier, et attendit, au cas où il y aurait une réponse. Elle lut :

IMPOSSIBLE. TU ME MANQUES TOUJOURS QUAND TU N'ES PAS LÀ. QUELLE MISSION ?

Elle se mordit la lèvre. Quel charmeur.

— Vous auriez un crayon ? demanda-t-elle au coursier. J'aimerais envoyer une réponse.

Le jeune homme lui tendit un carnet et un crayon. Elle griffonna :

MULBERRY. JE PENSERAI À TOI.

Elle tendit le message, le crayon, et une pièce au coursier en le remerciant. Après quoi, elle héla un fiacre et partit pour Mulberry Street.

La mission était déjà bondée lorsqu'elle arriva. Hommes, femmes et enfants faisaient la queue devant l'immeuble de brique rouge. Elle leur sourit et les salua en passant. Tant de gens étaient dans le besoin à New York. Comment pouvait-on détourner le regard face à toute cette souffrance ?

Elle franchit la lourde porte et se hâta en direction des cuisines. Mme Grant la repéra tout de suite.

— Dieu merci vous voilà, dit-elle en serrant Justine dans ses bras. Quatre de nos employés sont malades, je ne sais plus quoi faire.

— Dites-moi où je vous serai le plus utile.

En compagnie des autres bénévoles, elle s'attela à la préparation du repas, installa les tables et les chaises, mit le couvert. Ce fut presque un soulagement quand les portes s'ouvrirent, car elle put enfin se concentrer sur une seule tâche : remplir les assiettes.

Le personnel étant peu nombreux, il fallait plus de temps pour servir. Justine fit de son mieux, n'arrêtant pas une seconde.

Et puis, du coin de l'œil, elle vit quelqu'un approcher.

— Laisse-moi faire.

Reconnaissant cette voix, elle tourna vivement la tête, certaine d'avoir mal entendu.

Mais non. Il était bien là. Jack était venu à la mission.

Très élégant, comme à son habitude. Et visiblement ravi de lui faire la surprise.

— Que… Qu'est-ce que tu fais ici ? balbutia-t-elle.

— Je viens aider. Si tu m'y autorises, dit-il en lui faisant signe de s'écarter. Donne-moi la louche.

Elle la lui tendit et alla se mettre devant les pommes de terre.

— Je ne comprends pas.

— Il n'y a rien à comprendre. Je voulais te voir, et tu es ici.

Elle se sentit rougir, posa une cuillerée de pommes de terre sautées sur une assiette. La femme qui la lui tendait lui adressa un clin d'œil.

— Faut le garder, celui-là, mon petit.

C'était son avis, oui.

— Tu n'as donc rien de mieux à faire ? demanda-t-elle à Jack à voix basse.

— Bizarrement, non. Et plus tu auras d'aide, plus vite tu auras terminé.

À cet instant, elle aperçut Rye et Cooper qui aidaient à débarrasser et bavardaient avec les gens. *Seigneur Jésus !* Elle se sentit fondre, et son cœur se serra comme un poing.

— Merci.

— Je t'en prie. Tu pourras me remercier convenablement plus tard.

Elle aurait juré que toute la salle avait entendu la réponse de Jack, cependant personne ne réagit. Alors elle poursuivit son service avec un grand sourire.

Jack avait le don de mettre les gens à l'aise. Cela n'aurait pas dû la surprendre, et pourtant c'était le cas. Dès qu'il le pouvait, il parlait aux gens dans leur langue maternelle – allemand, italien, un peu de polonais et de russe. Il les faisait rire, charmait les femmes, et plaisantait avec les hommes. Certains le reconnurent, et exprimèrent leur étonnement – Jack Mulligan servant des repas à la soupe populaire ! Chaque fois, il les assurait de son attachement à ce quartier et à ceux qui l'habitaient, qu'ils travaillent pour lui ou pas.

Une fois le service terminé, il se promena dans la salle, s'asseyant ici et là quelques instants pour bavarder. Ses manchettes étaient tachées de soupe, ce dont il semblait se moquer. Tout en nettoyant et en rangeant la cuisine, Justine jetait des coups d'œil dans sa direction. Et chaque fois, son cœur s'emballait.

— Je ne connais pas votre ami, dit Mme Grant. En tout cas, c'est un bien bel homme.

— C'est M. Mulligan.

— Apparemment, beaucoup le connaissent. C'est un homme politique ? Un magnat des chemins de fer ?

— Il est..., hésita Justine. C'est un homme d'affaires.

Elle avait un peu honte de ne pas dire la vérité, mais elle n'avait pas vraiment menti non plus.

— Homme d'affaires, tu parles, lança un homme qui avait entendu leur conversation. C'est Jack Mulligan. Au sud que la 14e rue on dit que c'est le diable en personne.

L'expression de Mme Grant trahit son inquiétude.

— Oh, je n'avais pas compris qu'il s'agissait de ce Mulligan-là !

— Il n'est pas si mauvais, déclara Justine. C'est un homme très généreux.

— Et dangereux, fit remarquer Mme Grant. J'ai entendu de drôles d'histoires à son sujet. Vous ne devriez peut-être pas fréquenter un homme comme lui, mademoiselle Greene.

Justine se redressa, en proie au besoin impérieux de défendre Jack. Elle aurait voulu que le monde entier le voie comme elle le voyait : gentil, drôle et bon. Qui d'autre aurait accouru ce soir pour aider juste parce qu'il avait envie de la voir ? Qui d'autre aurait fait un discours à l'opéra juste pour que sa réputation soit sauve ? Qui lui aurait appris à jouer au bowling et lui aurait promis de la faire entrer dans la police de la ville ? Il avait fait tout cela, et bien plus encore.

— C'est juste un ami.

— Si vous le dites. Quoi qu'il en soit, nous lui sommes très reconnaissants de son aide ce soir.

Mme Grant ramassa un plat de service et l'emporta à la cuisine. Il était clair qu'elle n'était pas convaincue. Un jour… un jour toute la ville verrait Jack comme Justine le voyait.

La grande salle à manger était déserte lorsque Justine s'en alla. Elle n'avait pas vu partir Jack, mais pourquoi serait-il resté ? Il avait probablement des dizaines de choses à faire. Elle allait héler un fiacre et rentrer chez elle, où sa famille l'attendait pour le dîner.

Il faisait nuit, une bourrasque d'air frais l'accueillit lorsqu'elle sortit. Elle remarqua aussitôt une élégante voiture noire garée le long du trottoir, et son cœur s'emballa. Un bel homme était adossé à la portière, mains dans les poches.

Il sourit quand elle se dirigea vers lui.

— Je vous dépose quelque part, mademoiselle ?

— Je cherche l'homme généreux et très séduisant qui était à l'intérieur un peu plus tôt. L'auriez-vous vu ?

— Peut-être. Il y a une récompense ?

Elle s'arrêta à quelques centimètres de lui.

— Assurément. Une belle récompense, pour lui seulement.

— Alors montez. Nous allons tenter de le trouver.

Il l'aida à monter, puis s'installa près d'elle. Avant même que la voiture ne s'ébranle, elle l'embrassait. Une agréable chaleur se répandit en elle et elle eut le sentiment d'être enfin là où elle devait être pour la première fois de la journée. Elle était pratiquement sur ses genoux lorsqu'ils reprirent leur souffle.

— Vous étiez très impressionnant, ce soir, monsieur Mulligan.

— Vraiment ?

Il lui mordilla la lèvre inférieure, l'aspira jusqu'à la faire gémir.

— Je ne savais pas que les bonnes actions te mettaient dans cet état, souffla-t-il.

— Moi non plus. Mais te voir aider ces gens, leur parler, m'a donné très faim apparemment.

Il lui prit la taille.

— Combien de temps as-tu à me consacrer ce soir ?

— Sans doute pas beaucoup plus d'une heure.

— Alors je ferais bien de commencer tout de suite.

Jack était assis au fond de la brasserie, un verre de lager devant lui. Il pianotait sur la table, sans quitter des yeux la porte d'entrée. Derrière lui, des ouvriers s'affairaient autour des cuves en cuivre qui fonctionnaient vingt-quatre heures sur vingt-quatre pour répondre à l'augmentation de la demande. Les créations de Patrick plaisaient décidément beaucoup. Deux nouvelles commandes étaient arrivées cette semaine, agrandir la brasserie serait bientôt à l'ordre du jour. Jack n'allait pas tarder à chercher des locaux plus grands dans le New Jersey ou en Pennsylvanie.

— Il n'a que quelques minutes de retard, dit Patrick. Tu es trop nerveux.

— Je ne croirai à sa venue que lorsque je le verrai.

Julius Hatcher avait organisé cette rencontre, et Jack priait pour que le banquier soit prêt à investir de façon significative dans son projet. Implanter la brasserie de Little Water Street partout dans le pays n'avait jamais été aussi près de se faire.

Cette réunion était la seule chose qui le retenait loin de Justine. Il avait repoussé leur rendez-vous de l'après-midi pour rencontrer Hatcher. Peut-être lui enverrait-il un télégramme quand ils auraient terminé. Les moments qu'ils passaient ensemble chaque jour avaient fini par lui être indispensables. Au lit, Justine était enthousiaste et audacieuse. Hors du lit, elle était douce et gentille.

Ils parlaient de tout. De son enfance à lui, des actions de Justine pour les plus démunis, de leurs familles et de leurs aspirations respectives. Rien n'était interdit. Il ne s'était jamais senti aussi proche de quelqu'un, pas même de sa mère.

Il lui était tellement attaché qu'il était allé travailler à la mission juste pour être près d'elle.

Non pas qu'il fût contre les bonnes œuvres. Au contraire. Il faisait des dons à un certain nombre d'entre elles, quoique toujours anonymement. Si les gens avaient été au courant, cela aurait nui à sa réputation. Un homme comme lui se devait d'être dur et impénétrable face à ses ennemis. Bienfaiteur au cœur d'or, ce n'était pas bon pour l'image.

Ce qui lui rappela sa petite bienfaitrice qui lui manquait tant. Bon sang, mais que fichait Hatcher ?

— Bois, lui ordonna Patrick. J'aime pas qu'on gaspille de la bonne bière.

Jack ne recevait jamais d'ordre de personne – pas même d'un brasseur génial –, il ravala pourtant son impatience et but une longue gorgée.

— Bonté divine, elle est vraiment excellente.

— Je sais.

La porte d'entrée s'ouvrit et Jack se tendit. Hatcher, enfin ! Il était venu seul, sans ses avocats ni ses associés. Pourvu que ce ne soit pas mauvais signe.

Hatcher balaya la salle du regard avant de repérer Patrick et Jack au fond. Ceux-ci se levèrent pour lui serrer la main.

— Heureux que vous ayez pu venir, dit Jack.

— Bonjour, Mulligan. Patrick.

Ils s'installèrent tous les trois. Jack fit signe à Cooper, qui apporta une autre bière et la posa devant Hatcher.

— C'est inutile, dit celui-ci. Je ne reste pas longtemps.

Jack tenta de ravaler sa déception.

— Bien. Alors autant aller droit au but. Avez-vous pris une décision ?

— Oui, répondit Hatcher en regardant les cuves et les ouvriers qui allaient et venaient autour. C'est très animé. Plus que la dernière fois.

— Nous nous sommes agrandis, expliqua Patrick. Nous produisons presque cent tonneaux par semaine.

Hatcher émit un sifflement.

— Impressionnant. Mais j'espère que vous êtes prêts à produire beaucoup, beaucoup plus.

Patrick fut le premier à réagir.

— Vous voulez dire que… ?

— Je veux dire que j'ai décidé d'investir massivement dans le projet. Cette bière, on la boira de l'Atlantique au Pacifique !

Jack tapa dans ses mains, sentant l'euphorie le gagner.

— Bon sang, ça, c'est une bonne nouvelle.

— Un peu, mon neveu, dit Patrick en tendant la main à Hatcher. Merci, monsieur Hatcher. Vous ne le regretterez pas.

— Je l'espère. J'ai quelques réserves concernant notre trio, mais ce n'est pas vous le problème, Patrick.

— Vendez-moi vos parts, dit Jack. Et je trouverai quelqu'un d'un peu moins timoré.

Hatcher dévisagea Jack, le regard insondable.

— Je veux que ce soient mes comptables qui gèrent cette affaire, Mulligan. De A à Z. Je veux que cette entreprise soit complètement indépendante de tout ce que vous faites par ailleurs. Rien, je dis bien rien ne doit relier vos autres affaires à cette brasserie. Nous sommes d'accord ?

— Absolument. Personne de mon équipe ne s'occupera de la brasserie. Il s'agit uniquement de nous trois.

— Et j'entends que cela reste ainsi, déclara Hatcher en se levant. Bon, j'ai jeté un œil du côté des compagnies de chemin de fer. Great Lakes Northern est mûre pour une reprise. Je peux l'avoir dès demain si nous le souhaitons.

— Très bien, dit Jack en se levant à son tour. Et qu'avez-vous pensé de la conception des wagons réfrigérés ?

— Elle est parfaite. Je n'ai trouvé aucun défaut, et les quatre ingénieurs que j'ai consultés non plus. Je suggère que nous en lancions la production.

— Je suis prêt. Il suffit de donner le top départ.

— Voyez ça avec deux ou trois usines, et dites-leur de me faire parvenir un devis. Je me charge ensuite de passer commande.

— Excellent, dit Patrick en se frottant les mains. Alors ça va vraiment se faire ? La bière de Little Water Street va se vendre dans tout le pays ?

Hatcher lui donna une claque dans le dos.

— Ça va vraiment se faire. Préparez-vous. Si tout va bien, les choses devraient changer assez rapidement pour vous et votre famille.

— En effet, intervint Jack. Bientôt, ton frère ne sera plus le seul à être célèbre.

— Vous me raccompagnez, Mulligan ? s'enquit Hatcher.

Jack hocha la tête et lui emboîta le pas.

— C'est le moment où vous me rappelez que vous ne plaisantiez pas tout à l'heure, je me trompe ?

Hatcher s'arrêta, fourra les mains dans ses poches.

— Vous ne vous trompez pas. Je ne veux pas que qui que ce soit perde de l'argent parce que vous aurez géré cette brasserie comme une salle de jeu clandestine. Tout doit être absolument réglo.

— Et le sera. Vous avez ma parole.

— D'où je viens, la parole d'un homme n'a aucune valeur juridique. Une poignée de main ne suffira pas. Vous allez devoir signer des papiers officiels stipulant clairement les amendes qui seront appliquées si vous ne respectez pas notre accord. Et elles seront salées, j'aime autant vous le dire.

— Je signerai tout ce que vous voudrez, Hatcher. Je tiens à ce que tout soit fait dans les règles.

— Je suis soulagé de l'entendre. Patrick a peut-être confiance en vous, mais pas moi. Et j'ai vu trop de gens faire faillite parce qu'ils n'avaient pas su s'entourer. Je ne laisserai pas arriver une chose pareille.

Si Jack n'avait pas vraiment voulu conclure cet accord, il aurait dit à Hatcher d'aller se faire foutre. Ce sermon, cette façon détournée de le traiter de voleur ou d'escroc commençait à lui courir sur le haricot.

— Cette affaire me tient à cœur autant que vous, peut-être même plus. Je ferai tout pour que...

La vitrine de la brasserie vola en éclats, un bruit strident déchira l'air. Quelque chose le frappa au côté, comme un caillou. Instinctivement, Jack attrapa Hatcher et le plaqua au sol. La douleur explosa soudain dans son flanc. Il lutta pour rester conscient tandis que Cooper se ruait dehors. Rye s'agenouilla près de lui.

— Ça va ?

— Que se passe-t-il ? aboya Hatcher en cherchant à se relever.

Jack l'agrippa en grimaçant. Il avait mal partout, et l'impression d'être en feu.

— Ne bougez pas, imbécile !

— Laisse-moi voir si tu es blessé, dit Rye. Tu es en nage.

Jack ne répondit pas. Il savait ce que cette sensation de brûlure signifiait.

— Hatcher, vous êtes blessé ?

— Le placage au sol a été un peu douloureux, mais ça va. C'était un fichu coup de feu, non ?

Jack croisa le regard inquiet de Rye.

— Occupe-toi de mettre tout le monde à l'abri.

— Et toi ? dit Rye en examinant les jambes de Jack. Merde, tu saignes !

Et puis ce fut le noir.

21

Justine monta en courant les marches du perron de Bond Street, l'esprit en émoi. Elle n'était pas du genre à dramatiser, mais la panique avait pris le dessus sur ses capacités à raisonner.

Blessé par balle.

On avait *tiré* sur Jack.

Rye n'avait pas dit grand-chose, juste qu'on avait tiré sur Jack et qu'elle devait venir immédiatement. Le pauvre semblait avoir pris dix ans d'un coup, ce qui montrait à quel point il était inquiet. Il avait lancé la voiture à toute vitesse dans les rues de New York, pendant qu'à l'intérieur elle se rongeait les sangs. Ne pas savoir était pire que tout, et creusait un trou noir dans sa poitrine. Jack était peut-être mourant.

Je vous en prie, faites qu'il vive.

Ce n'était pas un être mauvais. Sous l'élégant costume battait le cœur d'un être attentionné et bon. Un homme qui aimait et vivait de toutes ses forces.

Un homme dont elle était tombée amoureuse.

C'était la seule façon d'expliquer la terreur qui l'étreignait à l'idée de le perdre. En très peu de temps, il était devenu tout pour elle. Ses sourires en coin, ses écarts de langage quand il s'oubliait. Sa façon de voir en elle ce que personne d'autre n'avait jamais vu.

« Tu es une femme qui donne beaucoup d'elle-même aux autres sans tenir compte de ce qu'elle voudrait, elle. »

« Tu es la femme la plus intelligente et la plus courageuse que je connaisse. »

« Je suis prêt à tuer celui qui posera sur toi ne serait-ce qu'un regard un peu bizarre. »

« Je vais jouir si tu continues ainsi. »

Toutes ces petites phrases qui témoignaient du temps passé ensemble, toutes les choses, gentilles ou osées, qu'il lui avait dites ne cessaient de tourner dans sa tête. Elle ne voulait pas le perdre. Elle venait à peine de le trouver.

Elle ne s'arrêta pas sur le palier, mais courut vers la chambre de Jack. Cooper se tenait devant la porte fermée, sa chemise tachée de sang. Justine essaya de ne pas fixer cette tache rouge, ni d'imaginer ce qu'elle signifiait. Cooper lui barra le chemin.

— Le chirurgien est là, mademoiselle. Vous pouvez pas entrer.

Un chirurgien qui allait peut-être toucher Jack avec des mains sales, ou lui poser des sangsues.

— Il le faut. Le sang ne me fait pas peur, et je dois m'assurer que tout est propre et stérilisé. Je vous en prie.

Cooper secoua la tête.

— C'est le Dr Moore qui s'occupe de lui. Le chirurgien en chef de l'hôpital Bellevue.

Justine en resta presque bouche bée. Moore n'était pas n'importe qui. Récemment, il avait été applaudi pour avoir opéré de l'appendicite la femme du maire – une opération dangereuse à laquelle la patiente avait survécu. Comment diable Jack avait-il réussi à faire venir le chirurgien au pied levé ?

— Que s'est-il passé ? demanda-t-elle. Comment va Jack ?

— Il était à la brasserie, et il y a eu un coup de feu. Il a été touché au côté droit, et il a perdu beaucoup de sang. On sait pas encore comment il va, il a perdu connaissance avant d'arriver ici.

« Il a perdu beaucoup de sang. » Ces mots résonnèrent en Justine, occupèrent toute la place, l'empêchant de penser à quoi que ce soit d'autre. Dans sa cage thoracique, les battements de son propre cœur se firent l'écho inquiétant d'une panique comme elle n'en avait encore jamais éprouvé. « Il a perdu connaissance. » Son invincible charmeur avait *perdu connaissance*.

— Allons, allons, mademoiselle… asseyez-vous donc un moment, suggéra Rye en lui approchant un fauteuil.

Elle tenta de se ressaisir. Qu'est-ce qui lui prenait de se tordre les mains comme un personnage de roman en pleine crise de nerfs ? La situation était réelle, et bien que n'étant pas médecin ni infirmière, elle avait assisté à plusieurs opérations et veillé quantité de patients jusqu'à leur rétablissement. Il y avait des choses à préparer, des fournitures à réunir. La chirurgie n'était qu'une première étape.

— L'opération dure depuis combien de temps ?

— Presque deux heures. Je suis venu vous chercher dès que le chirurgien est arrivé.

— Merci, Rye. Dites-moi, pourrais-je vous confier une liste de choses dont nous aurons besoin dans les jours à venir ? Cooper et vous pourriez peut-être vous charger de vous les procurer.

Un sourire las éclaira brièvement le visage de Rye.

— Je savais que vous faire venir ici était exactement ce dont il avait besoin.

Elle l'espérait de tout son cœur. Elle était prête à se battre bec et ongles pour le garder en vie.

— Il sera peut-être pas de cet avis quand il se réveillera.

— Il a besoin de vous, dit Rye. Le laissez pas faire s'il cherche à vous convaincre du contraire.

La porte de la chambre s'ouvrit, coupant court à leur échange. Tous se tournèrent vers celui qui en sortit, un homme barbu qui portait des lunettes. *Le Dr Moore.* Il ne parut pas étonné de voir tant de monde dans le couloir, posa sa sacoche et entreprit de dérouler ses manches de chemise. Justine aperçut des marques sombres et des cicatrices à l'intérieur d'un de ses bras.

— J'ai fini, dit Moore d'un ton neutre. La balle a fait pas mal de dégâts, j'ai nettoyé, recousu, et ôté les éclats de verre. Il faudra retirer les points de suture d'ici une semaine. Donnez-lui du laudanum pour calmer la douleur, et gardez-le au lit aussi longtemps que possible, si vous y parvenez.

— Donc il est tiré d'affaire ? demanda Justine, pleine d'espoir.

— Il est tiré d'affaire, mademoiselle. Ne vous inquiétez pas pour Mulligan, le chantage et les arnaques en tout genre ont de beaux jours devant eux.

— Dieu merci, grommela Rye.

Même Cooper ne put s'empêcher de sourire.

Justine se sentit soulagée, jusqu'à ce qu'elle se souvienne que beaucoup de patients mouraient après avoir été opérés.

— Et les risques d'infection ?

Le Dr Moore la dévisagea d'un regard dur.

— Je me suis lavé les mains et tous mes instruments ont été stérilisés dans de l'antiseptique. Ce n'est pas la première fois que j'opère, mademoiselle. Peut-être aimeriez-vous vérifier mes sutures ?

C'était exactement ce qu'elle avait l'intention de faire, elle n'en dit toutefois rien.

— Je vous prie de m'excuser, docteur Moore. Mais tous vos confrères ne prennent pas autant de précautions, vous le savez.

Moore l'ignora et se tourna vers Rye.

— Vous lui direz qu'à présent nous sommes quittes. Si la blessure se met à suppurer ou s'il est pris d'une forte fièvre, venez me chercher. Sinon, je compte bien ne plus jamais le revoir.

— Merci, docteur. Vous voulez que je vous raccom...

— Seigneur, non. Je préfère me raccompagner tout seul.

Sur ce, le médecin les écarta de son chemin et s'éloigna dans le couloir.

Justine n'attendit pas. Elle se rua dans la chambre de Jack. Il était allongé sur le dos, livide, et il y avait des taches de sang sur le sol. Mais il respirait, son torse se levant et s'abaissant au rythme de son souffle. Pour le moment, il faudrait qu'elle se contente de cela.

Moore avait jeté des bandes de tissu ensanglantées et les vêtements de Jack dans un coin de la pièce.

— Débarrassez-vous de cela, dit-elle à Cooper. Brûlez tout, et lavez-vous les mains avec du savon. Il va falloir mettre des draps propres. Savez-vous où ils se trouvent ? demanda-t-elle à Rye.

— Oui. Je reviens.

Sur la commode se trouvait une cuvette pleine d'eau rougeâtre. De toute évidence, celle dans laquelle Moore s'était lavé les mains. Le sang ne l'avait jamais dérangée, sauf que là, c'était celui de Jack, et sa vue lui noua l'estomac. Elle fut prise de sueurs froides. Quelqu'un avait *tiré* sur lui.

Elle s'approcha de lui et posa la main sur son front. Sa chaleur se glissa en elle, rassurante, et elle ferma les yeux. Progressivement, l'angoisse reflua. Ses sœurs la trouvaient naïve, elles se trompaient. Elle était consciente des dangers que Jack courait. Pour autant, jamais elle n'aurait imaginé qu'on pouvait lui tirer dessus en plein jour.

Rye revint avec des draps propres, qu'ils installèrent rapidement. Puis tous trois nettoyèrent la chambre, récurèrent le sol et vidèrent la cuvette. Après quoi, Justine dressa la liste des choses nécessaires au rétablissement de Jack et la remit à Cooper. Elle envoya aussi un mot à Florence l'informant qu'elle était au chevet d'un malade et y passerait la nuit. Ce n'était pas la première fois que cela lui arrivait, et avec un peu de chance, personne ne se douterait de rien.

Enfin, elle s'assit au chevet de Jack. Il n'y avait plus rien à faire, sinon attendre.

Trois jours passèrent avant qu'il puisse se lever. La douleur était omniprésente, il se sentait rompu. Il avait refusé de prendre du laudanum, même quand l'insomnie l'épuisait. Il ne pouvait se montrer faible. Force et astuce étaient fondamentales dans son milieu.

La veille, il avait renvoyé Justine chez elle pour qu'elle se repose. Elle avait protesté, bien sûr. Pendant deux jours, elle n'avait pas quitté son chevet, s'occupant de lui comme l'ange qu'elle était. Elle ne voulait pas l'admettre, mais elle était fatiguée. Il n'était pas un patient facile.

Rester allongé était un véritable supplice. Il y avait trop à faire – entre autres trouver l'auteur du coup de feu. Jack avait quelques soupçons, bien sûr. Son instinct lui soufflait que Trevor O'Shaughnessy était mouillé jusqu'au cou, il lui fallait juste trouver comment le prouver. Et vite.

Il devait aussi reprendre contact avec Julius Hatcher. Dieu merci, Rye lui avait confirmé que celui-ci était rentré chez lui indemne. Pour autant, plus vite leur projet serait lancé, mieux ce serait.

Cooper faisait tourner le club, agissant comme si Jack était dans les murs mais trop occupé pour recevoir quiconque. Cela ne marcherait pas éternellement. Les gars finiraient par s'impatienter et trouver l'absence prolongée de Jack trop louche pour être honnête.

Pour cette raison, il se forçait à se lever, et à marcher un peu, même si Rye devait le soutenir.

— Doucement, dit ce dernier tandis qu'ils tournaient dans le couloir. J'ai pas envie d'expliquer à Mlle Greene pourquoi les points ont sauté.

Rye et Justine s'entendaient comme larrons en foire. Jack avait beau grommeler quand ils se liguaient contre lui, il aimait l'idée que deux des personnes qui comptaient le plus pour lui s'apprécient.

— C'est après moi qu'elle sera en colère, pas après toi. C'était mon idée, je te rappelle.

— Elle sera en colère après nous deux, à mon avis. Elle a peur que tu aies une infection.

Ce n'était pas nouveau. Depuis qu'il avait rouvert les yeux, elle évoquait cette éventualité sans arrêt.

— Mais non. Tout ira bien.

— Elle t'aime, tu sais.

Jack se renfrogna, s'appuya contre le chambranle.

— Tu dis n'importe quoi.

— T'as pas vu sa tête quand on lui a annoncé que tu avais pris un pruneau dans le buffet.

La gorge de Jack se serra. Elle s'était inquiétée à cause de lui, et il s'en voulait. Elle avait suffisamment de sujets de préoccupation sans qu'il ajoute à son fardeau. C'était une des raisons pour lesquelles il ne s'était jamais engagé avec une femme. Il menait une vie dangereuse, compliquée. Personne ne méritait de se voir imposer cela.

Et pourtant...

L'espoir se fraya un chemin en lui comme l'eau infiltre un mur lézardé. Tenait-elle à lui ? Dire qu'elle éprouvait de l'amour était peut-être exagéré, cela étant, il aurait été prêt à s'accommoder d'une vraie affection. Sa jeunesse, son milieu... Elle était tout ce qu'il n'était pas – et il était un fieffé égoïste de ne pas vouloir renoncer à elle.

Mais il n'y arrivait pas. Il venait juste de la trouver, elle répandait de la joie et de la vie dans un monde jusque-là ténébreux et désolé. Sa présence l'apaisait, était devenue nécessaire à son bien-être. Il n'était pas sûr de pouvoir survivre sans elle.

Un fieffé égoïste, à coup sûr.

Rye se mit à rire.

— Tu l'aurais vue tenir tête au Dr Moore et s'assurer qu'il avait tout nettoyé et stérilisé.

Vu l'addiction de Moore à la cocaïne, mieux valait vérifier, en effet.

— Peut-être, mais tu n'aurais pas dû la laisser rester. Sa famille a dû s'inquiéter.

— Elle leur a dit qu'elle s'occupait d'un patient malade. Et c'est quand même un peu le cas, donc elle a pas menti.

— Cooper a du nouveau, pour le tireur ?

— Non, rien. Tu penses toujours que c'est O'Shaughnessy ?

— Bien sûr. C'est ce que je ferais à sa place.

— T'aurais pas tiré à travers une vitre, en plein jour, qui plus est. Tu lui serais tombé dessus au moment où il s'y attendait le moins.

— Exact. Preuve supplémentaire que O'Shaughnessy est loin d'être aussi doué que moi.

— *Qu'est-ce que tu fais ?*

Le ton et la voix haut perchée firent sursauter Jack, qui manqua de trébucher. Il s'adossa au mur.

— Justine, bon sang !

Elle avait dû entrer avec la clé que Rye lui avait confiée – sans demander la permission à Jack soit dit en passant – et les avait surpris dans le couloir.

— Pourquoi te déplaces-tu aussi silencieusement ?

Elle approcha, le scruta d'un regard inquiet.

— Je pensais que tu dormais peut-être. Comment aurais-je pu deviner que tu te promenais dans le couloir ?

— Je me dérouille un peu les jambes.

— Et tu as la tête de quelqu'un qui va tomber dans les pommes. Il doit rester au lit, ajouta-t-elle en fusillant Rye du regard.

Celui-ci leva les mains, l'air innocent.

— Je fais que suivre les ordres, mademoiselle. Il m'écoute pas comme il vous écoute vous.

— Je savais que j'aurais dû rester, marmonna-t-elle en glissant l'épaule sous l'aisselle de Jack pour le soutenir. Allez, au lit.

— Tu ne peux pas rester ici en permanence, dit-il. Et Rye est tout à fait capable de…

— Faire tes quatre volontés, visiblement. Mais bon, je ne me plains pas trop. Il t'a rasé.

Ils claudiquèrent jusqu'à la chambre de Jack.

— Alors comme ça, je te plais rasé de frais ?

— Tu le sais bien, gros vaniteux.

Il s'assit avec précaution sur son lit, puis s'allongea avec l'aide de Justine.

— Laisse-moi vérifier tes points de suture, dit-elle.

— J'en ai marre qu'on me tâte et qu'on me palpe, mon ange. Je vais bien.

— Tu ne vas pas bien et je vais regarder ces points de suture. Rye te tiendra s'il le faut.

Et dire qu'il avait admiré son obstination…

— D'accord, mais à une condition.

Elle haussa un sourcil, et croisa les bras.

— Tu marchandes, Jack ? Vraiment ?

— Si tu ne veux pas regarder mes sutures…

Elle ricana, et secoua la tête, exaspérée.

— Alors, cette condition ?

— Je voudrais que tu me rejoignes dans le lit avec moi quand tu auras fini.

— Ce n'est pas une bonne idée. Tout effort physique risque de rouvrir tes blessures.

— Il n'est pas question d'effort physique. Je veux juste te tenir contre moi. Du côté intact. Juré.

L'expression de Justine s'adoucit, et Jack soupira de soulagement. Il lui tendit la main. Il avait tellement envie de la toucher.

— Cela me manque de sentir ton corps contre le mien.

— D'accord, concéda-t-elle en lui étreignant la main. Du côté intact.

Puis elle alla se laver les mains dans la salle de bains. Quand elle revint, elle écarta les pans de la robe de chambre de Jack, déboutonna ses sous-vêtements et souleva son pansement. Il la laissa satisfaire sa curiosité, même s'il savait que la plaie n'était pas infectée. Elle effleura sa peau ici et là, et il sentit ses doigts frais sur son ventre lorsqu'elle reboutonna son vêtement. Son parfum fleuri l'enveloppait, et il inspira profondément. Si être blessé lui permettait de la sentir et de la respirer, ça en valait presque la peine.

— Voilà. J'ai terminé. Tu vois, ce n'était pas si terrible.

— Je n'ai jamais pensé que ça le serait. Je voulais juste que tu t'allonges auprès de moi.

Avec un petit rire, elle empoigna ses jupes pour grimper sur le lit. Il y eut un bruit de papier froissé.

— Oh, j'allais oublier ! dit-elle en tirant des feuilles pliées de la poche de sa jupe. Cooper m'a donné ça pour toi. Je l'ai croisé dehors.

Cooper était sorti ?

— Qu'est-ce que c'est ?

— Des messages du club, je crois.

Jack les passa rapidement en revue. La plupart des messages pouvait attendre.

Un télégramme retint toutefois son attention. Il l'ouvrit.

ON ANNULE TOUT. S'ASSOCIER AVEC VOUS EST TROP RISQUÉ. HATCHER

Merde.

Le poing de Jack se referma sur le papier. La fusillade avait fait peur à Hatcher, évidemment. C'était compréhensible. Mais personne n'avait tiré sur Hatcher. Que Jack et lui s'associent professionnellement ne faisait pas d'eux des amis. Pour autant qu'il sache, une fois l'accord conclu, Hatcher et lui n'auraient plus jamais besoin de se revoir.

— Une mauvaise nouvelle ? demanda Justine.

— Je devrais pouvoir trouver une solution. Du moins je l'espère.

— Tu regarderas les autres plus tard, dit-elle en récupérant les messages pour les poser sur la table de nuit.

Puis elle s'allongea, et se blottit doucement contre lui. Sa chaleur gagna aussitôt le corps de Jack, qui se sentit presque gêné du plaisir qu'il éprouvait rien qu'à être près d'elle.

— Tu veux en parler ?

Par réflexe, il fut tenté de dire non… puis se ravisa. Était-ce la proximité, le fait qu'il était détendu avec elle ? Toujours est-il qu'il avait vraiment envie d'en parler avec elle. À quand remontait sa dernière discussion professionnelle avec quelqu'un d'autre que Cooper ou Rye ? Il n'aurait su dire. Justine était intelligente et posée. Elle avait l'esprit logique. Peut-être saurait-elle voir ce problème sous un autre angle, et suggérer des solutions.

— Tu te souviens de l'homme que je souhaitais rencontrer au gala ?

— Oui.

— Il s'appelle Julius Hatcher. Il a investi dans la brasserie de Little Water Street.

— Nous avons été présentés. Sa femme est une amie de ma sœur aînée.

— Je suis en train de développer la brasserie, l'objectif est de produire et de distribuer dans tout le pays. Et j'ai besoin de l'aide de Hatcher pour ce faire.

— Quelle belle idée, dit-elle en lui caressant le torse. Tu as vraiment le sens des affaires.

— Je te remercie. Je sais que c'est une bonne idée, et je pensais avoir réussi à convaincre Hatcher.

— Mais ?

— Mais on m'a tiré dessus. Juste après notre rendez-vous à la brasserie.

— Tu étais avec Hatcher au moment de la fusillade ?

— Oui.

Elle soupira.

— Et maintenant, il ne veut plus s'associer avec toi.

Il l'embrassa sur le sommet du crâne. Cette femme était vraiment futée.

— Exactement. Il pense qu'à cause de moi, ce projet devient trop risqué.

— Tu ne peux guère le lui reprocher. Le pauvre homme doit être encore sous le choc. Il vit pratiquement reclus, alors te voir tomber devant lui a dû l'ébranler.

— Sauf que ce n'est pas ma faute. Et c'est moi qui ai pris une balle, pas lui.

— Je dirais que c'est quand même en partie ta faute. Tu as choisi de mener une vie dangereuse. Tu n'as jamais cherché à t'en excuser, mais tu devais connaître les risques.

Il ne les connaissait que trop, les risques, en effet. À preuve la blessure qui lui brûlait le flanc en ce moment même.

— Je ne lui demande pas de partager un bureau. Nous n'aurions même pas besoin de nous revoir une fois l'accord signé. Il ne court aucun risque, physiquement parlant.

— C'est vrai, toi, en revanche, tu en cours un. Qu'arrivera-t-il à la brasserie si tu es abattu ? Vu que c'est ton idée, je suppose que c'est toi qui serais chargé de superviser le transport et la distribution de la bière.

Hatcher pourrait certes embaucher quelqu'un pour te remplacer, mais cette personne aurait-elle ton ambition et ton carnet d'adresses, ton sens des affaires et ton charme ? À mon avis, Hatcher a parfaitement compris que personne d'autre que toi ne pouvait mener ce projet à bien.

Les yeux rivés au plafond, Jack réfléchit. Était-ce pour cette raison que la fusillade avait fait peur à Hatcher ? Dans ce cas, il pouvait prévoir des solutions d'urgence dans l'éventualité où il arriverait quelque chose à l'un des trois associés. Peut-être cela calmerait-il suffisamment les inquiétudes de Hatcher pour qu'il change d'avis.

Il serra Justine contre lui.

— Tu as raison. En conséquence, il faut vraiment que je t'embrasse sur-le-champ. Approche encore.

— Sûrement pas. Tu as besoin de te reposer, pas de t'agiter.

— Je ne m'agiterai pas, promis. Tout ce que je veux, c'est un baiser.

Elle se hissa prudemment sur un coude et posa ses lèvres sur celles de Jack. C'était censé être un baiser chaste, mais il prit sa bouche avec ardeur, un bras refermé autour de sa taille pour l'empêcher de battre en retraite. Il avait faim d'elle et rien, pas même une terrible blessure, n'aurait pu juguler le désir qu'il avait d'elle. Il mêla sa langue à la sienne, la goûta, l'entraîna dans une danse virevoltante jusqu'à ce qu'ils soient tous deux hors d'haleine.

Il pressa le visage contre sa chevelure soyeuse.

— Je serais prêt à te supplier tellement j'ai envie de te baiser, mais je sais que tu t'inquiéterais pour ma blessure.

— Tu n'aurais pas besoin de supplier si tu étais guéri.

— Alors j'ai intérêt à guérir sacrément vite.

22

C'était l'après-midi, pourtant le club bourdonnait d'activité. Justine y revenait pour la première fois depuis que Jack avait été blessé, une semaine plus tôt. Après le télégramme de Hatcher, il avait insisté pour se remettre au travail, plus décidé que jamais à ce que son projet voie le jour. Sa blessure ne serait bientôt plus qu'une cicatrice supplémentaire sur son corps meurtri.

Un corps qu'elle espérait revoir très vite. Ce soir, peut-être.

Ses sœurs avaient cessé de l'interroger à propos de Jack, Dieu merci. Elle avait passé ses soirées à la maison toute la semaine, si bien qu'elles avaient dû être rassurées et en déduire qu'il ne se passait rien entre M. Mulligan et leur sœur cadette. Florence était plus souvent présente, frappant à la porte de Justine à des heures indues pour « lui poser une question ». Florence avait beau être connue pour mentir à la perfection, Justine savait pertinemment que sa sœur s'assurait ainsi de sa présence.

Elle se sentait un peu coupable de les tromper. Si en règle générale elle n'aimait pas mentir, là, c'était différent. Cette affaire ne les regardait pas – d'autant qu'elles avaient fait exactement la même chose dans un passé pas si lointain. Justine ne s'était jamais mêlée de leur vie sentimentale, ne leur avait jamais interdit de voir un homme d'un autre milieu que le leur.

Et puis, Jack était un homme bien, quoi qu'on en pense.

Bizarrement, il lui avait demandé de venir au club aujourd'hui, et pas à Bond Street. Elle ignorait pourquoi. Il n'avait parlé de rien la veille lorsqu'ils s'étaient vus.

Elle croisa Cooper dans l'escalier.

— Bonjour, comment allez-vous aujourd'hui ?

— Ça va bien, mademoiselle, merci. Vous pouvez y aller, il vous attend.

Justine ne prit pas la peine de frapper. Elle entra et Jack se leva. L'homme assis en face de lui se retourna.

C'était Keller, l'homme de Tammany Hall qui avait refusé de l'aider à entrer dans la police.

Était-il venu pour en discuter ? Son cœur se mit à battre à coups redoublés.

Keller se leva à son tour. Il semblait beaucoup moins sûr de lui que lors de leur entrevue. Le front moite, il serrait si fort le bord de son chapeau que celui-ci était chiffonné.

— Mademoiselle Greene, merci d'être venue, lança Jack d'une voix de stentor. Fermez la porte, voulez-vous ?

Justine s'exécuta.

— Bonjour, messieurs. J'espère que je n'interromps rien.

— Rien du tout. Nous parlions justement de vous, dit Jack qui vint à sa rencontre et s'inclina devant elle avec l'aisance d'un aristocrate. Asseyez-vous, je vous en prie. Vous connaissez M. Keller, il me semble.

— Bonjour, monsieur Keller, dit-elle en s'installant dans le fauteuil libre.

Keller opina poliment du chef.

— Mademoiselle Greene.

Jack reprit place derrière son bureau, et joignit les mains.

— Je crois que M. Keller a de bonnes nouvelles pour vous, mademoiselle Greene.

— En effet, dit Keller en jetant un bref coup d'œil à Jack avant de se tourner vers Justine. Nous serions honorés de vous compter dans la police de New York.

Jack le lui avait promis, mais Justine s'était interdit d'y croire jusque-là. Elle noua les mains sur ses genoux pour tenter de contrôler son excitation. Si la pièce avait été vide, elle aurait dansé le quadrille. En l'occurrence, elle s'efforça d'apparaître calme et mûre.

— C'est une excellente nouvelle, monsieur Keller. Vous ne le regretterez pas. Je compte travailler très dur.

— Nous n'en doutons pas.

— Je vous remercie. J'espère gagner mon insigne d'inspecteur d'ici deux ou trois ans.

Keller fronça les sourcils, et sembla encore plus nerveux.

— Vous ne comprenez pas, mademoiselle Greene. Vous n'aurez pas besoin de gagner votre insigne. Je vous fais nommer inspecteur, pas simple agent.

Pas besoin de le gagner ?

— Je ne comprends pas, en effet. Tous les officiers commencent par être simple agent, non ? Ensuite, en fonction de leurs compétences, ils sont promus inspecteurs.

— Vous avez déjà prouvé que vous étiez compétente, dit Jack avec un sourire aussi patient qu'attendri. Il est inutile que vous vous donniez du mal à grimper les échelons. N'est-ce pas, Keller ?

Keller déglutit, et approuva d'un mouvement de tête un brin trop emphatique.

— Absolument. Oui. C'est tout à fait inutile.

— Mais vous m'avez dit que je prendrais le travail d'un homme qui a une famille à nourrir.

— Nous n'avons plus à nous inquiéter de cela.

Une sensation désagréable l'étreignit, son estomac se noua. Quelque chose clochait. On la nommait à un poste qu'elle ne méritait pas. Elle souhaitait l'obtenir, certes, mais pas avant d'avoir fait ses preuves.

Et elle comprenait maintenant ce qui se passait.

Tu lui as demandé de l'aide. Voilà à quoi ressemble l'aide de Jack Mulligan.

Elle avait cru qu'il l'aiderait à *entrer* dans la police, pas à la *diriger*. Jamais elle n'obtiendrait le respect de ses collègues si elle se retrouvait inspecteur d'emblée. Elle n'était déjà pas sûre de l'obtenir en grimpant les échelons comme les autres, alors là… Arriver de la sorte au rang d'inspecteur ne lui vaudrait que des ennemis.

— J'aimerais commencer au bas de l'échelle, comme tout le monde. Et gagner mes galons d'inspecteur sur le terrain.

Le regard que Keller lança à Jack était éloquent. Il ne savait pas comment réagir et préférait que ce soit lui qui décide.

Tu crois vraiment qu'il me dirait non ?

— Ce n'est pas nécessaire, déclara Jack. Vous avez déjà fait vos preuves sur le terrain. L'insigne ne fera qu'officialiser votre appartenance aux forces de police.

Était-ce ce qu'elle voulait ? Bénéficier d'un passe-droit grâce au pouvoir de persuasion de Jack ? Ou pire, devoir son poste au chantage ou à l'intimidation ? Comment arriverait-elle à se supporter si elle acceptait le grade d'inspecteur sans avoir à faire ses preuves auparavant ?

Tu as accepté son aide pour tout le reste. Pourquoi refuser maintenant ?

Possible, mais jusqu'ici, les choses n'avaient pas été aussi flagrantes.

Menteuse. Tu parvenais à le justifier parce que c'était pour une bonne cause.

Le cœur serré, elle se sentit gagnée par la honte. Oui, elle avait justifié tout ce qu'il avait fait – son aide dans les dossiers Gorcey et von Briesen, sa présence au gala – en se disant que la méthode importait peu du moment que le résultat était là.

« Jack Mulligan est comme une araignée, et tu es tombée dans sa toile. Plus tu le laisseras faire, plus il tissera des liens autour de toi, jusqu'à t'entraver complètement. »

Et voilà. Elle était prise dans sa toile. Sur le point de porter un insigne de police qu'elle n'avait pas gagné. Ils étaient nombreux, autour d'elle, à avoir tenté de la mettre en garde, pourtant elle ne les avait pas écoutés. Elle avait défendu Jack parce qu'elle tenait à lui.

Non, parce que tu l'aimes.

Oui, elle l'aimait, plus que tout. Elle ne pouvait cependant pas devenir ce qu'il était en train de faire d'elle. Le donnant-donnant, le chantage, ce n'était pas elle. Elle croyait en la justice et en l'honnêteté. Elle croyait en la défense de ceux qui n'avaient pas voix au chapitre. Faire le bien, quoi qu'il arrive.

Et prendre ce poste, ce n'était pas faire le bien, loin de là.

Un silence pesant s'abattit dans le bureau. Justine sentit la perplexité de Jack. Ce beau visage, ces yeux d'un bleu à se damner trahissaient son incompréhension, et cela lui fit mal. Il n'y avait cependant qu'une chose à faire.

— Je suis désolée, mais je dois refuser ce poste.

Les deux hommes la fixèrent, bouche bée. Jack fut le premier à se ressaisir.

— Refuser ? C'est pourtant ce que vous vouliez.

Il était hors de question qu'elle ait cette conversation en présence de Keller. Elle se leva et lui tendit la main.

— Merci de m'avoir accordé de votre temps, monsieur Keller. Je suis navrée que cela ait été inutilement.

Keller se leva lentement, lança un regard inquiet en direction de Jack avant de serrer la main de Justine.

— Bien. Je comprends. Si vous changez d'avis, venez me voir, je vous en prie.

— Ce ne sera pas le cas, mais je vous remercie.

Jack soupira et se leva à son tour.

— Merci d'être passé, Keller.

— Quand vous voulez, Mulligan. Mademoiselle Greene, salua Keller en coiffant son chapeau.

Et il sortit, sans un regard en arrière.

Un silence suivit son départ.

Inspirant profondément, Justine se tourna vers Jack.

— Il ne faut plus que nous nous voyions.

Jack se figea, certain d'avoir mal entendu.

— Il ne faut plus que nous nous voyions ?

— C'est cela.

Était-elle malade ? Elle venait de refuser un poste d'inspecteur, alors qu'elle rêvait d'entrer dans la police, et maintenant, elle rompait ? Qu'avait-il raté ?

— Je ne comprends pas. Tu m'en veux pour cette entrevue avec Keller ?

— Non, c'est moi qui t'ai demandé à le rencontrer. Je m'en veux de ne pas avoir prévu ce que ma requête impliquerait.

— Et qu'impliquait-elle selon toi ?

— Que tu ferais pression sur Keller. Ou que tu lui ferais du chantage pour qu'il me donne ce que je voulais.

— Je n'ai fait ni l'un ni l'autre, à vrai dire.

Il s'était contenté de demander. Et Keller était assez intelligent pour savoir ce qui arriverait s'il refusait.

— Parce que tu es Jack Mulligan. Avec toi, l'intimidation et chantage vont de soi.

Chez Jack, l'agacement le disputait maintenant à la perplexité. Il lutta pour garder son calme.

— Ce dont tu étais parfaitement consciente quand tu m'as demandé d'intercéder auprès de lui.

— Peut-être. Et c'est bien pour cela que je suis en colère contre moi-même.

— Donc tu es déçue que j'aie parlé à Keller ?

— Non, Jack. Tu ne vois donc pas ? Je suis déçue de t'avoir demandé d'intervenir. De m'être laissé entraîner avec toi sur la voie du chantage et des pressions en tout genre. J'étais persuadée que cela ne m'atteindrait pas. Je me trompais. Jusqu'à maintenant, j'arrivais à justifier ton intervention parce qu'elle bénéficiait à d'autres gens.

La honte le submergea, mais Jack l'écarta impitoyablement. Il ne s'excuserait pas pour la vie qu'il menait, ni pour l'empire qu'il avait bâti. Il était parti de rien, avait été jeté à la rue avant même que sa voix ait mué. Aujourd'hui, il était l'un des hommes les plus riches et les plus puissants de la ville, avec presque deux mille gars sous ses ordres, et quasiment tous les quartiers populaires à sa botte. Il avait construit tout cela à sa manière, la seule qu'il connaisse.

Et si Justine s'attendait qu'il le regrette, elle allait être déçue.

Il croisa les bras.

— La voie du chantage et des pressions en tout genre, comme tu dis, a permis beaucoup de bonnes choses pendant toutes ces années. Y compris pour toi.

— J'en suis consciente, et je te suis reconnaissante pour tout ce que tu as fait jusqu'à présent. Cependant, tu m'as dit un jour que si je trouvais la soupe bonne, mieux valait ne pas en demander la recette. Et cela, je ne peux plus le faire. Même si cela signifie renoncer à obtenir ce que je veux.

Elle t'échappe. Dis quelque chose. Fais quelque chose. Tu vas la perdre.

Il contourna son bureau, s'approcha d'elle.

— Mon ange, tout ce que je veux, c'est te faciliter les choses. Je n'essayais pas de te corrompre ni de te contraindre. Mais si je suis allé trop loin, je vais me reprendre. Je ne me mêlerai plus de tes affaires.

Elle secoua la tête avant même qu'il ait terminé, et s'écarta comme s'il était porteur d'une maladie contagieuse.

— La tentation sera toujours là, je ne pourrai pas m'empêcher de te parler de mes problèmes et tu ne pourras pas t'empêcher de les résoudre. Je ne peux plus manger de cette soupe. Elle finirait par me faire changer – si ce n'est pas déjà fait.

Il sentit monter la colère, une vague puissante, qu'il avait appris à maîtriser avec le temps. Au début, dans la rue, il en voulait à la terre entière. Se battre était comme une bouffée d'oxygène, une façon de survivre, mais aussi d'évacuer le trop-plein d'émotions qui l'agitaient. Aujourd'hui, devant Justine, il se sentait aussi furieux et désarmé qu'à cette époque lointaine.

— Tu es ridicule, lâcha-t-il sèchement. Je n'ai pas changé, j'ai agi de la même manière que d'habitude. Tout ce que j'ai fait, c'est te laisser entrer dans mon univers. Tu as vu ma maison, ma peau. Je t'ai fait confiance. Et tu me balances que me côtoyer risque de t'empoisonner ?

— Non, tu ne m'empoisonneras pas. *Je* finirai par trouver le poison normal. *Je* l'accepterai. *Je* le boirai de mon plein gré.

— Tu es en train de dire que je te corromprais.

— Oui. J'ai déjà fait des compromis depuis notre rencontre. Jusqu'où suis-je prête à aller ? Je préfère m'arrêter avant de le savoir. Je ne peux pas renier tout ce en quoi je crois, tout ce que je suis, juste parce que tu m'auras simplifié la vie.

Il ne savait plus quoi dire. Utiliser les mots pour parvenir à ses fins était pourtant sa spécialité, or là, toutes ses tentatives échouaient. Le désespoir et la panique commençaient à prendre le dessus, il était comme un pauvre type qu'on a poussé du haut d'une falaise et qui s'efforce de s'accrocher à la paroi avec ses doigts.

— Pourtant nous sommes bien, ensemble, non ? Tu es prête à mettre un terme à cela aussi ?

La douleur qu'il lut sur le visage de Justine lui fit regretter ses paroles. Alors il se tut, et la laissa réfléchir à ce que partir impliquait.

Plus de bowling. Plus d'après-midi à Bond Street.

Plus de baisers, ni de promenades en voiture.

Plus de fous rires, plus de sexe, plus de moments passés à respirer ensemble.

Si elle lui prenait cela, il ne serait plus jamais le même.

— Jack, soupira-t-elle.

Il s'approcha, plein d'espoir, décidé à plaider sa cause une dernière fois. Avant de prendre une décision, il fallait qu'elle sache à quel point elle comptait pour lui.

— Justine, je n'ai jamais rencontré quelqu'un comme toi. Il n'y a jamais eu de femme dans ma vie, pas comme cela en tout cas. Personne à qui je tienne à ce point, en qui j'aie autant confiance. Qui sait ce qui me serait arrivé après ma blessure si tu ne t'étais pas occupée de moi ? Ce n'est pas à sens unique. Je me sens tout aussi déstabilisé et peu sûr de moi à ton contact. Je ne veux pas renoncer à toi. Je t'en prie, mon ange, ne me quitte pas.

Elle prit une inspiration saccadée, et ses yeux s'emplirent de larmes.

— Je ne veux pas te faire pleurer, murmura-t-il en lui caressant la joue du dos de la main. Je ne peux pas vivre sans toi.

— Ne dis pas cela, s'il te plaît.

— C'est vrai. Je ne peux pas. Je t'en prie, dis-moi que tu restes.

Une larme roula sur la joue de Justine, qui lui fit l'effet d'un direct à l'estomac. Le silence s'étira. Jack ne parvenait pas à déchiffrer l'expression de Justine et cela l'angoissait. On entendait les bruits du club, à l'étage en dessous, des bruits d'ordinaire familiers, rassurants, mais qui ne faisaient que souligner le silence régnant dans le bureau, la décision capitale qui allait être prise et qu'il était impuissant à contrer.

Au bout d'une éternité, Justine leva la main vers son visage, le caressa.

— Je ne peux pas. C'est ton monde, pas le mien. Et je n'aime pas la personne que je deviens ici. Merci. Merci pour tout ce que tu as fait, pour chaque minute passée avec toi. Je ne t'oublierai jamais.

L'air lui manqua, la douleur qu'il ressentit était si vive que ses jambes faillirent se dérober. Mais il ne lui montrerait pas sa peine. Il l'avait suppliée une fois. Il ne recommencerait pas. Plus jamais. Et plus jamais il ne tenterait d'empêcher l'inévitable.

Tu aurais dû t'y attendre. Tu aurais dû t'y préparer.

Oui, il aurait dû. Nom de Dieu, il était Jack Mulligan ! Il n'était jamais vulnérable. La colère remplaça le désespoir. Il se sentit comme un animal sauvage, féroce, prêt à attaquer.

Mais il ne lâcherait pas la bête. Pas encore.

Il recula d'un pas, et la main de Justine retomba.

— C'est dommage, dit-il en enfonçant les mains dans ses poches, parce que moi, je vais faire tout ce qui est en mon pouvoir pour t'oublier.

La lèvre de Justine trembla, d'autres larmes roulèrent sur ses joues. Elle fit volte-face et ouvrit la porte d'un geste brusque. Il entendit le bruissement de ses jupes dans le couloir. Elle était partie.

Tu l'as fait pleurer. Tu lui as fait de la peine, espèce de monstre.

Au diable, sa conscience. C'était son univers, ici, elle l'avait dit. Il pouvait dire et faire ce qu'il voulait, et peu importaient les conséquences. Qu'elle retourne dans ses beaux quartiers, avec ses réceptions sinistres et ses prétendants ennuyeux comme la pluie.

Puisqu'elle n'aimait pas son monde, il ne voulait pas d'elle.

Elle était partie. *Partie.* Elle le pensait dangereux et elle était partie pour de bon. Il l'avait suppliée, et elle était partie, bon sang ! Il l'avait suppliée comme un imbécile amoureux.

Et maintenant, il était seul.

La fureur prit le dessus. Elle coulait dans ses veines, le consumait. Ses oreilles bourdonnaient, il tremblait, ne contrôlait plus rien. D'innombrables sentiments l'agitaient, se télescopaient, il avait mal, la douleur explosa dans sa tête. Il attrapa le bord de son bureau, le souleva et, poussant un véritable rugissement, le renversa. Papiers et verres s'envolèrent, le bruit de la chute fit vibrer tout le bâtiment.

Quelques secondes plus tard, Rye apparut.

— Bon Dieu, c'est quoi ce bordel ?

Jack pointa l'index sur son second.

— Je ne veux plus jamais la voir, ni ici ni à Bond Street ! Entrée principale, cuisines, trou de souris, celui qui la laissera passer peut dire adieu à son job ! C'est compris ?

— Oui, on peut le dire. Qu'est-ce qui s'est passé entre vous deux ?

— Peu importe. Sache qu'en ce qui me concerne, Justine Greene n'a jamais existé.

23

La porte s'ouvrit, mais Justine, assise près de la fenêtre, ne tourna pas la tête.

— Justine, je cherche le collier qui...

Florence n'acheva pas sa phrase.

— Tu tricotes encore ? Tu as prévu de faire des pull-overs pour toute la ville ?

Oui, elle tricotait encore. Elle avait déjà fait trois couvertures. Depuis qu'elle avait quitté Jack, elle ne trouvait plus le sommeil, et n'avait pas fait grand-chose d'autre que tricoter. C'était affligeant, vraiment. Pour autant elle refusait de pleurer. Après tout, c'était elle qui avait décidé de mettre un terme à leur relation. Elle n'avait donc aucune raison de se morfondre. D'autant qu'elle savait que c'était la bonne décision. Tout ce qu'elle lui avait dit était vrai.

« Je vais faire tout ce qui est en mon pouvoir pour t'oublier. »

Cette phrase lui avait fait tellement mal. Il lui semblait qu'on lui avait planté une pointe émoussée en plein cœur. Comme une aiguille à tricoter.

— Justine ? Tu m'entends ?

Florence apparut dans son champ de vision, et ouvrit des yeux ronds.

— Doux Jésus, que t'est-il arrivé ?

— Je vais bien, répondit Justine d'une voix cassée. Va-t'en, Florence, reprit-elle après s'être raclé la gorge.

— Non, tu ne vas pas bien, rétorqua Florence en lui tâtant le front. Tu n'as pas de fièvre. Un refroidissement ? Des maux d'estomac ?

D'un geste agacé, Justine écarta la main de sa sœur.

— Arrête, à la fin ! Je ne suis pas une enfant. Je te dis que ça va.

— Quand as-tu mangé pour la dernière fois ?

Mais pourquoi ne s'en allait-elle pas ? Tout ce que voulait Justine, c'était être seule et tricoter jusqu'à ce que l'horrible douleur se calme. Ensuite, elle reprendrait sa vie là où elle l'avait laissée, avant que Jack Mulligan vienne la bouleverser.

« Je ne veux pas renoncer à toi. Je t'en prie, ne me quitte pas. »

Florence se baissa, passa une épaule sous le bras de Justine et la força à se lever.

— Allez, viens. Je te fais couler un bain.

— Je n'ai pas besoin de prendre un bain. J'ai besoin de tricoter.

Elle tricoterait cent ans s'il le fallait. Jusqu'à ce qu'elle oublie Jack, son beau visage et ses yeux si bleus. Ses gémissements de plaisir lorsqu'elle déposait dans son cou des ribambelles de baisers. Sa façon de la regarder comme s'il n'y avait personne d'autre qu'elle au monde.

Elle éclata en sanglots.

Florence faillit trébucher tandis qu'elles gagnaient la salle de bains.

— Tu me fais peur. Je t'en prie, dis-moi ce qui ne va pas.

— Je ne peux pas.

Ses sœurs l'avaient mise en garde contre Jack, et s'il y avait une chose qu'elle ne supporterait pas, ce serait une remarque du genre « je te l'avais bien dit » sur un ton suffisant.

Florence n'insista pas, heureusement. Justine s'assit, indifférente, pendant qu'elle lui faisait couler un bain. Toutefois, lorsqu'elle se laissa glisser dans l'eau, elle fut reconnaissante à sa sœur d'avoir pris les choses en main.

Le problème avec le bain, c'était que ses pensées pouvaient suivre leur cours. Sa tristesse redoubla. Elle détestait ce sentiment. S'il y avait eu une solution, elle serait restée avec lui. Mais elle aimait faire le bien, et il était à la tête d'un empire criminel. Sans compromis, leurs chemins respectifs ne pouvaient avancer dans la même direction. L'un d'eux devait céder. Jack ne connaissait pas le sens de ce mot. Quant à elle, elle ne supporterait pas de se réveiller un jour pour constater qu'elle avait tourné le dos à tous ses principes. Elle s'en voudrait, et finirait par lui en vouloir.

Mais Dieu qu'il lui manquait. Plus qu'elle ne l'aurait cru possible.

Allait-il réellement tout faire pour l'oublier ?

On frappa à la porte.

— Tu es là-dedans depuis plus d'une heure, dit Florence de l'autre côté du battant. Si tu ne sors pas dans cinq minutes, j'entre.

— J'ai presque fini !

— L'eau doit être froide, il faut que tu sortes maintenant, Tina.

Justine jeta un coup d'œil à ses pieds. Sa peau avait légèrement bleui. Elle soupira, se leva et tendit la main vers une serviette.

— C'est bon, je suis sortie ! lança-t-elle.

Personne ne répondit. Avec un peu de chance, Florence était partie et la laisserait tranquille. Justine détestait mentir à ses sœurs. Tôt ou tard, elles apprendraient ce qui s'était passé ; en parler serait toutefois moins difficile s'il y avait davantage de distance entre et Jack et elle.

Drapée dans sa robe de chambre, elle sortit de la salle de bains.

Et se figea.

Ses deux sœurs étaient assises sur son lit et affichaient une expression contrariée. Florence avait visiblement été chercher Marion pendant qu'elle était dans son bain. La soirée s'annonçait décidément pénible.

Justine s'installa devant sa coiffeuse et entreprit de se brosser les cheveux. Ignorer ses sœurs était facile. Elles détestaient le silence et, comme prévu, se mirent à discuter toutes les deux.

— Je t'avais dit qu'elle n'avait pas bonne mine, murmura Florence.

— Je croyais que tu exagérais, mais tu as raison, reconnut Marion.

— Tu ne t'es pas inquiétée en ne la voyant pas au bureau d'aide juridique ?

— Non. Ces derniers temps, elle allait et venait à des horaires un peu bizarres. J'ai cru qu'elle travaillait sur un autre de ses dossiers.

— Tu aurais dû faire plus attention. Cela fait je ne sais combien de temps qu'elle tricote.

— Et toi, alors ? rétorqua Marion. Tu vis sous le même toit qu'elle, non ? À moins qu'entre le casino et Clay tu n'aies trop à faire pour t'occuper de notre petite sœur.

— C'est vrai, je suis très occupée. Le casino me prend tout mon temps. Avec papa et maman en voyage, je ne peux pas tout faire ici.

— Ça suffit !

Justine reposa sa brosse d'un geste brusque.

— Je ne suis pas une enfant, vous n'avez pas besoin de me surveiller. Et j'apprécierais que vous ne parliez pas de moi comme si je n'étais pas là.

Proprement remises à leur place, ses sœurs se turent environ dix secondes. Ce fut Marion qui remonta la première à l'assaut.

— Justine, en l'absence des parents, nous sommes responsables de ton bien-être. Nous savons que tu n'es plus une enfant, mais tu es une jeune fille célibataire qui se rend dans des quartiers dangereux et y rencontre des hommes dangereux. Nous avons le droit de nous inquiéter.

— Et comme vous le voyez, je vais parfaitement bien. J'aimerais dormir à présent, donc si vous pouviez libérer mon lit...

Ses sœurs ne bougèrent pas.

— Pas avant que tu nous expliques ce qui te met dans cet état, riposta Marion. Souffres-tu ?

Pas physiquement.

— Non. Je n'ai pas envie d'en parler.

— Dommage, dit Florence. Je te préviens, je suis prête à passer la nuit ici si nécessaire. Et toi, Marion ?

— Frank ronfle parfois, donc le lit de Justine me convient. Je pourrais rester la semaine, en fait.

Justine connaissait suffisamment ses sœurs pour savoir qu'elles ne plaisantaient pas.

— Vous êtes insupportables, toutes les deux.

Marion tapota le matelas près d'elle.

— Viens ici et raconte-nous tout. Dieu sait que nous t'avons empêchée de dormir avec nos propres problèmes.

Florence se cala contre les oreillers.

— C'est vrai. Tu nous as toujours prêté une oreille attentive, Tina. Alors laisse-nous te rendre service à notre tour et t'aider – même s'il ne s'agit que d'écouter.

Épuisée, Justine s'allongea sur son lit. Tout ce qu'elle voulait, c'était dormir.

— Le problème, c'est que vous n'allez pas vous contenter d'écouter. Vous allez vous mêler de ma vie.

Comme toujours. Vous vous souvenez de la fois où vous m'avez persuadée que si je courais vers l'horizon, je finirais par arriver à Paris ? Et quand vous m'avez fait dévaler une colline en luge en premier ? Et quand vous m'avez dit que je pouvais toucher la prise électrique parce que cela ne ferait pas mal ?

Florence toussota et échangea un regard avec Marion.

— À t'entendre, nous nous sommes comportées avec toi comme des tyrans. Mais jamais nous ne t'aurions mise en danger.

— C'est vrai. Nous t'aimons. Tu es la meilleure de nous trois. Comment pourrais-tu en douter ?

— Vous me traitez comme une enfant. Plus d'une fois, vous m'avez reproché d'être naïve. Parce que vous fréquentez cabarets et casinos, vous croyez tout connaître de la vie, et pouvoir ignorer le danger. Mais moi aussi, figurez-vous, je suis allée dans des cabarets, des casinos, des bars, des bordels, et dans tous les lieux glauques que compte cette ville. Seulement, comme je n'ai pas votre insolence, vous pensez que je ne suis pas capable de me débrouiller seule.

Florence se rapprocha et lui étreignit le bras. Marion s'allongea de l'autre côté.

— Tu as raison, dit-elle. J'ai souvent pensé que tu étais trop bien, trop honnête pour cette ville. Or tu es forte, Justine. Tellement plus forte que les gens ne le pensent.

— Je suis entièrement d'accord, renchérit Florence. En fait, je suis jalouse de ce que tu as accompli en si peu de temps. Clay m'a dit que dans les quartiers populaires, on t'appelait « l'ange ».

Mon ange. Elle l'entendait presque murmurer ces mots. Les larmes jaillirent.

— Oh non ! Qu'est-ce que j'ai dit ? gémit Florence. C'était un compliment, je te le jure.

Justine essuya ses joues humides d'un revers de main.

— Ce n'est pas pour cela que je pleure.

Si aucune de ses sœurs ne posa de question, elle sentit qu'elles en mouraient d'envie. Toutes deux attendaient en se mordant la lèvre, maîtrisant admirablement leur curiosité. Justine poussa un long soupir, puis :

— J'ai rompu avec Jack Mulligan.

— Attends un peu..., dit Florence. Je croyais que c'était terminé depuis un moment.

— Non. Je rentrais juste à une heure raisonnable pour que tu ne te doutes pas que je le voyais toujours.

Florence en resta bouche bée.

— Alors là... C'est drôlement malin de ta part. Je suis impressionnée. Marion, ça n'a pas l'air de te surprendre.

— Parce qu'elle était au courant, dit Justine. Ou plutôt, elle s'en doutait à cause de certains dossiers dont je m'occupais pour le bureau d'aide juridique.

Florence fusilla Marion du regard.

— Tu savais ? Pourquoi ne m'as-tu rien dit ?

— Frank était censé s'en occuper. Il m'avait promis de voir Mulligan et d'exiger qu'il cesse de voir Justine.

— C'est donc chez lui que sont allés Clay et Frank, il y a quelque temps. Je me souviens qu'il était particulièrement vague à propos de ce rendez-vous.

— Attendez, Frank et Clay sont allés voir Jack ? s'écria Justine. Quand ?

— Juste après le rendez-vous avec Mme Gorcey. Je pensais qu'il t'en avait parlé.

Non, il n'en avait rien dit. Et pourquoi l'aurait-il fait, vu que cela concernait uniquement sa famille et elle ? Elle en fut très contrariée.

— Que s'est-il passé ? s'enquit Florence. S'il t'a maltraitée d'une manière ou d'une au...

— Non, non, ce n'est rien de tout cela. Tout le contraire, en fait.

— Que veux-tu dire ?

— Il... m'a donné tout ce que je voulais. Tout. Il suffisait que j'en parle, il claquait des doigts, et c'était fait. Cet homme est un peu comme un sorcier. Et je reconnais qu'au début, c'était séduisant. Grâce à lui, j'ai gagné beaucoup de temps en faisant peu d'effort. Avec Jack les problèmes disparaissent.

— Cela ne paraît pas si mal, risqua Marion. Mais je suppose qu'il y a eu autre chose...

— Je voulais devenir inspecteur de police...

— Quoi ? s'exclama Florence. Mais il n'y a pas de femme parmi les inspecteurs.

— Pas encore. Il existe pourtant un grand nombre d'affaires sur lesquelles les hommes ne prennent pas la peine d'enquêter, souvent lorsque des femmes et des enfants sont impliqués. Je voulais m'occuper de ces dossiers-là.

Le visage de Florence s'éclaira.

— Cette idée me plaît beaucoup. Et c'est un travail qui t'irait comme un gant. Évidemment, Mulligan était contre à cause de ses activités, j'imagine.

— De même que d'autres, dont je tairai le nom, murmura Marion, faisant référence au casino clandestin que Florence entendait ouvrir.

— Tu te trompes, Florence. Mulligan était pour. Il a vu le représentant de Tammany Hall et l'a convaincu de me proposer un poste. Je devais être la première femme inspecteur de police.

— Et ?

— Et ce n'était pas possible. Ils allaient me nommer directement inspecteur, sans passer par le poste d'agent.

— Et alors ?

— Et alors tu imagines le ressentiment des autres officiers en me voyant arriver sans aucune expérience et être d'emblée promue inspecteur ?

— Je ne vois pas en quoi c'est un problème, dit Florence. Beaucoup d'hommes font cela tout le temps pour gravir les échelons. C'est le règne du népotisme et des services rendus. Pourquoi n'en profiterais-tu pas ?

— Parce que ce n'est pas juste. Et puis là, c'était plus que cela.

— C'était la toile d'araignée, dit Marion d'un air entendu.

— La toile d'araignée ? répéta Florence.

Marion l'ignora.

— J'ai raison, n'est-ce pas ?

— Oui, admit Justine. Je ne peux pas avoir une relation avec un homme qui pratique le chantage et l'intimidation pour parvenir à ses fins, même si c'est pour une bonne cause. Je finirais par détester cela.

— Tu le lui as dit ?

— Oui. Il a essayé de me faire changer d'avis.

— Je me suis laissé dire qu'il pouvait être très persuasif, commenta Marion.

— De toute évidence, il ne savait pas que rien ne fait changer Justine Greene d'avis une fois sa décision prise, ajouta Florence.

— Tu l'aimes, n'est-ce pas ? dit Marion d'une voix plus douce.

Justine avait la gorge trop nouée pour répondre. Elle se concentra sur sa respiration, et sur une petite araignée qui marchait au plafond. *À point nommé.*

— Oh, Tina ! souffla Florence. C'était exactement ce que je redoutais.

— Tu as pris la bonne décision, assura Marion. Ce qui est une piètre consolation, je sais.

— Tu finiras par t'en remettre, enchaîna Florence. Tu rencontreras quelqu'un d'autre, et Mulligan ne sera plus qu'un lointain souvenir.

Mais Justine ne voulait personne d'autre. Quel homme arriverait jamais à la cheville de Jack ? Et pourquoi risquerait-elle une nouvelle déception ? Cette idée était insupportable.

— Quand vous avez eu des peines de cœur, toutes les deux, je trouvais que vous exagériez. Je vous donnais des conseils désinvoltes alors même que j'ignorais tout de ce que vous ressentiez.

— Il n'est pas nécessaire d'avoir vécu une tragédie pour offrir son aide ou son soutien. Et tu n'as jamais été désinvolte, déclara Marion.

— C'est vrai, confirma Florence en se levant. Et je pense qu'il est temps de clore le débat et de nous apitoyer sur notre sort à la manière de ces messieurs.

— En faisant quoi ? demanda Justine.

— En prenant une bonne cuite.

Jack leva les bras, le corps ruisselant de sueur. Son adversaire gisait à ses pieds.

— Et un de plus au tapis. Il y a encore des volontaires ?

Dans la salle, les hommes échangèrent des regards inquiets. Ces deux derniers jours, seize d'entre eux étaient montés sur le ring pour affronter Jack. Aucun n'en était sorti victorieux. Les habitants du quartier se massaient derrière les baies vitrées de la salle pour regarder Mulligan massacrer ses adversaires les uns après les autres.

Au départ, il s'agissait juste d'évacuer son trop-plein de colère, de s'épuiser pour dormir d'un sommeil de plomb. L'avantage de pareille démonstration, c'était aussi d'attirer celui qui avait tenté de l'abattre.

O'Shaughnessy ne pouvait rester sur un échec. Il savait que tôt ou tard Jack viendrait chercher des réponses... et qu'il ne viendrait pas seul. Il n'avait d'autre choix que de tenter une nouvelle fois de l'abattre – et de réussir, cette fois.

Alors Jack s'était exposé le plus possible. Il avait laissé Rye et Cooper s'occuper de sillonner la foule pour tâcher de repérer qui était armé. Une partie de lui-même espérait que le tueur parviendrait à ses fins. Au moins cesserait-il alors de regretter une femme qui voyait en lui un poison.

« C'est ton monde, pas le mien. Et je n'aime pas la personne que je deviens ici. »

— Alors, plus de volontaire ? lança-t-il au public. Bande de lâches !

Quelqu'un se racla la gorge sur sa droite. C'était Rye, qui cherchait à attirer son attention. Jack alla dans un angle du ring, prit la serviette qu'il avait laissée sur les cordes et s'essuya le visage et le cou.

— Qu'est-ce qu'il y a ?

— Vu ton humeur, les gars sont pas très chauds pour t'affronter. Je propose que tu descendes de là pour qu'on...

— Un dernier, Rye. Juste un dernier.

— Non, pas aujourd'hui. Tu es épuisé, sans parler de ta blessure qu'est pas complètement cicatrisée. Et c'était quand la dernière fois que tu t'es plongé dans les livres de comptes ?

Cela remontait à cinq jours. Il n'avait pas remis les pieds dans son bureau depuis qu'elle était partie. Voir cette pièce lui faisait l'effet d'un coup de pied dans les parties. Retourner dans la maison de Bond Street était également hors de question. Il était sans doute temps de chercher un agent immobilier pour la mettre en vente, parce qu'il n'y dormirait plus jamais.

— Ne t'inquiète pas pour la comptabilité, dit-il. Et je ne peux pas m'arrêter. On n'a toujours pas trouvé le tireur.

— Ç'aura plus d'importance quand tu tomberas raide mort sur le ring.

— C'est ridicule. Je suis en excellente santé.

— Tu dirais pas ça si tu te voyais.

— Arrête de me harceler. Si j'avais voulu une femme, il y a longtemps que je me serais marié.

— Non, t'aurais épousé personne parce que personne t'aurait supporté. Il y avait qu'*elle*. Et tu l'as mise dehors.

Je ne l'ai pas mise dehors. Elle m'a quitté.

— Mêle-toi de tes oignons, et trouve-moi un autre adversaire.

— Je dois m'assurer que l'Irlandais traîne pas dans les parages. Si tu as tellement envie de te faire tuer, il va falloir que tu t'en occupes tout seul.

Rye s'éloigna, abandonnant Jack sur le ring avec ses pensées, ce qui n'améliora pas son humeur. Au contraire. Il aurait préféré affronter dix O'Shaughnessy plutôt que de penser à elle. On ne pouvait pas changer le passé.

Qui n'avance pas recule. Il avancerait, donc, dût-il en mourir.

Il se retourna vers l'assistance et lança :

— Cent dollars à celui qui monte sur le ring avec moi !

Les yeux s'arrondirent. Certains secouèrent la tête, mais une dizaine environ semblèrent hésiter.

— Deux cents si vous tenez plus de dix minutes !

Quatre hommes s'avancèrent, grands, larges d'épaules, un cou de taureau. *Enfin*. Jack se frotta les mains. Peut-être les affronterait-il tous. Quoi qu'il lui en coûte, cela en vaudrait la peine, surtout s'il se prenait quelques coups. Au moins les blessures physiques étaient-elles soignables. Un cœur brisé, en revanche... La seule façon d'y survivre était de l'ignorer.

— Qui commence ? Southern Mike ? suggéra-t-il en pointant le doigt sur le plus costaud des quatre.

Mike haussa les épaules, et se glissa entre les cordes pour monter sur le ring. Jack fit signe à l'un de ses gars, et s'étira en sautillant pendant que celui-ci enveloppait les poings de Mike dans des bandelettes de tissu. Enfin, il entrevoyait la lumière au bout du tunnel, sentait la folie reculer avec la perspective du combat. Il allait se concentrer sur ses coups, rien que sur ses coups, et se perdre dans cet affrontement physique pur.

Tout en s'assouplissant le cou, il regarda dehors, au-delà de la foule. Soudain, un reflet métallique attira son regard. Il plissa les yeux. De l'autre côté de la rue se tenait un homme avec un pistolet à la main.

Et il visait la vitrine.

24

Jack reconnut l'homme, et ce n'était pas celui qu'il attendait. Bon sang… ?

Plutôt que de se mettre à couvert, il hurla le seul mot capable de provoquer la panique dans la foule.

— Les flics !

Le chaos fut instantané. Tables et chaises valdinguèrent, les verres volèrent en éclats tandis que tout le monde se précipitait vers la sortie de secours et les pièces secrètes. Jack ne bougea pas. Il continua de fixer l'homme de l'autre côté de la rue, comme s'il le mettait au défi de l'abattre.

Celui-ci avait dû réaliser que l'occasion était passée, car il rempocha son arme et fila. Jack attrapa sa chemise, l'enfila, descendit dans la salle et courut en direction de la porte. Sur le trottoir, il repéra le tireur et se lança à sa poursuite. Cooper avait eu le même réflexe et courait déjà dans la rue. *Parfait.*

Cette fois, le tireur ne leur échapperait pas.

L'homme tourna à l'angle de Bowery en direction du sud. Jack décida de lui couper la route et traversa pour continuer tout droit. Quand le tireur le vit jaillir juste devant lui, il écarquilla les yeux, fit volte-face et repartit dans l'autre sens… pour tomber nez à nez avec Cooper.

Ce dernier l'attrapa et lui maintint les bras dans le dos. L'homme se débattit.

— Pauvre crétin, grommela Jack en les rejoignant.

En guise de préambule, il lança le poing dans l'estomac de Robert Gorcey, qui se plia en deux. Autour d'eux, les piétons firent un large détour et regardèrent ailleurs. Malgré tout, l'endroit était mal choisi pour ce que Jack avait en tête.

— Emmène-le au club, dit-il à Cooper.

Cooper avait beau être émacié, c'était un costaud : Gorcey n'avait aucune chance de se libérer. Une fois devant le club, Jack indiqua la porte métallique qui descendait au sous-sol.

Ils étaient dans la cave quand Rye vint les retrouver. Il cracha sur le sol aux pieds de Gorcey.

— Bon sang, un de des nôtres ?

Gorcey fixait Jack d'un regard frondeur. Il n'était que dégoût et haine.

— Tu le mérites, siffla-t-il. Tu peux me tabasser autant que tu veux, mais tu mérites de recevoir une balle. Faut pas se mêler des affaires des autres.

— Je t'ai juste forcé à te comporter en homme d'honneur, espèce d'ordure. Ces enfants dépendent de toi pour manger, et l'argent, tu le gagnes en travaillant pour moi, de surcroît.

— Plus maintenant. Je suis parti. Ou t'es peut-être trop occupé avec ta pute pour t'en apercevoir ?

Jack ne réfléchit même pas. Il se contenta de réagir. Son poing s'écrasa sur la mâchoire de Gorcey.

— Parle d'elle comme ça encore une fois et je te brise les deux jambes.

— Et alors ? Après ce que j'ai fait, mes jambes, c'est le cadet de mes soucis. Vas-y, lâche-toi, Mulligan.

— Tu es donc trop radin pour lâcher trois sous à ta famille ? Je sais combien tu gagnes, Robert. Tu avais largement les moyens.

— C'est pas la question. Je veux plus d'elle, c'est tout. Je l'aime plus et j'aime pas ses mômes.

— Alors pourquoi tu l'as épousée ? Pourquoi tu l'as baisée et tu lui as fait des enfants ?

— Parce qu'elle m'a laissé faire. Et puis elle était pas si terne et ennuyeuse avant. C'est ce qui arrive quand les filles ont des gosses. Après le cinquième lardon, elle voulait même plus que je la baise.

— Jésus, Marie, Joseph, murmura Rye. Pas étonnant qu'elle veuille plus de lui.

Jack ferma les yeux, serra les poings. Il avait rencontré Mme Gorcey. Elle méritait mieux que ce salaud.

— Une femme honnête, qui partage ta vie et te fait des enfants, c'est un don du ciel. On bosse et on fait tout pour la garder. Mais quand je te vois, je me dis qu'elle est aussi bien sans toi.

Gorcey ne répondit pas, se contentant de fixer Jack du même air mauvais. Sans vraiment le connaître, ce dernier voyait bien qu'il n'avait pas affaire à un cerveau. Avait-il agi seul ?

— Il t'a donné combien, O'Shaughnessy ?

— Je sais pas de quoi tu parles.

Jack s'approcha, se pencha vers Gorcey, son visage à quelques centimètres du sien.

— Vraiment ? rétorqua-t-il. Si tu ne travailles plus pour moi, c'est que tu travailles pour quelqu'un d'autre. Pour qui, Robert ?

— Que tu me croies ou pas, c'est pas mon problème. Je travaille pour personne.

— En fait si, c'est sacrément ton problème. Si tu me dis la vérité, je pourrais me contenter de te mettre dans un train pour le Kansas. En revanche, si tu me racontes des salades, je pencherais plutôt pour un bateau à destination de l'Australie. C'est de l'autre côté de la planète, Robert. Dans un cas comme dans l'autre, tu ne reverras jamais New York.

— Je travaille pour personne, répéta Gorcey.

— Bon. Il semblerait que mon vœu ait été exaucé. Je cherchais quelqu'un contre qui me battre aujourd'hui, et je l'ai trouvé.

Il fit rouler ses épaules, se détendit le cou.

— T'as oublié de me poser une question, lâcha Gorcey.

— Pourquoi je ne te jette pas dans l'East River, tout simplement ?

— Non. Comment je suis au courant pour toi et ta copine des beaux quartiers.

Jack se figea, en proie à un mauvais pressentiment.

— Comment es-tu au courant ?

— Tout le monde est au courant. Même O'Shaughnessy.

— Et ?

— Je te le dirai si tu me laisses partir.

Jack serra les poings. Son pouls s'emballa. Jamais il ne laisserait partir Gorcey, mais il fallait absolument qu'il connaisse les plans de O'Shaughnessy, surtout si ceux-ci concernaient Justine.

— Pas question. Je suis toutefois prêt à te laisser en vie.

— Ça suffit pas. Laisse-moi partir et je te dirai tout ce que tu veux savoir.

— Robert, j'ai l'impression que tu penses qu'il s'agit là d'une négociation. Sache que je ne négocie jamais avec ceux qui ont tenté de me tuer.

— Alors je suppose qu'elle va mourir.

C'était tout ce que Jack avait besoin de savoir. O'Shaughnessy allait s'attaquer à Justine pour tenter de l'atteindre, lui... Et il allait remuer ciel et terre pour l'en empêcher.

— On y va, dit Rye. Tout de suite.

Jack fonçait déjà vers la porte.

— Attendez, dit Cooper. C'est peut-être un piège. Si Gorcey bosse pour lui, c'est exactement ce que O'Shaughnessy veut que tu fasses.

Jack s'arrêta, sentant la peur l'étreindre. Ça pouvait être un piège, oui… et si ça ne l'était pas ? Et si O'Shaughnessy avait enlevé Justine ? Cette possibilité lui glaça le sang.

— Tant pis. Si Justine n'est pas déjà là-bas, elle est en danger de toute façon. Je dois foutre la trouille de sa vie à l'Irlandais, sinon, il s'en prendra toujours à elle.

— Je suis d'accord, dit Rye. On devrait y aller avec au moins cent gars.

— Non, répliqua Jack. C'est justement ce qu'il veut. Un affrontement en pleine rue, pour qu'on finisse tous au trou et que le chaos s'installe dans la ville. J'ai réussi à ramener la paix une fois, je n'ai pas envie de recommencer. Il faut agir de façon civilisée.

Rye secoua la tête.

— O'Shaughnessy n'a rien de civilisé.

— Il se ravisera. Cooper, tu restes avec Gorcey. Attache-le. Rye, avec moi.

Justine gravit d'un pas rapide les marches menant au Quartier général de la police et se dirigea vers le bureau d'Ellison, le mot plié dans son sac à main. Elle n'avait pas revu l'inspecteur depuis leur expédition à l'atelier de confection. Cela ne faisait pas si longtemps en réalité, pourtant elle avait l'impression d'avoir beaucoup changé depuis. D'être un peu moins enjouée, un peu plus dure.

Trente minutes plus tôt, alors qu'elle sortait du bureau d'aide juridique, un gamin lui avait tendu un mot.

10 000 $ avant le coucher du soleil et Mulligan aura la vie sauve.

C'était signé Trevor O'Shaughnessy, et la rançon devait être apportée à Broome Street Hall.

Justine ignorait qui était cet homme et s'il avait bel et bien enlevé Jack, mais elle était résolue à le découvrir. Le bureau d'Ellison étant vide, elle sillonna le bâtiment jusqu'à ce qu'elle le trouve en réunion dans un autre. Tant pis si elle interrompait quelque chose d'important, la vie de Jack était peut-être en jeu.

Elle frappa sur le montant de la porte et fit signe à Ellison. Celui-ci ne sembla pas ravi de la voir.

— J'ai besoin de vous parler, souffla-t-elle. C'est urgent.

— Mademoiselle Greene, dit l'homme qui trônait derrière le bureau. Entrez, je vous en prie.

Élégant, les tempes grisonnantes, il avait à peu près l'âge de son père.

— Co… comment savez-vous qui je suis ?

— Votre père et moi nous connaissons. Je vous ai rencontrée une ou deux fois, mais il est normal que vous ne vous en souveniez pas. Je suis le capitaine Harrison.

Ah, oui !

— Vous êtes l'oncle d'Ida Harrison.

— En effet. Vous aviez quelque chose à demander à l'inspecteur Ellison ?

Elle n'hésita pas une seconde. Si l'aide d'Ellison était précieuse, celle du capitaine Harrison le serait encore plus.

— J'ai reçu ceci il y a moins d'une heure, dit-elle en tirant le papier de son sac pour le lui tendre.

Harrison le lut, émit un sifflement et le fit circuler.

— Il semblerait que Mulligan se soit mis dans de beaux draps.

C'était donc bien ce qu'elle craignait.

— Qui est ce O'Shaughnessy ?

— C'est l'homme qui a des vues sur le territoire de Mulligan, intervint Ellison. Je suis surpris que vous ne le sachiez pas. Mulligan et vous êtes assez proches, je crois.

Elle ne releva pas.

— Dois-je m'inquiéter ? Va-t-il faire du mal à M. Mulligan ?

— Il est probable que cela finira mal pour l'un des deux, dit Harrison en haussant les épaules. Ce qui n'est pas plus mal pour nous.

— Que voulez-vous dire ?

— Que nous n'avons pas de temps à consacrer aux guerres que se livrent les gangs pour le contrôle des quartiers populaires. Qu'ils règlent leurs comptes entre eux, cela nous arrange.

— Là, il s'agit visiblement de chantage. Vous ne pouvez rien faire ? Au moins venir avec moi à Broome Street Hall pour parler avec ce O'Shaughnessy ? Ce n'est peut-être rien du tout, mais la vie d'un homme est peut-être aussi en jeu.

L'un des hommes présents étouffa un rire.

— O'Shaughnessy n'est pas du genre à bluffer. S'il dit que Mulligan est en danger, vous pouvez le croire.

— Mais je ne peux pas réunir dix mille dollars d'ici ce soir !

Ellison leva les bras, et les laissa retomber, résigné.

— Alors le règne de Mulligan est terminé. Cela devait arriver tôt ou tard.

— Enfin, messieurs, comment pouvez-vous réagir de façon aussi désinvolte ? Il s'agit de la vie d'un homme !

— Allons, allons, on se calme, intervint Harrison. Je comprends que vous soyez affectée par cette nouvelle, mais la police ne peut pas se mêler de cette histoire. J'ai peur que Mulligan ne doive se débrouiller seul.

— Et si mon père demandait à la police d'intervenir ? Vous le feriez, alors ?

— Non. Du reste, votre père comprendrait qu'il s'agit là de dangereux criminels, et que la ville gagnerait à être débarrassée de l'un d'eux. Il laisserait faire.

Furieuse, Justine lui arracha le mot des mains, pivota et fonça vers la porte. Dire qu'elle avait admiré ces officiers. En réalité, ils étaient peu nombreux à être admirables. Corrompus et indignes de confiance, voilà ce qu'ils étaient pour la plupart.

« Depuis le temps, vous devriez savoir qui a vraiment le pouvoir dans cette ville. »

Elle allait devoir se débrouiller seule.

Great Jones Street n'était pas très loin, mais le trajet lui parut durer une éternité. Enfin arrivée devant le club de Jack, elle vit à travers la vitre qu'un combat était en cours, comme la plupart du temps. Tout semblait normal. L'auteur du mot avait peut-être bluffé.

Les deux portiers évitèrent son regard.

— Il faut que je voie M. Mulligan, dit-elle en gravissant les marches du perron.

Ils se rapprochèrent l'un de l'autre, bloquant l'accès à la porte.

— Désolé, mademoiselle, on a ordre de pas vous laisser entrer.

Elle s'arrêta, étonnée.

— Ordre ? De qui ?

— De Mulligan. Désolé, mademoiselle.

Jack lui interdisait l'accès à son club ? Son cœur se serra.

— Il est là ? Je vous en prie, dites-lui que je dois le voir. C'est urgent.

— Il est parti, avec M. Rye...

— La ferme, siffla son collègue. Il veut pas qu'on lui raconte, c'est pas ses affaires.

Elle se concentra sur le plus affable.

— Il est allé où ?

— Je peux pas vous dire, mademoiselle.

— Il est peut-être en danger. Je vous en supplie, dites-moi où il est.

L'autre soupira.

— Ils nous disent pas où ils vont. On est là pour garder la porte, nous, c'est tout.

— Et M. Cooper, il est là ?

— Il est au sous-sol.

Cette réponse valut au jeune homme une claque à l'arrière du crâne.

Justine le remercia, et fila vers la porte métallique qu'elle supposait être celle de la cave.

— Monsieur Cooper ! Il faut que je vous voie, c'est très urgent ! Je vous en prie, monsieur Cooper !

Elle ponctua son appel d'un bon coup sur le battant.

La porte s'ouvrit quelques instants plus tard.

— Mademoiselle Greene ? s'étonna Cooper, qui jeta un coup d'œil dans la rue. Que faites-vous ici ?

— Je crois que Jack a été enlevé par O'Shaughnessy.

Cooper sortit dans la rue et l'attira à l'écart.

— Pourquoi vous dites ça ?

Elle sortit le mot de son sac et le lui tendit.

— Je suis d'abord allée à la police, mais ils n'ont pas voulu m'aider.

— Ces salauds, grommela Cooper en lisant le mot. Nom de Dieu ! Je savais qu'ils auraient pas dû y aller seuls !

— Quoi ? Jack s'est délibérément rendu chez ce O'Shaughnessy ? Il est en danger ?

— O'Shaughnessy tuerait sa propre mère si ça pouvait lui rapporter quelque chose. Jack a cru que vous étiez en danger, du coup, il est allé lui parler.

Justine imaginait sans peine la conversation entre les deux hommes. Jack allait menacer et tenter d'intimider O'Shaughnessy pour obtenir ce qu'il voulait. Et là, la conversation ne pouvait que dégénérer.

— Nous devons l'aider.

— Ça lui plaira pas. D'après Jack, c'est justement ce que veut O'Shaughnessy, une bonne grosse empoignade dans la rue pour rompre l'équilibre des pouvoirs dans ces quartiers. Autrefois, ça arrivait tout le temps.

Autrefois, c'est-à-dire avant Jack. Et n'était-ce pas exactement ce que lui avait dit le capitaine Harrison ?

— Je me moque que cela ne plaise pas à Jack. Je ne peux pas réunir dix mille dollars, alors à moins qu'il n'ait cette somme dans son coffre, nous devons trouver une autre solution.

— Mille dollars, je devrais pouvoir les trouver. Mais dix mille ? Je sais pas où Jack planquerait autant d'argent liquide.

Elle pourrait aller trouver Marion et Frank. Peut-être aussi Florence et Clay. À eux tous, ils arriveraient à réunir cette somme. Sauf que le temps manquait. Le jour déclinait, le soleil était déjà bas dans le ciel. Si seulement son père avait été en ville – mais aurait-il accepté de prêter de l'argent pour sauver Jack Mulligan ? C'était une autre histoire.

Tout bien considéré, elle n'était pas sûre que sa famille accepte de l'aider. Florence et Marion n'aimaient pas beaucoup Jack, surtout depuis qu'elle leur avait parlé l'autre soir. Toutes deux étaient convaincues qu'elle était mieux sans lui.

Qu'elles aient raison ou pas, elle ne pouvait le laisser se faire tuer. Elle supportait à peine leur séparation… alors qu'il était bien vivant. S'il mourait, elle ne s'en remettrait pas – d'autant qu'elle aurait pu faire quelque chose pour éviter le pire.

— Nous devons le sauver, dit-elle à Cooper.

— Vous devriez rentrer chez vous et nous laisser nous occuper de ça, mademoiselle. Quoi qu'il arrive, ça risque d'être dangereux.

— Monsieur Cooper, nous ne nous connaissons pas beaucoup, sachez cependant que je ne rentrerai pas chez moi tant que Jack ne sera pas sain et sauf. Est-ce clair ?

Cooper grimaça.

— Il me tuera s'il vous arrive quelque chose.

— Vous lui direz que je suis la seule à blâmer. Nous devons sortir Jack de là.

— Je vois pas très bien quoi faire, à part demander à tous les gars du club d'attraper ce qui leur tombera sous la main et d'aller défier les sbires de O'Shaughnessy.

Justine regarda dans la salle à travers la vitre. Les hommes continuaient de hurler et d'applaudir les deux adversaires sur le ring.

— Ça pourrait marcher ?

— Peut-être. O'Shaughnessy a pas autant d'hommes que nous sous ses ordres. Mais Jack aimerait pas cette idée.

— Jack n'est pas là. Allez, venez.

Elle retourna vers les portiers, se planta devant eux.

— Mulligan a été enlevé. Je dois parler à tous ceux qui sont à l'intérieur.

Les deux gars la fixèrent, bouche bée. Plutôt que de discuter, ils s'écartèrent et la laissèrent passer. Cooper la suivit. Une fois dans la grande salle, elle glissa deux doigts entre ses lèvres et émit un sifflement sonore. Toutes les têtes se tournèrent dans sa direction.

En d'autres circonstances, cela l'aurait déstabilisée. Pas aujourd'hui. Jack était en danger de mort. Elle n'avait pas le temps de paniquer, ni de se demander si elle avait pris la bonne décision. Chaque minute comptait.

Alors elle fendit l'assistance jusqu'au ring, et grimpa dessus. Il y avait là au moins soixante-quinze hommes, et sans doute autant dans le bar, à l'arrière, à en juger par le bruit.

— C'est quoi ce binz ? hurla un homme. J'ai misé dix dollars sur ce combat, moi, alors la demoiselle, elle descend de là et vite fait !

— Mulligan a été enlevé par Trevor O'Shaughnessy, lança Justine en guise de réponse.

Un brouhaha, mélange d'incrédulité et de colère, se répandit dans l'assistance.

— Comment vous le savez ? cria quelqu'un.

— J'ai reçu un mot exigeant le paiement d'une rançon en échange de la vie de Mulligan. C'est une trop grosse somme pour que je puisse la réunir à temps, et je pense que O'Shaughnessy l'a fait exprès. Quoi qu'il en soit, nous ne pouvons pas céder et abandonner Mulligan. Nous devons lui porter secours.

Cooper la rejoignit.

— Elle a raison. Il y a pas d'autre solution. On doit montrer à O'Shaughnessy qu'on est derrière Mulligan quoi qu'il arrive.

Dans la salle, les hommes échangèrent des regards, hésitants. C'était normal. On leur demandait d'aller se battre, et de risquer d'être blessés, ou pire. Justine ne pouvait pas leur exposer son plan pour le moment, mais elle espérait éviter le « pire ».

D'abord, elle devait les convaincre qu'elle avait raison.

— Je vous le demande, reprit-elle. Combien d'entre vous Mulligan a-t-il aidés personnellement ? À combien d'entre vous donnerait-il sa chemise s'il pensait que vous en avez besoin ? Il vous connaît tous et se soucie de vous. Il est fier de vous. Vous avez su vous unir et former une organisation comme on n'en avait encore jamais vu dans cette ville. Une organisation puissante, contre laquelle même la police ne peut rien. Vous avez fait ça ensemble, avec Jack Mulligan. Alors est-ce qu'on va laisser O'Shaughnessy tout détruire ? Ou est-ce qu'on va aller chercher notre chef et remettre les pendules à l'heure ?

Ils avaient commencé à hocher la tête avant même qu'elle ait terminé. Lorsqu'elle se tut, les clients du bar affluaient en direction du ring. Tous les regards étaient rivés sur elle.

Cooper se pencha vers elle.

— Alors ?

— Comment ça, alors ?

— Ils s'attendent à ce que vous les emmeniez chez O'Shaughnessy.

25

Furieux, Jack fixait d'un regard mauvais le profil de O'Shaughnessy. Comment avait-il pu être aussi bête ? À la seule pensée que Justine puisse être en danger, il s'était précipité ici sans penser à sa sécurité ni à celle de Rye. Quel manque de discernement. O'Shaughnessy les attendait de pied ferme. Rapidement maîtrisés, ils avaient été séparés, et Jack n'avait pas revu Rye depuis.

Il se trouvait dans une petite pièce sans fenêtre, attaché à une chaise. O'Shaughnessy était assis à quelques mètres de lui, et taillait un morceau de bois avec un couteau à longue lame. Les copeaux tombaient à ses pieds.

De toute évidence, il avait choisi la méthode favorite de Jack en matière d'intimidation : le silence. Et bien que ce dernier détestât concéder la main, il était dans son intérêt de chercher à convaincre O'Shaughnessy de le relâcher.

— Trevor, ce que tu es en train de faire est dangereux et irresponsable.

Silence.

— Je ne sais pas ce que tu cherches à obtenir. La police ne laissera pas éclater une guerre des gangs. Nous serons tous les deux neutralisés, et tout le monde y perdra.

Rien.

— Si tu m'élimines, tous mes gars rappliqueront.

Tchac, tchac. Le bruit de la lame sur le bois.

Jack soupira.

— Écoute, Trevor, je comprends. Moi aussi, j'ai aimé flirter avec le danger, moi aussi, j'ai eu des comportements excessifs. Je voulais toujours plus de pouvoir. Mais là, tu t'y prends mal.

— Ah ouais ? Et on devrait en discuter, tu crois ? Tu me fais rigoler. Tu serais raisonnable, toi ? T'essayerais pas plutôt de nous parquer dans notre petit quartier à l'autre bout de la ville, mes hommes et moi ?

— Tu penses honnêtement mériter plus que ça ?

— Je pense pas que t'aies la moindre idée de ce que je mérite, connard.

— Alors éclaire ma lanterne.

D'un geste leste, O'Shaughnessy prit son couteau par la lame et le lança en direction de la porte. L'arme tourna sur elle-même, et se planta dans le chambranle. Trevor posa les mains sur ses genoux, et fit face à Jack.

— T'es persuadé que les costumes sur mesure et les grands mots font de toi un gentleman, que t'es un type meilleur que nous autres. Mais tu te fourres le doigt dans l'œil. Tes mains sont aussi sales, aussi couvertes de sang que celles de tous ceux qui comptent dans cette ville. On a essayé de vous respecter, toi et tes hommes, mais y a pas la place pour deux chefs sur cette île. Un suffit largement. Et le seul qui a les couilles pour faire bouger les choses, c'est moi.

— En me tuant ? Arrête tes conneries.

— Je vais d'abord demander une rançon.

— Une rançon ? À qui ?

Un sourire sinistre barra le visage de O'Shaughnessy, et Jack se raidit.

— Voyons voir… Qui est-ce que tu connais qui vient d'une famille riche ? Je pense qu'elle a les moyens, non ? Même si ça ne te sauvera pas.

— Dis-moi que t'as pas fait ça.

— Je l'ai fait, si. Je suis sûr qu'elle a dix mille planqués sous son matelas. Et que ça lui manquera même pas.

Nom de Dieu. Jack ferma les yeux. Trevor avait mêlé Justine à cette histoire. Rien que pour ça, il l'étranglerait de ses propres mains. Même s'ils n'étaient plus ensemble, Justine était du genre à voler au secours de toute personne en danger. Si elle venait ici seule, O'Shaughnessy n'hésiterait pas un instant à en profiter.

Et il ne pourrait rien pour elle.

La fureur de Jack redoubla, l'aveugla. Il se débattit, tira sur ses liens. O'Shaughnessy ricana

— T'arriveras pas à te libérer, mon gars. Les nœuds, ça me connaît.

— Je te tuerai, gronda Jack. Je te tuerai et j'y prendrai plaisir.

— Eh ben, bonne chance.

Ils se toisèrent un long moment, et l'arrogance de Trevor ne fit que décupler la rage de Jack. Il devait toutefois rester calme. Perdre son sang-froid ne résoudrait rien.

— S'il lui arrive quelque chose, je serai sans pitié, promit-il d'une voix sans timbre.

— Garde-la, ta pitié, Mulligan. Tu penses qu'on devrait tous te respecter et te craindre, mais qu'est-ce que t'as fait pour mériter le respect ? T'as convaincu un tas de rats d'égout et de voyous de te suivre ? De vivre dans la rue et de se coltiner le sale boulot pendant que tu te prélasses dans ta tour d'ivoire en comptant ton fric ? Ça vaut pas mon respect.

— Je n'ai pas besoin de ton respect, Trevor. Toi, en revanche, tu ferais bien de me craindre.

— J'ai grandi à Dublin, Mulligan. Ici, c'est le paradis à côté de ce que j'ai vu là-bas. J'ai plus peur de rien ni de personne, désormais.

Jack secoua la tête.

— On aurait pu bosser ensemble, tu sais. Les choses n'étaient pas obligées de tourner mal.

L'expression de O'Shaughnessy se durcit.

— J'ai essayé de bosser pour toi. Tu t'en souviens pas, bien sûr. C'était y a des années, quand j'ai débarqué ici.

Jack n'en avait aucun souvenir, et cela se vit sans doute sur son visage, parce que Trevor enchaîna :

— On m'a dit que pour faire partie de tes gars, il fallait que j'aie un costume, que je me comporte comme un gentleman. J'avais pas de costume, et pas un rond pour m'en payer un. Alors j'ai demandé un prêt pour en acheter un, et ton gars m'a ri au nez. Il m'a dit qu'il faisait pas banquier, et que j'avais qu'à aller en voler un.

— Je n'aurais pas réagi ainsi.

— Tu sais comment ça se passe. Les types qui bossent pour toi parlent pour toi.

— Tout comme tes gars qui suivaient mes danseuses et dévalisaient mes salles de paris ?

— J'ai mis un terme à tout ça. Et les responsables ont été punis.

— Tu es à la tête d'une bande de renégats qui travaillent pour leurs propres intérêts, Trevor. Si tu ne les prends pas en main, à cause de toi, la ville se retrouvera dans le même état qu'il y a dix ans.

— On a pas tous envie de bosser dans une entreprise, Mulligan. Ici, c'est chacun pour soi.

L'imbécile.

— Alors tu n'auras jamais assez de pouvoir pour te débarrasser des flics et de Tammany Hall.

— Ça me touche que tu t'inquiètes pour moi. Mais grâce à mes bordels, j'ai plus de gars dans la poche que toi, ou presque. Tu serais surpris des erreurs que peut faire un homme quand il pense avec sa queue.

Était-ce une pique à l'intention de Jack et de ses récents soucis avec Justine ? Il ne put s'empêcher de demander :

— Comment tu as su pour elle ?

— Toute la moitié sud de Manhattan est au courant. Mais c'est Gorcey qui me l'a dit. Je t'imaginais pas avec ce genre de fille. Elle est un peu quelconque, non ?

Il haussa une épaule et se gratta la mâchoire.

— Quoique, les filles quelconques, c'est vrai que pour la baise c'est mieux. Elles font plus d'efforts au lit.

Jack sentit son sang bouillir et tira de plus belle sur ses liens.

— Espèce de salopard.

O'Shaughnessy éclata de rire.

— Comme je disais, quand on pense avec sa queue…

— Vaut mieux pour toi que tu me tues, grogna Jack. Parce que si l'occasion se présente, je te pulvérise.

— T'inquiète pas. T'as aucune chance…

On frappa à la porte, et un des hommes de O'Shaughnessy apparut.

— Vaudrait mieux que tu viennes voir. On a peut-être un problème.

Sans un regard pour Jack, O'Shaughnessy se leva et quitta la pièce. Resté seul, Jack rumina sa vengeance. Il commencerait par attacher l'Irlandais, sur une chaise de préférence. Ensuite, il prendrait un couteau et lentement, très lentement, il le ferait glisser sur…

O'Shaughnessy reparut et arracha le couteau planté dans la porte. Cependant, plutôt que de le glisser dans son étui, il s'approcha de Jack. Celui-ci se prépara au pire. Il ne demanderait pas grâce. À part n'avoir jamais dit à Justine ce qu'il ressentait pour elle, il n'avait aucun regret dans la vie. Il avait fait de son mieux, avec ce qu'il avait – et puisque c'était Justine qui l'avait quitté, il savait que tout irait bien pour elle. Elle serait mieux sans lui.

O'Shaughnessy passa derrière lui ; Jack redressa la tête. Alors qu'il s'attendait à sentir le fil de la lame sur son cou, les cordes qui l'attachaient à la chaise bougèrent. Elles devinrent lâches et tombèrent à terre. Ses mains étaient encore liées dans son dos. D'un mouvement brusque, O'Shaughnessy le fit lever.

— On y va. Je veux qu'elle voie quand je te tuerai.

Justine avait participé à quantité de manifestations ces dernières années. Pour des salaires décents, le droit de vote, de meilleures conditions de travail... Avancer au cœur d'une foule dans les rues de New York, elle avait l'habitude.

Mais là, c'était différent.

Des centaines d'hommes l'avaient suivie en direction de Broome Street, et d'autres rejoignaient le cortège au fur et à mesure. Ils marchaient derrière Cooper et elle – des gars plutôt bien habillés, avec des barres de fer, des bâtons, des chaînes, des coups-de-poing américains. Lorsqu'ils arrivèrent devant Broome Street Hall quelques femmes s'étaient même jointes à eux.

Elle aurait eu peur en voyant cette foule si elle n'avait pas déjà été terrifiée.

Le soleil se couchait et les allumeurs de réverbères se dépêchaient de faire leur travail lorsque Justine s'arrêta devant le cabaret qui tenait lieu de quartier général à O'Shaughnessy. Elle pria pour que rien ne soit arrivé à Jack. *Je ne peux pas le perdre*.

Pas maintenant. Pas au moment où elle réalisait à quel point elle tenait à lui.

Il n'était pas parfait, mais elle non plus. Ils devaient pouvoir trouver un terrain d'entente, un juste milieu qui réunisse leurs deux mondes pour créer quelque chose de nouveau et de différent. Ensemble. Après tout, ses sœurs avaient choisi des compagnons assez peu conventionnels et avaient fait en sorte que cela fonctionne. Pourquoi ne pourrait-elle pas faire de même ?

Quoi qu'il arrive, elle n'était pas prête à renoncer à lui. Elle avait essayé et cela avait été un calvaire.

Elle n'était pas sûre qu'il lui pardonne, mais elle devait essayer. Encore fallait-il qu'ils le sortent vivant de chez O'Shaughnessy.

Des hommes commençaient à sortir du cabaret, et s'alignaient devant, formant une muraille humaine. Eux aussi étaient armés, et ne semblaient pas surpris de voir une foule massée devant leur quartier général. La tension était palpable.

— Laissez-moi d'abord tenter de raisonner O'Shaughnessy, murmura-t-elle à Cooper.

— Certainement pas. Le raisonner est impossible.

— Nous devons essayer. Si Jack est encore en vie, nous éviterons peut-être un bain de sang.

— S'ils ont tué Jack, O'Shaughnessy peut dire adieu à son cabaret. Les gars et moi on le réduira en cendres.

Et comment leur en vouloir ?

— Nous devons garder la tête froide, Cooper, jusqu'à ce que nous sachions ce qui s'est passé.

Un homme sortit du cabaret et se dirigea sans hésiter vers Justine.

— Mademoiselle Greene. O'Shaughnessy aimerait vous parler, à l'intérieur.

— Pas question, décréta Cooper. Elle reste dehors.

— O'Shaughnessy insiste pour parler à l'intérieur. Il m'a dit de vous dire que Jack était encore vivant, mais qu'il le restera pas longtemps si elle entre pas.

La bouche de Justine s'assécha d'un coup. « O'Shaughnessy n'est pas du genre à bluffer », lui avait assuré l'officier de police. Elle se tourna vers Cooper.

— Ça va aller. Restez ici avec les autres. S'il arrive quelque chose…

Cooper la retint par le bras.

— Vous faites une erreur. Jack voudrait pas que vous vous mettiez en danger comme ça.

— O'Shaughnessy ne me fera pas de mal. Ma famille est très puissante dans cette ville. Faites-moi confiance, je vais revenir.

Et sans laisser le temps à Cooper d'argumenter, Justine suivit l'homme dans le cabaret. À l'intérieur, les lumières étaient fortes et il lui fallut quelques instants pour s'y habituer. Quand elle y parvint enfin, ce qu'elle découvrit faillit lui couper les jambes.

Un homme trapu aux cheveux noirs et au regard mort tenait un couteau sur la gorge de Jack. Celui-ci la fixa avec une intensité qui mêlait la rage d'être entravé à la terreur de la voir ici. Il avait les mains attachées dans le dos, ses vêtements étaient fripés et déchirés. Du sang coulait d'une coupure à sa lèvre.

Il s'était battu, et cela ne la surprit pas. Jack était un survivant.

Je vais le sortir de là, coûte que coûte.

Elle se concentra sur l'homme au couteau.

— Monsieur O'Shaughnessy, je suppose.

— Mademoiselle Greene. Je vois que vous avez pas chômé.

— Il y a plusieurs centaines d'hommes dehors. D'autres arrivent. Nous sommes prêts à faire ce qu'il faudra pour libérer M. Mulligan.

— Et vous, vous l'êtes ?

— Je suis quoi ?

— Prête à faire ce qu'il faudra. Jusqu'où irez-vous pour la libération de Mulligan ?

— Ne lui promets rien, lança Jack.

O'Shaughnessy appuya le couteau un peu plus fort sur sa gorge, et un filet de sang coula sur son col de chemise. Justine serra les dents ; elle avait mal pour Jack. Qu'il ait pu tomber dans le piège de O'Shaughnessy avait dû le mettre dans une rage folle.

— Elle va me donner une réponse, la demoiselle, sinon je t'éventre comme un cochon. Alors, mademoiselle Greene, comment vous comptez sauver votre amant ?

Il était inutile de discuter l'emploi de ce terme. De toute évidence, O'Shaughnessy était au courant de leur relation avant de lui envoyer la demande de rançon. Inutile aussi d'admettre qu'ils n'étaient plus amants, qu'elle avait rompu et que Jack l'avait laissée partir.

— Je n'ai pas dix mille dollars. Pas dans des délais aussi courts.

— Dommage. De toute façon, je m'attendais pas à ce que vous payiez.

— Alors pourquoi m'envoyer une demande de rançon ?

— Parce que le tuer tout de suite, ç'aurait été trop facile. Et vous auriez pas été là pour voir ça.

Seigneur. Il l'avait attirée dans un piège ? Cooper avait peut-être raison. Elle aurait mieux fait de rentrer chez elle.

— Il ne me tuera pas, Justine. Il ne prendra pas ce risque. Pas avec tous ceux qui l'attendent dehors.

Le sourire de O'Shaughnessy se fit glacial.

— T'es pas le seul à avoir des passages secrets. Je serai loin avant que tes gars rentrent ici.

— Alors qu'est-ce que tu veux ? demanda Jack.

— Peut-être bien que je la veux *elle*.

— Il faudra me passer sur le corps.

— C'est prévu, Mulligan, c'est prévu. La seule chose qui m'ennuie, c'est que tu seras plus là pour le voir.

Le cœur battant, Justine glissa la main dans sa poche. O'Shaughnessy était prêt à la violer ? Alors qu'elle avait une véritable armée derrière elle ?

— Vous ne vous en tirerez pas comme cela. Les hommes dehors vous traqueront.

— Mes gars les retiendront juste assez longtemps pour que je vous fasse descendre dans un des souterrains.

Sortant la main de sa poche, elle pointa un pistolet sur O'Shaughnessy.

— Détachez-le.

L'arme ne fit apparemment ni chaud ni froid à l'Irlandais.

— Vous avez déjà tiré ? Je parie que non. Vous me rateriez à tous les coups.

— Vous prenez le risque ?

— Je suis quasiment sûr d'arriver à lui couper la gorge, esquiver la balle et vous attraper avant que vous ayez le temps de tirer un deuxième coup.

— Quasiment sûr, cela ne veut pas dire certain.

O'Shaughnessy pinça les lèvres.

— Je serais pas où je suis aujourd'hui si j'en avais pas pris, des risques, mademoiselle Greene.

— Là où vous êtes… dans l'ombre de Jack Mulligan, vous voulez dire ?

Jack ferma les yeux, accablé, et Justine s'inquiéta.

— Justine, gronda-t-il.

Elle ne tarda pas à comprendre pourquoi.

Son sarcasme avait mis O'Shaughnessy hors de lui : ses yeux étaient exorbités, et son visage avait viré au rouge brique.

— On va voir si vous visez juste.

Il fit mine de trancher la gorge de Jack.

— Attends ! lâcha Jack. Je te donnerai tout ce que tu veux.

Jack s'attendait que ces mots lui fassent mal, ou provoquent l'effondrement de l'immeuble. C'étaient des mots énormes, qui mettaient en jeu la seule chose qu'il s'était promis de ne jamais céder : son *empire*. Celui qu'il avait bâti de ses propres mains, avec sa sueur et son cerveau. Mais qu'il abandonnerait de bon gré. Avec joie.

Pour la sauver, il aurait donné dix empires comme le sien.

Elle était arrivée, tel l'archange de la vengeance, une armée derrière elle pour le tirer des griffes de l'ennemi. Elle avait réussi, Dieu sait comment, à organiser ces troupes qu'il voyait de l'autre côté des vitres du cabaret. Puis elle était entrée pour discuter et échanger des insultes avec un voyou de la trempe de O'Shaughnessy avant de dégainer un pistolet à la manière d'Annie Oakley[1], bordel !

Regarde en quoi tu l'as transformée. Regarde ce que tu lui fais faire.

Cette femme, qui détestait la violence et s'était efforcée de faire le bien, était devenue un voyou à cause de lui. Comme lui. Il se détesta pour cela. En cet instant, il se détestait. Il détestait tout ce qu'il avait fait au nom de cet empire. Il avait déteint sur elle, sali son âme si pure.

Elle ne méritait pas cela. Ne méritait pas de regarder le sang de Jack couler à ses pieds avant de tirer sur un autre être humain, même si O'Shaughnessy l'avait bien cherché. Jack ne supportait pas cette idée. Et qu'arriverait-il si la balle ratait sa cible ? Rien que d'y penser, son sang s'était figé dans ses veines. Alors il avait mis dans la balance tout ce qui lui restait, et au diable l'orgueil.

— Non, Jack, commença-t-elle. Ne fais pas…

— Tout, dit-il à O'Shaughnessy. Tu peux tout prendre.

— Eh ben, si je m'attendais à ça, dit O'Shaughnessy. Moi qui t'imaginais mourir stoïque, sans chercher à marchander pour avoir la vie sauve.

Il marchandait pour que Justine ait la vie sauve, en fait.

— Laisse-nous partir, Mlle Greene, Rye et moi. Et je te cède tout ce que j'ai.

— Jack, tu ne peux pas faire cela ! s'exclama Justine, son arme toujours pointée sur l'Irlandais. Je vais tirer.

Et salir son âme ? Comment pouvait-il permettre une chose pareille ?

---

1. 1860-1926. Femme légendaire de l'Ouest américain, célèbre pour sa redoutable précision au tir. *(N.d.T.)*

— Trevor, je te donne ma parole.

— Et je suis censé te croire ?

— Fais venir Rye.

— Pourquoi ?

— Parce que ma parole fait loi. Et il ne le croira que s'il l'entend de ma bouche.

O'Shaughnessy avait dû faire un signe à ses hommes car certains sortirent par une porte latérale. Jack essaya de respirer calmement. La lame du couteau était toujours sur son cou, la pointe sur la jugulaire. Une petite torsion du poignet, et O'Shaughnessy trancherait l'artère. Jack se viderait de son sang. Sous les yeux de Justine.

Rye apparut au bout de quelques secondes, visiblement inquiet. Il laissa échapper un soupir de soulagement en découvrant Jack vivant. Puis il vit Justine et son pistolet.

— Mademoiselle Greene, qu'est-ce que vous faites avec cette arme ?

Il fit un pas vers elle, mais les hommes de O'Shaughnessy l'agrippèrent par les épaules et l'immobilisèrent.

— Rye, j'ai accepté de céder tout ce que je possède à O'Shaughnessy.

Si Rye le fixa avec des yeux comme des soucoupes, il ne discuta pas.

— Qu'est-ce que tu attends de moi ?

— Que tu t'occupes du transfert des avoirs une fois que j'aurai annoncé la nouvelle à tous les gars. Trevor, j'ai ta parole, tu nous libéreras tous les trois une fois que j'aurai parlé à mes gars ?

— Oui.

— Alors c'est parti. Rye, emmène Mlle Greene et allez retrouver les autres dehors.

— Jack, je n'aime pas cela, intervint Justine. Laisse-nous rester avec toi.

Elle pointait toujours son arme sur O'Shaughnessy, mais sa main tremblait. Quoique touchante, son offre était inacceptable. Il avait besoin de la savoir le plus loin possible de cet endroit et de ces voyous. C'était une façon comme une autre de se racheter pour l'avoir entraînée dans ce monde sale et violent.

— Non, il vaut mieux que tu y ailles.

Elle parut blessée, comme le jour de leur rupture, quand il avait déclaré qu'il ferait tout pour l'oublier. Se montrer aussi cruel était douloureux, et cependant nécessaire. Il ne serait capable de réfléchir que lorsqu'il la saurait en sécurité.

Elle baissa son arme, et les hommes de O'Shaughnessy les poussèrent vers la sortie, Rye et elle. Dehors, Jack voyait que ses hommes étaient pressés d'en découdre. Les gars de O'Shaughnessy bloquaient l'accès au cabaret, apparemment peu impressionnés par cette armée. Si Justine n'avait pas été là, peut-être aurait-il accepté le combat. Après tout, ses hommes étaient supérieurs en nombre.

Mais elle était là, s'inquiétait pour lui, voulait encore le sauver. L'éternelle bienfaitrice. Il ne pouvait risquer qu'il lui arrive quelque chose. Pas à cause de lui.

Aidé d'un autre homme, O'Shaughnessy défit les liens de Jack et le tira vers la sortie, la pointe du couteau entre ses omoplates.

— Voyons maintenant si tu peux tenir parole, lui murmura Trevor à l'oreille.

La foule se tut en voyant le trio. Les hommes de O'Shaughnessy occupaient tout Broome Street, ceux de Jack étaient massés en direction du Bowery. Justine, Rye et Cooper se tenaient entre les deux. La voir ici l'emplit à la fois de peur et de honte.

La seule chose à faire, c'était de vivre pour se relever et reprendre le combat.

— Les gars, dit-il à ces hommes qu'il connaissait depuis toujours. Je vais céder mes affaires à O'Shaughnessy. Je vous demande de le traiter avec respect et d'être aussi loyaux envers lui que vous l'avez été envers moi.

Cette ville ne doit pas de nouveau sombrer dans le chaos. Pour empêcher cela, je me mets en retrait. Merci à vous tous d'avoir...

O'Shaughnessy l'attrapa et le traîna à l'intérieur.

— Fais pas ton sentimental, Mulligan. T'en auras pas besoin, là où tu vas.

La lame retrouva sa place sur sa jugulaire.

— Alors même que tu as promis de me laisser partir ?

— J'ai pas la réputation de tenir mes promesses.

Jack s'y attendait. C'est du reste ce qu'il aurait fait dans les mêmes circonstances. Alors il n'hésita pas. S'écartant brusquement de la lame, il bloqua le couteau d'une main, et lança le coude vers le haut, atteignant O'Shaughnessy en pleine figure. Les os craquèrent, le sang gicla. Il repoussa l'Irlandais et se débarrassa des deux autres hommes de deux directs efficaces.

Aucun des trois ne semblait inquiet, cependant, puisqu'il ne pouvait pas fuir, la seule sortie étant bloquée par des centaines d'hommes. Seulement Jack ne se rua pas vers la porte. Il visait une autre sortie, dont O'Shaughnessy ignorait qu'il la connaissait.

Le passage secret sous le bâtiment.

Personne mieux que lui ne connaissait le réseau de galeries souterraines dans cette partie de la ville. Quand O'Shaughnessy avait commencé à gagner en notoriété et en pouvoir, il avait étudié avec soin la configuration du bâtiment et de son sous-sol. La porte d'accès à la galerie était en bas, dans la réserve. Jack descendit l'escalier quatre à quatre et chercha entre les caisses de bouteilles jusqu'à ce qu'il repère le passage, dissimulé derrière un faux mur du pignon ouest. Il s'y glissa, referma soigneusement l'accès pour que personne ne sache qu'il l'avait trouvé, et disparut dans le dédale de souterrains qui quadrillait la ville.

26

Il lui fallut quelques jours pour trouver le courage de se rendre à Bond Street.

Justine savait que Jack n'était pas mort à Broom Street Hall, puisqu'elle avait vu O'Shaughnessy sortir en courant du cabaret, le visage ensanglanté, et demandant en hurlant où était passé Mulligan. Savoir que Jack avait pu s'échapper avait été un tel soulagement qu'elle avait manqué défaillir. Puis Rye avait jeté une veste sur sa tête et l'avait entraînée à travers la foule, loin du danger.

— Vous inquiétez pas, mademoiselle, lui avait-il dit en la mettant dans un fiacre. Old Jack trouve toujours le moyen de s'en sortir.

Elle n'en doutait pas une seconde. C'était l'homme le plus débrouillard et le plus intelligent qu'elle ait jamais rencontré. Et maintenant qu'il avait cédé son empire à O'Shaughnessy, il était libre de se lancer dans une autre entreprise. La fabrication et la distribution de bière dans tout le pays, par exemple. De faire des affaires en toute légalité.

Ce qui signifiait qu'ils pourraient être de nouveau ensemble.

Elle l'aimait, et ces derniers jours lui avaient rappelé combien la vie était courte. N'importe quoi pouvait arriver, n'importe quand. Il fallait saisir le bonheur lorsqu'il était à portée de main. Jack avait beau avoir déclaré qu'il ferait tout pour l'oublier, il ne le pensait pas, elle en était convaincue. D'autant qu'il avait cédé son empire pour les sauver, Rye et elle, des griffes de O'Shaughnessy.

Donc il tenait encore à elle.

Restait à le convaincre de leur donner une nouvelle chance.

Elle attendit qu'il fasse vraiment nuit puis, drapée dans une longue cape, la tête couverte, elle alla sonner à sa porte. Elle n'avait pas annoncé sa visite, mais elle savait que Jack serait là, réfléchissant au tour nouveau qu'allait prendre sa vie. Elle souhaitait désespérément figurer dans cette nouvelle existence.

La porte s'ouvrit sur Rye. Son expression s'adoucit lorsqu'il la reconnut.

— Bonsoir, mademoiselle. Je me demandais quand vous vous décideriez à passer.

Elle entra, déboutonna sa cape.

— Comment va-t-il ?

— Il mange pas. Il dort pas. Je commence à m'inquiéter, avoua Rye en secouant la tête.

Justine jeta sa cape sur la rampe de l'escalier et fit mine de monter.

— Attendez, mademoiselle. Il est pas là-haut.

Elle s'arrêta sur la première marche.

— Où est-il ?

— En bas. Dans la salle de bowling.

Un instant plus tard, elle fut accueillie au sous-sol par le bruit d'une boule roulant sur le parquet. Jack était en manches de chemise, sans col ni cravate, échevelé et trempé de sueur au point que ses vêtements lui collaient à la peau. À l'autre extrémité de la piste, Cooper s'empressait de remettre les quilles en place.

Jack prit une nouvelle boule.

— Dépêche-toi, nom de Dieu, lança-t-il à Cooper.

« Pauvre Cooper », songea Justine.

— Bonsoir, Jack, dit-elle.

Il fit volte-face et la fixa d'un regard peu avenant.

— Qu'est-ce que tu fais là ?

Il semblait épuisé, avait les traits tirés. De larges cernes soulignaient ses yeux rougis par la fatigue.

— Je voulais te voir.

— Pourquoi ?

Il vacilla. Il ne semblait plus tenir sur ses jambes, et elle eut peur qu'il ne tombe.

— On peut s'asseoir quelque part et parler ?

— Je n'ai pas envie de parler.

Il se retourna, lança la boule sur la piste. Les dix quilles explosèrent sous l'impact. Cooper fit un bond de côté, les mains sur la tête pour se protéger.

— Jack, s'il te plaît, dit-elle doucement.

À l'autre bout de la piste, Cooper ne ramassa pas les quilles, et s'éloigna.

— Où tu vas ? lança Jack en s'emparant d'une autre boule. Tu me remets ces foutues quilles en place !

Cooper ne s'arrêta pas.

— Je meurs de faim. Je monte me chercher quelque chose à la cuisine.

Jack lâcha un juron à mi-voix. Lorsqu'ils furent seuls, il la regarda.

— Qu'est-ce que tu veux, Justine ?

— Depuis quand n'as-tu pas dormi ?

— Tu espères m'attirer au lit ? Je croyais que tu avais mis un terme à tout ça.

— Je n'essaie pas de t'attirer au lit. Je m'*inquiète* pour toi.

— Bien sûr. Mais tu avais raison, finalement. Je suis un poison. Du moins en ce qui te concerne.

— De quoi parles-tu ?

Il reposa la boule sur son rail et fourra les mains dans ses poches.

— Tu avais dit que je risquais de te corrompre. Et c'est ce que j'ai fait.

— Tu parles de ce qui s'est passé avec O'Shaughnessy ? Parce que je ne regrette absolument rien.

— Tu n'aurais jamais dû te retrouver mêlée à ça.

— Je n'avais pas le choix. Il m'a envoyé une demande de rançon et je suis allée trouver la police. Elle a refusé de m'aider, alors je suis allée voir Cooper, et ensemble, nous avons mobilisé tous ceux qui travaillent pour toi.

— Oui, j'ai eu des échos de ton discours façon Jeanne d'Arc soulevant les masses, dit Jack en secouant la tête. Tu as traversé Bowery en tête du cortège, brandi un pistolet, échangé des insultes avec O'Shaughnessy. Je n'aurais rien cru de tout cela si je ne l'avais pas vu de mes propres yeux.

Justine se redressa. Cette dernière remarque rouvrait des blessures qu'elle aurait préféré oublier.

— Pourquoi ? Parce que je suis une fille naïve et couvée ?

— Parce que tu es une fille bien, honnête, et la personne la plus pure que j'aie jamais rencontrée ! hurla-t-il. Tu as failli tuer un homme à cause de moi. Ce n'est pas un geste facile, Justine. Est-ce que tu sais ce que ça fait, le poids qui s'abat sur ton âme quand tu prends la vie de l'un de tes semblables ? Tu aurais été hantée par ce geste pour le restant de tes jours.

— Je n'hésiterais pas un seul instant si c'était pour te sauver la vie.

— Alors tu es une idiote !

— Non ! Je suis amoureuse de toi ! cria-t-elle.

Horrifiée, elle se couvrit la bouche comme si elle craignait que d'autres aveux ne s'en échappent. Elle n'avait pas prévu de le lui dire de cette façon. En tout cas pas avant de s'être assurée que ces sentiments étaient réciproques.

Il a renoncé à son empire pour qu'il ne m'arrive rien. Ils l'étaient forcément. Il n'y avait pas d'autre explication au geste de Jack.

Il recula en vacillant, livide.

— C'est impossible. Tu ne peux pas... m'aimer.

Elle ne pouvait plus le nier désormais.

— C'est trop tard. Et c'est comme ça.

— Il ne faut pas.

Elle tenta de dissimuler la douleur que provoquait la réaction de Jack. Si elle avait rêvé d'une grande déclaration, elle était bien bête.

— Je ne m'attends pas que tu partages mes sentiments dans l'instant. J'espère cependant du fond de mon cœur qu'avec le temps tu y viendras.

— Aucune chance. Tu l'as dit toi-même, c'est mon monde, pas le tien. Tu n'as pas ta place ici, mademoiselle la bienfaitrice.

Justine sentit la frustration et la colère prendre le dessus.

— Je ne sais plus où est ma place ! J'ai l'impression d'être entre deux mondes. Je suis allée voir la police avec la demande de rançon, et on a refusé de m'aider en me disant qu'il valait mieux laisser les gangs régler ça entre eux. Alors je suis allée voir Cooper, et en quelques instants, une armée d'hommes s'est déclarée prête à voler à ta rescousse. Je suis complètement perdue, mais dans ce chaos, il y a une chose qui a du sens : toi. Quoi que tu fasses demain, que tu ouvres une brasserie ou que tu te lances dans les affaires, je veux être à tes côtés.

— Quoi que je fasse demain ? s'exclama Jack. Justine, ce que je vais faire, c'est tuer O'Shaughnessy. Voilà mes projets. Je vais récupérer mon empire.

La déception lui tordit le ventre.

— Mais... je t'ai entendu, tu as donné ta parole.

— O'Shaughnessy aussi avait promis qu'il me laisserait partir vivant. Mais on est des menteurs et des voleurs. Il ne faut jamais nous faire confiance.

— Je t'en prie, Jack, ne le tue pas. Ne sois pas cet homme-là. Tu vaux mieux que cela.

Il eut un rire amer.

— Non, vraiment, je t'assure. Je ne vaux pas mieux.

— Si ! Promets-moi que tu ne le tueras pas.

Comme il ne disait rien, elle insista :

— Tu ne vois pas ? C'est ta chance, et tu dois la saisir. Tu peux tourner le dos à cette existence, disparaître. Nous pourrions partir ensemble. Être heureux loin d'ici.

— Non, je ne peux pas. Mon passé sera toujours là, telle une épée de Damoclès, attendant de ressurgir et de détruire tout ce que j'aurai réussi à rebâtir. O'Shaughnessy ne renoncera pas à m'éliminer. Il sait que mes hommes me suivront dans l'instant. Il va me traquer, et finira par me retrouver si je ne l'élimine pas en premier.

— Donc tu choisis tout cela, répliqua-t-elle en indiquant la maison d'un geste, contre un avenir avec moi ?

— Tu as eu raison de partir. Il n'y a pas de fin heureuse pour un homme comme moi, qui a des ennemis partout. Et je ne peux pas te laisser ruiner ta vie. Tu mérites mieux.

— Tu prends des décisions qui m'affecteront sans me consulter. Et ce que je veux, moi, cela ne compte pas ?

— C'est non, mon ange, dit Jack doucement. Je t'ai vue te mettre en danger, tenir un homme en joue, et l'idée que tu sois blessée sans que je puisse l'empêcher m'a terrifié. Notre histoire s'arrête aujourd'hui.

Justine sentit sa gorge se serrer, comme pour interdire à ces mots d'atteindre son cœur. Mais c'était peine perdue. Ils se glissèrent en elle et la déchiquetèrent.

— Tu ne penses pas ce que tu dis, articula-t-elle.

Jack s'approcha et la fixa d'un regard morne, sans vie.

— Si. Rentre chez toi et sauve le monde, mon ange. En ce qui me concerne, je suis au-delà de la rédemption.

Il la contourna et elle l'entendit gravir les marches d'un pas rapide. Comme s'il était pressé de la fuir.

Les larmes aux yeux, elle regarda les quilles éparpillées au bout de la piste. À l'image de ce que Jack venait de faire voler en éclats, se dit-elle. Comme son cœur.

— Tu es un imbécile, et encore je suis poli.

Jack leva les yeux de son whisky et lança un regard noir à Rye, qui venait d'entrer.

— Garde tes commentaires pour toi.

Un quart d'heure plus tôt, Jack avait quitté Justine en lui conseillant de reprendre le cours de sa vie. Il aurait rêvé qu'il en aille autrement, mais malheureusement, il ne voyait pas d'autre solution. Rêver ne menait nulle part pour un roi de la pègre. Seule la réalité le faisait avancer. La vérité froide, intransigeante. La perspective du danger à chaque coin de rue.

— Pas question. Je vais même te le redire, et tu vas m'écouter. Tu es un imbécile. Je sais pas ce que tu lui as dit, mais elle est partie en courant et en larmes.

À cette pensée, Jack fut pris de nausées. Il but une gorgée de whisky dans l'espoir d'apaiser plus vite la douleur qui le rongeait. Les effets de la bière étaient toujours plus longs à se faire sentir.

Il n'avait pas voulu la faire pleurer. C'était elle qui, la première, avait compris que leurs vies étaient incompatibles. Il s'était contenté d'acquiescer. Même s'il avait eu envie de tenter le coup, la voir brandir un pistolet contre O'Shaughnessy l'avait fait changer d'avis.

« Je veux qu'elle regarde pendant que je te tue. »

Bon sang, il n'arrivait pas à oublier cette scène. C'était un miracle qu'ils en soient sortis vivants. Plus jamais il ne voulait risquer une chose pareille. Pas avec Justine, larmes ou pas.

— Tu sais très bien que c'est mieux comme ça, dit-il à Rye.

— Ce que je sais, c'est que t'as la possibilité d'être vraiment heureux, et que tu lui tournes le dos.

— La possibilité pour O'Shaughnessy de me tomber dessus au moment où je m'y attendrai le moins, tu veux dire. Au moins de cette façon, je peux le tuer et récupérer mon empire.

— T'as pas besoin de faire ça. T'as plus besoin d'être Jack Mulligan. Pars avec elle et recommence de zéro ailleurs.

Quelle idée ridicule.

— En me cachant derrière un autre nom ? En travaillant comme plombier ou employé de banque à Omaha ? J'ai passé ma vie à bâtir cet empire. Je suis plus riche que dans mes rêves les plus fous, on me respecte et on me craint du Bronx aux docks de Battery, et tu crois que je vais laisser O'Shaughnessy me prendre tout ça ?

— Tu préfères qu'on t'étripe ou qu'on t'abatte en pleine rue, comme un chien ? Parce que c'est ce qui finira par arriver si tu t'en vas pas.

— Pas forcément.

Rye éclata d'un rire amer.

— Bien sûr que si. On peut pas rester éternellement au sommet.

— Moi, si.

— Franchement, tu ferais mieux de te tirer, de t'installer avec ta belle et de faire des petits Mulligan.

Jack serra les poings. Il aimait tellement cette idée que ne pas pouvoir envisager ce genre d'avenir le mettait en colère.

— Personne ne peut faire ça, dans notre monde, Rye. Tu devrais le savoir, depuis le temps.

— Clayton Madden l'a fait.

— Façon de parler. Il vit en ermite au-dessus de ce qui sera bientôt le casino de sa « compagne », parce qu'ils ne sont pas mariés. Et il n'avait pas autant d'ennemis que moi.

— Pas loin en tout cas. Et il avait pas autant d'hommes que toi derrière lui.

— Je ne veux pas la corrompre. Tu gaspilles ta salive.

— Tu crois que quitter New York et repartir sur le droit chemin, ce serait la corrompre ?

Mais pourquoi diable Rye insistait-il autant ?

— Un jour, cette vie reviendra réclamer vengeance. Si ce n'est pas O'Shaughnessy, ce sera quelqu'un d'autre. Je refuse que Justine paie les conséquences de mes choix passés.

— Ça arrivera pas si tu tires un trait. Fais savoir à tout le monde que tu es désormais rangé.

Jack était au bord de l'explosion. Déchiré, il se sentait sombrer. Il se leva et jeta son verre contre le mur.

— Par ma faute elle a failli mourir ! hurla-t-il. Ou être violée. Tu aurais dû entendre O'Shaughnessy. Bordel, Rye, tu ne comprends donc pas ?

Plusieurs secondes s'écoulèrent.

— Ah, lâcha enfin Rye en hochant la tête, comme si soudain tout devenait clair. Tu l'aimes.

— Tu ne m'as pas écouté, mon vieux, grommela Jack.

— Si, et j'ai entendu chaque mot, même ceux que tu as pas prononcés. Tu as peur. Tu l'aimes et tu as peur.

Jack se prit la tête entre les mains.

— Ce que je ressens n'a pas d'importance. Plus maintenant.

— Faux. Tu me crois pas, très bien. Alors va voir la seule personne qui peut vraiment t'aider.

Jack voyait très bien à qui Rye faisait allusion.

— Pourquoi je prendrais cette peine ?

— Tu peux pas te terrer dans cette grande maison, seul jusqu'à la fin de tes jours, en buvant et en jouant au bowling jusqu'à épuisement.

— Je ne serai pas seul.

— Si. Parce que Cooper et moi on restera pas les bras croisés à te regarder te détruire. Va le voir, Jack, et parle-lui.

Jack prit une profonde inspiration, se préparant à ce qui allait suivre, puis leva la main pour frapper. La porte s'ouvrit toutefois avant qu'il l'ait touchée.

Clayton Madden se tenait là, soucoupe et tasse à la main, l'air méfiant… jusqu'à ce qu'il reconnaisse Jack. Il se détendit.

Avant d'éclater de rire.

— Ça alors, dit-il en haussant un sourcil, regardez-moi ce que le chat rapporte.

— Ta gueule et laisse-moi entrer.

Clayton ouvrit grand la porte.

— De charmante humeur, en plus. J'ai hâte d'entendre ce qui t'amène.

Jack pénétra dans le luxueux appartement du dernier étage. Même si Clayton ne vivait pas encore officiellement avec Florence Greene, il y avait des touches féminines un peu partout, depuis le chapeau négligemment posé sur une chaise jusqu'aux mules élégantes près de la porte. La jalousie serra le cœur de Jack. Pas parce que ces accessoires évoquaient Florence, mais à cause de l'impression d'intimité et de bonheur conjugal qui s'en dégageait, et qu'il enviait.

Pendant deux jours, il avait ressassé les paroles de Rye. Deux jours à boire plus qu'à dormir, et sans manger. Il savait qu'il avait une sale tête, et s'en moquait.

— Je te proposerais bien à boire, mais il n'est pas encore midi, alors…

— Un whisky, si tu as.

Clayton eut l'air consterné. Il précéda Jack dans le salon sans mot dire. Tandis qu'il remplissait un verre, Jack se laissa tomber dans un fauteuil, la tête entre les mains, s'interrogeant sur la pertinence de sa visite. Il ne savait même pas quel genre de conseil il était venu chercher auprès de Clayton.

Une chose était sûre, il fallait que les choses bougent. Il se sentait au bord du gouffre, craignait de perdre la raison.

Rye ne lui parlait plus, et Cooper passait son temps au club. Quand il ne dormait pas, ses pensées étaient hantées par Justine, et quand le sommeil l'emportait, il rêvait d'elle, et c'était si réel que l'idée de dormir lui devenait insupportable.

Il était censé réfléchir à l'élimination de O'Shaughnessy, sauf qu'il était incapable de se concentrer sur quoi que ce soit.

« Je sais pas ce que tu lui as dit, mais elle est partie en courant et en larmes. »

— Tiens, dit Clayton en lui mettant un verre sous le nez. J'ai l'impression que tu en as besoin.

— Merci.

Il en avala un bon quart d'un seul trait. L'alcool lui brûla la gorge, chassant le froid qu'il ressentait jusque dans les os.

— Florence est là ?

Clayton s'installa dans le fauteuil qui faisait face à celui de Jack, porta sa tasse à ses lèvres et but une gorgée.

— Pas pour l'instant. Elle ne devrait pas être de retour avant un moment. Mais ce n'est pas elle que tu es venu voir, n'est-ce pas ?

— Non. Je suis là pour te voir, toi.

— Laisse-moi deviner… O'Shaughnessy ?

Avant qu'il se retire des affaires, le réseau d'informateurs dont disposait Clayton était impressionnant.

— Comment le sais-tu ?

— Je me tiens au courant de ce qui se passe. Et je suis content que tu t'en sois sorti vivant.

— Vraiment ?

Clayton secoua la tête.

— Mulligan, nous avons été des adversaires, d'une certaine manière, mais c'était pour les affaires. Je t'ai toujours admiré et respecté.

— C'est réciproque. D'où ma présence ici aujourd'hui. J'ai besoin d'un conseil.

— Cela aurait-il à voir avec ma belle-sœur ?

— Je croyais que Florence et toi n'étiez pas mariés.

— Ne jouons pas sur les mots. Florence et moi sommes autant engagés l'un envers l'autre que n'importe quel couple ayant un papier pour le prouver. Je considère donc que ses sœurs font partie de ma famille.

Il lissa son pantalon au pli impeccable.

— Je me suis laissé dire que Justine avait réussi à rallier tes gars pour venir te chercher chez O'Shaughnessy. J'aurais aimé voir ça.

Pour la première fois depuis des jours, un sourire incurva les lèvres de Jack.

— C'était incroyable. Elle leur a fait remonter tout Bowery, comme le joueur de flûte de Hamelin.

— Ou comme Boadicée. D'après ce que je sais, elle est impressionnante.

— C'est Florence qui t'a dit ça ?

— Étonnamment non. Florence et Mme Tripp ne cessent de s'inquiéter pour leur jeune sœur. Elles perçoivent Justine comme très protégée. Presque une enfant.

Justine n'était rien de tout cela. Elle était obstinée, pleine de ressources, courageuse et intelligente.

— Quand elle a décidé de faire quelque chose, elle est redoutable.

— C'est de famille, j'en ai peur.

Jack but une autre gorgée de whisky.

— Je l'aime.

— J'avais compris. Alors, où est le problème ?

— Il faut vraiment que tu poses la question ?

— Je suppose que oui. D'après ce que j'ai compris, tu as cédé tout ce que tu possédais. Donc plus rien ne t'empêche de nouer une relation avec une femme comme Justine Greene.

— Tu plaisantes ? Tu crois sincèrement que les choses sont aussi simples ?

— Oui.

Jack avait mal au crâne et sa frustration ne faisait qu'amplifier la douleur. Il vida son verre, le reposa et se leva.

— Je vois que je perds mon temps.

— Attends. Écoute-moi, dit Clayton en faisant signe à Jack de se rasseoir. Tu essaies de compliquer cette affaire, mais franchement, elle ne l'est pas. Je suppose que tu vas chercher à te venger de O'Shaughnessy ?

— Oui.

En quelque sorte. S'il arrivait un jour à ne plus penser à Justine.

— C'est ce que j'aurais fait à ta place si j'avais été sans attache. Ce que tu n'es pas.

— Je ne suis pas quoi ?

— Sans attache. Tu viens de me dire que tu l'aimais, et si elle a lancé cette mission de sauvetage pour toi, j'en déduis que c'est réciproque.

Jack fixait le bout de ses chaussures. « Je suis amoureuse de toi. » Une déclaration qu'il ne méritait pas, de la part d'une femme qu'il méritait encore moins.

— Tu sais aussi bien que moi à quel point l'attachement est dangereux dans notre milieu.

— Oui, mais c'est un milieu que tu peux quitter. Je l'ai fait et je ne l'ai jamais regretté.

— Jamais ?

— Non, jamais. Tu connais celle dont je partage désormais la vie, dit Clayton avec un petit sourire. J'aurais renoncé à des centaines de royaumes pour avoir ce privilège.

— Peut-on vraiment s'en aller ainsi, sans jamais revenir ?

— Oui. Tu te souviens de Mallet Malone ?

Jack hocha la tête. Malone, le chef des Waterfront Rats, avait disparu en 1878.

— Il s'est installé dans le Vermont, où il a dirigé une ferme qui produisait du sirop d'érable jusqu'à sa mort, il y a un an.

Bon sang, comment se faisait-il qu'il ne l'ait pas su ? se demanda Jack.

— J'ai toujours cru qu'il avait fini dans l'East River.

— Non. Ce vieux Mallet a vécu heureux, et en bonne santé. Et il n'est pas le seul. Moi, par exemple.

— Tu ne crains jamais que quelqu'un ne ressurgisse de ton passé et ne te demande des comptes ? Un ancien client qui t'en voudrait encore ?

— Je te mentirais en te disant que cela ne me traverse pas l'esprit de temps à autre. Mais je prends certaines précautions. Et que Florence soit capable de se débrouiller seule aide beaucoup.

— Pour moi, c'est différent. O'Shaughnessy ne peut pas me laisser la vie sauve. Ce serait trop dangereux pour lui.

— Il laissera tomber si tu quittes la ville.

Quitter la seule ville qu'il ait jamais connue ? Ces rues, ces bâtiments, il les avait dans le sang.

Et Justine ? S'il arrivait à la convaincre de lui pardonner, jamais il ne pourrait lui demander de quitter sa famille et son travail, ici à New York. Non, partir était hors de question.

— Je n'ai pas envie d'aller fabriquer du sirop d'érable dans une ferme.

Il voulait être à la tête d'une brasserie qui vendrait partout dans le pays, et tenait à le faire sous son nom.

— Alors que vas-tu faire ?

— Me débarrasser de O'Shaughnessy, je suppose.

Une fois de plus, il devrait recourir à la violence. Une fois de plus, il aurait du sang sur les mains. Comment reconquérir Justine après cela ? Il l'avait déjà suffisamment salie.

« Je t'en prie, Jack. Ne le tue pas. Ne sois pas cet homme-là. Tu vaux mieux que cela. »

Il n'avait pas le choix. Elle ne pouvait donc pas le comprendre ? Voilà pourquoi il devait couper les ponts. Elle serait mieux sans lui.

— J'imagine mal Justine approuver cette décision, argumenta Clayton.

— Elle m'a demandé de lui promettre que je ne le ferais pas.

— Et tu as promis ?

Jack se rembrunit.

— Pourquoi aurais-je fait une chose pareille ? Il n'y a qu'une seule façon de régler le problème O'Shaughnessy, Clayton, et tu le sais.

— Non. Réfléchis un peu, mais pas comme Jack Mulligan. Essaie de voir le problème avec les yeux d'un étranger à notre monde, quelqu'un qui ne connaît pas nos règles ni nos habitudes. C'est ce que j'ai dû faire quand j'ai dû renoncer à tout.

— En quoi cela va-t-il m'aider ?

— Il est fort possible que cela résolve ton problème, et t'aide à reconquérir ta belle. Que penses-tu de te mettre au café pour commencer ?

27

Justine gravit d'un pas lourd l'escalier menant au deuxième étage. Chaque marche lui semblait plus difficile à franchir que la précédente. « Voilà ce qui arrive quand on reste couchée à tenter de soigner un cœur brisé », se dit-elle. Les muscles s'affaiblissaient, et chaque jour devenait une lutte.

— S'il te plaît, peux-tu me dire pourquoi il était impératif que nous venions jusqu'à cet immeuble de Broome Street ? demanda-t-elle.

Florence lui jeta un coup d'œil par-dessus son épaule. Elle avait un regard espiègle, ce qui n'augurait rien de bon.

— Pas tout de suite.

— Bonté divine, grommela Justine, je ne suis vraiment pas d'humeur.

— J'avais compris, vu que tu te plains depuis que nous avons passé la 88ᵉ rue. Je te demande juste de me faire confiance. S'il te plaît.

Justine poussa un long soupir et suivit sa sœur sur le palier. Florence se dirigea vers une porte latérale, qu'elle ouvrit comme si elle était chez elle. C'était une pièce vide, meublée en tout et pour tout de deux chaises.

— Chez qui sommes-nous ? s'enquit Justine.

— Chez personne. Viens, dit Florence en refermant la porte. Assieds-toi.

— Pourquoi ?

— Seigneur, Justine, arrête de poser des questions et fais ce que je te demande ! Il faut nous dépêcher.

Se dépêcher ? Pour quelle raison ? Justine se retint néanmoins de poser la question. Florence pouvait se montrer assez cinglante quand on la contrariait, et Justine était suffisamment à fleur de peau comme cela.

Sur chaque chaise était posé un petit paquet venant de chez un confiseur.

— Oh, de quoi grignoter ! s'exclama Florence en saisissant le premier avant de s'asseoir. Du pop-corn !

Justine prit le second, s'installa à son tour. Par la fenêtre, elle voyait Broome Street Hall. Un très mauvais souvenir. Les hommes de Jack ne l'avaient pas cru lorsqu'il leur avait annoncé sa décision de tout céder à O'Shaughnessy, auquel ils devraient dorénavant obéir. Partagée entre incrédulité et mécontentement, la foule avait grondé bien après la disparition de Jack. Voir surgir O'Shaughnessy le visage en sang n'avait fait qu'alimenter le ressentiment entre les deux camps. Elle ignorait comment le problème se résoudrait. Peut-être n'y aurait-il jamais de solution.

« Rentre chez toi et sauve le monde, mon ange. En ce qui me concerne, je suis au-delà de la rédemption. »

Non, c'était faux. Tout le monde avait droit à la rédemption, même Jack Mulligan. Il n'en avait pas voulu, voilà tout.

Quoi qu'il arrive, elle espérait de tout son cœur qu'il s'en sorte sain et sauf.

Florence enfourna une poignée de pop-corn tout en regardant par la fenêtre.

— Comment peux-tu manger cela ? s'écria Justine. Tu ne sais même pas d'où sortent ces paquets.

— Bien sûr que si. Goûte, tu ne risques rien, je t'assure, dit Florence en lui donnant un petit coup de coude.

D'un geste hésitant, Justine s'exécuta. Il était encore tiède.

— Tout cela n'a aucun sens.

— Les choses ne vont pas tarder à s'éclaircir. Détends-toi et profite de cette sortie.

Franchement, sa sœur commençait à l'agacer. Justine s'efforça de garder son calme, et mangea du pop-corn tout en regardant dans la rue.

— Je ne suis pas restée si longtemps enfermée.

— Une semaine, Tina.

— Je regrette parfois de ne pas avoir été fille unique.

La vie devait être tellement agréable sans sœurs aînées qui se mêlaient de vos affaires.

— Menteuse, rétorqua Florence en posant affectueusement la tête sur l'épaule de Justine. Tu nous adores.

Justine soupira, et appuya la tête sur celle de sa sœur.

— C'est vrai. La plupart du temps.

Deux hommes qui remontaient la rue sur le trottoir d'en face attirèrent le regard de Justine. L'un d'eux était... l'inspecteur Ellison. C'était sûrement une coïncidence. L'homme qui marchait à ses côtés avait quelque chose d'autoritaire, comme un policier, ou peut-être un membre du conseil municipal.

— Je me demande ce que fait l'inspecteur Ellison dans les parages.

Florence s'approcha davantage de la fenêtre.

— Hum, je me le demande aussi.

— Tu m'agaces, répliqua Justine. Tu sais très bien ce qui se passe et tu ne veux rien me dire.

— Parce que c'est une surprise. Attends de voir.

Ellison et l'autre homme disparurent à l'intérieur de Broome Street Hall. Le quartier général de O'Shaughnessy. Bizarre. Quand Justine avait demandé de l'aide à la police, elle avait dû supplier les officiers présents, Ellison compris. En vain. Et voilà qu'il se rendait chez O'Shaughnessy sans raison apparente ?

Était-il de mèche avec l'Irlandais ?

Cette éventualité lui donna la nausée. Au fond, Ellison n'avait pas semblé choqué par la demande de rançon. Elle le savait maintenant, la plupart des membres de la police étaient à la botte de quelqu'un. O'Shaughnessy n'était pas idiot, lui aussi s'était construit un réseau.

Du coin de l'œil, Justine perçut un mouvement dans la rue voisine. Un gros fourgon de police roulait lentement et s'apprêtait à tourner dans Broome Street. Des dizaines d'hommes en costume sombre avançaient à côté, ainsi que des policiers en uniforme. Justine se redressa.

— Tu as vu ? Là-bas, sur Bowery ?

— C'est parti ! annonça Florence, surexcitée.

Le groupe s'arrêta à l'angle de Bowery et attendit. Quoi ? Justine n'aurait su le dire. Elle tourna son attention sur Broome Street Hall. Quelques minutes s'écoulèrent, puis Ellison et son acolyte sortirent du cabaret, flanquant un O'Shaughnessy menotté.

Justine se leva d'un bond.

— Mon Dieu !

Ils procédaient à l'arrestation de O'Shaughnessy.

Ellison glissa deux doigts dans sa bouche et siffla. Les hommes arrêtés à l'angle de Broome Street convergèrent vers le cabaret tel un nuage de criquets. Le fourgon suivit. Justine n'entendait pas ce qui se disait, mais O'Shaughnessy semblait se plaindre vigoureusement. Il se débattait, rouge de colère.

Rien n'y fit. On le hissa dans le fourgon en compagnie de plusieurs de ses gars.

— Je ne peux pas le croire, souffla-t-elle.

Avec plusieurs jours de retard, la police se décidait enfin à arrêter O'Shaughnessy. Elle en voulut un tout petit peu moins à Ellison et à ses collègues.

— Si, tu peux le croire, dit Florence. Trevor O'Shaughnessy vient d'être arrêté par la Brigade de lutte contre la fausse monnaie. Avec l'aide de la police de New York, bien sûr.

— La Brigade de lutte contre la fausse monnaie ? Mais pourquoi ?

On frappa à la porte. Justine se figea, sur ses gardes. Florence, en revanche, ne semblait pas surprise, comme si elle attendait de la visite.

— Ne réponds pas, murmura Justine. On ne sait jamais.

— Entrez ! lança Florence sans tenir compte de son avertissement.

La poignée tourna et la porte s'ouvrit. Jack Mulligan se tenait sur le seuil.

Justine en resta bouche bée. Comment… ? Pourquoi… ? Puis elle se souvint des sachets de pop-corn. Bien sûr. Jack était au courant de l'arrestation imminente et avait demandé à Florence d'amener sa sœur.

Mais dans quel but ? Pour la narguer ?

C'était tellement déprimant…

Elle ne dit rien, croisa les mains et attendit. Elle tiendrait bon, écouterait ce qu'il avait à dire, puis s'en irait. Encore quelques minutes et c'en serait fini de toute cette histoire.

Clayton Madden apparut alors derrière Jack.

— Alors, tu as trouvé cela comment, mon cœur ? demanda-t-il à Florence.

Celle-ci courut se jeter dans ses bras.

— C'était fantastique ! Tout bonnement fascinant !

Elle lui murmura quelque chose à l'oreille, et le regard de Clay s'enflamma.

Il jeta un coup d'œil à Jack.

— Nous allons nous retirer dans la pièce d'à côté.

Jack hocha la tête sans leur prêter attention. Les mains dans les poches, il ne quittait pas Justine des yeux. Si elle ne l'avait pas connu aussi bien, elle aurait dit qu'il semblait nerveux.

La porte se referma, et le silence retomba dans la petite pièce. Justine ne savait pas quoi dire, et Jack ne semblait pas pressé de prendre la parole non plus. En le regardant, elle eut un pincement au cœur. Un mélange de regret et de désir. Il avait l'air fatigué, et cependant en meilleure forme que lors de leur dernière entrevue. C'était bon signe. Au moins l'un d'eux était en voie de guérison. Bientôt, il retrouverait son élégance et son charme, ainsi que l'empire auquel il avait refusé de renoncer.

Bien. Très bien.

Et puis elle n'y tint plus.

— Pourquoi suis-je ici, Jack ?

Du menton, il indiqua la fenêtre.

— Le spectacle t'a plu ?

— Ton ennemi juré est hors d'état de nuire, cela doit te réjouir. Félicitations.

— Je suis ravi à un point que tu n'imagines pas, mais ce n'est pas la raison de ta présence ici.

— Vraiment ? Tu dois jubiler, pourtant.

— Jubiler ? s'étonna-t-il en la rejoignant près de la fenêtre. Et pourquoi cela ?

— Tout a plutôt bien tourné pour toi. Tu as obtenu ce que tu voulais.

— Pas vraiment, hélas.

— Je ne vois vraiment pas ce que tu pourrais vouloir de plus. O'Shaughnessy est en prison, tu vas pouvoir remonter sur ton trône et régner en maître incontesté.

— Sauf qu'il me manque la seule chose dont j'ai besoin. Tu n'as pas une petite idée de ce que cela pourrait être ?

L'intensité de son regard commençait à la mettre mal à l'aise. Jamais elle ne l'avait vu aussi sérieux, aussi concentré.

— Non.

— C'est toi, mon ange. J'ai besoin de *toi*.

Un mélange de désillusion et de ravissement submergea Justine.

— Tu m'as dit que je serais mieux sans toi.

— Et c'est indéniable, mais je ne peux pas renoncer à toi.

— C'est trop tard. Tu as déjà renoncé à moi.

— J'ai commis une erreur.

Elle se massa le front, soudain très lasse.

— Je ne peux pas recommencer. Nous tournons en rond, alors que nous avons tous les deux exprimé clairement nos sentiments. C'est épuisant.

— Il n'est plus question de tourner en rond. Tout est très simple. J'ai renoncé à mon empire sans aucune intention de le réclamer. Et je viens de faire disparaître le seul obstacle à un avenir avec la femme que j'aime.

— Que tu *aimes* ? répéta-t-elle en battant des paupières.

Était-ce bien le mot qu'il avait employé ?

— C'est si difficile à croire ?

— Honnêtement ? Oui. Tu m'as repoussée si facilement l'autre soir, chez toi. En me disant qu'il fallait mettre un terme à ce qu'il y avait entre nous.

— Tu m'avais fait la même chose de ton côté si j'ai bonne mémoire.

Certes.

— Jamais je n'avais rien fait d'aussi difficile.

— Justine, rien de ce qui s'est passé l'autre soir n'a été facile pour moi. Tu me manques à un point tel que cela m'effraie. Je n'arrive plus à rien. La seule chose qui m'ait motivé un tant soit peu ces derniers jours, c'était mettre sur pied un plan pour faire tomber O'Shaughnessy.

— Un plan ? Tu veux dire que...

Un charmant petit sourire en coin éclaira le visage de Jack.

— Tu ne crois quand même pas que la Brigade de lutte contre la fausse monnaie est tombée par hasard sur des faux billets en fouillant chez O'Shaughnessy ?

Justine regarda dans la rue, où policiers et agents faisaient la chaîne entre le cabaret et le fourgon, les bras chargés de coffres, de registres et de livres de comptes.

— Tu as introduit des faux billets chez O'Shaughnessy ?

Jack croisa les bras, et se concentra sur le ballet des agents de l'État.

— Disons qu'en ce moment, la Brigade est assez à cran, trop de faux billets circulent.

— Jack, soupira Justine, lasse du jeu auquel il était en train de jouer, dis-moi ce qui se passe.

Il la prit doucement par les épaules et la fit pivoter face à lui. Ses mains étaient chaudes, et leur contact lui arracha un frisson de plaisir.

— Je voulais un avenir avec toi, mais il fallait d'abord que je règle le problème O'Shaughnessy. À moins de partir m'installer dans une autre ville et de changer de nom, j'aurais toujours été en danger.

— Tu oublies que tu m'as repoussée.

— Parce que je ne voyais pas comment nous pouvions nous en sortir. J'ai commencé par croire que j'allais devoir faire la guerre à O'Shaughnessy pour me débarrasser de lui. Au minimum, j'aurais dû le tuer. Et puis j'ai trouvé un moyen de le mettre hors d'état de nuire pour très, très longtemps.

Justine essaya de trouver cette machination scandaleuse... mais l'Irlandais méritait son sort. Il avait tenté d'abattre Jack et menacé de s'en prendre à elle. S'il en avait eu la possibilité, il aurait sans doute fini par faire les deux.

— Et tu ne l'as pas tué.

Jack la fixa d'un regard tendre.

— C'est ce que tu m'avais demandé.

— Donc tout ça, dit Justine avec un geste en direction de la rue, c'était pour me prouver quelque chose ?

— Je veux que tu fasses partie de ma vie. Que tu sois à mes côtés. Tu comptes plus que tout pour moi et je suis prêt à faire tout ce qu'il faudra pour te garder.

L'étau qui étreignait le cœur de Justine se desserra, laissant le bonheur s'y faufiler. Elle ne s'attendait pas que Jack prononce de telles paroles, et encore moins qu'il la fasse passer avant tout le reste. Cela semblait presque trop beau pour être vrai.

— Et ton empire criminel ?

— Je l'ai échangé contre un autre empire, où ne règnent que l'amour et la joie. Tu connais quelques anges que cela pourrait intéresser ?

— Peut-être. Mais dis-m'en un peu plus sur cet amour que tu éprouves pour moi.

Souriant, il se pencha et posa ses lèvres sur les siennes.

— Je t'aime, Justine, souffla-t-il en encadrant son visage de ses mains. Et je suis désolé qu'il m'ait fallu tant de temps pour te le dire. Je t'en prie, pardonne-moi, et dis-moi que tu vas rester…

Se hissant sur la pointe des pieds, elle le fit taire d'un baiser. Elle avait eu si peur de ne plus jamais connaître cela qu'elle prolongea leur étreinte, oubliant tout le reste. Leurs bouches se retrouvaient, leurs langues se redécouvraient, c'était un baiser à la fois doux et familier, avide et brûlant. Et c'était *bon*.

Un petit coup à la porte les interrompit. Ils s'écartèrent, mais Jack la garda dans ses bras.

— Oui ? dit Justine.

La tête un peu décoiffée de Florence apparut dans l'entrebâillement.

— Étant donné le silence et vos lèvres gonflées, j'en déduis que vous vous êtes réconciliés, donc Clay et moi allons rentrer. Mais si vous faites du mal à ma petite sœur, dit-elle en pointant le doigt sur Jack, je vous pulvérise et je vous enterre par petits morceaux là où personne ne vous retrouvera jamais.

— Florence, qu'est-ce que c'est que ces menaces ?

Florence haussa une épaule.

— C'est ce que papa a dit à Clayton il y a quelques années, et ça lui a flanqué une belle frousse. J'ai pensé que ça valait le coup d'essayer avec Jack. Sérieusement, Mulligan, ne mettez jamais les sœurs Greene en colère, conseil d'amie.

Il hocha la tête.

— C'est noté.

— Alors bonsoir, vous deux.

La porte se referma, et Jack demanda doucement :

— Nous sommes réconciliés, mon ange ?

Justine se mordit la lèvre. Elle avait toujours cru la rédemption possible. Tout le monde avait droit à une seconde chance. Comment aurait-elle pu lui refuser son pardon après tout ce qu'il avait fait pour elle ? Et alors qu'il lui avait avoué ses sentiments ?

Elle plongea son regard dans celui de Jack.

— Il semblerait, oui. Tu m'aimes, finalement.

— Et toi, tu m'aimes toujours ?

— Je t'aime toujours. Mais tu es sûr que le rôle d'homme le plus craint de New York ne te manquera pas ?

Il l'attira contre lui et la serra dans ses bras.

— Certain. Je ne peux pas te promettre de ne pas recourir au chantage ni d'exiger quelques faveurs de temps en temps, mais je te fais le serment de réserver ces pratiques à notre chambre à coucher.

— Quel esprit mal tourné, murmura Justine avec un grand sourire.

— À qui la faute, mon ange ?

28

Maison d'accueil de Broome Street, mars 1894

À l'angle de Bowery et de Broome Street se pressait tout ce que New York comptait de hauts dignitaires, de politiciens et de membres éminents de la bonne société, auxquels se mêlaient les habitants du quartier. Tous avaient bravé le froid pour écouter Mlle Justine Greene, fondatrice de la Maison d'accueil de Broome Street, qui devait prendre la parole pour l'inauguration de l'établissement.

Un sourire radieux aux lèvres, Jack s'était glissé dans la foule. Il était tellement fier d'elle.

Elle avait réussi, Dieu sait comment, à convaincre son père de lui remettre plus tôt que prévu son fond en fidéicommis, et elle avait utilisé cet argent pour ouvrir une maison d'accueil. Les habitants du quartier y trouveraient une aide sociale, matérielle et éducative. Six personnes avaient été embauchées pour assurer la permanence, et un grand nombre de bénévoles s'étaient proposés, pour la plupart des jeunes femmes ayant tout juste terminé leurs études supérieures. L'idée que l'ancien cabaret de O'Shaughnessy abrite désormais une œuvre de bienfaisance plaisait beaucoup à Jack. L'Irlandais avait dû en faire une jaunisse en l'apprenant.

— Notre objectif, expliqua Justine en s'adressant à la foule, est de promouvoir de l'intérieur l'amélioration des conditions de vie de cette communauté. Nous allons travailler pour les habitants du quartier, avec les habitants du quartier. Tout le monde aura accès à nos services, quelles que soient ses origines, sa religion ou son niveau d'éducation. Notre action s'inspirera de celle de la Maison Hull[1] de Jane Addams à Chicago.

Dans l'assistance, beaucoup hochèrent la tête, ce nom leur étant déjà familier. Jack, pour sa part, l'avait découvert grâce à Justine lors d'un voyage à Chicago, au mois d'octobre. Ils s'étaient rendus là-bas à la recherche d'un site de production pour sa brasserie. Si rien n'avait encore été décidé, passer trois semaines seul avec Justine avait été merveilleux.

Son discours terminé, elle fut largement applaudie. Le maire vint lui serrer la main, un flash crépita, envoyant un nuage de fumée vers le ciel. En attendant que Justine puisse se libérer, Jack observa la foule.

— Ne regarde pas tout de suite, murmura Clayton, à côté de lui. Ton futur beau-père opère une marche d'approche.

Effectivement, Duncan Greene, tout sourire, serrait des mains à droite et à gauche tout en se frayant un chemin dans la foule en direction de Jack et Clayton.

— Merde, dit Jack en s'écartant du réverbère contre lequel il était adossé.

— Souris, si tu veux faire une bonne première impression.

— Va te faire voir.

À ce jour, tous les membres de la famille Greene avaient chaleureusement accueilli Jack… à l'exception

1. Centre d'œuvres sociales fondé à Chicago en 1889, il offrait des services culturels, sociaux et éducatifs à la population défavorisée, qui comptait de nombreux immigrants en provenance d'Europe. *(N.d.T.)*

de Duncan. Même la grand-mère de Justine l'avait invité pour le thé, et avait conversé avec lui en français. Le récit fait par Jack de certains épisodes particulièrement cocasses de son existence dans les quartiers pauvres de Manhattan avait captivé la vieille dame. À la fin de l'après-midi, elle l'avait serré dans ses bras et l'avait invité à passer Noël à Newport avec toute la famille.

Duncan, en revanche, continuait de l'ignorer. Il avait expliqué à Justine qu'il ne se sentait pas prêt à accueillir un autre voyou repenti en leur sein. À vrai dire, Jack se fichait que Duncan l'accepte ou pas. La seule personne qui comptait, c'était Justine. Celle-ci lui avait assuré que son père finirait par changer d'avis. Un jour.

Clayton rit tout bas.

— La bonne nouvelle, c'est que comparé à toi, j'ai l'air d'un saint.

— Arrête de sourire, tu vas faire peur aux petits enfants.

Florence arriva sur ces entrefaites, essoufflée, et se glissa à côté de Clayton.

— Me voilà. Désolée. Quand j'ai vu qu'il se dirigeait vers vous, j'ai fait aussi vite que j'ai pu.

— Ce n'était pas nécessaire, dit Clayton en lui baisant la main. Ce n'est pas moi qu'il vient tourmenter.

— Il n'empêche, il faut que je sois là pour Mulligan. Justine s'inquiète un peu.

Elle se tourna vers son père juste au moment où celui-ci les rejoignait.

— Oh, bonjour, papa !

Duncan se pencha pour l'embrasser sur la joue.

— Bonjour, Florence. Tu as l'air en pleine forme. Bonjour, Clayton.

Les deux hommes se serrèrent la main.

Jack ne dit rien, attendant le camouflet.

— Papa, avez-vous rencontré M. Mulligan ? s'enquit Florence avec un geste en direction de Jack.

Duncan grimaça, se tourna vers lui et lui tendit la main.

— Mulligan.

Cachant sa surprise, Jack la lui serra.

— Monsieur Greene. Enchanté.

— Mon épouse et ma mère m'ont enjoint de cesser au plus vite de vous reprocher quoi que ce soit. J'en déduis que nous allons devoir nous voir pour discuter des termes de votre mariage.

Jack n'avait pas encore fait sa demande à Justine, mais il était inutile de couper les cheveux en quatre avec son père. Il épouserait Justine quand elle serait prête, pas quand on lui dirait de le faire.

— Inutile. Je ne veux rien d'autre que votre fille.

— Vous allez me traiter de sceptique, mais je n'en crois pas un mot.

— Je dis toujours ce que je pense. Et j'ai largement de quoi subvenir à mes besoins et aux siens.

— Oui, de l'argent mal acquis, grommela Duncan. Et côté immobilier, vous avez quoi ?

— Je possède une maison dans Broome Street.

Justine s'y installerait bientôt, et Jack attendait ce jour avec impatience. Il avait prévu de faire l'amour avec elle dans toutes les pièces de la maison.

— Ah. Donc une usine à Chicago, qui pourrait facilement être transformée en brasserie, cela ne vous intéresse pas ?

Jack ouvrit de grands yeux. Quel vieux briscard.

— Si, peut-être. Il faut que la surface convienne. Nous avons déjà cherché là-bas.

— Julius Hatcher m'en a parlé. Il semble assez soulagé que vous ayez renoncé à vos anciennes activités.

Jack ayant cédé son empire criminel à Cooper et à Rye, Hatcher avait accepté avec enthousiasme de le rejoindre à la tête de la Société des brasseurs américains. Les premiers wagons réfrigérés sortiraient bientôt des chaînes de montage, et les négociations pour l'achat d'une compagnie de chemin de fer étaient en cours.

— Cette usine, que diriez-vous de l'échanger contre des actions de la société ?

— Pourquoi pas.

— Bien sûr, je recevrais le double de sa valeur en actions.

— Vraiment ?

Duncan était-il réellement en train de l'arnaquer ?

— Vraiment.

Le vieil homme s'approcha encore et ajouta en baissant la voix :

— Cela me semble équitable dans la mesure où vous avez profité de mon voyage en Europe pour séduire ma plus jeune fille et ruiner sa réputation.

— On peut savoir ce qui se passe ici ?

Justine venait de les rejoindre et se glissa à côté de Jack. Sa petite bienfaitrice était venue à son secours. Il sentit une douce chaleur l'envahir, un sentiment de bonheur et de contentement absolu comme il n'en avait jamais connu. Ignorant tous ceux qui les entouraient, il se pencha et l'embrassa sur la joue.

— Félicitations, mon ange. Tu as été admirable.

— Merci. Vous parliez de quoi ? demanda-t-elle en se tournant vers son père.

— D'un bien que je possède, et que j'aimerais offrir à ton fiancé.

— Ce n'est pas mon f…

Elle secoua la tête – il était inutile d'argumenter sur ce point avec son père.

— C'est très généreux de votre part, papa. Je suis sûre que Jack apprécie votre geste.

D'un regard, elle fit comprendre à Jack ce qu'elle attendait de lui. Ravalant un soupir d'exaspération, celui-ci approuva.

— Oui, bien sûr. Comment pourrais-je refuser ?

— Parfait. Passez demain à mon bureau, nous verrons cela en détail.

Ils se mirent d'accord sur une heure et Justine sourit.

— Je suis tellement contente de voir que vous vous entendez bien tous les deux.

Si tant est qu'accepter pareil chantage signifiait *bien s'entendre*... Duncan Greene n'avait donc rien d'un gentleman en affaires, il faudrait en tenir compte. Mais Jack ne s'imaginait pas décevoir Justine, aussi se contenta-t-il de sourire.

L'on se salua, puis chacun partit de son côté, laissant Justine et Jack gagner ensemble la maison d'accueil.

— Ta famille semble penser que nous sommes déjà fiancés, dit-il. Cela t'ennuie ?

— Non, pas vraiment. En fait, j'ai l'impression que cela les aide à accepter notre relation. Et puis, ma mère a hâte d'organiser un mariage, vu que Florence refuse de passer devant un prêtre avec Clayton.

— Alors, on officialise ?

— Serait-ce là ta façon de me demander en mariage, Jack Mulligan ?

Il se sentit rougir de honte. Il savait pourtant combien ces choses-là étaient importantes pour les femmes, et voilà qu'il s'était mis dans un pétrin dont il ne se sortirait sans doute jamais.

— Je... heu...

Une main délicate se posa sur son bras et l'entraîna à l'intérieur du bâtiment, dans la pièce qui servait de bureau à Justine. Elle referma la porte derrière eux, poussa le verrou. Et se jeta à son cou.

— Je te taquinais, souffla-t-elle avant de lui mordiller le lobe de l'oreille.

Il frémit de la tête aux pieds.

— Si je me souviens bien, c'est toi qui voulais attendre. Moi j'étais prêt à t'épouser dès le mois d'août.

— Je sais, dit-elle. Mais j'aime bien cet entre-deux, quand les choses sont nouvelles et excitantes. Quand on se cache et qu'on frissonne à l'idée de se faire prendre.

— Mon ange aime le frisson. Comment ai-je pu ne pas m'en apercevoir ?

Il la prit aux hanches et la plaqua contre lui.

— Hmm, souffla-t-elle en effleurant sa mâchoire de ses lèvres. Peut-être que le mariage ne serait pas si différent que cela, après tout.

Son sang bouillonna dans ses veines, et il ne pensa plus qu'à une chose, la renverser sur le bureau et...

— Veux-tu que je fasse de toi un honnête homme, Jack Mulligan ? Veux-tu m'épouser ?

— Oui. Mais pas complètement honnête, rectifia-t-il en la soulevant pour la porter jusqu'au bureau. Je ne voudrais pas que tu t'ennuies.

Elle l'embrassa au creux du cou, lui arrachant un grognement.

— Je pense qu'il n'y a aucun risque que cela arrive.

Remerciements

Un grand merci à toutes les lectrices de la série *Cinquième Avenue*, que j'ai pris énormément de plaisir à écrire. Comme j'adore les recherches historiques, voici quelques-unes des notes qui m'ont servi pour ce roman.

Jack m'a été inspiré par Paul Kelly, un personnage haut en couleur de la Belle Époque new-yorkaise (appelée aux États-Unis « The Gilded Age »). Criminel légendaire, Kelly a réellement réussi à fusionner plusieurs gangs, il s'habillait comme un dandy et parlait plusieurs langues. Trevor O'Shaughnessy est inspiré de son ennemi juré, Monk Eastman.

Ce que je décris de la brasserie est largement tiré de l'histoire de Anheuser-Bush. A-B a fait fabriquer les premiers wagons réfrigérés (1876), et la nouvelle bière inventée par Patrick Murphy s'inspire de la Michelob (créée en 1896).

D'après mes recherches, Marie Connelly (ou Connolly) Owens fut la première femme à intégrer les rangs de la police, à Chicago, en 1891. Ayant le grade de sergent, elle était autorisée à procéder à des arrestations. Les résultats qu'elle avait obtenus dans la traque des maris abandonnant leur famille avaient été remarqués par la police, qui lui proposa un poste.

Je ne pourrais jamais faire ce métier toute seule. Un grand merci à Diana Quincy, qui m'accompagne dans ce voyage, et a insisté pour que je fasse de Jack un personnage plus jouisseur. Je suis aussi très reconnaissante à Sarah MacLean, Sophie Jordan, Sonali Dev, Lenora Bell, Eva Leigh, Michele Mannon et Megan Frampton pour leur brio et leur amitié. Et merci à Jenny Nordbak, Jennifer Prokop, Joel Kincaid, Frauke Spanuth et Adriana Anders qui ont répondu à toutes mes questions de dernière minute !

Merci à la fabuleuse Tessa Woodward pour son soutien et son enthousiasme, ainsi qu'à toute l'équipe d'Avon/HarperCollins qui travaille sur mes romans, en particulier Elle Keck, Pamela Jeffee, Imani Gary, Kayleigh Webb et Angela Craft. Et merci à Laura Bradford, qui veille toujours sur moi.

Comme chaque fois, tout mon amour et ma reconnaissance vont à Rich, pour son infinie patience et son soutien.

AVENTURES & PASSIONS

3 novembre

Lisa Kleypas

Les Ravenel - Un charme diabolique

Inédit

Lady Merritt dirige seule la compagnie maritime de son défunt mari. Un jour, la jeune veuve se voit contrainte de régler un litige épineux avec un client écossais qui possède une distillerie de whisky. La voilà en présence de Keir MacRae, un frustre sans manière, qui entend bien régler l'affaire à son bénéfice. Or, entre la délicate lady et le goujat, l'attraction est immédiate. Cependant, des événements étranges viennent jeter le trouble sur leur passion et font peser de lourdes menaces sur la vie de Keir.

✦

Lorraine Heath

Les Pembrook - Juste un baiser...

Inédit

Lady Anne Hayworth vient d'apprendre que son fiancé a été tué durant la guerre de Crimée et décide de se rendre sur les lieux. Ce voyage périlleux nécessite la protection d'un homme sûr. Aussi, décide-t-elle de faire appel au sulfureux lord Tristan Easton pour l'escorter, moyennant une belle somme d'argent. Mais Tristan exige une autre forme de dédommagement qu'Anne, choquée, refuse catégoriquement. Or, faute de trouver un autre capitaine, la jeune fille doit se résoudre à accepter son offre, sans oser s'avouer que le regard bleu du beau marin a enflammé son cœur.

Mia Vincy

Longhope Abbey - Les défis d'Arabella

Inédit

Pour échapper au mariage avec un homme qu'elle méprise et qui l'effraie, Arabella Larke imagine de fausses fiançailles avec Guy Roth, marquis de Hardbury, une connaissance lointaine. Contraint à l'exil pour fuir un père tyrannique et dépravé, celui-ci refuse à quiconque le droit de diriger sa vie et n'a pas l'intention de jouer la comédie pour les beaux yeux d'Arabella. Que faire ? Déterminée et pleine d'audace, la jeune femme frappe, une nuit, à la porte du marquis qui, désarmé par sa beauté, se laisse entraîner dans un jeu bien dangereux...

✦

Kathleen E. Woodiwiss

Cendres dans le vent

1863. La Nouvelle-Orléans est aux mains des Nordistes. Alaina, ardente beauté sudiste, vient y chercher refuge après le massacre de sa famille. Ses dix-sept ans lui permettent de se faire passer pour un jeune garçon, et c'est sous le nom de Al qu'elle est sauvée par un médecin yankee, Cole Latimer. Bien que tout la porte à le haïr, elle se sent troublée par cet homme courageux, qui ne voit en elle qu'un gamin frondeur. Puis, une nuit, Cole découvre la vraie Alaina, créature de rêve qui lui révèlera le véritable amour et hantera longtemps ses rêves.

Kinley MacGregor

Les aventuriers des mers - Pirate de mon cœur

Jack Rhys a la réputation d'être le plus féroce pirate des Caraïbes. Pourtant, quand il n'est pas sur les mers, le capitaine sait se conduire en véritable gentleman dans le grand monde. Décidé à se venger du cruel amiral lord Wellingford, il kidnappe Lorelei Duprée, la jeune fiancée de Justin Wellingford, le fils de son ennemi. D'abord épouvantée par la dureté du regard bleu acier de son ravisseur, Lorelei ne tarde pas à s'éprendre de son geôlier d'autant, qu'à y regarder de plus près, il n'est pas aussi féroce qu'il veut le laisser paraître...

✦

Johanna Lindsey

Les Malory - Lord Anthony

Pour échapper à son cousin qui veut l'épouser pour la spoiler de sa fortune, Roslynn quitte l'Écosse et se réfugie à Londres. À l'occasion d'un bal, elle rencontre Anthony Malory dont les conquêtes ne se comptent plus. La jeune femme est fascinée par son charme. Malheureusement, il fait partie de ces hommes contre lesquels on l'a mise en garde : les séducteurs. À fuir à tout prix ! D'ailleurs, c'est d'un mari dont elle a besoin, pas d'un amant. C'est bien dommage ! Pourtant, sans le savoir, cette rencontre vient de sceller le destin de Roslynn...

Regency

3 novembre

Mary Balogh

La dernière valse

Inédit

Veuve depuis plus d'un an, Christina, comtesse de Wanstead, mène une vie retirée avec ses deux filles dans son domaine de Thornwood Hall, lorsqu'elle apprend l'arrivée de Gérard Percy, le nouveau comte, pour les fêtes de fin d'année. La jeune femme redoute cette visite, d'autant que le maître des lieux a décidé d'accueillir de nombreux amis, afin de redonner au domaine le faste d'autrefois. Mais ce que redoute surtout Christina, c'est de revoir Gérard qu'elle a éconduit dix ans auparavant. Si les retrouvailles sont glaciales, l'esprit de Noël qui flotte bientôt sur Thornwood Hall pourrait bien faire des miracles...

✦

Manda Collins

Petit guide du crime à l'usage des ladies

Inédit

Jeune veuve indépendante, lady Katherine Bascomb dirige *La Gazette de Londres*, à la grande indignation des bien-pensants qui s'offusquent qu'une dame soit exposée à la vulgarité. Sa rubrique criminelle l'amène à enquêter sur une série de meurtres et, ce faisant, elle s'attire les foudres de l'inspecteur Andrew Eversham qui la somme de ne pas se mêler de ses affaires. Têtue, Kate refuse de se laisser intimider. Le jour où elle découvre un nouveau cadavre, Eversham est bien obligé d'accepter la collaboration de cette enquiquineuse. C'est ainsi qu'entre disputes et baisers, ils tenteront ensemble d'élucider cette étrange affaire.

Sélection

3 novembre

Tracy Brogan

De tout nos cœurs

Delaney Masterson, célèbre vedette de la télé-réalité, fuit la douce Californie pour le glacial Michigan : la diffusion d'une sex-tape lui a infligé une terrible humiliation médiatique. Elle est pourtant tout sauf l'écervelée que dépeignent les paparazzis et veut se faire oublier, dans la bicoque de Bell Harbor qu'elle vient de louer à une certaine Donna Beckett. Dans ce refuge idéal elle attend que cesse l'agitation des journalistes. Jusqu'au jour où… elle découvre un homme nu dans sa douche ! Qui est ce Grant Connely qui prétend être le propriétaire des lieux ? Visiblement un grossier personnage avec lequel Delaney n'envisage pas du tout de passer le reste de sa vie...

✦

Lisa Kleypas

Noël à Friday Harbor

« Cher Père Noël, cette année, je veux juste une chose : une maman »… Lorsqu'il découvre le message de sa nièce Holly, Mark Nolan est profondément désemparé. Célibataire dans l'âme, il a dû composer avec le quotidien de cette petite fille fragile, qui a perdu la parole à la mort de sa mère et dont il est désormais le tuteur. Mark donnerait tout pour consoler sa nièce et lui offrir la douceur d'un foyer. Dans l'espoir de la réconforter, il décide de l'emmener dans une merveilleuse boutique de jouets à Friday Harbor. Ce dont Mark ne se doute pas c'est qu'en ouvrant la porte de l'échoppe, ils vont entrer dans un univers plein de féérie, où règne une jolie rousse, Maggie !

Molly Cannon

Cette petite chose étrange qu'on appelle l'amour

Etta Green doit quitter quelques jours son restaurant de Chicago pour assister aux obsèques de sa grand-mère à Everson, Texas. Là elle retrouve sa sœur Belle, aussi évaporée qu'Etta est pragmatique. Quelle n'est pas leur surprise d'apprendre que mamie Hazel avait entrepris de transformer la maison familiale en Bed & Breakfast et que, pour rembourser Donnie Joe, son associé, il faut lancer l'affaire au plus vite… C'est le moment que choisit Belle pour prendre la poudre d'escampette en laissant sa fille aux bons soins de sa tante. Et voilà Etta en charge de la petite et contrainte de composer avec ce Donnie Joe qui lui tape sur les nerfs !

✦

Ruby Jefferson

Un hiver nommé désir

Alors qu'Amy se rend en Virginie pour un reportage, le GPS de sa voiture l'abandonne au milieu de nulle part, avec un pneu crevé. Perdu dans les monts Allegheny, sans réseau ni roue de secours, elle s'alarme, d'autant que la neige et le froid s'invitent aux réjouissances. La jeune journaliste commence à perdre espoir lorsque les phares d'une voiture surgissent dans la nuit. Elle est sauvée ! Mais, au moment où une grande ombre noire s'approche, elle panique. Et si elle avait affaire à un psychopathe ?

13294

Composition
FACOMPO

Achevé d'imprimer en Italie
par GRAFICA VENETA
le 6 septembre 2021

Dépôt légal : octobre 2021
EAN 9782290256848
OTP L21EPSN002334N001

ÉDITIONS J'AI LU
87, quai Panhard-et-Levassor, 75013 Paris

Diffusion France et étranger : Flammarion